THE EIGHTH SISTER

尋找代號八

ROBERT DUGONI

羅伯·杜格尼——著　清揚——譯

獻給女兒凱瑟琳，總是逗我大笑的開心果。
大學是妳人生的下一場冒險，盡情飛翔，盡情揮灑吧。

你們必曉得真相，真相必叫你們得自由。

——約翰福音 8:32

真相讓人自由，但必定先讓你焦頭爛額。

——原點論辯

序曲

俄羅斯　莫斯科

扎瑞娜・卡扎柯娃來到貝利棟姆，俄羅斯白宮的玻璃門前，瞥著烏雲密布的天空。她擔心的不是即將到來的第一場大雪，而是何時下雪。氣象報告顯示今晚的氣溫將降到零度以下，降雪達十五至二十公分。扎瑞娜嘆口氣，又是一個難熬的冬天，她將手塞進軟毛手套中。一名叫波格丹的門衛站在金屬探測器附近，側身望著逐漸陰暗的天空。「*Pokhozhe, chto eto budet dolgaya zima, Zarina.*（看來又是一個漫長的冬天，扎瑞娜。）」

「哪次冬天不漫長？」扎瑞娜以俄語回應。她沒有正面回應，而身為道地莫斯科人的波格丹也懶得接話。他們都知道「漫長」根本不足以描繪俄羅斯的冬天，「嚴苛沉重」更適合。

「妳今晚有計畫嗎？」波格丹問。他穿著黯淡的羊毛外套，裡面搭配著同樣黯淡的灰綠色軍服，腦袋上戴著一頂軍帽。

「我每天晚上都有計畫。」扎瑞娜語焉不詳地推託，希望在他開口前堵住他的話頭。六十出頭的她遺傳了母親的基因，紅棕頭髮裡只有稀疏的白髮，肌膚跟三十歲的女人一般光滑。她母親耳提面命，一個俄國女人保持外貌的關鍵在於好的生活習慣，這個建議她銘記於心並嚴以自律。扎瑞娜的身材衣品都無可挑剔。俄國人有兩項全國性的消遣活動：抽菸和飲酒，而她從不過度，尤其是伏特加。她離婚後單身至今，似乎全白宮的男人都知道此事。

波格丹微笑說：「妳這一身裝扮，像是要去約會。」

沒錯。她穿著厚重的外套，兔皮衣領，搭配著兔毛雷峰帽，耳罩都放了下來防風抗凍。

「我穿這樣就是要去約會？」扎瑞娜問，「嗯？」她拉高圍巾覆住嘴唇，不再搭理波格丹，朝門而去。「*Spokoynoy nochi.*（夜安。）」波格丹一邊回應，一邊為她推開門。扎瑞娜踏出門外，狂風掃過莫斯科河，伴隨著一列疾速駛來的貨運火車。今夜的暴風雪必定凶猛。

她走下水泥樓梯，快步穿過中庭，朝下而去。穿過華麗的大門，來到布里茲涅河堤，沿著河岸來到古魯波奇巷轉角的公車站。狂風呼嘯，震耳欲聾的公車轟隆隆駛過，莫斯科二十一世紀「普汀人」的喇叭尖聲轟鳴，通勤人車趕在大雪落下前疾速往家的方向去。莫斯科河灣灣畔的烏克蘭酒店，一簇史達林式高調的厚重大樓塞滿了她的視線。史達林在二戰結束後，建築了七棟使人眼花繚亂的摩天大樓，以彰顯蘇維埃聯邦的榮耀，震懾西方。有個流傳久遠的謠言，說那位獨裁者將七棟摩天大樓設計得很類似，一旦有美國戰機侵入莫斯科領空，就能發揮混淆視聽的效果。基於俄國領袖的偏執傾向，扎瑞娜認為這個謠傳的真實性十分高。

荒謬成性的俄國人，每棟建築都極其過度，低樓層建得粗壯厚實，不斷往高層向內收成一座頂著紅星的尖頂，並且混合了希臘、法式、中式和義式的建築風格。不知道史達林地下有靈，得知烏克蘭酒店已易名為麗笙皇家酒店，一個西方資本主義的標誌性象徵，他會作何感想。

嘶嘶作響的氣動煞車與濃濃的汽油味，重新抓住了扎瑞娜的注意力，她跟著人群推推擠擠地穿過公車折疊門，上了車。所謂的文明，早在維護自身權益的俄羅斯人之中蕩然無存。她看到公車尾部有個空座位，不禁心花怒放，邊脫手套帽子，邊朝位子走去。潮濕混濁的空氣凝結在窗戶上，籠住了在濃烈香水和古龍水遮掩下的難聞體味。

公車沿著莫斯科河駛去，河面早已漂浮著一塊塊浮冰，再次預告了嚴冬的到來。三十分鐘後，公車來到扎瑞娜的目的地，位於菲勒斯基布爾瓦爾路上，超市前的公車站。穿過枯敗荒涼的公園，細長的樹幹在狂風中吱吱嘎嘎。蘇維埃時代的公寓哨兵似地圍繞著公園，醜陋的水泥磚搭配著一扇扇的小窗子和經典的塗鴉。扎瑞娜推開棕色鐵門，進入斯巴達式簡樸的大廳。電燈裝置老早以前就被偷了，同時被竊走的還有大理石地板，以及黃銅樓梯欄杆。俄羅斯人所謂的資本主義，就是「只要能賣錢的，就偷吧」。即使找人修補上了，也只會引來更多小偷。

扎瑞娜搭乘電梯來到十二樓，踏進與大廳一樣空蕩的走廊。她解開爸媽留下的老公寓的四道鎖，在腳踏墊上擦鞋，以免在橡木地板上留下雪印。地板上嵌飾著複雜的幾何圖紋。她掛好外套和帽子，走進起居室。

「我們以為妳不回來了呢，卡扎柯娃女士。」

男子的聲音嚇得她放聲尖叫，但男子沒有採取任何行動，仍蹺著腳坐在她的沙發上。她一瞥，平整無皺褶的長褲，黑色高領衫，長長的皮外套，扎瑞娜判斷他應該是警察，很可能是俄羅斯聯邦安全局（FSB）的，俄羅斯的反間諜機構，同時也是前蘇聯國家安全局（KGB）的繼任者。另一位藏在廚房中的男子，現身來到她後面的走廊，堵住她的退路，可她想都沒想過要逃。後面這位男子宛如冰箱一般，方正厚實。

「來，坐。」沙發上的男子說。

茶几上，雷峰帽和毛邊皮手套旁，放著一瓶扎瑞娜上好的伏特加，以及兩支母親遺留下來的水晶杯，那是她備著待客用的。

「別介意啊，」男子留意到她的目光，「公務人員的薪水，買不起蘇托力伏特加。所以我就納悶了，國防部的一個祕書，怎麼負擔得起這樣的精品？」

「那是禮物，」扎瑞娜壓抑住內心的緊張，「你們可以帶走，我不喝酒。」

「別急嘛，來，坐。我來自我介紹一下。」

扎瑞娜動也不動，不知所措。她早就知道會有這麼一天，一直期望它永遠不會來。

「不坐？那好吧，我是費德羅夫，維克托．尼古拉耶維奇。」他指著冰箱男，「這位是沃爾科夫，阿卡迪．奧托切托維屈。」

費德羅夫正經八百的自我介紹並非什麼好兆頭，他甚至沒亮出俄羅斯聯邦安全局的證件。扎瑞娜兩腳發軟，只能強撐著。

「我在國防部有很多朋友，」她看了看手錶，「其中一個快到了，是一名警衛。」

「曾經有。」費德羅夫說。

「抱歉，你說什麼？」

「妳說妳有很多朋友，我想妳指的是過去，而且我也知道不會有人來的，卡扎柯娃女士。我們監視妳的公寓好幾個星期了，從沒看到妳有訪客。為什麼會這樣呢？妳單身，又長得漂亮。」費德羅夫傾身，在水晶杯裡倒了少量的伏特加。「我不客氣了喔？」

「你們究竟想要什麼？」扎瑞娜問。

費德羅夫拿著水晶杯，往後一坐。「開門見山，好，我喜歡。不浪費時間，很好。」他舉杯，「*Za tvoyo zdarovye!*（祝您健康！）」然後一仰而盡，將水晶杯放到茶几上，「跟我說說，妳所知道的七姊妹？」

她被問得一頭霧水。「你腦子有問題嗎？」

費德羅夫微微一笑。「我們先假設我沒有。妳對她們了解多少？」

「我又不是導遊，沒必要討你歡心。想知道就自己買書看，書店裡有很多這種書。」

「噢，」費德羅夫解開蹺著的腿，「妳以為我指的是史達林的七棟高樓，那妳就大錯特錯了。不，我想知道的不是那七棟高樓，我想知道的是，妳也是其中一員的七姊妹，也就是過去將近四十年，為美國當間諜的七姊妹。」

汗珠滑下她的背脊，客廳瞬間變得跟公車一樣的悶濕。除了那七棟高樓，她沒聽過「七姊妹」這個詞。難道還有另外六個跟她一樣的女人？

「這裡是不是有點熱？」費德羅夫問沃爾科夫，「可我覺得有點冷，儘管伏特加幫了一點忙。」他挪回目光到扎瑞娜臉上，半晌後才繼續，「是這樣的，卡扎柯娃女士，另外兩名女子也聲稱她們不知道七姊妹這件事，妳想知道嗎？」

現場一片沉默。

難道他期望扎瑞娜回答他嗎？她啞口無言。另外六個跟她一樣的女人，我的天。

「我相信她們的話，」費德羅夫往後一坐，「阿卡迪問話向來很有一套。我相信妳也不知道其他人的身分，但我必須得到妳的親口證實。我們都必須向上頭報告，不是嗎？」

「我不知道你在說什麼，」扎瑞娜說，「你搞錯了，我在國防部擔任祕書將近四十年了。我的個資和資歷都經過數十次的檢驗，並且驗證過關。你可以去查證。」

「所以，妳在否認七姊妹的存在囉？」費德羅夫問。

「你說了，她們是美國間諜，我當然否認。」

費德羅夫抓起手套和毛帽，起身，一臉哀愁地說：「對我來說，妳的否認是一首我不想聽到的悲歌。但對阿卡迪來說，卻是一首悅耳的歌。」

PART I

1

華盛頓州　卡馬諾島

查爾斯．詹金斯單膝跪著，撿拾兩座墳墓上的落葉和枝條。每天八公里的慢跑，他必定過來探訪親手埋在溪床上的兩隻羅德西亞背脊犬，盧和阿諾德。木頭十字架早在漲潮時被沖走了，當初匆匆埋下兩隻公狗時，並沒考慮到這點。

他起身，雜色比特鬥牛犬麥柯絲，從樹叢裡衝了出來。「幸好妳還在，是不是啊，姑娘？妳是最後的莫希干人（注）。」從麥柯絲的牙齒看來，她也老了，棕毛花白了。詹金斯是從一個虐打她的男子手中救下她的，並不知道她實際的年紀，只能推測她起碼十一歲了，比他的兒子CJ大兩歲。「走吧，姑娘。我們回家，送CJ去上學。」

他走下石子路，麥柯絲盡可能地跟上他。他想再養一隻狗，CJ夠大了，能學習照顧寵物了，但愛麗克絲懷孕，堅決反對；詹金斯也夠精明，知道最好別跟一個有身孕的女人講道理。

剩下十公尺了，他兩手交叉放在頭頂上，對著十一月的清冷空氣深吸一口氣，編織帽和厚重的藍毛衣下已經汗水淋漓。他一星期晨跑三天，膝蓋只能承受三天的慢跑，同時在地下室裡舉重。六十四歲的他，無法單單依靠控制飲食來保持身材，需要付出汗水，對，還有一些血淚。如此，他才能在一年的堅持和嚴格自律下，讓一百九十三公分高的他，恢復到一百零六公斤，只比他身材的顛峰時期重了四公斤半。那是將近四十年前的事了，當時他在墨西哥市擔任美國中央情報局（CIA）的任務情報員。

兩層樓房前的石子車道上，荒原路華已經在熱車。與此同時，愛麗克絲再次上演每日的消防演習，如火如荼地將ＣＪ從被窩裡挖出來，送上車，以免上學遲到。而今早，星期四，愛麗克絲要到學校個別指導數學不佳的學生，因此壓力更大。詹金斯為了放心地晨跑，在出門前已把ＣＪ的午餐和書包整理好，放到前門附近。

「ＣＪ，快啊，我們要遲到了！」愛麗克絲站在門口對著屋內大喊，口氣已快要發飆了。

詹金斯聽到ＣＪ在屋內大喊：「我找不到我的足球鞋。」

「因為你把足球鞋放在車上，沒拿下來。」詹金斯咕噥著。

「足球鞋在車上！」愛麗克絲吼了起來。

「你拿午餐袋了嗎？」詹金斯輕輕地說。

「我找不到午餐袋，」ＣＪ說，「妳是不是幫我拿了？」

「對。」愛麗克絲說著，握著那個棕色紙袋的手指收得更緊了。

「你的外套呢？」詹金斯低語，「我不需要外套，你需要。今天的氣溫只有三度，從衣架上抓一件帶著。」

「你的外套呢？」愛麗克絲問衝出來的ＣＪ，而那個男孩居然穿著Ｔ恤和短褲。

「不用帶外套啦。」

「外面冷死了，把你的外套帶著。」

ＣＪ跑回屋裡，拿著外套又衝出來。那個男孩長手長腳，是班上個頭最高的，未來很可能像父親，以及一百七十六公分的母親一樣，是個高個子。愛麗克絲是拉丁美洲人，查爾斯是非裔美國人，ＣＪ有著混血兒的面孔，甚至遺傳了他的綠眼——這個隱性基因，很可能是來

注 The Mohicans，印第安人的一支。

自路易斯安那的遠親。

ＣＪ從詹金斯身邊衝過去。「嗨，爹地。拜，爹地。」

「親我一下。」詹金斯說。

ＣＪ掉頭跑回來，讓詹金斯在他腦門上印下一個吻。「祝你上學愉快。」

ＣＪ往車子跑去，詹金斯跟了上去。男孩爬上後座。

「跟那個男孩，還有問題嗎？」詹金斯問。

「沒事了。」

「如果有事，你打電話給我。你記得暗號嗎？」

「記得。」ＣＪ一邊不耐煩地回答，一邊扣上安全帶。

「是什麼？」老習慣很難改變的。詹金斯有給家人起暗號，就跟他在墨西哥市工作時有個專屬暗號一樣，以防萬一，方便同伴間互相求援。

「爹地……」

「我們在浪費時間。」

「盧怎麼樣了？」ＣＪ嘆口氣。

「他正在睡覺。」

「你能叫醒他嗎？」

「如果很重要的話。」

「很重要。」

詹金斯搓弄ＣＪ的頭髮。「好孩子。」他關上車門。

愛麗克絲翻白眼。「他很健忘。他的腳如果沒有連在腿上，他都能忘記帶。醫生都納悶我的血壓為什麼那麼高。」

「妳今天要去做產檢？」

「兩點。」

愛麗克絲已有將近六個月的孕期，上次產檢顯示她有高血壓，所以她才會頭痛和上腹痛。醫生確診她是子癇前期，叮囑她要放鬆，放慢步調。這種病痛唯一的治療，就是分娩，而愛麗克絲還早的呢。詹金斯已經幫愛麗克絲分擔了計帳工作、CJ保全公司的行政管理工作，同時出席兒子的校外教學活動。兩人的公司，是以兒子的名字來命名。

詹金斯吻了一下愛麗克絲。「答應我，凡事都別逞強，愛麗克絲。」

「我不會的，教室裡有專門為孕婦設置的桌椅。」她吃力地坐進駕駛座，「你跟藍迪談了嗎？」

「愛麗克絲……」

「你說你跟他談過，我就不會壓力這麼大了。」

「我打電話給他了。」

「他們欠我們多少？」

「這事我來處理，我保證這個月底會拿到錢。」

「你應該跟他們說，你要把所有人都扯出來，把事情鬧大，直到他們有反應，這樣他們就不敢不動了。」

「我保證會的。別因為這事給自己壓力。醫生說，孕婦最好不要有壓力。」

CJ在後座大喊：「我要遲到了，媽。」

愛麗克絲翻白眼。「他終於會緊張了。」她吻了詹金斯一下，關上車門，「打給藍迪，」她一邊搖下車窗，一邊說，緩緩將車開走，「跟他說，這星期結束前必須付錢。再跟他說，別逼一個孕婦抓狂，他負不起這個責任。」

詹金斯微微一笑，對著車子大喊：「我會跟他說的。」

荒原路華踉壓著石子，轉彎繞過那輛大型的豐田紅杉，駛向柏油路。

總部設於西雅圖的LSR&C投資公司，是CJ保全公司的客戶之一。該公司的首席財務長，藍迪．特雷格，是CJ足球隊的家長之一，因為聽說詹金斯為西雅圖律師大衛．斯隆以及他的客戶做保全工作，主動前來攀談。特雷格解釋，LSR&C擴張迅速，在舊金山、洛杉磯和紐約都有分公司，並且計畫向國外擴張。他還說，這裡到西雅圖的車程只有一個半小時，但因為西雅圖塞車嚴重，詹金斯可以透過電話協調大部分的保安工作，包括保護他們的職員，以及前來公司辦事的有錢客戶。

荒原路華駛到路尾，左轉，消失在樹林和矮樹叢之後。詹金斯看著麥柯絲。

「那些承包商和供應商，不會等到月底才結清帳款的。」

麥柯絲看著他，一臉苦惱。

「是啊，我也很煩惱。」

詹金斯又給藍迪．特雷格留了一通簡訊後，掛斷電話。如果特雷格今天沒有回電，詹金斯打算開車進西雅圖，親自造訪位於哥倫比亞中心的LSR&C辦公室。他點擊鍵盤叫出電腦裡的檔案。為了創辦CJ保全，他們借了大筆貸款，花費了大部分的存款，而且萬事起頭難。近來市場變動大，LSR&C開始拖欠帳款，目前已積欠了五萬美金的應付款。詹金斯每月月中必須支付承包商和供應商帳款，現在再也無法從貸款裡挪用，他已經沒有資金可以為LSR&C周轉了。為了愛麗克絲的健康以及胎兒的安全，他總是一副泰然無事的樣子，不斷安慰自己，反正LSR&C以往也拖欠過佣金，這次必定也只是虛驚一場。

詹金斯將手機塞回口袋，拿起料理檯上的咖啡壺倒了一杯，然後走到外面呼吸新鮮空氣。麥柯絲就跟在他身旁。他朝滿目瘡痍的菜園走去，園裡只剩下枯草斷枝和落葉。一整個冬天，他獨撐著公司的營運，實在抽不出時間打理菜園。

他似乎聽到車輪輾壓過石子車道的聲音，麥柯絲隨即吠了起來，他轉頭朝南方看去。一輛車行駛過隔壁的泥石小路。多年前，那條小路可以一直開車到詹金斯家門口，直到國有土地合約到期，隔壁鄰居安設了一道大門，並種植了黑莓叢，車輛再也不能開到詹金斯家。後來他鋪設了自己的車道，並在他四百畝土地的後側建造了一條替用馬路。

那輛車駛向繁茂的黑莓叢，在上了鎖的鐵門前停下來。引擎熄滅後，隨即聽到砰的一聲，車門關上。

詹金斯朝屋子正面走去。一個男子站在屋前，好似在欣賞他家。

「有事嗎？」詹金斯問。

男子轉身過——居然是詹金斯過往的一個夢魘。他仍然又高又瘦，肌膚曬得黝黑，不過頭髮已花白。卡爾．艾默生精明的藍眼，一如往常。

「好久不見。」艾默生說。

2

詹金斯端著咖啡進入客廳，遞給艾默生。

「這就是你安度餘生的地方？」艾默生站在窗前，遙望著曾經是休閒馬場的荒廢草原。

「沒錯。」詹金斯說。

兩人陷入沉默，艾默生尷尬地低頭啜了一口咖啡。「私家保全？」艾默生問。

看來艾默生對他做了一番調查，或者請人做了調查，問題是為何要調查他呢？

詹金斯點點頭。

卡爾·艾默生是詹金斯以前在CIA擔任任務情報員時的主管，但四十年前詹金斯突然離職後，再也沒與艾默生聯繫過。其實他和之前的同事都斷了聯繫。

「享受嗎？」艾默生問。

「大部分還滿享受的，」詹金斯說，「公司的營運起起伏伏，但至少它是我的。」

「是啊，一切你說了算。」艾默生又啜了一口咖啡，微微一笑，朝河石建造的壁爐走去。他打量著壁爐架上的相框，尤其是那張愛麗克絲在婚禮當天拍的照片。「你娶了另一位任務情報員。她父親就是我們在墨西哥市的顧問，是吧？」

詹金斯沒理他，轉移話題。「你呢，你最近在幹嘛？」

「在蘭利的辦公室裡埋頭苦幹囉，」艾默生說，「雖然我應該退休了。」

「但你沒有，你來了這裡。」詹金斯說。

「是，」艾默生將杯子放到壁爐架上，「普汀先生又將俄羅斯帶回到美國情報單位的眼皮子底下，所以你我這些經歷過冷戰的情報人員，又成了炙手可熱的大明星。*Vy yeshcho govorite po-russki?*（你還說俄語嗎？）」

「很久沒說了。」詹金斯說。

在蘭利受訓期間，詹金斯發現自己對外語十分有興趣。他花了一年在外語學校修習俄語和西語，後來被派去墨西哥市。該市的蘇維埃大使館是世界數一數二的大，且成為了蘇聯情報人員的最佳掩護所。「你為什麼來這裡，卡爾？」

「七姊妹。」

詹金斯搖搖頭，沒聽過這個詞。

「七個出生背景各不相同的俄羅斯女人，她們的父母都是俄國當局的政敵，所以她們幾乎是打從一出生就開始受訓，滲透進前蘇維埃的各級政府機構之中，為美國收集情報。這也是我們中情局，少數耗費大量時間和心力的計畫。」艾默生說。

在蘇聯時期，這是中情局與蘇聯情報局最大的差別。蘇聯情報局向來會耗費極大的心血和耐力，將情報人員從孩童時期便安插進美國，這是世界情報單位眾所周知的事實之一。

「七姊妹隱藏得十分隱祕，」艾默生繼續，「中情局裡只有少數人知道這個計畫，知道七姊妹姓名的更少，而我不是其中之一。」

「她們還活著？」詹金斯問。

「一些。」艾默生說。

「一九八〇年代，戈巴契夫進行改革開放後，我們沒解除她們的任務？」詹金斯問。

「沒，」艾默生說，「而現在，俄國內部以及我們兩國的關係，都產生了很大的變化。普汀不是戈巴契夫。」

普汀曾是蘇聯情報局的海外情報員，爬升至中校軍階，在情報界惡名昭彰，以狡猾奸詐著稱。

艾默生邊說，邊朝兩張紅皮椅走去，坐下來，蹺腳。「普汀說過，蘇聯的解體『是二十世紀，地緣政治上最大的不幸』，這句話被白紙黑字記錄下來，不是我胡謅的。認真想想，二十世紀發生了兩次世界大戰和納粹大屠殺，他的話還真是一針見血。」

詹金斯坐進艾默生對面的皮沙發，兩人之間隔著一張茶几。

「你為何來這裡，卡爾？」詹金斯又問了一遍。

「過去兩年來，三位姊妹遭到殺害。」

「何謂殺害──」

「她們不再回報，且消失無蹤。」

「也許她們只是不想再捲入兩國的紛爭中。」

「不可能。俄國越是走回頭路，越獨裁，政府機關就越鬆散敷衍，七姊妹就是受訓滲透這類公務機關的，她們越能一展所長。」

詹金斯往後一坐。「你認為俄國內部，已經確認她們的身分，動手一一剷除了？可為何其他四個還活著？既然揪出了三個，必能得知其他四個的姓名，俄國的刑訊手段向來殘忍惡毒。」

「姊妹之間並不知道彼此的存在，也不清楚這個任務的代號。她們甚至不知道自己是任務的一分子，只以為自己是獨立行動。」

「所以她們無法供出彼此。」

「對，不能。」

詹金斯沉思片刻，說：「那我要再問一次，你為何來這裡找我？」

「千禧之子都老了，查理，她們成功融進了情報界。她們擅長電腦操作和電子情報，卻逐漸失去了最基本的人類智慧。你說俄語，起碼能在最短的時間內重拾俄語。你的工作也能提供合理的掩護：LSR&C在莫斯科，不也有分公司嗎？因此你能輕鬆進入俄羅斯，支援她們，而且你不需要訓練。」

「你們打算重新啟用我？」詹金斯吃驚地問。

「是的。」艾默生說。

「為了什麼？」

「我們推斷，如果那三位姊妹的身分暴露，且遭到殺害，那麼剩下的四位，遲早也會走上同樣的命運。」

詹金斯本該說「不」，卻反問：「我們知道多少？」

「知道的不多。我們知道，普汀是在擔任情報人員期間，得知七姊妹的可能存在，企圖確認她們的存在，並找出她們，但都失敗了。」

「然後他從未放棄？」

「應該說他從未忘記比較妥當。俄羅斯聯邦安全局不是蘇聯情報局，它經過更新，有較高的科技設備和技能。我們有足夠的理由相信，普汀已證實了七姊妹的存在，並且動手清除，他稱這個反間行動為『第八位姊妹』。」

「他還真把自己當成了詹姆士．龐德。」詹金斯說。

「他從來都不是個低調的人。你看過他光裸上半身的照片嗎？可能是無鞍騎馬時拍的？」

「俄國人的雄性象徵。」詹金斯說著，想起俄國特工有個根深柢固的集體意識，自以為比中情局的對手厲害百倍。

「第八位姊妹，是取自史達林籌畫建造，但從未實現的第八棟大樓。我們要趕在其他姊妹被暗殺前，確認第八位姊妹的身分。」

詹金斯搖搖頭。「在海關掃描我的護照時，俄國情報單位就會認出我，他們從我在墨西哥市任職期間，就開始搜集我的相關檔案了。」

「沒錯，」艾默生微微一笑，「一個不受歡迎的前中情局特工，跑到莫斯科工作，必定搞得俄羅斯情報局提心吊膽，同時也吊足了他們的胃口。你慢慢跟他們周旋，先餵給他們一些無關緊要的訊息。等他們消除了戒心，你再暗示你掌握了殘存下來的四姊妹的姓名。此時，第八位姊妹必定會現身。」

「然後呢？」

「一旦確認了她的身分，你的工作就結束了。」

「所以我只是鞋拔子，是這個任務的前導特工。」

「對。」

詹金斯搖搖頭。「我的成功，會殺了第八位姊妹？」

「你也說了，查理，俄國情報單位的刑訊手段冷酷殘暴。殘存的四位姊妹冒著自己和家人的危險，為我們提供了機密的重要情報。」

「那就讓任務執行官設法把她們撤出俄羅斯啊。俄國不再是個對外封鎖的國家。安排那四位姊妹到歐洲或這裡旅行之類的。」

「可惜的是，撤出她們會曝露她們的身分，最近英國發生的事件，更證明撤出無法保護她們，不受普汀的怒火波及。並且，我們會同時失去重要情報的來源，而我們現在根本承受不起這樣的損失。普汀從不隱藏他對蘇維埃聯邦的懷念，他將史達林挑選的幾段歌詞重新填入國歌裡，在莫斯科舉行蘇維埃式的閱兵典禮，重啟史達林於一九三一年啟動的全國性健身計畫。」

「也許他自詡為是健美教父傑克．拉蘭內。」

艾默生淡淡一笑，隨即褪去。「你看他介入干涉烏克蘭政務，併吞克里米亞半島，更別提俄國在敘利亞二〇一六年大選中所扮演的角色，以及英國發生的神經毒劑攻擊事件，看來蘇維埃又一次朝我們壓逼而來。」

詹金斯起身，一邊踱步一邊說：「我幾十年前就脫離這一切了，當時的離開，就為了一個理由。」

「所以你現在才能成為我們的臥底。過去發生的事是個錯誤，查理。」

那座墨西哥村落仍然歷歷在目，男男女女橫屍在地，全部因為他送出的情報送命。

「錯誤？如此定義，滿有意思的。」

「那次的出襲行動，只有部分是根據你的情報。」

詹金斯怒火冒起。「我背負全部罪疚一直到現在，我活該。」他內觀著自己的心思，雖然他埋葬了過去，但從未忘懷。「從此，我不會再涉入。我現在有老婆和孩子，還有一個即將出生。你們找別人吧。」

「沒人既有你獨有的技能，又能迅速加入行動，且值得信賴。」

「我很可能進入俄國十幾次，卻都空手而出，卡爾。你為何相信我比其他人，更能找出這第八位姊妹？」

「你只要找人談談七姊妹，不用找第八位姊妹，她自會找上你。」

詹金斯曾經很享受在墨西哥市的日子。當時的工作十分有意義，一群人專心致志地謀畫執行要務。他很喜歡和俄國情報員玩貓捉老鼠的遊戲，而且十分擅長，不，是精通。他的事業扶搖直上，直到瓦哈卡村落的大屠殺改變了他的想法。

「我不再是以前的那個查理了，卡爾。」

艾默生起身，從西裝外套口袋抽出一張小名片。

「如果你改變主意，這上面有我的手機號碼。」

詹金斯沒伸手接下。「我不會改變主意。」

艾默生將名片放在壁爐架上，走了出去。

詹金斯沒跟上去。

艾默生離開後，詹金斯走到壁爐架前，拿起名片打量。他拿著名片走到平板玻璃窗前，望著曾經倘佯著乳牛，但現在已荒廢的牧場。

3

詹金斯給予LSR&C的期限已過了一個星期，儘管藍迪．特雷格擔保有足夠的流動資金支付ＣＪ保全，結果LSR&C只支付了一萬美元。這筆錢不足以ＣＪ保全支付工資和帳款，已有承包商威脅要解約，供應商和債主也在商討訴諸法律途徑。更糟的是，為了取得創業貸款，詹金斯以自己的名義作擔保，因此他的資產現在也面臨被銀行沒收的危機。若銀行催繳貸款，他將失去一切，包括家族農場。

他跟愛麗克絲說LSR&C支付了一筆帳款，並承諾盡快補齊欠款，但愛麗克絲十分清楚他們的經濟狀況很嚴峻。

詹金斯在自家辦公室中來回踱步。他已經兩天聯絡不上特雷格，事態緊迫。即便他告倒LSR&C，帳款也要數月，甚至數年才會入帳，他仍然會失去一切。他會破產，帶著妻子和兩個孩子流浪街頭。他今早第三次拉開抽屜拿出卡爾．艾默生留在壁爐架上的名片把弄。名片上沒有公司行號，沒有姓名、頭銜或地址，只有一組十個數字的手機號碼。

中午時分，詹金斯走在西雅圖知名的派克市場石板路上，周遭的魚販揚聲叫賣，饑餓的海鳥盤旋鳴叫。許多餐廳和店家已經掛出了聖誕節的裝飾，但感恩節都還沒到呢，還剩幾天才是感恩節。

「散熱器威士忌」是一家位於市場口一棟兩層樓房的餐廳，餐廳內屬於開放式裝潢，管線系統、排風管和燈管系統全都裸露在木梁之間。各式鍋具懸掛在喧鬧廚房的中央吊架上，一瓶瓶威士忌和古老的木桶排列在內牆的壁架上。自然光從拱窗窗格中流瀉進來，窗外便能望見「公共市場中心」的紅色霓虹標誌和象徵式掛鐘。

卡爾．艾默生坐在拱窗附近的桌子前，牆壁上的黑板手寫著當日菜單。

「你怎麼知道這家餐廳的？」詹金斯一邊問，一邊脫掉黑皮衣，掛到椅背上。

「朋友推薦的，」艾默生回答，「她說這家餐廳風格復古懷舊，餐點也好吃。」一位女服務生走了過來。「我請你喝一杯？」艾默生問。

艾默生點了一杯加冰威士忌。他的喜好未曾改變。

「給我一杯水就可以了。」詹金斯說。

女服務生離去。「聽說這裡的豬腳很棒。」艾默生說著，將菜單遞給詹金斯。

詹金斯看也沒看，放下菜單。「我要如何找出第八位姊妹？」

艾默生拿起酒杯，啜了一口威士忌，回答：「我說了，只要你向人提起你有剩下四姊妹的資料，我們相信她必定主動來找你。俄國人天生就好奇心重，而且偏執。八十年的共產統治，他們早已習慣互相監督。」

「我要怎麼取得他們的信任？」

「你也說了，俄國人只要掃描你的護照，就會仔細審查你。你一和他們接觸，就直接表明你是中情局的探員——」

「前任務情報員。」

「一位前任務情報員不可能掌握珍貴的機密，除非你退役後，在洛克希德航空製造公司之類的地方工作。這行不通的，你要引導他們以為你離開中情局後，仍然密切參與局裡的行動，並且掌握了他們感興趣的情報。你過去數十年幾乎都待在農場，過著隱居生活，他們無法證實你說的話是否屬實。我說了，你的過去是很完美的掩護。」

詹金斯曾經有幾年的時間，僅依靠遺產以及販賣蜂蜜、果醬和阿拉伯馬維生。

「藏身於市井之中。」他說。

「完全正確。」

「我所掌握的機密，就是四姊妹的身分？」

「你那樣說，很可能立刻被丟入盧比揚卡的監牢裡。」盧比揚卡是過去蘇維埃情報局的辦公大樓，眼下已改成俄羅斯聯邦安全局。「你一開始，只能透露你有情報要賣給他們。記住，在這個階段俄國人必定會跟你打持久戰。他們會假裝毫無興趣，等你主動出擊；等到你通過他們的探試，才會信任你。」

「那我為何要出賣情報給他們？」詹金斯問，「既然我還是中情局的探員，為何要背叛我的國家？」

「最好的掩護永遠只有一個……」

「……最接近事實的那個。」詹金斯說。

「你的公司現在嚴重周轉不靈。」

「你怎麼知道的？」

「情報員的直覺——如果你的事業風生水起，你就不會在這裡了，是吧？」

「我要怎麼讓他們相信我？」

「我會給你長期以來，為中情局效力的俄國情報員姓名，不過這些人從未曝光過，克里姆林宮或俄國安全局都不知道他們的存在。」

「既然從未曝光過，我又如何能獲知這類情報？」

「因為他們都是我們在墨西哥市，策反的俄國情報局探員。俄國安全局查實後，他們必定會查驗，就知道你說的是實情。這足以激起他們的疑慮，引發好奇心。一旦你取得他們的信任，再提出以高價換取四姊妹姓名的交易。出價多少都可以，只要記得俄國人十分吝嗇就行了。」

艾默生將一個文件夾推向他。

詹金斯翻開文件夾的封底，看見一張拍立得照片夾在一張內頁上，照片中，是一個大約四十多歲的男子。

「維克托．尼古拉耶維奇．費得羅夫上校。」艾默生說。

「第八姊妹效忠於他？」

「不太可能，我們相信只有俄國安全局最頂層的幹員才知道她的真實身分。而這位費得羅夫，野心很大。你一提起七姊妹，他會明白此事的意義重大，便會立刻上報。一旦第八姊妹現身，你如約交出四姊妹的姓名，之後，再向我匯報第八姊妹的真實身分。至此，你的任務結束，由我們接手。」

「如果俄國人沒上鉤呢？如果他們只想把我當成一名客人呢？」

艾默生眨也不眨眼地說：「如果出了任何差池，中情局會否認一切。你的任務絕不能曝光。這麼做，殘存的四姊妹將面臨生命的危險。」

「那我的妻子和兒子呢？」

「絕不能讓你的妻子知道你的祕密任務。」

「這我明白。我問的是，如果我出事了，我的妻兒會得到什麼樣的保障和補償？」

「沒有，沒有任何保障和補償。」艾默生說。

詹金斯往後一坐。「起碼你很老實。」

「就算我想唬弄你，你會相信嗎？」

「我要二十五萬美金，先預付我五萬美金，另外二十萬，等我把第八位姊妹的姓名匯報給你的同時，支付給我。」

「嗯，獅子大開口。」艾默生說。

「我承受的風險很大，並且我必須先解決迫在眉睫的債務。你就當那五萬美金是押金。我會向俄國安全局開價大約五萬美金，出賣他們第一個姓名。我一收到錢，立刻轉給你。」

艾默生微微一笑。「你沒變，還是和蘇聯情報局交峰的那一套。」

「我變了很多。」詹金斯說。

「我沒辦法事先預付你任何佣金，」艾默生說，「一旦我們確定你激發了俄國安全局的興趣，我立刻申請五萬美元支付給你。等取得了第八位姊妹的姓名，我會再設法支付給你十萬美金。」

十五萬美元，足以解除CJ保全公司的債務，並且暫時填補LSR&C的拖欠款。

女服務生端著艾默生的餐點過來了。她詢問詹金斯是否點餐，但詹金斯擺手回絕了，他並不餓。艾默生看著鋪著紅椒絲，淋著蒜茸蛋黃醬的豬腳。「成交？」

「是，」詹金斯回答，「成交。」

「回家好好複習俄語吧。」

詹金斯拿著書，從書緣偷瞄出去，結果大失所望，兒子仍然清醒。愛麗克絲不允許年紀尚小的ＣＪ閱讀《哈利波特》，說那套書包含了成人議題，會嚇到孩子。ＣＪ九歲生日時又開口懇求，詹金斯在一旁幫腔，卻給自己找了一個大麻煩。愛麗克絲是讓步了，但只允許ＣＪ讀前兩集，且必須是詹金斯朗讀給他聽。

「下次，你可以直接叫我閉嘴。」詹金斯嘟囔著。

一般情況下，詹金斯十分享受和兒子共讀的時光，但今晚他有心事。LSR&C又支付了一萬美元的欠款，但仍不足以填補額外的債務。詹金斯挖東牆補西牆，試著安撫承包商、供應商和銀行。

「爹地，」ＣＪ喊他，「你沒事吧？」

詹金斯這才發現自己停了下來。「是，是，我沒事。」他瞥了梳妝檯上電子鐘的紅色指示燈一眼，晚上九點了。「我們該結束了。」

「念完這一章。」

「這一段已經結束了，下一段似乎很長。」詹金斯闔上小說，放到ＣＪ的床頭櫃上，將椅子拉回到角落裡，ＣＪ的足球鞋、護具和制服的旁邊。「下午的足球課，好玩嗎？」

「還好。」ＣＪ一邊說，一邊滑進被單裡。

「還好？」

「教練要我當防守，當中衛。」

「很棒啊，中衛十分重要。」

「但中衛就不能進球得分。」

「是啊，不過對方進不了球，得不了分，你的球隊就有機會贏球，不是嗎？」

「也許吧。」ＣＪ說。

「有時候，最炫的位置不是最重要的，」詹金斯說，「有時候最重要的位置，不是最酷的，不是最能炫耀球技的。」

他俯身親吻CJ的頭頂。「你知道我愛你，對不對？」

「我知道。」CJ說著，翻身側躺。

樓下，愛麗克絲生起了壁爐爐火，坐在酒紅皮沙發上，腿上覆著毛毯，翻閱一本育兒書。三十九歲的愛麗克絲，與他年齡相差甚距，卻比他成熟穩重許多。他推測，她的成熟穩重，應該出自她的教授雙親對她這個獨生女的全心栽培。詹金斯在墨西哥市效力期間，她父親一直是美國中情局的顧問。三十年後，愛麗克絲來到卡馬諾島他的農場拜訪他，兩人才首次相遇。愛麗克絲為他送來喬．布藍尼克的包裹，布藍尼克是他在墨西哥市外勤部的搭檔。布藍尼克囑託過愛麗克絲，若他出事了，愛麗克絲務必將這個包裹送交到詹金斯手中。

愛麗克絲抬眼看著他走近。「他跟你鬧嗎？」

「還好。」詹金斯說。

「我想買有聲書給他。顧問說過，讓CJ聽人朗讀，有助於增加他的字彙量。」

詹金斯十分享受為兒子朗讀的時光，委婉地說：「這事不急。」

「你晚餐的時候很沉默，查理。」愛麗克絲說。

「是嗎？我可能在想事情。」

「過來，靠近爐火一點。」

詹金斯繞過沙發，愛麗克絲為他掀開毛毯。他鑽進毛毯下方，兩人靜靜地凝視著玻璃罩內搖晃閃動的火光。

「藍迪怎麼說？」

「他們的客戶投資意願旺盛，但公司在海外擴建，所以周轉資金緊促。他說他會想辦法補齊我們和供應商的帳款。不會有事的。」他頓了一下，凝視著火焰，又說，「LSR&C邀請我前往倫敦，提供他們公司的拓展，在保全保安方面的建議。我也可以藉這個機會跟他當面商談帳款的事。」

「你什麼時候出發？」她問。

「等相關事宜安排好了就出發，應該是感恩節過後了。」

「你要離家多久？」

這個問題，詹金斯無法確定答案，卻想起有位情報員跟他說過，反間諜和約會差不多，不能太快交付真心，最初的約會只是激起對方的興趣而已，「也許一個星期吧。」

「我比較喜歡有你在家的感覺。」愛麗克絲說著，朝他蹭過去。

「佛萊迪在衣櫃裡。」詹金斯說。那是夫妻倆給主臥衣櫃，槍匣中那把短管霰彈槍的暱稱。當年還沒有愛麗克絲和CJ時，他都是與那把短管霰彈槍共眠。

愛麗克絲的手鑽進毛毯下。「佛萊迪不是我想要的。」

「孕期性事，醫生怎麼說？」

愛麗克絲吻他。「她說沒關係，只要我不要太激動。所以你要在上面。」

4

感恩節過後一個星期，晚間十點三十分，詹金斯登上俄航二五七九號班機，從倫敦希斯羅機場飛往謝列梅捷沃機場。該機場距離莫斯科市中心大約三十二公里。而兩天前，詹金斯已致電 LSR&C 的莫斯科分行，知會他們他將前往評估公司的保全措施和設備。

從倫敦飛往莫斯科僅需四個小時，但若從西雅圖算起，整趟行程總共需要十七個小時。加上中途轉機時間和時差，他將在凌晨五點抵達莫斯科。為了掩護，他以公司的信用卡支付機票，以及預訂莫斯科市的大都會酒店的住宿。愛麗克絲打從患病後，已無心力打理公司財務，所以不會去查公司的信用卡帳單。

詹金斯在機艙中睡不著，乾脆戴上耳機，複習俄語和西里爾字母。儘管數十年沒碰過俄語，卻仍然記得它的語感和文法句式。飛機放下輪子準備落地時，他的聽與說距離流利仍然很遠，卻已能應付日常基本用語。詹金斯望向窗外的夜空直至遠方的天際線，指望那只是暗示著莫斯科正在下雪，而非某種不祥的預兆。

入境時，移民官仔細檢視詹金斯的護照後，轉向電腦，敲擊鍵盤。片刻後，移民官搖搖頭，將護照遞回來，「*Nyet.*（不行。）」

「*Chto sluchilos'?*（出了什麼問題？）」詹金斯問。

移民官聽到他說俄語，一臉驚愕。「*Nyet.*（不行。）」他重複一次，揮手要詹金斯離開。

「*Ya prozhdal chas,*」詹金斯以俄語爭取，「*I u menya yest' delo, po kotoromu mne nuzhno popast' v Moskvu.*（我等了一個小時，我必須進莫斯科處理公事。）」

移民官聞言，走出工作站，召喚某人過來，但詹金斯聽不懂他說了什麼。另一位穿著黯淡西裝的男子快步前來。兩人低聲交談幾句後，西裝男接過詹金斯的護照，以英語對他說：「請跟我來。」

詹金斯意識到據理力爭並不能加快通關速度，也知道在俄羅斯一旦出師不利，容易出現骨牌效應，於是順從地跟著西裝男穿過機場，來到一個拘留室，心裡清楚他將經歷一系列的檢查，然後送上飛機遣送回美國。西裝男將他單獨留在房間裡，便離開了。詹金斯放下背包，放好帶輪行李軟箱，走過去試試門鎖，果然是鎖上的。

「很好，」他說，「我連俄國都進不去。」

三十分鐘後，詹金斯不耐煩了，正要走去敲門，卻聽到門外有人在交談，隨即門向內推開，一位光頭寬肩男子走了進來，表情激動，彷彿詹金斯是他失散多年的親戚。之前那位西裝男也跟了進來，但面色慘白，侷促不安。

「詹金斯先生，」第一位進屋的男子以口音濃重的英語說，「造成您的不便，請見諒。我一直在行李提取轉盤那裡等您。我是烏里，是您在莫斯科的司機，也是分行的保全主管。」

詹金斯並未要求，也不知道中情局為他安排了司機。

「出了什麼事，烏里？我為什麼被扣押？」

「一場誤會而已。」烏里說著，狠狠瞪了西裝男一眼。西裝男則像是一個被老師責備的小學生。烏里以俄語大吼：「這位是我們的一位重要商業人士。他的護照呢？」

西裝男趕緊交出詹金斯的護照。「你看，只是一場誤會。」烏里微微一笑，拿起詹金斯的行李軟箱，「走吧，您還有別的行李嗎？」

「沒了。」詹金斯說著，跟隨烏里走出房間。

「你輕裝便行，十分聰明，」烏里回頭說，「不然你會在行李提取處再多等一個小時，託運行李才能完全卸下飛機。飛機會吃了行李。」他又微微一笑，「走吧。」

「烏里，」詹金斯一邊說，一邊趕上快步走下走廊的烏里，「我並沒要求分行安排司機。」

又是一個微笑。「在莫斯科，你會需要一位司機的。現在處處都有拆毀重建的工程，人車也都越來越多了。」烏里左轉，走下長長的、空蕩的航空站，「沒有司機，你走不了多遠，也會浪費很多時間。」

這段回應無可挑剔，烏里也是個十分稱職的演員。他在機場出現，可能是來接上司的——但詹金斯也知道他的護照已經觸動了警鈴。移民官趁他被監禁時知會了俄國安全局，安全局也已安排了人手，暗中跟監詹金斯在俄國的一舉一動，而烏里很可能就是其中之一。無論是之前的蘇聯情報局，或現在的安全局，在美商公司內安插探員十分常見。

在俄羅斯看來，現在的詹金斯或許只是一位美國商人，但許多年前，他是個中情局探員，而俄羅斯人的記憶力就像他們的冬天，非常非常悠長。

車子一進入莫斯科市，烏里沿著馬爾克斯大道繞行克里姆林宮，好讓詹金斯欣賞聖瓦西里大教堂多彩的洋蔥圓頂。教堂廣場上，有穿著厚實冬衣的人，勇敢頂著刺骨的風雪來來往往。

烏里駕車來到大都會酒店的正門，詹金斯從後座下車，踏進風雪中，寒風刺痛了他的臉頰和手，令他呼吸困難。他在背包的外袋塞了毛帽和手套，卻沒拿出來，想扮演一會兒觀光客。他的目光穿過大量車流，一副欣賞克里姆林宮鐘樓的模樣，實際上，他是在打量黑色賓士越野車裡的兩名男子。在進城的路上，他從側視鏡裡注意到那輛車。

「你下午兩點要到辦公室。我一點半來接你，行嗎？」烏里將行李箱放到地上，「你先睡一會兒，但不能睡得太沉。」

詹金斯道謝後，提起行李軟箱，爬上階梯。代客泊車員拉開了門，他踏入了酒店的大理石廳堂。鑲嵌天花板上，一盞豪華精美的水晶珠簾吊燈，懸掛在金雕像和大理石柱上方。高端手錶在大廳展示櫃內晶光閃亮，一位豎琴手來回撥弄琴弦。櫃檯人員以標準流利的英語跟他對話，數分鐘後，詹金斯進入了位於五樓的客房。一看到那張特大號床鋪，他好想撲倒下去大睡一覺，但烏里警告過他別睡得太沉。他還有工作要忙。

他走進浴室，關上門，打開蓮蓬頭，伸手到馬桶後面，探摸到強力膠布，用力一扯，拔出被黏在那裡的牛皮信封。他坐在馬桶蓋上打開信封，抽出幾張紙，掃了一眼已終止的任務的代稱，以及他即將接觸，並協助他吸引安全局注意的俄羅斯雙面間諜的個人資料。

詹金斯手中握有釣餌，現在必須拋出釣線，期望能有大魚上鈎。

記下卡爾·艾默生提供的資料後，他將每張文件摺疊成手風琴狀，拿第一張紙條到馬桶上方，用打火機燒掉。因為紙張經過摺疊再過火，不會產生燃煙或焦味，也就不會觸動偵煙警報器。燒完後，將飄散的灰燼掃進馬桶內，繼續燒下一張，最後剩下那一小片被他撕下來的紙片。

艾默生給了他俄國安全局位於盧比揚卡廣場的總部的電話號碼。詹金斯打開行李軟箱，抽出一支拋棄式的預付手機，輸入電話號碼。他對自己的記憶力十分有信心，但他不再是二十多歲，對世界無動於衷的小伙子了。他這次鼓足勇氣冒險，但並不期望遭遇危險，這也是右手顫抖的原因。手的顫抖十分輕微，卻是他從未有過的經驗。

將拋棄式手機塞入外套口袋裡，抓起行李箱中厚實的羊毛帽和毛邊皮手套。掃視客房一圈，記住所有物品的位置，他知道稍後會有人進來搜屋。

他走到門邊，單膝跪落，好似在綁鞋帶，將那張從文件撕下的紙片塞進鞋子底下，以免待會房門打開時，吹走紙片。他起身，拉開房門走出去，再輕手輕腳地關上門。

來到酒店大廳，接待人員前來詢問他是否需要叫計程車。詹金斯婉拒了，趁機練習俄語：「只是出去走走。天氣太冷，我也走不遠。」

他拉上外套拉鍊，一邊拉下毛帽覆住耳朵，一邊朝外走去。一陣俄羅斯冬天凌厲的寒風，宛如拳頭一般甩向他的面龐。他在大門外駐足，戴上手套，同時確定了那輛黑色賓士就停在泰佐尼尹大道的對面。他朝北走去，口吐白煙地朝盧比揚卡廣場那棟土橘色大樓而去。那棟矩形大樓曾是世界令人心驚膽跳的處所，是蘇聯情報局的總部，以及惡名昭彰的牢獄。

艾默生說過，與現在的俄國安全局相比，蘇聯情報局更像是一群半調子條子；在普汀獨斷專權後，為了增強並鞏固權力，他打造他的寡頭政權，將列寧格勒的好友和同僚安插進安全局，替他監視、緝補官員，誅殺異黨。

盧比揚卡大樓的對面，越過廣場，就是詹金斯的目的地，那棟多層的大廈曾經叫作「兒童世界」，內含超過一百家的兒童用品商店。詹金斯走到玻璃門前，那裡已為聖誕節做了裝飾，立著三尊大型的霓虹管玩偶，一尊小女孩、熊，和木偶奇遇記裡的皮諾丘。詹金斯不禁納悶這三尊玩偶是否含有政治意涵，小女孩代表新俄，熊代表舊俄，而皮諾丘則介於新舊之間。不過詹金斯真正在乎的，不是這棟大廈的位置，而是臨近聖誕節了，裡面的店家必定擠滿了購物的媽媽跟小孩。他指望首次的會面是在公共場所，如果事情進行得順利的話。

進到大商場內，他脫掉手套和帽子，塞進外套口袋裡。被凍僵的臉頰痲痲癢癢的，像是去了趟牙醫診所，注射的麻藥逐漸褪去，恢復知覺的感覺。他在一樓發現星巴克，買了大杯的卡布奇諾，拿著咖啡走到中庭華麗的彩色玻璃屋頂下一張餐桌邊坐下。嗡嗡的人語聲幾乎淹沒了聖誕節音樂，詹金斯滑著手機，好讓那兩位俄羅斯看護人趕上來。那兩位男子進入了商場，就站在華麗的燈柱附近，其中一位低頭藏在摺疊起來的報紙中。

詹金斯深吸一口氣，按下撥打鍵。手機響了幾聲，就在他以為電話將被轉入語音信箱時，一個男子接起了電話。「費德羅夫。」

「*Dobroy dien.*（美好的一天。）」詹金斯以俄語打招呼，隨後改成英語，「我是來莫斯科出差的美國商人，我手上有些訊息，我想俄國政府應該會感興趣。我要找人談場買賣，也許你會受益良多。」

費德羅夫頓了一下，也許正忙著電話錄音。「*Kakaya informatsiya?*（什麼訊息？）」他以俄語回應，儘管他絕對會說英語。語言是主導會話的一種手段，而且絕對不能透露你聽懂多少。

「這類訊息必須私下討論。」詹金斯仍然以英語交談。

費德羅夫頓了一下，才以英語回應：「我們不承辦這類事宜。如果你遺失了護照，或迷了路，應該去找美國大使館吧？」

「我想對於我的訊息，美國大使館不會比俄國安全局更感興趣。不過既然你不感興趣，那麼抱歉，擔誤你的時間了。」

「*Podozhdit.*（等等。）」費德羅夫連忙說。

「是，」詹金斯說，「我還在聽。」

又是一頓，費德羅夫才開口問：「你的俄語是在哪學的？」

詹金斯微微一笑。看來，近數十年來，遊戲規則有所改變。他抓住機會造勢。

「墨西哥市，一九七〇年代學的。不過，我覺得好像學騎單車一樣。」

「騎單車？」

「喔，只是美國人的一種比喻，意思是，一旦學會，一輩子都忘不了。」

「你願意來一趟盧比揚卡嗎？」

「不。我給你一支手機號碼，如果你或誰想跟我面談，可以撥這支號碼給我。我就在附近。我會告訴來電的人到哪裡會面。」詹金斯劈里啪啦說出手機號碼。他聽到費德羅夫翻找著筆和紙。「我只等十五分鐘，」詹金斯說，「等我喝完了咖啡，立刻離開。你應該跟那兩個跟蹤我的人說一說，媽媽們在兒童用品店裡看到沒帶孩子的男人，都會很緊張的。*Proshchay.*（再見。）」

詹金斯掛斷電話，往後一坐，用眼角打量他的兩個俄國看護人。不到一分鐘，只見最靠近他的那個微微側頭，以掩飾外套衣領延伸至耳朵的線路。那個人接到電話了。

十五分鐘過去，沒人回撥電話給詹金斯。安全局就像蘇聯情報局一樣，耐心十足，只喜歡按照自己的步調行事。

詹金斯拿起杯子，喝光剩餘的咖啡，往商場外面走去時順道扔進垃圾箱裡。經過那兩個看護人時，他忍不住逗弄他們一下。畢竟他原本就是一個能言善道的資深情報員。

「*Vy mozhete byt' arestovany za besporyadok v detskom magazine.*（你們在兒童用品店裡逗留，會被當成壞人被抓走喔。）」他說。

一整個下午，詹金斯都與烏里耗在LSR&C的莫斯科分行，檢視、討論安檢措施。檢討會議告一段落，公司股東提議前去一家中國餐廳用餐。詹金斯自從機上的小食後便再未進食，欣然同意。他一整晚都保持高度警戒，但並未發現可疑的跟蹤人士，餐廳內也沒有人特別注意他。

用餐臨近結束時，詹金斯告退前去洗手間。站在小便器前，聽到洗手間的門被推開，有人進來了。儘管尚有幾個空出的小便器，那個人就是站到詹金斯的隔壁。詹金斯閃過他受訓時期的回憶，意識到自己犯了錯。他所接受的訓練，是小便時不能背對著門，也必須讓手騰空出來。

「詹金斯先生，」那位男子直盯著面前的白磁磚，頭轉也沒轉，「我是費德羅夫，維克托．尼古拉耶維奇，我們早上通過電話。我們十分樂意和你談談，請你明天上午十點到盧比揚卡大廳。你知道這個地方嗎？」

「熟得不能再熟了，」詹金斯說，「如果我拒絕你的邀請，希望你能多多包涵。不好意思，過去的偏見很難消除，我比較喜歡找個色彩中立一點的場所面談。」

這就像是與上鈎的魚周旋，想辦法令牠精疲力盡。

詹金斯聽到費德羅夫做了一個深呼吸。「你知道扎里亞季公園嗎？」

「就是之前羅西亞飯店的原址？」詹金斯說著，意識到他又一次令費德羅夫不敢小覷美國情報員，不過費德羅夫應該早已料到他知道那座公園的歷史。羅西亞飯店曾是世界規模最大的飯店，蘇維埃時期專門招待外國訪客。共產黨垮臺後，新業主改建了飯店，承包商卻發現牆內裝滿了攝影機、竊聽器，管線裡也散布著瓦斯，只得整棟拆毀。聽說，是普汀說服新業主放棄該產業，以免國家蒙羞，並在飯店原址建造一座公園，說是獻給莫斯科人民的禮物。

「沒錯。」費德羅夫說。

「我知道當初這家飯店，是前所未有的摩天大樓規模，它的前生就是扎里亞季行政大樓，是吧？」費德羅夫沒有回應。「也是現在所謂的莫斯科『七姊妹』，的第八棟，是吧？」費德羅夫轉開了頭。詹金斯引起了他的注意，同時也好好地觀察了那個男人一番。

「你可以從你落腳的飯店步行過去。」費德羅夫說，「明天上午十一點，媒體中心會播放莫斯科一八一二年的大火紀錄片。你進去後，在倒數第二排找個位置坐。」

5

詹金斯站好位置以阻擋氣流，然後打開客房房門，盯著地毯瞧。那張紙條的位置移動了。他趕緊挪開目光，現在的科技已可將監視攝影機縮小成針頭，他很可能已在他人的監視下。

他將外套扔到床上，看了一眼手錶，莫斯科時間比西雅圖快十一個小時，愛麗克絲應該正忙著送ＣＪ去學校，沒太多時間講電話或提問。

他用自己的手機撥電話回家給她。手機響了兩聲，愛麗克絲接起了電話。

「嗨。」愛麗克絲回應得有些急促。

「我只是想報個平安，讓妳知道我安全抵達了。妳那裡如何？」

「我忙著催ＣＪ出門，」她大吼，「ＣＪ，走啦。你又要遲到了，這次我不會再幫你說話開脫了。」她又轉回來對手機說，「抱歉。你事情辦得如何了？」

「一切順利。妳別忘了控制血壓，大吼大叫對身體不好。ＣＪ遲到了，就讓他自己去面對後果，讓他嘗嘗教訓。」

「大吼大叫才能幫助我降低血壓。」愛麗克絲說。

「別太激動就行了。」

「我拿了你的午餐和外套，」詹金斯聽著她對ＣＪ說，「我已經在熱車了。」

「看來妳兩手都沒閒著。幫我給ＣＪ一個吻。」

「好的。」愛麗克絲說。

「我愛妳，愛麗克絲。」他沒有在電話裡說我愛妳的習慣。他的成長環境沒有這一套，因此他也沒這種習慣。

愛麗克絲頓了一下，才回應：「我也愛你。我等你回家。」

「好，再見。」詹金斯掛斷電話，突然一陣作嘔，連忙衝進浴室，關上門，打開蓮蓬頭，才對著洗臉盆大吐特吐。片刻後，他直起身子，看著鏡子裡蒼白的臉，人也是頭昏眼花的，直冒冷汗。他抓著盆臺穩住自己，深吸幾口氣，屏息，再吐氣。頭不再暈了，快速脫衣，走到蓮蓬頭下，讓針尖似的熱水沖擊著肌膚。

他達成了今日目標，拋出誘餌，費德羅夫似乎也上鈎了，但詹金斯清楚費德羅夫必定會沉住氣跟他周旋，他必須謹小慎微才能掌控局面，費德羅夫必定也是同樣的心思。詹金斯處在費德羅夫的地盤內，兩人皆心知肚明，費德羅夫輕而易舉就能讓詹金斯失蹤。

四十年前，在墨西哥市時，詹金斯會捉弄蘇聯情報局的特務，看到他們焦頭爛額，他十分有成就感，也十分享受。但現在不同了，當時的他無牽無掛。當年在越南，那些年輕人、年輕的士兵，全都不在乎生死，視死如歸。詹金斯發誓，絕不讓自己變成那樣。他發誓，他必能絕地逢生，他不會忘記求生的理由。

當時，他活了下來。他也變得視死如歸，也不在乎生死。

他就這樣去了墨西哥市，大膽無畏地奔赴任何上司指派的任務。

然而這次不同，他不再是從前那個詹金斯了。

詹金斯抬起右手，手的微顫見證了他多在乎自己的生死，見證他有多害怕失去，失去一個心心相印的女人、心愛的兒子和一個即將出世的寶寶。現在的他，雖然不是在叢林裡躲避子彈，但他知道這次的戰場，跟子彈一樣致命。

6

醒醒睡睡一夜後，詹金斯下床，梳洗著裝，將自己包裹得嚴嚴實實地，出門朝冰凍的莫斯科市而去。他想在會面之前好好整理思緒——如果費德羅夫真的現身。以前蘇聯情報局的特務經常放人鴿子，藉此取得主導權，以掌控局勢。詹金斯感覺俄國安全局的作風，半斤八兩。

他離開酒店，朝盧比揚卡大樓走去。不過這次，他在英文「五折」的招牌下右轉，沿著覆著薄薄白雪的石板人行道走下去，兩旁皆是餐廳和阿瑪尼、聖羅蘭、寶緹嘉等高級精品店，全都掛上了聖誕節的裝飾。

現在的莫斯科，早已不是祖父那一輩的莫斯科了。

他刻意駐足片刻，假裝瀏覽商店櫥窗，實際上是在掃視街上行人的倒影，以確定是否有人跟蹤。他沒看到那兩個人。他經過紅場，右手邊是喀山大教堂，左手邊是吊掛著數千顆閃亮燈泡的甘姆百貨公司。穿過廣場，一排觀光客在天寒地凍中排隊，等著進入列寧陵墓參觀。走過聖瓦西里大教堂，離開紅場，過馬路來到莫斯科河畔的扎里亞季公園。公園裡的草木似乎都是新栽種的，沿著一排晶光閃閃的玻璃建築延伸而去。詹金斯穿過一個繁忙的十字路口，來到玻璃圓頂建築，買門票時，拿到一張英文地圖和一本小冊子，其中的介紹文標榜扎里亞季公園造於一九五八年，是莫斯科市第一座公立性公園，並將普汀歌功頌德一番，說他為民造福，贈送給莫斯科人民如此一座大禮物。對於比鄰的、醜聞纏身的扎里亞季大飯店，小冊子裡隻字未提。為了建造這棟飯店，拆毀了億萬富翁德米特里．舒科所有、藝術價值非凡的新大樓。舒科據理以爭，反抗拆除工程，不久後，就被發現在莫斯科自家公寓裡上吊自盡。投資人以「莫須有」畏罪自殺，形容他的死亡。

詹金斯跟著地圖跨越浮橋，經過嵌入草坡的蜿蜒建築，來到多媒體中心。買了入場券，開始尋找一八一二莫斯科大火的放映廳。

詹金斯推測，費德羅夫選擇這部紀錄片，必定別有用意。他在受訓期間研究過俄羅斯歷史，知道一八一二年的莫斯科大火，是俄軍堅壁清野的戰略之一，目的是留下一座缺食少糧、空無一人的廢墟給拿破崙入侵的大軍。拿破崙大軍的確成功占領了莫斯科，卻面臨餓死凍死的威脅，只得撤軍。

俄國人絕不接受外人的統治。

詹金斯依照指示，在後排稀疏零落的觀眾之間找了一個座位。

十一點十五分，仍然不見費德羅夫的身影，詹金斯斷定這是安全局的另一場測試。他收拾好準備離開，卻注意到兩名男子進入漆黑的放映廳，朝他而來，第一位便是費德羅夫，他在詹金斯隔壁落座。第二位男子，身材宛若水泥磚，坐在兩人的正後方。詹金斯想起了《教父》電影中，那位胖子部下彼得．克里蒙沙，特別是那一幕，克里蒙沙坐在後座，準備勒斃副駕駛座上塔莉雅．夏爾的丈夫。

「你有話要說？」費德羅夫以英語問。

詹金斯點點頭。「是。」

「好，不過如果想要我們配合你，你必須親臨盧比揚卡大樓一趟。」費德羅夫若無其事地說，「既然你提議了，我們也願意洗耳恭聽，但如果你真想和我們商談，你必須來一趟。」

「*Ya dumayu, chto ya dostatochno blizko. Krome togo, korotkaya progulka po russkomu kholodu khorosha diya zdorovya, net?*（我認為這裡夠接近盧比揚卡大樓了。更何況，在俄國的冰天雪地裡走一小段路，有益健康，不是嗎？）」詹金斯不慌不忙地以俄語回應。一般來說，他絕不輕易透露他的俄語程度，但他要費德羅夫明白，他才是這場生意的主控人。

費德羅夫盯著他瞧，詹金斯也冷冷地回視。保全面子——氣勢上絕不能輸人——對俄國男人來說，勝於一切。詹金斯特意率先挪開視線。

「再者，這裡這麼吵，別人就不會偷聽到我們的談話，也不能錄音。」詹金斯以英語說，「這不是剛好切合我們今早的目的。你也是這麼認為吧，不然我們不會約在這裡。」

費德羅夫盯著螢幕瞧。「也許我們應該先從你的目的著手。」他說。

「很公平。我在電話裡說了，我是美國生意人，手上握有俄國政府應該會感興趣的訊息。」

「你從事哪方面的生意？」

「保全。」

費德羅夫淡淡地勾起嘴角。「在俄羅斯，有人認為我們的保全夠多了，甚至有些過了頭。」

「在美國，有人認為我們的保全，不足以保護我們免於有心人士的傷害。」他嘆口氣，「我來這裡出差，只是個掩護，方便我在你的國家出入而已。」

「何不說說你來俄羅斯的理由。」

「你去過墨西哥市嗎？」詹金斯問。

費德羅夫微蹙眉頭。「沒，沒去過。」

「你太年輕了，」詹金斯推斷費德羅夫大約四十多歲，「在我們那個年代，在墨西哥市隨便扔一顆石頭，都能砸到蘇聯情報局的特務。」

「你在墨西哥市從事哪種生意？」

詹金斯微微一笑。「朝蘇聯情報局的特務扔石頭。」

費德羅夫瞥了詹金斯一眼，大笑開來。

「*Yo era un turista estadounidense en México.*（我只是墨西哥的一個美國觀光客。）」詹金斯以西班牙語說。

「原來如此。說說看，你的訊息是哪方面的？」

「與我交手過的，蘇聯情報局特務的姓名。」

「我沒聽懂。」

「這些特務的立場。」

「你是指那些叛變投敵的ＫＧＢ特務？」

「不是，是仍然留在ＫＧＢ的特務。」

「我明白了。」費德羅夫說得雲淡風輕，但顯然已有所動搖，只見他聳聳肩，「這都是很多年前的事了。蘇聯早已不存在，你怎麼以為我們會對往事感興趣？」

「沒錯，我讀了所有相關報導，知道俄國經歷了一連串的改革重建。也許我真的想錯了，以為我這種人掌握了新俄國會感興趣的重大訊息。」

「也是，」費德羅夫說著，隨即又補上，「不過還是可以試試看。」

詹金斯點點頭。是時候撈魚上船了。

「阿列克謝·蘇庫洛夫。我確信他是ＫＧＢ的前上校，他提供美國的重要情報，都是關於蘇聯高科技軍火武器的情報，前後長達四十年。任務代號是『灰石』。」

「我沒聽過這個人。」

詹金斯微微一笑。「因為他令你的國家蒙羞。查一查他吧，費德羅夫先生。如果他引起你的興趣，讓我知道。」

「你會在莫斯科待多久，詹金斯先生？」

「沒人知道。」詹金斯說著，並注意到費德羅夫從未問過他，他落腳在哪家飯店。

「如果我們對這個人感興趣，你想要什麼作為回報？」

「美國人都想要的東西，」詹金斯說，「俄國人都想要的東西，至少今早走過來的一路上，我所見識到的是如此。我們現在都是資本主義社會，不是嗎？」

7

隔天下午，詹金斯的拋棄式手機響起，當時他剛結束LSR&C分行又一輪冗長多餘的會議，快步走進大都會飯店的大理石大廳。他安排這些會議，只是想給費德羅夫時間，深入調查阿列克謝·蘇庫洛夫。根據艾默生提供的資料，蘇庫洛夫這位KGB高層官員，在死前曾多年提供美國詳盡的蘇聯軍方科技情報。既然人已身亡，這個人的姓名便不再重要，他只是想藉由此人引發費德羅夫的好奇心，想一探究竟詹金斯是否掌握其他更有價值的機密情報。

拋棄式手機的來電，證明費德羅夫的確好奇心大起。

費德羅夫再次要求詹金斯前往盧比揚卡大樓，詹金斯也再次婉拒了，並且提議在一家餐廳商談。為了照顧費德羅夫的面子，詹金斯進一步提議費德羅夫過來飯店接他，兩人再一同駕車前往餐廳。途中對方便能一路繞行，直到確定未被中情局的特務跟蹤——這個步驟在他的年代，被稱作「乾洗」。

一小時後，詹金斯走下飯店後側的樓梯。大雪紛揚，微風輕掠，雪花如落葉般灑在後院的地磚上，四周的喧囂沉靜下來，此時的莫斯科一片安詳靜謐。

一輛賓士休旅車駛進後院，停在樓梯口。費德羅夫坐在副駕駛座上，望著擋風玻璃外。詹金斯聽著門鎖彈起，代客泊車人員為他拉開了後座的車門。詹金斯坐到費德羅夫的後方。水泥磚人將車駛走，三人未曾寒暄。

休旅車駛上地面道路，詹金斯注意到前座的兩人不斷檢視後照鏡，以確認有無被跟蹤。

駕駛人猛地向右急轉，詹金斯連忙抓住門頂手把，以免被甩到後座的另一頭去。休旅車車底刮擦過水泥鑲邊石，車輪彈跳。車子停下時，車頭燈照著一條狹窄的磚牆小巷，巷寬只勉強容得下一輛車子。駕駛關掉引擎，熄滅車燈，隨即與費德羅夫快速下車。費德羅夫拉開後座的門。

「下車，請。」

詹金斯下車，暗自期望這不是他們的目的地。小巷充滿了垃圾的酸臭味。

駕駛人開始搜詹金斯的身，從頭到腳皆未放過。搜身完畢，他對費德羅夫點點頭，費德羅夫抬手朝前方打了一個手勢。另一輛車的車頭燈亮起，它就停在一道拱形隧道內，車頭燈照亮了小巷。那輛車緩緩駛出隧道。紅色奧迪車下來三個人，其中一個與詹金斯一樣高，他們快步且靜悄悄地朝黑色賓士而來。最高的那個坐入後座。新駕駛人驅車駛向小巷盡頭，到了路口右轉。

詹金斯跟著費德羅夫和他的駕駛走向奧迪，坐進了後座。奧迪朝他們剛剛駛入小巷的方向駛去。水泥磚人又一次急轉彎，隨即減速，又加速，在紅燈前飆過路口。確定無人跟蹤後，駕駛人在特維爾斯柯尹大道上，一棟巴洛克式樓房前停下，樓房上掛著「普希金咖啡館」的金色招牌。

詹金斯跟隨費德羅夫和駕駛走進餐廳，吧檯前坐了一些人。三人走了過去，爬上狹窄的樓梯，上到二樓，餐廳領班立刻迎了上來，好似正等著他們。領班引領三人穿過一個高雅、看似私人的圖書館，雕刻華美的書架上擺放有金色書脊的古書。書架盡頭吊掛著形狀各異的小燈。深色紅木家具，拱窗，深綠桌布，這房間好似詹金斯每晚讀給ＣＪ的《哈利波特》中的一間。

平日的夜晚，又下了雪，這房間沒有客人，不過詹金斯聽到輕柔的俄語交談聲，以及銀餐具和玻璃杯的叮噹聲。廚房飄出香味，他口水直冒，這才想到早餐後便未再進食。領班引著他們繞過另一個書架，指著角落的一張餐桌。桌上放著兩杯看似盛著伏特加的酒杯。一位白衣、紅背心、及膝圍裙的服務生遞來了菜單。費德羅夫豎手拒絕了菜單，逕自點了餐，詹金斯努力理解手中的菜單，卻只認得氣泡水、香檳、魚子醬和小牛肉排佐洋蔥。

無論克里姆林宮或費德羅夫是否真的對詹金斯的情報感興趣，和許多美國公務員一樣，俄國公務員似乎也認為花錢招待一頓大餐是個機會，判斷下一步該怎麼走。

「你的單位支付你的薪水必定十分優渥，比美國來得高許多。」服務生離去後，詹金斯一邊說，一邊環視餐廳。

費德羅夫只說：「抱歉，剛才有些戲劇化了，不過詹金斯先生，陌生人初次見面總是需要謹慎一些。」

「看來，你核實了阿列克謝．蘇庫洛夫的事了？」

「蘇庫洛夫先生過世了。」費德羅夫說。

「自然死亡？」詹金斯問。

費德羅夫拿起酒杯，第二杯酒就放在詹金斯面前。他用大拇指指著水泥磚人。「他不喝？」「他是阿卡迪．沃爾科夫，」費德羅夫說，「他要開車，他不喝，否則就太不負責了。」費德羅夫舉杯，「*Za fstrye-tchoo.*（敬破冰之談。）」

詹金斯也舉杯致敬，酒杯放到唇前，但並未喝酒。

費德羅夫放下酒杯，壓低聲音說：「你一九七八年在墨西哥市，與已故的喬．布藍尼克共事。自殺嗎，不是？有意思。」詹金斯沒有回應，「你離開墨西哥市，回到美國，從此你的時代就結束了，詹金斯先生。」

算是吧。當時，詹金斯大失所望，抱著愧疚離開了中情局，退隱在卡馬諾島的自家農場，獨自居住直到愛麗克絲在那個命中注定的早晨出現。

詹金斯展開餐巾，鋪放到大腿上。「我對上司不太滿意。」

「是，你被派到共產主義日漸昌盛的瓦哈卡山區做調查，當時的上司叫厄爾．普羅費塔，是個捏造出來的墨西哥人。不久後，那座村莊遭到屠村。據說，屠村的劊子手是右翼墨西哥民兵組織。這聽起來也滿有意思的，是吧？目前為止，我掌握的訊息如何？」

詹金斯沒有回應，只是點點頭，服務生回轉得甚是時候。服務生上了一盤開胃菜，一邊指一邊說：「烤黑麥麵包佐茄子。醃漬蘑菇。醃漬蔬菜。*Naslazhdat' sya.*（請享用。）」

費德羅夫拿起一塊黑麥麵包，用奶油刀抹上茄子。

「請用，」他打著手勢說，「你會喜歡的。」

詹金斯模仿費德羅夫，拿了一塊麵包抹上茄子。那位司機動也不動地坐著。

「他也不吃東西？」詹金斯問，「你是在哪裡幫他添加汽油或充電的？」

司機緩緩轉頭瞅著詹金斯，片刻後，微微牽動嘴角對詹金斯一笑。這傢伙會是脫口秀裡的風雲人物。

「我們先說清楚，詹金斯先生，」費德羅夫塞了一口蘑菇進口中，「我們對於你提供的前蘇聯情報局特務的身分，不感興趣，畢竟ＫＧＢ已是過去式，且那個人也過世了。」

「可我們還在這裡商談。」詹金斯說。

「是的。我推斷你供出阿列克謝．蘇庫洛夫這個人，真正的目的是要我去核實，你曾經有門路獲取珍貴的情報。對吧？」

「對。」

「你說，你還掌握了其他較近期的珍貴情報？」

「我得到我認為十分珍貴的情報。」

「詹金斯先生，經過那麼多年後，一位與中情局關係不佳的前特務，要如何獲取如此珍貴的情報？」

「他獲取不了。」詹金斯說。

費德羅夫一頓，隨即用叉子撥弄著開胃菜的邊緣，琢磨著詹金斯的話。

「所以，你是在浪費我們的時間？」

詹金斯放下剩餘的麵包，拿著餐巾擦拭嘴角。「今年十一月十六日，俄國國防部一位叫作扎瑞娜・卡扎柯娃的祕書，大約下午五點出頭離開了俄國白宮，也就是你們所謂的貝利棟姆，回到她位於菲勒斯基公園區的公寓住處。」詹金斯複述卡爾・艾默生所提供的資訊，「卡扎柯娃女士在國防部任職將近四十年，工作考評優良，也是蘇聯改革前，一位合格的共產黨員，並且一直持續至今。但隔天，她再也沒去上班。她下落不明，失蹤原因成謎。」詹金斯咬了一口麵包，「她的下場很有意思吧，你說呢？」

費德羅夫的喉結上下滑動，連忙啜一口酒以掩飾，卻被嗆得往綠色餐巾猛咳。司機見狀一凜，卻動也不動。費德羅夫若是被嗆到窒息，他早已斷氣了。只見他逐漸緩和下來，終於止咳了。

「抱歉，」費德羅夫聲音沙啞地說著，啜了一口水，「你是指『她的下場不應該如此』，對吧？」

「是的。」詹金斯說。

費德羅夫雙肘撐在桌上，十指相交。「你的情報很有意思，當然，我們需要核實一下情報的正確性。」

「當然。」詹金斯說，儘管費德羅夫剛才的猛咳早已不言而喻，證實了這條情報無誤。

「還有別的嗎？」費德羅夫問。

詹金斯說：「另外還有兩位女士，一位叫伊雷娜．拉芙洛娃，另一位奧兒佳．阿塔莫若娃，這兩個人與卡扎柯娃女士年齡相仿，相繼在這一年半內失蹤。她們兩人也是從俄國政府機構下班後，再也沒回去上班。你想聽聽關於她們的細節嗎？」

費德羅夫點點頭。這次他啜了一口白開水，而非伏特加。他興致來了，十分關心。

詹金斯花了十多分鐘，向費德羅夫交代了這兩位姊妹的相關細節，包括她們兩人失蹤之前的動向。他還說了，針對這三樁失蹤案莫斯科警方坦承掌握的線索太少，找到三人的希望渺茫，儘管三人的親朋好友自始至終皆不願放棄。

詹金斯言畢，並附上自己的結論。「你看，維克托，有時候最高明的掩護，就是不掩護。一個人憑空消失，然後大家會納悶，會四處搜尋，最後興致褪去，不再關心。可就是這種時刻，這個人成為最有價值的人……也是最危險的人。你認同嗎？」

「那麼，這個人的動機又是什麼？」

「我的動機一點也不複雜，不是想救苦救難，也不是什麼愛國情操，只跟錢有關。」詹金斯說，「我的公司陷入財務危機，我只好重出江湖。我沒錢支付帳單，多年來的苦心經營即將功虧一簣。我向銀行抵押貸款，若還不了錢，我會失去我的家和一切資產。」

「你有妻兒家室？」

「這不重要，」詹金斯說著，往後一坐，「更何況，你和你的上司早已調查過我，已十分了解我的身家底細。就這樣吧。現在回去向你的上司核實這三個女人吧，這三個人在你的單位的代稱，應該是『七姊妹』之三。」

費德羅夫頓了一下。「你能提供另外四姊妹的姓名身分？」

他進退兩難。如果回答是，費德羅夫很可能立刻抓了他，關進盧比揚卡改建過的囚房裡，刑求逼問。

「不行，現在不行。」

「可你有她們的資料？」

詹金斯聳聳肩，一副他當然有的模樣。

「你想要多少，詹金斯先生？」

「五萬美金作為你們誠意的展現。」

費德羅夫輕蔑一笑。「就為了我們已經掌握的資訊？不值這個價錢吧。」

「把它想成訂金。更進一步的資訊，每一份續加五萬美金。四位姊妹加起來，你需要先支付我二十五萬美金的獎金。」

「總共五十萬美金。」費德羅夫完成計算。

「你就把這看成一樁交易。」詹金斯抽出一張寫著戶頭帳號的紙，遞給費德羅夫。這帳號也是卡爾．艾默生提供的。「我明早退房趕飛機前，訂金必須匯入這個戶頭裡。如果沒有，就表示你的上司不感興趣。如果匯進來了，你撥打之前那支手機號碼，就說『訂金搞定』。」

服務生端著餐點過來了，等他上完菜，費德羅夫擺擺手支退他。「我相信我的上司會支付你訂金，詹金斯先生，但總金額太——」

「我不接受討價還價。」詹金斯說著，吃了一口蘑菇，等著費德羅夫接招。

「那麼，我必須回去和上司商討一下。」費德羅夫並未做出承諾。他叉起一塊小牛肉，蓋上洋蔥絲，一邊切肉一邊說，「我也有情報要給你。」

詹金斯點點頭，心頭卻是一愣，他沒料到費德羅夫還有這招。

「柴可夫斯基，尼可拉．米哈尹爾。」費德羅夫說。

「誰是尼可拉．柴可夫斯基？」詹金斯問，心裡確定費德羅夫在試探他，卻不清楚試探的目的為何。

「一個你需要牢記的名字。不過千萬別把這個名字……告訴別人，任何人都不行。」費德羅夫微微一笑，但目光死盯著刀子正在切割的小牛肉。「你索求的是一大筆錢，詹金斯先生。我的上司必須確定你不是……該怎麼說呢……耍我們。」他又咬了一口，放下刀叉，舉杯，「*Za tvoyo zdarovye.*（敬身體健康。）」

詹金斯以左手舉杯，不過餐桌下的右手不禁發起抖來。

8

聖誕節早晨，從俄國返家不到一個月的詹金斯，坐在他專屬的皮椅裡啜著咖啡，打量著那一排空盒子，以及散布在起居室地板上的包裝紙。CJ坐在地板上組裝機器人模型玩具，那滾動的黑球好似出自電影《星際大戰》。松木、楓木在壁爐裡熊熊燃燒，橘紅火焰翻騰，風扇將暖氣吹送出來。廚房裡烤肉桂卷的香味飄了出來，麥柯絲在餐桌底下啃咬著牠的聖誕禮物——一支大骨。

詹金斯凌晨四點三十分便醒過來，打從俄羅斯回來後，這已變成了他的習慣。一開始，他以為是時差造成的，但早醒一直持續到現在。他醒時，滿腦子都是保全工作、俄國以及那個任務。

他不再像年輕時那樣，可以將各個任務分割開來，也無法區隔工作和私生活。儘管回到了卡馬諾島自家中，俄國仍然盤據在腦海中，也不斷擔憂事情會失控。他用左手協助穩住杯子，啜了一口咖啡。無止境的胡思亂想東奔西竄，直到他起床去慢跑，或做俯地挺身、拉單槓、仰臥起坐，搞得自己全身肌肉痠疼，氣喘吁吁。精疲力竭、清空思緒後，他會抓起一本書和毛毯，躺到起居室的沙發上，可即便累癱了，仍然沒有睡意，無法補眠。

他的異常自然躲不過愛麗克絲的眼睛。愛麗克絲關心他時，他只是回答在操心公司的事，所以起床以免吵醒她，並保證他會慢慢好起來的。可他騙不了愛麗克絲。精神科醫生診斷他得了急性與慢性焦慮症，且證實這兩種焦慮症都源自於詹金斯所謂的憂心公司破產，以及六十四歲為人父的不安。醫生說他的焦慮症會在問題解決後得以減輕。在過渡期中，醫生開了抗憂鬱的藥協助他睡眠，白天則是心得安藥片。

「好啦，你們兩個，早餐好了。」愛麗克絲端了一大盤糖霜已融化的肉桂卷，朝餐廳走去。CJ扔下機器人模型，衝了過去，趕在愛麗克絲之前坐到餐桌前。

「很燙，別燙到嘴了。」愛麗克絲夾了一條肉桂卷放到小盤子裡，遞給他，並附上一張餐巾紙。CJ撕開肉桂卷，絲絲蒸氣直冒出來。愛麗克絲遞給查理一條，可他只是往旁邊一放。

愛麗克絲在旁邊的皮椅坐下來，看著麥柯絲。「她好喜歡那根骨頭，是吧？」

詹金斯的下巴朝CJ揚去。「就跟兒子愛妳的肉桂卷一樣。明年，我們應該取消拿肉桂卷當獎賞，一星期給他吃一次就行了。」

「你覺得我們過頭了？」

詹金斯也搞不清楚他們究竟給兒子吃了多少肉桂卷。「也許吧，但這是他作為孩童過的最後一個聖誕節。妳覺得呢？」詹金斯問，「妳看起來很累。」

「我是累了。」詹金斯一回到家，愛麗克絲一直抱怨身體的倦怠感。她現在已懷孕七個月，醫生要她盡可能多去做產檢，直到剖腹產下寶寶。「藍迪今年送了我們一份大大的聖誕禮物，應該能解燃眉之急，對吧？」她問。

「絕對能滿足我們的承包商和供應商。」詹金斯說。他跟愛麗克絲說，這五萬美金是LSR&C支付的帳款，但實際上是卡爾・艾默生轉帳過來的。詹金斯支付了承包商和許多供應商的帳款，卻未給公司帶來足夠的周轉現金，不過公司的財務已經差不多恢復到以往的狀況。

「藍迪說了，會盡可能在年底讓我們有足夠的周轉現金。」詹金斯說，「我是有些擔心LSR&C擴張得太快。我跟藍迪說，我沒看見莫斯科分公司有發展的前景，杜拜的也是。藍迪沒說什麼，但我覺得他也認同我的看法。他說，在莫斯科和杜拜開設分公司是米屈的主意，說米屈想趁該地市場起飛的時候，借勢而起。」米屈就是米切爾·金石，LSR&C的首席營運長，

「我們什麼時候要到大衛那裡？」

詹金斯和愛麗克絲都沒有親人在身旁，所以一家人經常和失去妻子的大衛·斯隆共度假日。大衛的妻子蒂娜遭到殺害。

「大衛說我們隨時可以過去，」愛麗克絲說，「傑克回來了，今天可以見到他。他回來了真好，不然聖誕節一大早醒來，只有自己一個人，很淒涼。」

傑克是蒂娜的兒子，一直和生父住在加州，現在為了讀法學院搬回西雅圖，和大衛住在普吉特海岸的三樹點區。

詹金斯起身說：「我去拿報紙，再倒一杯咖啡，妳要什麼嗎？」

「不用了。」她說。

詹金斯到廚房倒了一杯咖啡，然後走出後門。室外氣溫冰冷，若水氣足夠，應該會下雪，可氣象報告說水氣不夠。詹金斯撿起報紙，從塑膠報夾中抽出報紙。頭版印著一張流浪漢庇護所的照片，上方的標題寫著「假期快樂」。下面的報導包括白宮裡總統的聖誕大餐，以及增加國家公園預算的爭議。

詹金斯拿著報紙回到廚房，站在流理檯邊翻看。世界新聞那一版有一個小標題引起他的注意。

俄國雷射先鋒身故

報紙摺線下方有一張照片，照片裡是一名戴著眼鏡的黑髮男子，尼可拉·柴可夫斯基。

詹金斯讀著報導，一股熟悉的焦慮湧上心頭。柴可夫斯基被發現在莫斯科公寓上吊身亡，他的妻子大力要求警方朝他殺方向查案。

柴可夫斯基，世界頂尖的雷射科學家，反對將雷射科技運用到軍方戰備上，因大膽的批評言論與克里姆林宮關係緊繃。

一股熱流湧向四肢百骸，熟悉的痠疼襲上關節。右手顫抖，報紙也跟著抖動。他將報紙放下，衝出廚房，進入書房，拉開書桌最底下的抽屜拿出心得安藥瓶，乾吞下一粒綠藥丸。

9

聖誕節翌日，傍晚時分，詹金斯步行於西雅圖的海濱公園。天氣寒冷，北風大作，一陣陣的狂風橫掃著假期結束返家的旅客。艾默生站在碼頭盡頭的欄杆邊，遙望西邊的艾略特灣黑水。他穿著呢絨外套，戴著黑手套，髮絲隨風翻飛，漠然地望著翻滾的浪淘。詹金斯的左邊可以望見西雅圖的水上摩天輪，藍綠色的裝飾燈泡吊掛成海鷹狀，聳立於水面上，緩緩旋轉。往南望去，足球體育館的屋頂紫光閃耀。微弱的聖誕音樂隨著陣風飄送過來，伴隨著普吉特海的鹹味。

詹金斯在冷風中豎起黑色皮外套的領子，兩手插在口袋裡，朝艾默生走去。儘管戴著黑色滑雪毛帽，耳朵仍然冰涼。

「尼可拉．柴可夫斯基是誰？」他問。

艾默生沒有反應，很可能根本沒聽到。他只是無動於衷地看著一艘五光十色的渡輪朝碼頭駛去。

「他是我們的人嗎？」詹金斯頂著呼嘯的狂風，大聲問。

「你看了報紙，」艾默生的聲音很輕，詹金斯幾乎聽不到，「他是科學家，跟俄國政府不合，會大放厥詞抨擊普汀的政權。在俄國，這足以要他的命。」

「他是我們的人嗎？」詹金斯重複，這次的語氣更激動。

艾默生盯著他瞧，沉默不語，好似在思考該如何解釋，隨即挪開視線，望向那艘渡輪。

「他是不是我們的人，並不重要。」

詹金斯瞅著艾默生的側臉。

「對你來說，也許是，但對我不是。我要知道答案，我有權知道。」

「不對，你沒有這個權利，」艾默生轉過來直視詹金斯，「你沒有知情的權利。」

「既然我又回頭參與任務——」

艾默生提高聲調。「這是俄國安全局一貫的手段，這點，你很清楚。從蘇聯情報局時期，他們都是這麼做的。如果我向你透露了內情，一旦你被他們刑訊，你所知道的一切都會被他們挖出來。所以，我再說一次，你沒有知情的權利。」

「好，我退出，到此為止。」詹金斯轉身就走。

「這次你走不了了，查理。」

「鬼才走不了。」

「你一走了之，任務失敗，那四個為美國貢獻將近四十年的女人，必死無疑，你會內疚一輩子。」

詹金斯聞言頓住。他閉眼克制肌肉的痠疼，壓下胃部的翻攪。他十分清楚，「內疚」這個東西很可怕，卻也是一種強而有力的驅策，讓人奮不顧身達成目的。

他轉身回去。「我都把他的姓名告訴你了，你絕對有辦法把他弄出俄國。」

「你自己也很清楚，俄國人為什麼把他的姓名告訴你，」艾默生說，「在墨西哥市時，你見識過蘇聯情報局的這個手段。他們告訴你柴可夫斯基這個人，是因為他們已決定除掉他。同時藉由這個機會，測試你是否會把他的姓名透露給ＣＩＡ。所以，只要我出手把他弄出俄國，無論藉口為何，他們就會知道你這個人不能信任，知道你向ＣＩＡ的人透露了柴可夫斯基的全名。然後呢？你的任務怎麼辦？」

「這不是——」

「下次你入境俄國時，他們很可能拒絕你入境，或更糟，假裝讓你入境，再設法讓你從此消失無蹤。他們也不怕美國政府的施壓，他們大可以把你供出來，說你是叛國賊，因為承受不了壓力和內疚而自殺。從此，你聲名狼藉，你背負著叛國罪名，你要你的家人家族情何以堪，他們要如何做人？我告訴你，查理，現在的俄國安全局，比起以前的蘇聯情報局，是青出於藍勝於藍。」

一隻海鷗展翅逆風想要降落在碼頭上，這動作本是不費吹灰之力，但大風掃得牠不斷倒退，牠隨即投降放棄了。

艾默生變了聲調。

「你不需要為這件事內疚，與你無關。名字是他們主動告訴你的，你也向我報備了。我做了決定，不予理會。如果真要找人為柴可夫斯基之死負責，那也是我，不是你。」

詹金斯從沒考慮過這件事對艾默生會造成什麼樣的影響，他只想到自己很憤怒，很內疚。艾默生說得對，詹金斯唯一能做的事就是向他報備那個人的全名，除此之外，詹金斯根本無能為力。況且，丟棄柴可夫斯基的棄子決定，也不是他做的，是那些職位高出他許多的上位者共同做出的決策。可這些都說服不了他，無法減輕他的焦慮。

「費德羅夫一定會打電話聯絡你，」艾默生說，「柴可夫斯基一死，他會更囂張，必定會慫恿你相信，柴可夫斯基之死全是因為你未向ＣＩＡ洩密。」

這也是蘇聯情報局貫用的技倆，藉此威嚇向他們出賣情報的人，使那個人不敢違約，不敢打退堂鼓。

「對付費德羅夫，」艾默生繼續，「你下次和他見面時，要示弱，假裝無路可退，只好聽從他的安排。」

「我和他再見面時，能提供他什麼樣的情報？」詹金斯問。

艾默生拉開外套，從暗袋抽出一個信封交給詹金斯。狂風掃過，詹金斯連忙搶過信封，以免它被吹到海裡。

「第四位姊妹。」艾默生說。

詹金斯瞇眼。「你怎麼知道她的姓名——」

「我不知道。」

「你把我弄糊塗了。」

艾默生的下巴朝信封一揚。「烏莉安娜·阿爾泰米耶娃，兩年前死於癌症，當時她六十三歲。她是俄國核能產業部門的高階分析師。過去十年來，她向ＣＩＡ提供的機密情報，揭露了俄國能源部官員的惡行，包括他們賄賂、收受回扣、洗錢，以資助總理弗拉基米爾·普汀，在世界各地發展原子能能源產業。當然，俄國安全局從頭到尾毫不知情。」他的下巴又朝信封一揚，「那裡面的資料可以作證，也能再一次證明你有能力提供他們高度機密的情報。」

「費德羅夫說過，他的上司對死去的臥底間諜不感興趣。」

「但他也顯露了對剩餘四姊妹的興趣，不是嗎？」

「阿爾泰米耶娃是其中一位？」

「我十分懷疑，」艾默生說，「因為她和中情局的合作，只始於十年前。但俄國人並不知道這點，並且她和俄國人已確認的三位姊妹同齡，她提供的情報類型也與那三位類似。」

「他們會以為她是七姊妹之一。」詹金斯說。

「他們也許會懷疑你，但無法驗證你提供的情報是否屬實。這個情報能使你更靠近第八位姊妹一步。」

「你會設法把那四位姊妹弄出俄羅斯嗎？」

「這不是我能決定的。記住，剩下的四姊妹並不知道自己有危險，因為她們不知道那三位遇害的姊妹，是七姊妹之三。」

詹金斯搖搖頭。

「你還有其他顧慮嗎？」艾默生問。

詹金斯說不出自己究竟在擔心什麼。「第八位姊妹是如何得知那三位姊妹的身分？」

「我想你應該很快就會知道了。你提供給費德羅夫的情報，已足以讓他不敢忽視。他會主動聯絡你，一旦他聯絡上你，就告訴他你會再去俄羅斯一趟。」

「他至少會先預付我要求的那五萬美金吧？」

艾默生微微一笑。「當然不會，他是俄國人。八十年的共產統治，俄國人只要能偷能搶，一毛錢也不會浪費。不過一旦你把那份情報透露給他，他必定乖乖付錢。」他下巴朝信封一揚，「他承受不了不付錢的損失。」

10

新年一過，費德羅夫便來電。兩人只交談數句，費德羅夫便邀請詹金斯回俄國一趟；詹金斯則追問費德羅夫的上司是否同意他開出的價碼——其實他只是旁敲側擊而已。費德羅夫向他保證：「一切都在掌控中。」

價碼未談妥前，都是艾默生在支付詹金斯所需的金額。

一月的第二個星期，詹金斯離開了細雨綿綿的卡馬諾島，飛往冰天雪地的俄羅斯。他告訴愛麗克絲，他得再跑一趟倫敦，檢視LSR&C分行保全團隊的工作進度，之後前去拜訪兩位英國的億萬富翁。以上都是千真萬確。他也說他會順道去巴黎考察LSR&C可能的分行點。到這裡就是胡謅出來的。他不喜歡欺騙愛麗克絲，但這麼做有兩個好處。情報員妻子知道的越少，將來若是被審訊（無論哪一方），所能透露的就越少。但他更不希望愛麗克絲為他操心，以免危及她和腹中胎兒的健康。

這次抵達莫斯科謝列梅捷沃國際機場後，他順利通關。他在行李轉盤與烏里碰面。詹金斯提前致電分行要求接機，若不這麼做將與常理不合，而烏里也很樂意為他效勞。只見烏里一身黑，黑高領外搭黑外套，一副黑社會混混的模樣。就詹金斯所知，他很可能就是黑道的人。

「歡迎回來，老闆。」他抓起詹金斯的旅行袋，從等著領取行李的人群中撥開一條路。

來到大都會酒店的櫃檯前，櫃檯人員微笑輕呼他的姓名，打招呼。儘管一百九十多公分的黑人在莫斯科十分罕見，詹金斯也懷疑這位櫃檯人員的記憶力應該沒那麼好。櫃檯人員沒向他要求信用卡，逕自給了他客房感應卡。這次的客房免費，但同時也意謂著，酒店不會有詹金斯的入住紀錄。看來費德羅夫和酒店打過招呼，詹金斯想不通他的用意為何。

詹金斯進入六一三號房，旅行袋往床上一扔，打量著插在冰桶裡、包裹毛巾的昂貴香檳。桌上放著一個約八公分寬、十二公分長的信封，信封裡是一張迎賓卡，並告知明晚八點十五分在酒店後方的天庭，將派車前來接他。

這表示詹金斯有十二個小時補眠，但不是在這個客房內。他拿起電話，撥給前臺。

「您好，詹金斯先生？」

「*Mne ne nravitsya moya komnata. Ya by predpochel druguyu.*（我不喜歡這間客房，想換一間。）」

「您收到香檳了嗎？」櫃檯人員有些慌了。

「收到了，謝謝，」詹金斯說，「但香檳並沒提升我對這個房間的印象。」

「有什麼特定原因嗎，詹金斯先生？」

「我想要酒店另一側的客房。」詹金斯說。他想要能看見正門入口的客房，目前這間只能看見隔壁大樓的水泥牆。

「我是指您不喜歡這間客房，有什麼特定原因嗎？」

「除非你能把這間客房，乾坤大挪移到酒店的另一側。」詹金斯說。

「抱歉，」櫃檯人員回應，「另一側的客房，今晚都有人預訂了。」

「高一點的樓層也可以。」

「抱歉，」櫃檯人員敲擊鍵盤後，又致歉了，「都沒有空房了。」

「好，那我退房了，」詹金斯說，「謝謝你們的招待。」

「等一下。」櫃檯人員說。詹金斯沒有回應。

「這裡有人取消訂房。行李員會在一個小時內，過去協助您換房。」

「我等不了那麼久，我現在就要休息。」詹金斯知道這樣拖延，目的在安裝竊聽器。這位櫃檯人員必定是費德羅夫的耳目之一。「叫行李員現在過來。」

他沒等對方回應，果決掛斷電話，抓起香檳、卡片，提起行李袋。幾分鐘後，行李員敲了房門，引領詹金斯來到上兩層樓，酒店另一側的客房。

「*Spasibo.*（謝謝。）」詹金斯說著，把香檳給了他，同時還有一張二十元美鈔。他又說，「如果有人到櫃檯查問我，讓我知道。」

行李員點點頭。「沒問題。」

當天晚上，出門前，詹金斯又放了一張紙條在門前的地毯上。再將衣櫥的門留了一條小縫，從自動鉛筆內取出一支筆芯，插進門的絞鏈中。若真有人進來搜房，必定會謹慎地也將衣櫥門留下小縫，但拉開門時絞斷的筆芯，他們就束手無策了。

詹金斯於晚上八點十五分踏出酒店後門。費德羅夫遲到了。詹金斯推測這位安全局探員和他的搭擋，阿卡迪．沃爾科夫，將車停在附近的路邊，坐在溫暖的暖氣裡，幸災樂禍地讓詹金斯在天寒地凍的院子裡等人。

莫斯科的氣溫入夜後便呈直線驟降。氣象報告顯示有道冷鋒過境，氣溫將下降到零下三十度。詹金斯站在一根鏤雕燈柱下，燈光好似缺氧室的燭光籠罩著他。寒風刺骨，像針一樣鑽進他在西雅圖購買的厚實外套和雷鋒帽。他活動四肢，以免凍僵。十五分鐘後，他受夠了，掉頭回到溫暖的室內。

他穿過大理石大廳時，收取他豐厚小費的行李員拿著一個信封，朝他走來。「詹金斯先生，有人留了這個給您。」行李員頓了一下，四下張望，「正門有一輛計程車在等您。」

「*Spasibo.*（謝謝。）」詹金斯說。

詹金斯四下觀察一番，沒看到有人特別注意他。他打開信封。

計畫有變，搭正門那輛計程車。

詹金斯低咒一聲，將信封塞進外套口袋裡，一邊戴上手套，一邊穿過門廳，走下階梯，出了大門。一位男子站在計程車外，身子在刺骨的寒風中縮成一團，手上叼著一支菸，白煙從鼻孔吐出。詹金斯與他四目相遇，男子將菸蒂丟入雪裡，迅速坐進駕駛座。

詹金斯坐進後座。司機並未詢問詹金斯的目的地，也未啟動計費器。他似乎只是盲目地亂開，但必定是在確認是否有人跟蹤。詹金斯以在黑幕中發亮的克里姆林宮為坐標，確定他們是在繞圈圈。十五分鐘後，手機響起，司機接通後默默聆聽，隨後放下手機，在大街上回轉，越過莫斯科河。詹金斯暗中記下路標上的街名。計程車又一次右轉，轉入了克里斯基大道。幾分鐘後，司機開向路邊，停了下來。

司機指著前方，似乎是一座公園裡的人行道。「旋轉木馬。」

詹金斯下車，刺骨的寒風迎面掃來。他拉起外套領子，束緊帽子的耳罩，走上一條小徑，舊式的路燈散發著微弱的光芒。小徑通往兒童遊樂區，區內有座旋轉木馬，但不見費德羅夫或黑色賓士車的蹤影。看來又得等了，這些俄羅斯人的作派。

數分鐘後，黑色賓士在無人的人行道上緩緩向詹金斯駛來。

詹金斯抬手遮擋刺眼的車頭燈光束，看著費德羅夫下車走過來，他抽著菸。路燈微弱的光線照著擋風玻璃，他看見沃爾科夫坐在駕駛座上，以及冒著紅光的菸頭。

「這是人行道，」詹金斯對費德羅夫說，「若是被警察看到，會給你一張罰單。」

「也許吧。」費德羅夫說。天氣嚴寒，他卻只穿著騎行皮外套，沒戴帽子，也沒戴手套，這自然也是在展示俄國男人的男子氣概。詹金斯無動於衷，他冒著隆冬酷寒出門，不是來跟費德羅夫比拚男子氣概的，索性將戴著手套的手插進外套口袋裡，以免凍傷。

「我們現在在哪裡？」詹金斯說著，四下張望。

費德羅夫佯裝不可思議的模樣。「你不看書的嗎，詹金斯先生？我以為你看很多書。」

詹金斯回想著儲存在腦海裡的資料，包括剛才記住的街名。「高爾基公園。」

費德羅夫微微一笑，點頭說：「很好，應該是你們那個，叫作馬丁．克魯茲．史密斯的知名推理小說作家的書吧（注）。」

「你讀過他的書。」詹金斯說。

「只要是跟俄羅斯有關的，我都會拜讀。」

「沒想到你是個書蟲。」

「所以你錯看了我，」費德羅夫說，「不過我還是喜歡俄國作家，杜斯妥也夫斯基，以及托爾斯泰。」

「《罪與罰》？」

「經典中的經典。」費德羅夫說。他從口袋裡抽出一包皺皺的香菸，在掌中敲了敲，抽出一支叼著，再把整包菸遞向詹金斯，詹金斯拒絕了。

注 美國推理小說作家馬丁．克魯茲．史密斯所著，艾凱迪．藍科警探系列之一，即為《高爾基公園》。

「你們美國人，」費德羅夫搖搖頭，「不抽菸，不喝酒，每天只知道工作。人總有一死，不如好好享受。」他用打火機點菸，大大吸了一口，菸頭冒著紅光。吐煙時，菸草味流連不去，好似被濃厚的空氣困住了。「我只是想在莫斯科，找個令你舒服的地方見面。某個你熟悉的地方，是吧？」

「那本書我是很多年前讀的，」詹金斯感覺寒風從衣縫鑽了進來，舒服個屁，「很多細節都模糊了。」

「模糊了？那艾凱迪．藍科警探呢？」費德羅夫指著右手邊的一個地點，「三個人遭到槍殺肢解，被埋在雪裡。你們是怎麼說的……懸案？是吧？屍體一直沒找到，直到四月積雪融化。」

「的確令人毛骨悚然。」詹金斯納悶，費德羅夫特意提起這段情節，是否在恐嚇他，「你知道這本差點無法上市？」

「《高爾基公園》，是嗎？」費德羅夫說。

「出版社並不看好一本牽扯到俄國警探的小說，能在美國市場有銷路。」

「你四處看看——俄羅斯是個很有意思的國家，」費德羅夫說，「不過小說裡的凶手是個美國人，對吧？」

「有劇透，慎入。」

「*Izvinite?*（抱歉？）」

「意思是你透露結局，會破壞我的閱讀樂趣。」

「你們美國人真是奇怪。」費德羅夫又吸了一口菸，白煙隨著他的話語從口鼻冒出，「你說你還有額外的情報？」

「我也說了，我有財務上的需求。」
「你之前提供的情報過不了我上司那一關，他沒興趣。也許這次的情報會更有吸引力。」
「我不確定，也許吧。」
「是嗎？」
「是。」
「你看了尼可拉・柴可夫斯基的報導？」費德羅夫問，果然不出所料。
「看了。」詹金斯回答。
「可惜了，一個才幹出眾的人必須死。」
「如你所說，人總有一死。」
「是啊，」費德羅夫扔掉菸蒂，踩熄，「你原本可以救他一命的。」
「我懷疑。」
「你救不了他？」
「我想你們早已起疑，調查他很久了。所以，即便我向中情局透露他的姓名，但事實上我沒有，又能挽回什麼？」
「你們不會像美國那些冒險小說，放手一搏，涉險搭救？」
詹金斯嘴角淺淺一勾。「不會。」
「你明明知道他的姓名，卻沒向上司發出警告，最終他死了。如果你的上司知道了，他們會怎麼處置你？」
「誰會告訴他們？」
費德羅夫微微一笑。

「這週末前，我要五萬美元的訂金，否則我就飛回美國，不再回來。」

費德羅夫鬱悶地搖搖頭。「這筆金額很大，詹金斯先生。也許你沒注意到石油價格持續下跌，俄羅斯的經濟陷入衰退。」

「你的上司絕對有辦法刮出這點油水的。也許俄羅斯的大頭中，有人抱有高度的愛國情操。」他又微微一笑，「我們之前都說好了。」

「是的，」費德羅夫說，「原則上，當然是。但我的上司會比較願意在獲取情報後，才支付這五萬美金。」

詹金斯頓了一下，琢磨利弊。他想要費德羅夫以為自己的威脅利誘得逞了，於是說：「你們在找七姊妹剩下的四位。」

「這點，我們討論過了。」

「第四位。」詹金斯說。

「你知道她——」

「烏莉安娜・阿爾泰米耶娃。」詹金斯說。他看到費德羅夫瞥了沃爾科夫一眼，一邊逕自述說阿爾泰米耶娃叛國的細節，以及CIA運用她所提供的情報，破壞普汀的核能工業部門。詹金斯知道自己被錄音，也可能被錄影。

詹金斯伸手進內袋，抽出卡爾・艾默生交給他的牛皮信封袋，遞給費德羅夫。他接著說：「將五萬美金轉進我給你的戶頭。否則，我們的會談，儘管我很享受，都必須到此為止。」詹金斯轉身就走。

「你這樣走回去，會凍死的。」費德羅夫說。

詹金斯轉身，微笑說：「人終有一死。」

11

步行回大都會酒店的確會要了他的命，但諷刺的是，他跨越克里米亞大橋後，一輛救護車停下來讓他搭便車，救了他一命。他原本以為自己遇到了好心人，也可能是救護車裡的兩個人擔心若不出手相助，之後還得繞回來載走他的屍體，結果司機打開車門的第一句話，就出價：「四十美金。」詹金斯讀過這一類的報導，莫斯科所有的車子，包括靈車和垃圾車，都會沿途撿客。在這樣一座人人掙扎求生的都市裡，每一分盧布都很重要。

他心甘情願地掏錢給那位有點私心的救護車司機。

回到客房內，紙條原地未動，橫插在衣櫥門絞鏈上的筆芯也沒動過。他連忙衝進房，扣上門鏈，倒頭大睡。

手機響起來，吵醒了他。來電顯示是愛麗克絲。詹金斯看了看時間，上午十一點了。他睡了將近十二個小時，比他平常多睡了六個小時。他環視客房，納悶自己是否被下了藥。可他又沒感覺到任何副作用，房裡的物事也都在原位。

「你聽起來還在睡覺。」愛麗克絲說。

「我昨晚睡得有點晚，」他說，「英國人喜歡在酒吧裡小酌。希望再過一兩天，就能回家了。妳還好嗎？」

「很累。ＣＪ說服我今晚多讀一章《哈利波特》，那孩子有當律師的潛力。」她的聲音有些沮喪。

「妳沒事吧？」詹金斯問。

「我不想讓你緊張。」

詹金斯彈坐起來。「怎麼了？」

「我身上出現一些斑點，」她說，「醫生說沒事，他要我這兩天把腳放高。」

「我馬上回家。」詹金斯說。如果愛麗克絲或胎兒出事，他絕不能原諒自己。

「不用，千萬不要，」愛麗克絲說，「我跟克萊兒．盧索說了，她答應送CJ上學，再送他去練足球。我只需要想辦法把兒子弄下床，讓他準時出門就行了。」

「我會打電話給CJ，要求他配合妳。」

「別，」愛麗克絲說，「我跟兒子談過了，他也在努力調整中。今晚的晚餐就是他做的。」

「一定很特別吧。」詹金斯說。

「火雞肉三明治，還滿好吃的。我要上床睡覺了，我累了。我只是想聽聽你的聲音。我愛你。」

「我也愛妳。」詹金斯說。

他掛斷電話，瞪著手機瞧，暗罵自己在幹嘛。愛麗克絲懷有身孕，他卻在俄羅斯再次為CIA效力？如果愛麗克絲失去了腹中胎兒，他該怎麼辦？他不應該在這裡。他年紀太大，不適合在冰凍的夜風中與安全局的探員斡旋談判。他又想起了創建CJ保全公司的初衷。他是真的想給家人穩定的生活？又或者只是他的自尊心作祟，是他想挑戰自己、挑戰新事物，永不滿足？年輕的他可以喜歡挑戰，承受得了失誤，但他六十四歲了，有個九歲的兒子，妻子也懷有身孕。他並沒有天真到不考慮後果。俄國人不喜歡被人耍。假如他真的成功查出第八位姊妹的身分，從此以後，他都必須提防俄國人的報復。CIA不會保護他和他的家人。艾默生事先做了聲明，一旦任務出了紕漏，ＣＩＡ會極力撇清關係，就像被人贓俱獲的青少年極力撇清手上的大麻。詹金斯必須採取行動，必須找出第八位姊妹，然後離開這個鬼地方。

詹金斯在LSR&C分行又一場會議結束了，回到大都會酒店已是傍晚六點多。櫃檯人員向他招手，交給他一個信封。

詹金斯道謝後，回到客房，門內的紙條仍然原地未動。他脫掉外套，摘下帽子手套，放到床上，拆開信封。信封裡是一張摺紙。他打開摺紙，一張票據掉落在地毯上。詹金斯彎腰撿起它。是瓦赫坦戈夫劇院的門票，當晚七點三十分的《化妝舞會》。

費德羅夫想跟他見面談一談，也顯然想藉機展示自己是個文武雙全的人。

詹金斯才不吃他這一套。

詹金斯下了計程車，走上阿爾巴特區古老的石頭路上。此區因鄰近莫斯科市中心，經過改造後，現在成為高級精華區之一。

今晚寒風刺骨，步行區上行人稀稀落落。一群人站在瓦赫坦戈夫劇院外，趕在開演前吞雲吐霧，白煙像蒸汽引擎飄散開來。

到了其中一個入口，一位女子掃描了詹金斯的門票，他隨著觀眾緩緩進入劇院。他快速脫下外套帽子和手套，但決定不寄放它們，以免有什麼萬一。他將門票遞給引座員，她並未引導他走下通道，而是領他來到樓梯前，輕聲指示他上三樓。

詹金斯上到三樓，來到一間私人包廂，裡面有六張紅絨椅。果然不出所料，費德羅夫和沃爾科夫並不在包廂中。詹金斯在最靠近欄杆的座椅上坐下。舞臺的布幕尚未拉開，嘈雜的人聲凌駕在樂隊的演奏樂聲之上，伴隨著觀眾濃烈的香水和古龍水飄升而上。

詹金斯坐在椅子上，又一次等人。不過至少這次不需要在天寒地凍的室外瑟瑟發抖。觀眾席幾乎坐滿，劇場的燈光暗了下來。好似排練過一般，費德羅夫踩著時間進了包廂。他穿著黑色西裝，繫著條紋領帶。沃爾科夫跟隨在後，穿著polo衫和牛仔褲，外披冬天厚實的外套。他也提著一個公事包，有些格格不入。

費德羅夫看著詹金斯說：「介意換個座位嗎？」

詹金斯一頭霧水地起身，雖然不知費德羅夫的用意何在，還是自顧自地坐到第一排最外面的座椅上。沃爾科夫坐到他後面，他又一次想起《教父》裡的彼得．克里蒙沙。

「你看過這部劇嗎，詹金斯先生？」費德羅夫輕聲問。

「應該沒有，」詹金斯說，「謝謝你的招待。」管弦樂隊的音樂尾音拉長，最後停止。詹金斯看著指揮兩手一舉，示意音樂開始。

「你會衷心感謝我的，」費德羅夫說，他將劇目表遞給詹金斯，「這劇是米哈尹爾．萊蒙托夫一八三五年寫的。有人告訴我，這劇經常被拿來與莎士比亞的《奧賽羅》比較。」交響樂響起，指揮兩手激動地揮灑。費德羅夫靠了過來，「男主角阿爾賓尼，是個富有的中年人，天性桀驁不馴。出身高貴，最終卻殺害了自己的妻子。」

「又一部激勵人心的俄國喜劇。」詹金斯說。

「人生不會總是熱血飛揚，也不是一部喜劇。」費德羅夫似乎有些無奈。他的口氣裡，有著大蒜和啤酒的氣味。

「也不會永遠低落喪氣，嚴肅無趣。」詹金斯說。

「等你在俄國度過一個冬天再說吧，也許你會有不同的想法。」

「我相信我會。」詹金斯的心一揪，「我沒想到你是文藝人。」

費德羅夫咯咯笑著。「你有孩子嗎，詹金斯先生？」

詹金斯沒有回答，暗示他們之間只談公事，不牽扯私事。

「我有兩個女兒，」費德羅夫挑著長褲上的毛屑，「大女兒蕾娜塔今晚會出演——一個小角色而已，僕人之一。」

詹金斯轉頭確認費德羅夫不是在開玩笑。那位俄國人聳聳肩。

「我前妻來看她表演三次了。我不是個好父親，總是工作到很晚，來不了。我答應女兒會出席她的三次重要典禮儀式，每次我都讓她失望。相信我，有一個對你失望的女兒，外加一個無可挑剔的前妻，簡直就是一場災難。」

詹金斯微微一笑，原來費德羅夫也懂得幽默。費德羅夫現在的親切，也許是由於前晚詹金斯供出的情報。「所以你才想要欄杆邊的座位。」

「沒錯，」費德羅夫說，「蕾娜塔不需要進入角色，她會不斷地抬頭，看我來了沒有。」

「所以，我們才會坐在這裡。」詹金斯說。

「對，我們才會坐在這裡。」費德羅夫指向登臺的演員們，「那個，黑髮白衣的那個，就是我女兒。」

「她好漂亮，」詹金斯說，「你一定很自豪。」

費德羅夫聳聳肩。「美貌和演戲天分，都遺傳了我家的血統。我母親在俄國劇團裡演唱。」

「你也有演戲的天分。」

「我送蕾娜塔受訓的學費，都夠讓我上醫學院了，但現在的年輕人都有些不食人間煙火，不想賺錢過好日子，只想好好享受人生。既然大家都想好好享受人生，我就必須接受這個事實，繼續支付她的學費。」

「也是。不過，她仍然是莫斯科的主要生產力之一，這很重要。」

「她的歌喉並不出色，詹金斯先生。這是遺傳了我前妻那一邊的血統。我前妻只要在家唱歌，鄰居都以為她把我家的貓塞進吸塵器裡。我女兒也好不到哪裡去。」

詹金斯微微一笑。「那她怎麼進得了歌劇院演出？」

費德羅夫轉頭過來，挑眉。「因為她有個人脈廣的爸爸，不過她和她媽都不知道就是了。」

詹金斯咯咯笑。「就這幾句話的功夫，你終於像個人了，費德羅夫。」

費德羅夫聳聳肩。「我們半斤八兩，詹金斯先生。我們都希望老婆孩子快樂，是吧？我的婚姻失敗了，現在不能再讓親子關係惡化。」片刻後，費德羅夫的女兒下臺了，這位安全局探員起身，說：「走吧。」

「我們要走了？」詹金斯問。

「她要等到第三幕才會再上臺。她不知道我們走了，我們就當作是一種緩刑吧。」詹金斯愣住，不確定費德羅夫是不是在開玩笑。「這是齣道地的俄國歌劇，」費德羅夫說，「又臭又長。我劇透一下，最後他老婆死了。走吧。」

詹金斯跟隨費德羅夫走出包廂，沃爾科夫拿著公事包跟在後面。不知公事包裡是不是現金。費德羅夫並沒右轉朝劇院入口而去，而是向左轉。三人來到後側的樓梯，這應該通往外面。詹金斯跟隨俄國安全局探員，走下一道狹窄的樓梯，來到一樓，費德羅夫卻從一扇綠燈出口標誌下的門走出去。

「我們去哪裡？」詹金斯問。

「找個能私下談話的地方。」費德羅夫說。

後面傳來的管弦樂和歌聲，變得微微高亢且喧鬧。費德羅夫停下來，推開一扇門。詹金斯跨出一步，這才意識到門內伸手不見五指。門在後面「砰」地關了起來。不知是費德羅夫或是沃爾科夫「啪」地彈開開關。一顆燈泡散發出刺眼的亮光，燈泡是從電線懸掛下來的，只見周遭是個無窗的水泥房。房間中央，燈泡正下方，放了一張鐵椅。

壯年時期處在顛峰狀態的詹金斯，會立即吸收消化眼前的這一幕，並乾淨俐落收拾掉這兩個人，可他已不是當年的他，反應不夠快，一切都太遲了。

他的後腦杓中了一記悶棍。

12

濃烈的阿摩尼亞味刺激得詹金斯驚坐起來，模糊的影像在眼前晃動閃爍。視線恢復正常後，只見費德羅夫和沃爾科夫並排坐在折疊椅中，吞雲吐霧。從盤踞在空中的煙霧，以及地上的菸頭看來，詹金斯昏迷有一陣子了。後腦中棍的地方陣陣抽痛。

「阿卡迪出手有點重了，」費德羅夫冷冷地說，「他可能聽不懂『輕輕地』這幾個字。」沃爾科夫起身走到光環邊緣的折疊桌前。桌上就放著他的公事包，他彈開公事包。

詹金斯感覺到手腕被塑膠繩綁在椅背的欄杆上，兩腿的腳踝也被綁住了。他的外套和上衣都被脫了，吊掛在牆壁釘子上的一支衣架上。釘子四周有蜘蛛網。

「我脫了你的外套和上衣，免得把它們弄破。」費德羅夫順著詹金斯的目光望過去。

「你這是在幹什麼，費德羅夫？」詹金斯問，以疲憊的聲音來掩飾內心的恐懼。事態的發展出乎意料之外，與當年墨西哥市的狀況完全不同。他需要爭取時間，以了解當下的局勢。他們是只為了嚇唬他？又或者他惹毛了盧比揚卡的大頭？

沃爾科夫打開公事包。包裡有強力膠帶、鉗子、刀子和噴槍。

「我的時間有點趕，」費德羅夫看著手錶說，「必須趕在第三幕開始前回到包廂，否則我女兒會發現我離開……」他聳聳肩，「這樣，對你我都不太好。」

「所以你女兒真的出演了這齣劇？」詹金斯試著拖延時間。

「當然，」費德羅夫說，「而且我不想再讓她失望了。你剛問我『這是在幹什麼』是吧？」

「對，這究竟是怎麼回事？」

費德羅夫吸了最後一口菸，丟下菸頭，起身用鞋跟踹菸。他說話時白煙從口鼻飄出。「這裡是舞臺下方好幾層的一個房間。它的歷史眾說紛紜，但必定被加油添醋一番。有人說在共產時期，天主教徒假裝前來看劇，實際上是下到這裡聚會；有人說那都是編出來的，這個房間只是個儲藏室；還有人說，這是史達林用來刑訊政敵的數百個房間之一。還說那些人噴濺在牆上的血汙，油漆都蓋不住。你有看到牆上的紅色汙斑嗎？在這光線下不太容易看出來。」

「聽起來好像是另一齣俄國劇的情節。」詹金斯說。

「沒人知道哪個是真的，但諷刺的是，這也是你在這裡的原因，詹金斯先生。」

詹金斯強迫自己冷靜下來，至少右手被綁著，無法發抖。他語調平淡。「這太戲劇化了，費德羅夫。你要不要再說一次？這次不再裝腔作勢？」

費德羅夫來回踱步。「你之所以在這裡，詹金斯先生，是因為我跟你說過了，我的上司對死掉的女人的姓名，不感興趣，所以不可能付錢。」

「所以呢？什麼意思？」

費德羅夫走到他面前。「意思是烏莉安娜．阿爾泰米耶娃幾年前就死於癌症了。」

「所以呢？」

「你看不出我很為難嗎？」

「看不出來。只因她死於癌症，這情報就沒價值了，怎麼說？」

「因為我們無法證實阿爾泰米耶娃女士，是七姊妹之一。」

「我說她是。」

「是，可一個人會為了錢背叛國家，就表示他為人處事沒有原則，不值得信任，是吧？」

沃爾科夫將噴嘴拴到噴槍上，轉開閥門，點燃火柴。噴槍噴出藍黃色火焰，沃爾科夫調整噴嘴，直到火焰變成純藍色的三角火束。

「我幹嘛給你假情報？」

藍色火焰「啪」地一聲響，費德羅夫轉了過去，又轉回來看著詹金斯。

「理由可多了，五萬多種理由吧。」

「五萬美金，你一毛都沒付。我是誠心賣情報給你，費德羅夫，因為我以為能獲得豐厚回報。我不是外行人，我玩累了。你要情報，我提供，至於她死於癌症，這不是我的責任吧。」

「是啊，這樣你也省事，對吧？」

「我現在落到這個模樣，叫省事？」

沃爾科夫拔刀出鞘，割斷一條紙繫帶，斷掉的帶子掉落到地面。

詹金斯挪回視線到費德羅夫身上，他必須與費德羅夫鬥智。

「那你說說，你們之前是如何確定那三個女人就是七姊妹？是刑求逼得她們承認的？或者，她們說不知道你在說什麼，說沒聽過『七姊妹』這個詞？」

「她們可能受過訓練，知道如何回避審訊，詹金斯先生。」

詹金斯大笑，但胃在翻攪。「真是這樣，那你們的本事比起我之前交手過的蘇聯情報局，退步太多了，不應該啊。就我所知，現在的俄國安全局，是蘇聯情報局的更新版本。既然你們不能讓那三個六十歲的女人說實話，看來，我聽說的都是錯的。」

「我們很快就能證明，我們是否退步了。」費德羅夫說。他瞥了手錶一眼，以俄語向沃爾科夫說：「我回包廂一趟。」然後又轉回來跟詹金斯說，「抱歉，這是上司的命令，雖然我個人並不想這麼對付你。」

「你沒想清楚，費德羅夫。」

「你想開導我？」費德羅夫坐回到詹金斯對面的椅子上，蹺起腿，「請指教，但要注意時間。第二幕很長，但也沒那麼長。」

「我幹嘛給你一個輕易就被戳破的假情報？我背叛CIA提供情報給你，足以讓我終身監禁。我何必冒這個風險，提供你假情報？有什麼意義？」

費德羅夫傾身過來，兩人的臉只剩幾公分。「我想，你要我在上司面前出糗，讓上司以為我是個笨蛋，詹金斯先生。我才不會任由你耍弄。」

「我要的只是我們談好的價錢。你的上司會有什麼反應與我無關，而且聽你這麼說，我不認為他們值得我的尊重。最不濟你可以跟我說，你的上司謹小慎微地查證後，判斷情報是正確的。」詹金斯等著他的回應。但費德羅夫沒有回應，他只好咯咯一笑。「不會吧？那美國聯邦調查局和中情局，又是如何得知俄國核能能源部的官員，涉嫌賄賂和敲詐的？除非有知情人士向他們洩密。」

「阿爾泰米耶娃死了，這表示——」

「表示你們無法刑求她，以核實情報的正確性；表示你們必須費神耗力，翻找所有相關的文件資料。美國聯邦調查局和CIA為什麼能破壞那麼多的公司與俄國能源公司的合作案？除非美國掌握了收受回扣和敲詐勒索的證據，並要脅公諸於世。CIA之所以知道這些非法行為，情報來源是一位『祕密線人』，這個人十分熟悉俄國原子能源委員會的內情。而這個祕密線人，就是烏莉安娜·阿爾泰米耶娃。」

桌子前的沃爾科夫拿出一支大鉗子，將剪子部分放到火焰前烤炙，直到它被燒得火紅。

「也許她就是這個祕密線人，也許不是。」費德羅夫說著，又挑起褲管上的假想線頭。

那是一個下意識的肢體語言。每個人都有，即便是詹金斯交手過的、最精良的探員也有。而費德羅夫下意識的肢體語言，就是挑撿假想中的線頭。他並不像表現出來的那樣自信滿滿。他家裡演技欠佳的人，不止他的女兒。

「這不表示她就是剩下的七姊妹之一。」費德羅夫說。

「不是嗎？」詹金斯變得更有自信了，「她過世時，六十三歲。扎瑞娜·卡扎柯娃、伊雷娜·拉芙洛娃、奧兒佳·阿塔莫若娃，這三位姊妹都是幾歲？」

「這就是你供出烏莉安娜·阿爾泰米耶娃這個名字的原因。」

「而不是其他在俄國原子能部門工作的女子，這個女子又剛好與那三位姊妹年齡相仿，同時還提供美國機密情報？你太讓我失望了，費德羅夫。我怎麼會跟你打交道呢？早知道我應該找個比你有本事，比你聰明的探員接洽。」他撇嘴冷笑一聲，「隨你吧，我給你的情報能協助你揪出剩下的姊妹，並且我是這個情報的唯一來源，而你懷疑我是雙面間諜，以假情報唬弄你，所以你要放棄這個機會，好吧，我無話可說。」費德羅夫沒有反應，只是默默地坐著，但這個肢體語言已洩露了訊息。詹金斯占了上風。他以退為進的激將法降服了費德羅夫，就當著沃爾科夫的面。而後者放下了手中的玩具，表情有些茫然，似乎也有些憂心。

「我們好像來到了十字路口，」詹金斯說，「這個與你面對女兒的那個，差不了多少。」

費德羅夫抬眼看著他。「怎麼說？」

「你可以選擇放棄面子和尊嚴，接受女兒的職業選擇，以求維護父女關係融洽，也可以為了保住面子和尊嚴，放棄所有的親密關係。」詹金斯刻意頓了一下，留點空間給他，接著才說，「你會如何選擇，費德羅夫？我們能彼此信任，建立合作關係嗎？又或者，你要為了守住面子和尊嚴，而失去建功立業的絕佳機會？」

13

大都會酒店的櫃檯人員詫異地瞪著詹金斯，好似看到鬼了。他從櫃檯後面走了出來。

「你沒事吧，詹金斯先生？」他提高音量，壓過在大廳裡演奏的豎琴聲。

詹金斯的確很不舒服，臉色可能也不好看。他以三寸不爛之舌，說服沃爾科夫放棄拿他的身體當菸灰缸，打消剪去他兩三根手指的企圖，但他沒感受到以前在墨西哥市，技壓蘇聯情報員的那種成就感和勝利感。「我晚餐可能吃太飽了。」詹金斯說。

「要吃藥嗎？阿斯匹靈之類的？我可以找給你。」

「不用了，謝謝。我上樓回房躺著休息就行了。」

他走進電梯，只感到精疲力盡。就在電梯門即將闔上時，一支小刀伸了進來，擋住了門。詹金斯嚇了一跳，本能地豎手防身。電梯門滑開，只見行李員，也就是收了二十美金小費的那個，走進電梯。他向詹金斯點了一個頭，才連續按了「關」鍵幾次。電梯門關上後，他才轉向詹金斯。

「有個女人到櫃檯打聽你的事，她說她是你的朋友。櫃檯人員沒告訴她你住哪間房，但這裡是俄國，詹金斯先生，只要願意花錢，什麼都可以買得到。」

「她長什麼樣子？」詹金斯問。

「我猜她四十快五十歲，但不是很確定。她戴著大眼鏡，髮量濃密。」

「髮色呢？」

「深色，接近黑髮。她的眼鏡很大，楕圓框。」

「服裝呢？你記得嗎？」

「毛領長外套，戴著圍巾。」

外套、圍巾和大眼鏡，都是隨手就能丟棄的東西，能讓女人立刻變成另一個人。但最令人困惑的是，那女子為什麼向櫃檯人員打聽他？櫃檯人員必定通報了費德羅夫他換房的事，若這個女子是第八位姊妹，費德羅夫也必定會向她匯報。只有兩種可能，費德羅夫壓根不知道第八位姊妹是誰，再不然那個女子不是第八位姊妹。如果她不是，她又是誰？若女子不是費德羅夫派來的，櫃檯人員現在必定已通報了有人來找詹金斯，不過費德羅夫正在觀看女兒的第三幕表演，也許沒接收到通知。

「她還說了什麼？」詹金斯問。

「沒了。櫃檯人員告訴她不清楚你的下落，也不能告知她客房號碼，她就離開了。但我說了，在俄國花錢就能買到任何東西。」

「*Spasibo*.（謝謝。）」詹金斯在口袋裡掏現金。

「不用了，」年輕人豎手阻止他，「我們現在……扯平了，是吧？」他按下下一個樓層的按鍵，電梯停下來，他走了出去，「祝你事事如意……詹金斯先生。」

詹金斯搭乘電梯上到八樓，地毯上擺著一些托盤，托盤上有空盤、空杯、髒紙巾和刀叉。詹金斯一邊朝房間走去，一邊在托盤裡搜尋可以用來防身的臨時武器。行李員提醒了他，那女子可以花錢拿到鑰匙進他房間。他看到一支牛排刀，彎身連同包刀的餐巾紙一起撿了起來。他拿餐巾紙擦了擦刀子，握著刀把藏進袖子裡。

來到房門前，他拿掉「請勿打擾」的牌子，刷了感應卡，門鎖「咔嚓」一聲彈開了。為了防止女子在房內朝他開槍，他單膝跪下，按下門把，輕輕推開房門八九公分。只見紙條仍然留在原地。

他嘆了口氣，站起來走進房間。脫掉外套，連同帽子和牛排刀一起扔到床上。今晚的變故對他打擊甚大，現在仍然心慌意亂。他走進浴室，倒出一顆綠藥丸，配水吞嚥下去，然後做了一個深沉緩慢的深呼吸，試著冷靜下來。鏡子裡的他，臉色像莫斯科的冬夜一樣灰敗。他轉開冰水，低頭往臉上潑水，手腕上的塑膠帶勒痕燒灼且疼痛。

片刻後，他的呼吸緩和下來，也不再那般焦慮。無論費德羅夫今晚在測試什麼，詹金斯都合格通過了——但沒人了解蘇聯情報局，雖然它已改革成安全局，本質上必定半斤八兩。他希望那個前來打聽他房間號碼的女子，能更進一步證明他的推測。

他冷靜下來後，才感覺到飢腸轆轆，他看了一眼手錶，現在最方便的就是叫客房服務。他擦乾手，出了浴室，朝古董書桌走去。窗外，越過泰佐那亞廣場的噴泉，就是莫斯科大劇院的柱廊入口，阿波羅雕像聳立在入口屋頂上。右手邊的大街前方則是方正的盧比揚卡大樓，燈火通明，安全局是從不休息的。

詹金斯拿起書桌上的酒店服務設施冊子，翻到客房用餐那頁，拿起書桌電話的話筒，按下叫餐服務的三個數字。等待接通時，目光隨意飄向左邊，他留了小縫的衣櫥門，門的位置沒有移動，他再望向金色鉸鏈。

一個男子接起電話。「您好，詹金斯先生，請問有什麼需要？」

筆芯並不在絞鏈上。

「喂？詹金斯先生？」

他望向地毯，筆芯就躺在那裡，斷成了兩半。

14

詹金斯轉身背對衣櫥，假裝在欣賞窗外的夜景，但其實他正用眼角睨著旁邊牆上的鏡子。也許有人，或許就是那個女子藏在衣櫥中。

「我想點餐。」他說。

「好的，詹金斯先生，您想點什麼呢？」

詹金斯翻閱著冊子，但目光直盯著鏡子。

「我要起司漢堡、薯條和一瓶啤酒，啤酒品牌隨意。」

「漢堡的肉要幾分熟？」

「五分。」詹金斯說。

「好的，詹金斯先生。現做需要二十分鐘，可以嗎？」

「可以。」

對方掛斷了，但詹金斯繼續對著話筒說話。

「我明天有空檔，想找個地方走走，你有什麼建議嗎？不能太遠，天氣太冷了。」他拿起電話托架，抓住書桌後的電話線，背向衣櫥，用力一扯，將線從牆上扯下來。

他拿著電話機緩緩踱步。

「聽起來很有意思，我想去看看。」

他一邊走，一邊講電話，並留意著鏡子。他注意到衣櫥內有光影晃動，那個人移動了。

他轉身，右手拿著電話座機。「劇院呢？有什麼推薦的嗎？」

他繼續假聊，等待著時機。只見從衣櫥門縫中，伸出了一支圓管，他不能再耗下去。

詹金斯來不及瞄準，舉起座機就擲了出去。座機撞上衣櫥，匡噹大響。他已撲了過去，一百多公斤的身體撞上衣櫥門以及門後的人。衣櫥「砰」地撞上後面的牆。那個人握著槍，他連忙將槍管往天花板一頂，槍聲一響。那個人的膝蓋迅速一頂，又急又狠。幸好那人錯失了生殖部位，只踹中他的右大腿。詹金斯握住他抓槍的手，手腕向下一折，第二聲槍響爆出，手槍隨後掉落到地毯上。一隻手耙過詹金斯的臉龐，指甲刮過臉部肌膚。他受夠了，用力一揮，那個人中拳，癱軟到地板上。

詹金斯拽著那個人遠離衣櫥。一個女人。他將她扔到地板上，撿起手槍，插進後腰的褲頭裡。他將女人翻過來，她沒戴眼鏡。一頂黑色假髮歪斜在她腦袋上。她一身黑，黑牛仔褲、黑高領、黑靴。他扯掉假髮，露出綁成圓髻的淺棕髮。她的五官立體，道地的斯拉夫人。他拽下座機的電話線，將她的兩手反綁在背後。他快速搜索她的各個口袋，尋找能確認她身分的物件。

有人敲門。詹金斯回到衣櫥前，撿起女人的外套，仔細搜索。外套口袋裡，塞著行李員所描述的圍巾。

那個人又敲了一下，接著連續輕敲了三下。

「等一下。」詹金斯大喊。他將圍巾塞進女人嘴裡，再繞到後腦杓打了一個結。再把她塞進衣櫥內，關上門。走去開門時，他瞥了一眼鏡中的自己。他的上衣撕裂，胸口有指甲抓痕，血流下了右側臉頰。他不能這樣去開門。

又一個敲門聲。

他走到門前，從窺視孔向外窺探，只見一名穿著白外套的男子站在門外的走廊上，旁邊的餐車上放著一個銀托盤。

詹金斯退開，以防那個人有槍。「我剛洗澡出來，把餐盤留在餐車上就行了。」

「好的，」那個人說，「要我把帳單也留下嗎？」

那個人在擔心他的小費。「好，麻煩你了。我會處理的。」

詹金斯等了一下，又從窺探孔瞄出去。那個年輕人走了，他趕緊開門，將餐車推進來，再快步回到衣櫥前。那女人睜開了眼睛，整個人仍然昏昏沉沉的。他拽起女人，扔到書桌前的椅子上，撿視手槍片刻，是一把魯格22，裝了滅音器。一把高效便利的殺人武器，子彈足以致死，大小又不會射得他腦漿血漿噴濺得房間都是。

最關鍵的是：如果這個女人是第八位姊妹派來的，為什麼要殺他呢？如果她就是第八位姊妹，為什麼不是來盤問詹金斯所知道的四位姊妹的情報？她又為何不知道他的房間號碼，而是去詢問櫃檯人員？

女人坐直起來，瞪著他。

「如果我拿掉妳嘴上的圍巾，妳能保持安靜嗎？」他以俄語問。女人點點頭。

「如果妳大喊大叫，如果妳敢製造聲響，我一槍殺了妳，塞進餐車底下，用桌布遮住，推到樓梯井讓妳等著發臭。聽懂了嗎？」

女人又點了點頭。

詹金斯轉動椅子，解開她嘴上的圍巾。他退後一步，保持距離，以免她撲過來攻擊，或者朝他的鼠蹊部一踢。女人眨了眨眼，張嘴又闔嘴。詹金斯適才黑暗中的盲目一拳，錯失了目標，並沒有打斷她的下巴或鼻子，不過幾個小時後，女人的左眼必定黑一圈。

「我們就從妳的姓名開始，妳是誰？」詹金斯以英語問。

女人面無表情地瞪著他。

「不說？」詹金斯說，「好吧，那說說妳為什麼殺我？」

女人又沒有回應。

「*Kto ty?*（妳是誰？）」詹金斯問。

「我會說英語，詹金斯先生。」她的英語帶著濃濃的口音。

「再不說，我就打電話報警，告妳企圖殺我。」詹金斯說。

女人終於有回應了，她緩緩勾起嘴角。「那我就指控你想性侵我，我只是奮勇反抗，以求自保。至於那把槍，不是我的，是你的。難道你希望莫斯科警察深入調查你，調查你為何來莫斯科？」

莫非這個女人知道他來這裡的動機？他必須先確定她是否是俄國安全局的人，他很懷疑她是。「那我打電話給俄國安全局，他們絕對有辦法從妳嘴裡逼問出答案。」

女人又是沒有回應。詹金斯走到床邊抓起外套，拿出拋棄式手機。「不說？」他聳聳肩，「很好。」他按下數字鍵，撥打電話。

「等等。」女人說。

有意思。「想說了？妳是俄國安全局的人嗎？」

「假如我是俄國安全局的人，何必殺一個叛國賊？殺一個出賣七姊妹的人？縱觀俄國歷史，這七個女人對俄國的傷害，遠勝於其他人。」

她的回答，聽得詹金斯一頭霧水。如果她不是俄國安全局的人，不是第八位姊妹，她又是如何知道七姊妹的？他朝窗戶走去，俯望著酒店正門入口，卻沒看到任何賓士車。

「不知道，那妳為什麼要殺這個人？」

「我不會。」女人說。

「如果妳不是俄國安全局的人，那妳是誰派來的？」

「詹金斯先生，你先告訴我，你為何背叛這些女人？為何背叛自己的祖國？」

「我需要錢，」詹金斯照常搬出那一套說詞，「我的公司周轉不靈。」

「所以你拿這些女人的命去換錢，你是這種人嗎？」

詹金斯聳聳肩。「我沒必要為國家犧牲自己，讓公司倒閉。」

「可你明明有機會，卻到現在都還沒殺我。你仍然有機會，情勢於你有利，所以你怎麼還沒動手，詹金斯先生？怎麼還不打電話給俄國安全局，要他們派人來處理我的屍體？」還沒等詹金斯回應，她繼續，「你之所以不這麼做，是因為你有疑慮。你剛才問我的姓名，跟你換錢救公司有什麼關係？」

「我只是好奇。」

女人犀利地盯著他。「我可能看錯你了，詹金斯先生。我認為你要知道我的姓名，是因為你不是來莫斯科，把剩下四位姊妹的姓名出賣給維克托．費德羅夫和阿卡迪．沃爾科夫。所以你才會向他們供出一個早已病死的女人的姓名。不對，出賣四位姊妹，不是你來這裡的目的。」

這下，詹金斯好奇了，不知這段對話將往哪裡發展，這女人的目的究竟為何。

片刻後，他才說：「那你說說，我為什麼來莫斯科？」

「你來這裡找出第八位姊妹。」

「妳是第八位姊妹？」詹金斯現在開始考量這個可能性了。

「我說對了嗎，詹金斯先生。告訴我，你又不會有損失。我兩手都被綁住了，手槍也在你那裡。你隨時可以殺了我。所以說了，又不會改變什麼。」

「妳為什麼想知道？」

「因為，詹金斯先生，我聞到了老鼠的氣味，察覺到事情不對勁，而這令我們倆都十分難受。」

「什麼樣的老鼠？」

「派你來莫斯科，查出我姓誰名啥的老鼠。這隻老鼠告訴你我是俄國安全局的人，說我奉命清除七姊妹。也是這隻老鼠出賣了七姊妹的姓名給費德羅夫，並收取了巨款。」

「是妳將三位姊妹的姓名，洩露給費德羅夫。」

女人大笑。「如果是我，我何必殺了能夠供出四位姊妹姓名的男子？如果我是費德羅夫的人，櫃檯人員為何不告訴我你住幾號房？」

這兩個問題也令詹金斯困惑不解。邏輯上來說，女人說得很有道理，詹金斯也開始嗅到老鼠味了。他又一次走到窗前，俯瞰著酒店入口。

「妳為誰工作？」詹金斯說，「我推測，妳也是中情局的人。」

詹金斯轉身過來，看著她。

女人聳聳肩。

「說說看，我幹嘛相信妳。」

「就一般的常識。」

他離開窗戶，斜倚在書桌邊。「好，妳解釋解釋，什麼樣的常識讓我應該相信妳。」

「首先，我們來談談那些人都跟你說了什麼。你接收到的訊息是：我是第八位姊妹，我的任務就是找出剩下四位姊妹的姓名。對吧？」

「繼續。」

「可你後來的遭遇，樁樁件件都與他們說的有出入。」

「我只是開始懷疑他們的話。」

「我來找你，不是為安全局來逼問你剩餘四位姊妹的身分，而是來追查究竟是誰洩露那三位姊妹的姓名給安全局。是你嗎，詹金斯先生？不是，」她緩緩搖頭，「我不認為你是那隻老鼠屎。詹金斯先生，你是那隻老鼠屎派來找我的，所以他能在我揪出他之前，幹掉我。」

詹金斯又一次俯瞰大街，卻見酒店正門口停著一輛黑色賓士。櫃檯人員聯絡上費德羅夫了。那位安全局官員從副駕駛座下來，沃爾科夫則從駕駛座下來，繞到賓士的後方。

「他們來了，對不對，詹金斯先生？」女人說，「他們來是為了——你們美國人怎麼說的——一石二鳥。」

詹金斯對她的話仍然很懷疑，但也不再百分之百相信卡爾．艾默生了。艾默生是那粒老鼠屎嗎？他不知道，只知道他不能無所作為，必須離開酒店尋找答案。眼下最要緊的，就是讓女人活下來，才能問出她所知的一切。詹金斯暫且假設兩人有相同的目標，而這是所有情報員對一個立場不明卻必要的盟友的態度。

他抓起牛排刀，走到女人背後，割斷綁住她兩手的電話線，隨手扔掉牛排刀。

「我們得趕緊離開這裡。」

「沒錯，」女人說，「是該走了。」

他抓起放著護照的背包，以及所需的現金，走進浴室將刮鬍用具和藥品全塞進背包裡。抓起外套、帽子和手套，朝房門走去，「妳熟悉莫斯科嗎？」

「我在這土生土長，」女人說，「道道地地的莫斯科人。」

「那妳最好趕快把我們弄出這裡，不然我們會沒命。」

「我的假髮，」她快步走向衣櫥，撿起假髮戴上，一邊朝門走去，一邊對著鏡子整理假髮。戴上大大的圓框眼鏡，撿起外套和圍巾，想了一想，又往地上一扔。「最好讓他們以為我們已經走了。」

「我們是要走了。」

「對，但要讓他們以為太遲了，我們早就溜了。只有這樣，我們才有機會。」

詹金斯不情願地將外套、帽子和手套扔回床上。

女人拉開房門，探出頭來回確認，才踏了出去。詹金斯跟著她，朝樓梯間走去。

「他們必定會守住樓梯間和電梯。」女人說。她走到一扇房門前，彎身拿起地上托盤裡的酒杯，敲了敲門。她打手勢要詹金斯往前走，以避開窺視孔。

詹金斯轉身望向電梯。女人又敲了敲門。「*Vpusti menya.*（讓我進去。）」她假裝喝醉，整個人東倒西歪的，又猛敲了房門三下，「*Vpusti menya.*」

詹金斯又轉身望向電梯。

門後傳來一個男子的聲音。「*U vas nepravil' naya komnata.*（妳走錯房間了。）」

「Otkroy dver'. Ya zabyl svoy klyuch.（開門，我忘了帶鑰匙。）」女人含糊地說。

電梯「叮」的一聲響，與此同時，門後的男子解開了鎖，打開門說：「*U vas nepravil' naya* ——」女人不客氣地撲了進去，詹金斯跟上，隨即關上了門。

男客張口抗議，詹金斯舉槍指著他的腦門，另一隻手摀住他的嘴。男子眼裡全是驚恐，只穿著白色棉內褲，毛絨絨的肚子突出褲頭外。

「聽著，」女人壓低聲音以俄語說，「你敢大叫或製造聲響，他立刻殺了你。只要你不出聲，我們辦完事就走。坐到床上。」男子遲疑了一下，死盯著手槍，「我說了，坐到床上去。」

男子後退兩步，小腿肚撞上床墊，「砰」地坐下，震得床墊晃動一下。

詹金斯走到門前，從窺視孔窺探出去。費德羅夫、沃爾科夫帶著兩個男人快步走來，地板被他們踩得微微震動，四人走了過去。如果那個女人是俄國安全局的人，現在應該大喊大叫了，不過她一聲不吭。

費德羅夫拿出一張房卡，打手勢要另外三人躲到門邊。一人一支槍，槍口全指向地板。費德羅夫房卡一掃，按下門把，三人衝了進去。

女人對床上的男人低聲說：「外面那些人是來殺我們的，他們可不是警察，也不是什麼好人。」

「*Mafiya?*（黑手黨？）」男人問。

「*Da, mafiya.*（是的，黑手黨。）」女人回應，「如果被他們發現我們在你的房間裡，他們會殺了我們，再殺了你滅口。明白嗎？」

男人點點頭。

詹金斯看著三個人走出他的房間。費德羅夫打手勢，要另外兩人分頭朝走廊兩端的樓梯門而去。他們照辦了，但並未在樓梯門前停留駐守，而是進入樓梯間。沃爾科夫拿著女人的長外套、圍巾，以及詹金斯的厚外套走出房間。女人的計策奏效了，那些人以為詹金斯已逃離飯店。費德羅夫和沃爾科夫低聲交談，但聽不清究竟說了什麼。費德羅夫一臉不悅，朝電梯的方向快步而去，沃爾科夫小跑步跟了上去。

「快了，」女人對男人說，「我們待會就走。不過我必須警告你，如果你跟別人提起我們來過，那些人必定找到你，殺了你。明白嗎？」

「*Da.*（是。）」男人輕聲回應。

「回床上睡覺吧，」女人說，「你只是做了一場惡夢。」

15

詹金斯從窺視孔確認無誤後，打開房門。沒人。他來到走廊，好冷，真希望外套就在手邊。

「妳怎麼來的？」他問女人。

「開車來的，停在酒店後方。」她朝亮著紅色出口號誌的樓梯間而去，推開樓梯門，上下檢視一番。詹金斯側耳聆聽，沒聽到任何腳步聲。女人打手勢要他跟上，兩人下了樓梯，時不時駐足聆聽任何動靜。最後下到一樓，女人輕輕將門推開一道縫隙打探後，踏進走廊，右轉，沿著空蕩蕩的走廊蜿蜒而去，詹金斯跟上。

他們快步穿過黑暗的用餐區，鑽進另一條走廊，直到聽到人聲和音樂聲。

「酒吧。」女人說著，一把拉來詹金斯，背靠在一根大理石柱上，佯裝成一對正在調情周旋到誰房間過夜的男女。

女人兩手滑上他的肩膀，低語：「下了那道大理石階梯，就是酒店後門。我先走，你五分鐘後跟上來。」

「不好吧，」詹金斯回應，「我們之間的信任，還沒到這個地步吧。」

「那我們應該好好培養培養默契，」女人說，「他們只知道我喬裝的模樣，所以我現在這個樣子走出那扇門，只是一個來酒吧喝酒的女人。但如果你跟我一起走出那扇門，又正好被他們看見，那不就是不打自招？」

詹金斯心知肚明，女人的變裝足以保護她安然脫身。他也知道女人很可能開車揚長而去，扔下他自生自滅，但他沒有選擇。

「兩分鐘。」詹金斯說。

「五分鐘。」女人說，語氣更加強硬。

「為什麼要五分鐘？」

「因為再過五分鐘，莫斯科大劇院才會散場。五分鐘後，你從後門出來，過馬路到噴泉那兒。如果有人跟蹤你，就混入散場人群中，甩掉他們。」

「然後呢？我往哪兒走？」

「去芭蕾舞團那兒。大家都往外走，你反其道而行，進劇院。」

「何必——」

女人打斷他。「聽著，我們沒時間在這裡討價還價。如果有人攔住你，你就說忘了拿外套和手套。你進去後，會遇到另一群往外走的人。你跟隨衣帽間的標誌走，過了衣帽間，會看到一扇門，進去，是一道通往表演者更衣處的走廊。更衣處有個表演者為了避開前面散場觀眾，專用的後門出口。」

「妳怎麼知道？」

「聽仔細了，」女人的語氣越來越急迫，「出了那扇後門，穿過小巷子，進入劇院後面的大樓，上到二樓的餐廳，許多劇團的工作人員會在散場後去那裡吃點東西，所以小巷的那扇門不會上鎖。上了二樓就是餐廳的後門入口，但你不要進餐廳，你會看到右邊有個鐵柵欄擋住一道樓梯。鐵柵欄是壞的，你打開它，走下一層，會看到一道黑暗的走廊，走廊盡頭有個出口，外面是第二條小巷子。我會閃一下車頭燈。你都記住了嗎？」

「記住了。」

「把槍給我。」女人說。

「不行。」

「如果我被攔下問話，我必須快速、安靜地解決掉那個人。」

「我也是。」

「對，但沒有車，我們兩個都逃不遠，更可能活不了。」

她的邏輯完全正確，無可辯駁，但邏輯和信任是兩碼子事，更別提將唯一的防身武器交給一個尚未得到他信任的女人。但一如她所說的，他能有什麼選擇？他們的確不能一起走出酒店，沒有車，他們壓根逃不遠。

「我不能站在這裡乾等五分鐘。」

「你去廁所等。」她朝左邊望去，詹金斯順著她的目光看見大理石柱正後方的男廁。

詹金斯無奈掀起了上衣，女人拔走手槍，塞進牛仔褲褲頭，再用毛衣覆蓋住。

「*Pozhelay mne udachi.*（祝我幸運。）」女人說。

寶琳娜・鮑若瑪友娃歪頭讓假髮的瀏海覆住左臉，再配上大眼鏡，應該能遮住腫得睜不開的左眼。她朝第一道玻璃門走去，經過了門旁的警衛。

「*Mogu li ya pomoch'*?（需要幫忙嗎？）」警衛問。

鮑若瑪友娃低眉垂眼。「Nyet, spasibo.（不用了，謝謝。）」

第二道玻璃門呼地一聲滑開，莫斯科刺骨的寒風利刃般鑽進毛衣，刺痛了裸露在外的臉和手。賓士車和ＢＭＷ就停在各國國旗旗杆下的停車格中，她刻意打從那兩輛車前經過。一位泊車人員坐在綠色木亭裡，一支黑白木桿橫亙在停車場出口。天氣太冷，小亭子的門是關上的。鮑若瑪友娃接近時，泊車人員將門推開一道小縫，一股暖氣從男人凳子下迎面撲向她。

男人伸出手，她將牌子遞了過去。男人拿著牌子對號，從掛在裡牆勾子上的鑰匙取下一支。

「妳等一下。」泊車人員說著，站了起來。

「*Nyet.*（不用了，）」她說著，給了五元盧布，「沒必要讓兩個人都受凍。」

泊車人員微微一笑，接過小費。「*Spasibo.*（謝謝。）莫斯科好多年沒有這麼冷的一月了。」

他踏出門外，朝停車場後方指去，「那裡，看到妳的車了嗎？」

「看到了。」鮑若瑪友娃回答。

「妳沒事吧？」泊車人員瞅著她的側臉問。

「沒事，」她回答，「出了一點小意外。」

鮑若瑪友娃穿過停車場，朝她低調的灰色現代房車走去。對街克里姆林宮牆上明亮的燈光，穿透濃濃的冬日迷霧灑了下來。她按下按鍵開鎖，卻聽到一個男人著急地輕喊著。

「不好意思，不好意思。」

鮑若瑪友娃一凜。「是。」她沒回頭應了一聲。

「我們在找人，」男人說，「妳能看看這張照片嗎？」

鮑若瑪友娃轉過去，不過仍然歪著頭，用頭髮遮住臉側。那個陌生男子伸長手，遞過來一張照片。是查爾斯．詹金斯。

「沒，我沒見過這個人。」鮑若瑪友娃回應。

「妳今晚來酒店，是為了何事？」

鮑若瑪友娃微微一笑。「干卿何事？」

「妳的眼睛怎麼了？」

「滾。」

男人亮出證件，是俄國安全局的。「說。」

「我撞上門，喝太多伏特加了。」

男人收回證件。「我看看妳的身分證。」

以前的俄國人必定聽話照辦，但那是從前了。

「我出來喝酒，從不帶身分證，以免喝醉了搞丟。」

「身分證。」男人的語氣更強硬了。

「好，好，我是說我把身分證放在車上。等一下。」

鮑若瑪友娃的左手伸向門把，右手握住了槍把。瞬間轉身，舉槍，射擊。手槍一聲悶響，隨即被莫斯科車流的喧囂掩蓋過去。男人軟軟地癱倒在兩輛車之間。額頭上，硬幣大小的彈孔鮮血汩汩。鮑若瑪友娃拉開車門，滑進駕駛座，轉動鑰匙，引擎轟轟轉動，卻打不上火。

「靠。」她又試了一次。引擎轟轟轉動，打上了火。

她緩緩倒車，避免引來他人的注意，進而發現倒在地上的人。她沿著車道繞到小亭子，抬手假裝打招呼，其實是為了遮住自己的臉。擋桿抬起，她駛了出去，大大吐了一口氣。

查爾斯．詹金斯一邊看著手錶，一邊走進男廁。天花板喇叭播放著輕柔的背景音樂，是一首美國流行曲的翻唱版本。他原本打算躲進一個隔間等待，卻看見牆上小便器前站著一個男人，是阿卡迪．沃爾科夫。

詹金斯連忙退出，但沃爾科夫已經拉上褲子拉鍊，轉身過來。沃爾科夫一凜，詹金斯趁他尚未反應過來，往前一撲，撞上圓睜著眼睛、右手伸向槍套的沃爾科夫，兩個人撞進一個隔間，倒在馬桶上，又側翻撞上貼著瓷磚的牆。詹金斯一隻手按在沃爾科夫臉上，手指摳進他的兩眼，另一隻手抓住沃爾科夫握著手槍的手，阻止他拔槍。沃爾科夫的另一隻手頂著詹金斯的下巴，將詹金斯的腦袋向後扳扭。兩個男人在小小的隔間中纏鬥。沃爾科夫果然強壯有力，短短的手臂好似活塞，儘管詹金斯拚命壓制，他仍然把槍拔出槍套，詹金斯就快沒力氣了。絕境中，他意識到自己必須借力使力來反制沃爾科夫。

詹金斯放鬆右手的力道，沃爾科夫的腦袋順勢前傾，詹金斯趁機一掌打得沃爾科夫的腦袋撞上瓷磚牆。瓷磚「砰」地裂開。詹金斯又一次、再一次擊打他的腦袋，但沃爾科夫仍拔出了槍，槍口緩緩挪了過來，距離詹金斯的腹部只剩幾公分了。

詹金斯抓住沃爾科夫的領口，扭轉他的身子，再猛力一撞，兩人一起飛出隔間，撲撞上對面的牆。詹金斯單腳一個旋轉，沃爾科夫被帶著撲撞上小便器。小便器裂開掉到地上，破裂的水管噴出水花。沃爾科夫痛吟一聲，詹金斯再次單腳旋轉，將他往對面甩去，這次沃爾科夫的背撞上了洗手檯，詹金斯第三次故計重施，將他往小便器甩回去，希望將他甩得七葷八素。沃爾科夫緩緩軟倒在濕漉的地板上，詹金斯也踉踉蹌蹌地倒了下去。他放開沃爾科夫握著槍的手，槍從沃爾科夫手中滑落。

詹金斯翻身撿起小便器的碎塊，高高舉起，一顆子彈「叮」地射擊在碎塊上，沃爾科夫橫臂護住了臉。「咔嚓」一聲，但不是碎塊破裂，只見那個俄國人的四肢抽搐，隨即靜止不動。

詹金斯氣喘吁吁，抓起手槍，費力撐起自己，朝門走去，卻瞥見鏡中的自己，上衣又破又濕，臉龐有刮傷。他轉向沃爾科夫，飛快挪開破裂的小便器，脫掉他的皮外套穿上。外套有些緊，袖口只到他的手腕，但足以遮掩了。手槍往褲腰一插，拉好外套覆住它。他做了一個深呼吸，拉開門，走出去，卻差點撞上一個東倒西歪往裡走的醉漢。

「*Ya by vospol'zovalsya vannoy na vtorom etazhe-skazal on,*（我建議你去另一頭的廁所，）」詹金斯說，「*Kto-to ostavil ogromnuyu kuchu der'ma na polu.*（這間的地上有一大團屎。）」

維克托・費德羅夫正在酒店櫃檯，聆聽櫃檯人員描述女人的外貌。費德羅夫敲了一個響指，另一個安全局探員送過來一件外套和圍巾。「是這兩個嗎？」

「對，沒錯。」

費德羅夫將外套圍巾扔回到探員手中。「你說她戴了眼鏡？什麼樣的眼鏡？」

「圓框大眼鏡，鏡框是透明的。」

「女人的眼睛是什麼顏色的？」

「淺色的……藍色，我確定。也許是綠褐色或綠色。」

費德羅夫對拿著外套和圍巾的探員說：「她的髮色那麼深，不太可能。很可能她戴了有色隱形眼鏡，或假髮，或者以上皆是。」

「要找罪犯素描師嗎？」另一個探員問。

「沒必要了，」費德羅夫說，「那女人現在的模樣，應該和這個人描述的不同了。去檢查所有垃圾桶，找到被丟棄的假髮和眼鏡。」

探員領命走開後，費德羅夫轉向櫃檯人員。

「跟我說說那女人都說了什麼？最好一字不差地複述，拜託了。」

「她說，她約了詹金斯先生見面，詢問他的房間號碼。」

「還有呢？」

櫃檯人員按摩著太陽穴。「沒有了。」

「再想一想，」費德羅夫說，「你確定沒別的了？」

「沒了。她只是來要房間號碼吧？」

「你給了她。」

「一開始沒給，」櫃檯人員說，「旁邊還有別的客人。我送她過去，給了她房間號碼。」

費德羅夫點點頭。「她給了你多少小費？」

櫃檯人員的額頭和上唇冒出了汗珠。「我沒——」

「多少？」

「一萬盧布。」

費德羅夫伸出手。「我必須沒收這筆賄金，作為證據。」

櫃檯人員拿出口袋裡的盧布交給費德羅夫，他接過後塞進褲袋裡。

費德羅夫看了看手錶，二十分鐘前他派遣沃爾科夫去酒吧打聽，是否有人看到那個女人或詹金斯。「你待在這裡，我待會可能還有問題要問。」費德羅夫望著走廊，招來那位探員，「你盯著這個人，別讓他跑了。」

費德羅夫踏著大理石地板，朝電梯走去，下樓梯往酒吧而去。酒吧十分熱鬧，男男女女坐滿了餐桌和吧檯。他四下搜尋，沒看到沃爾科夫，於是撥打他的手機，但沒人接聽，他通常不會這樣。費德羅夫走到吧檯前，等著酒保注意到他。

「我找人，他剛才下來找酒店的房客。他個子不高，壯壯的。」

「有，他剛才來過。」

「你知道他現在在哪裡嗎？」

「我看到他走下那邊的階梯，去廁所了。」

費德羅夫抽出詹金斯的照片。「看過這個人嗎？」

酒保搖搖頭。「沒。」

費德羅夫下了階梯，推開廁所門，走了進去。鞋子踩水而過，沃爾科夫倒在角落裡，他的外套不見了，附近還有大塊大塊的小便器碎塊。

他快步來到沃爾科夫身旁，抓起他的手腕一搭，他的脈搏微弱，但仍活著。費德羅夫四下找尋沃爾科夫的手槍，但手槍不見蹤影。廁所必定經過一番打鬥，唯一的解釋就是沃爾科夫撞上詹金斯，詹金斯奪走了手槍。費德羅夫起身走出廁所，一邊掏出口袋裡的詹金斯照片，一邊朝站崗在玻璃滑門內的酒店警衛而去。

他亮出照片和安全局證件。「這個人是不是離開了酒店？」

「是的，幾分鐘前離開的。」

「還記得他的外貌裝扮嗎？」

「當然。他穿著黑色皮外套，但沒戴帽子，也沒戴手套。他說帽子手套都忘在車上，他要去拿。他好像剛打過一架。」

「他和一個女人一起嗎？」

「沒，他一個人。」

費德羅夫拿出手機，一邊撥號，一邊衝出第二道玻璃門來到停車場。他四下張望，尋找可能的出口，以及他剛才派來監守後門和停車場的探員。

「你過來處理一下酒店酒吧旁邊的廁所，」他對著手機說，「叫救護車，但要保密，我不希望其他警察介入。然後關閉酒吧，清場。」

掛斷電話，他朝坐在木亭內的泊車人員跑去。一對男女站在木亭外，等著取車。費德羅夫不客氣地插隊，猛敲著木門。年輕人立刻滑開了門，費德羅夫亮出詹金斯的照片和安全局證件。「有沒有看見這個人開車走了？」

「應該沒有。」

「再仔細想想，你有沒有看見他？」

「我沒看見他離開，」泊車人員說，「但剛才劇院散場，我時不時離開為客人取車。」

「那有看到一個女人嗎？」

年輕人蹙眉。「有很多女人啊，她長什麼樣子？」

這時傳來一名女子的尖叫聲，費德羅夫快步穿過停車場朝聲音出處而去。只見一個女人站在一個男人身旁，兩人都蜷縮在厚重的外套裡，眼睛死盯著地上一動不動的人體。

「我差點踩到他，」男人對費德羅夫說，「原本以為是被凍死的流浪漢。」

費德羅夫推開男人，垂眼瞅著地上的安全局探員。他額頭中彈，一槍斃命，彈孔不比五分硬幣大，因為天寒地凍，凍住了彈孔，出血甚少。

「你們去酒店櫃檯，」費德羅夫對男女說，「跟那位穿黑西裝的男人說停車場有個死人，快，去！」

那對男女領命快步穿過停車場，朝酒店的後門而去。

費德羅夫跑到人行道，來回張望，然後朝克里姆林宮而去，來到噴泉前，再到克里姆林宮後方，人們從大劇院門口湧出。詹金斯跑不了多遠，他必會利用人群作掩護。費德羅夫再次打量著大劇院門口的人潮。

查爾斯．詹金斯小跑步過了馬路，朝噴泉而去。與沃爾科夫的打鬥耗掉了一些時間，他必須盡快彌補上。那女人會等他嗎？她有過任何等他的打算嗎？

一對對男女裹著厚重的外套，在噴泉邊玩自拍，一看到他接近，立刻閃人。在他們眼裡，他狼狽邋遢、臉上有血汙、衣衫單薄，全是瘋子的代表。如此格格不入，要想融入人群中談何容易，更別提混進大劇院。

他攏緊外套，藏住被扯破的上衣，快步朝入口而去。大部分走出來的男人在燕尾服或高級西裝外，都穿著長長的羊毛外套。詹金斯與他們相較，簡直就像一個流浪漢。他蜷縮著身子，彎彎繞繞穿過人群，朝一扇門而去。門內，一位穿著黑背心打著同色領結的中年男子，向來賓道謝道晚安，客氣地送客。

「*Izvinite,*（不好意思，）」詹金斯說，「*Ya ostavil svoi veshchi s proverkoy pal'to.*（我把東西忘在了衣物寄存處了。）」

中年男子將詹金斯從頭到腳打量一番，不客氣地拒絕他：「不行。」

「我的帽子和手套都忘在了衣物寄存處，」詹金斯以俄語又說了一次，「我要去取回來。」

男人一臉懷疑。「你的寄物票證呢？」

「找不到了，忘了收在哪兒了？」詹金斯說。

「那今晚的入場門票呢？」

「拜託，幾分鐘而已，通融一下。」

男人搖搖頭。「是幾分鐘沒錯，但不行。」

「那你去幫我拿，我告訴你帽子和手套的樣子。」他必須支開男人。

「我又不是你的僕人，走開，不然我叫警察了。」

詹金斯只好退開，另尋入口，也許能找到沒人看守的門，或者比較寬鬆的門衛。萬不得已，他乾脆繞到劇院後方，找那條小巷子。他望著廣場上的人潮，散場的人潮水般從正門湧出，除了一個男人奮力朝內推進。

是費德羅夫。

費德羅夫引頸張望，而身高一百九十多公分的詹金斯，比俄國男人的平均身高多了十八公分。人群一陣喧囂騷動，費德羅夫轉頭過去。騷動來自一扇門，他立刻衝了過去，只見數人摔倒在地上。費德羅夫又推又撞，從倒地的人身上踩過，引來眾人的側目抗議。

「警察！」費德羅夫大叫。他高舉證件，為自己開路，「警察！」

他拽起一個背心領結男，男人神情慌亂，但毫髮未傷。

「他跑進劇院了，他說帽子手套忘在裡面。一個流浪漢。」

「那個人什麼樣子？」費德羅夫慌忙抽出口袋裡的照片。

「黑人，」男人說，「黑人，個子高大。」

費德羅夫不管照片了。「往哪邊去了？」

「那邊，」男人指了方向，「他說要去衣物寄存處。」

費德羅夫進了劇院，在人群中快步穿梭，推擠前行。不久，只見前方也有人好似保齡球球柱被推倒，隨即就望見那顆高人一等的腦袋。查爾斯．詹金斯恰巧回頭張望，兩人四目相視，詹金斯立即發足狂奔。

費德羅夫繞過被詹金斯撂倒的人，跟隨衣物寄存處的標誌往前奔跑。寄存處櫃檯前聚集了許多人，櫃檯職員忙著接過票據、對號、將外套毛帽和手套交給領取衣物的客人。費德羅夫跳上跳下地找人，只見左邊遠處有扇門正在闔上。

「抱歉，」他說，「讓開，警察辦案，警察。讓開。」

他千辛萬苦擠到那扇門前，頓了一下，擔心詹金斯埋伏在門後，以沃爾科夫的槍偷襲他，然後才按下門把，緩緩推開門。沒有槍聲響起，只聽見警報尖聲大作，對面的鐵門闔上。他衝了過去，用力撞門，但門板紋風不動。

他後退，用肩猛力撞門，門板動了，卻只挪開幾公分。他後退，抬腳朝門閂旁的門把用力一踹，鐵門震動，卻沒有挪動。門被詹金斯堵死了。

劇院警衛一邊對著他大吼，一邊衝了過來。

「幫我一把！」費德羅夫亮出安全局證件，「幫我把門推開。」

三個男人以肩抵門，使出全力將門又推開了幾公分，三人退開，數到三，同時往前一衝。門板被撞開了三十多公分。費德羅夫從門縫望過去，只見門後被一個大型藍色垃圾桶擋住。

「再一次。」他說。

三人再次合力一撞。這次，門縫已足以費德羅夫擠身過去，他來到一條小巷子。左邊是死胡同，他連忙朝右衝去，來到一條小街，來回張望，只有劇院散場的人群在天寒地凍中匆匆趕路的身影，卻不見詹金斯的蹤影。他抽出手機，一邊掉頭回到小巷子，一邊對著手機下達指令，卻聽見頭頂上有人語聲流瀉下來。他抬頭仰望，交錯的燈光從餐廳的窗戶照射出來。他伸手推動一扇門，門被推開了。他一步兩階地爬上樓梯，來到餐廳後門外。進門後，劇院裡的人穿著整齊地吃著油酥點心，喝咖啡，完全沒有被闖入的跡象，可見詹金斯並沒有進來過。

費德羅夫轉身出門，正要往上爬時，注意到一扇柵欄門擋住一道通往下方的樓梯。他推門，門一推就開。詹金斯不可能往上走，那只會困住他。

費德羅夫拔槍，背靠著牆走下那道樓梯。來到轉彎平臺，猛地回身，舉槍瞄準。沒人。他繼續下到一樓，穿過黑暗的走廊，推開另一扇門，來到第二條小巷子。只聽得車子引擎聲，轉身，卻沒見到任何車燈燈光。車子從黑暗中冒了出來，費德羅夫往右撲閃，車子撞上他的腿，撞得他凌空旋轉，重重落地，翻滾，坐起。他舉槍對著衝到巷子口的車子開了數槍，但車子絲毫未受影響，左轉消失在他的視線中。費德羅夫站了起來，一瘸一拐走到巷子口，舉槍，但那輛車又轉了一個彎，徹底消失了。

16

兩人駕車離開莫斯科。查爾斯．詹金斯又問了一次女人的姓名，但她又一次拒絕回答，只是她的理由並非詹金斯所想的。「你知道了我的名字，對你我都沒有好處，」女人說，「其實，我還想建議你最好閉眼，刻意忽略一路上的任何細節。」

詹金斯知道她此言不假，不過他仍然信不過這個女人，雖然女人的確說到做到。她大可以掉頭逃離酒店，任由詹金斯自生自滅，但她沒有。無論信不信她，詹金斯眼下必須完成兩件事：一，繼續往前走，二是挖掘她所知的一切。

女人將眼鏡扔出車窗外。十分鐘後，她停下車，將假髮扔進排水溝。摘下假髮和眼鏡的她，看似四十多歲，不過很可能是菸癮大摧得她容顏早衰，眼口四周都有皺紋，一出了莫斯科地界，她就點了一根菸，車內的氣味就像菸灰缸一樣。詹金斯微微搖下車窗，讓新鮮空氣流入。

「這是個壞習慣，」女人說，「尤其是在壓力大的情況下。」

三十分鐘，三根菸後，女人下了快速道路，行駛在市郊的街道上。最後車子駛入一個住宅區，在一棟公寓大樓外停下。「進去時，要盡量安靜，別出聲。」女人說，「共產主義在老人家心中已根深柢固，而且為了討官員歡心，鄰居監視鄰居還是不久前的事。這裡的人，從來不懂什麼是自掃門前雪。」

兩人下了車，站到刺骨的冰寒中。冷月迷離，將大樓映照成碳灰色，光禿禿的樹木默默地挺立在大盆子裡。兩人朝女人的公寓走去，遠處傳來一隻狗引吭嗥出一聲悠長的哀嚎。他們在沒人注意的情況下走進大廳，朝電梯而去。電梯廂中無人，他們乘坐電梯來到了四樓，女人率先走出去。來到公寓前，她用一支鑰匙解開數道門鎖，隨即閃身而入，詹金斯尾隨進入。他將背包放到地上，女人回身重新上鎖，扣上門鏈。詹金斯這才吐出長長的一口氣，稍作放鬆。

「伏特加？」女人問。

「好。」詹金斯說。

公寓的格局布置符合詹金斯所讀到的，蘇維埃式的居住環境，當時任何私人空間皆被視為反革命。小小的玄關放著一組衣帽架和一個高窄的衣櫥。玄關口左側是廚房，右手邊是客廳和臥室，以四格櫃作區隔。狹窄的廚房，一側是雙灶頭瓦斯爐，另一側是洗碗槽，槽上方有兩個櫃子，空間只容得下一人。跟車廂一樣，整棟公寓菸味濃重，儘管冷風從廚房的小窗縫送入了新鮮的空氣。女人打開收音機，調小音量。再打開冰箱的冷凍室取出一袋蔬菜，按在眼睛上，又拿出一瓶蘇托力。

「抱歉。」詹金斯低聲道歉。

「是我也會那麼做的。」女人從櫃子拿出兩支酒杯倒酒，舉杯，詹金斯也舉杯。

「敬我們的好運氣。」女人說。

伏特加燒灼著詹金斯的喉嚨，但滋味醇美。

「要喝茶嗎？」女人問。

「要。」詹金斯說。

「我有一些油酥糕餅，」女人打開冰箱，「不太新鮮了，但——」

「不用了，謝謝。」詹金斯說，繼續打量女人。

廚房燈光昏暗，但清冷的月光透過窗簾灑入，將廚房映照成黑白強烈的對比。女人空間的那隻手提著一個水壺，放到流理檯上。壺蓋隨著她的動作乒乓作響，她就著水龍頭加水。詹金斯拉開窗簾，俯瞰下去，只見中庭交叉穿梭著數條曬衣繩，繩上掛著一些衣物。

他拔出沃爾科夫的手槍，放到窗下半圓形的小桌上，砰嚓一聲，引得女人轉過頭來。

「槍哪來的？」女人拿著水壺放到靠外的爐灶上。

「我在酒吧廁所撞上一個認識我的安全局探員。」

「你殺了他？」女人問。

「不知道，也許吧。」

女人擦亮一根火柴，轉動瓦斯爐的點火鈕。瓦斯爐散發出淡淡的瓦斯氣味，藍色火焰閃現。她調整火苗大小，將燒盡的火柴棒扔進洗碗槽裡，然後按著冰凍蔬菜在臉上，朝半圓桌子走來。

「那是一把ＰＳＳ。」女人說。

「什麼是ＰＳＳ？」

「Pistolet Spetsialnyj Samozaryadniy，半自動手槍，射程最高二十五公尺。封閉式彈殼，可以攔阻射擊時的火花和白煙，而且幾乎無聲。」

「不需要裝滅音器？」

「不需要。這支手槍方便隱藏，是安全局特工偏愛的槍型。」

女人「刮擦」拉來一張椅子到他對面，坐下，整個人看起來跟詹金斯一樣精疲力盡。詹金斯剛才幾乎是完全依靠腎上腺素亡命。

「費德羅夫必定會傾盡全力，想辦法找到你。」女人說。

「他能追蹤到妳嗎？比如妳的車？」

女人想了一想。「我有喬裝，所以不太可能，車牌又是另一輛報廢車輛的。不過我們還是不能久留。告訴我，你為什麼來莫斯科。」

一不做，二不休，也許只有坦然相告，才能換取女人的底細。「第一次來莫斯科，是為了供出一個俄國雙面間諜的部分資料，雖然這份情報是安全局早已掌握的，卻能顯示我有能力取得機密情報。第二次，是提供費德羅夫一個在核能部門工作的女人的情報。」

「烏莉安娜．阿爾泰米耶娃。」女人說。

「妳知道她？」詹金斯問。

「我知道她被列入洩露機密情報嫌疑人之一，但從未被查實過。俄國人在事情未證實前，不喜歡四處聲揚。」

「她是怎麼死的？」

女人聳聳肩。

「自然死亡。但在俄羅斯，許多叛國嫌疑人都是自然死亡……或者自殺身亡。」

爐上的水壺尖聲鳴笛，女人放下冷凍蔬菜到桌上，走去拿來水壺。「你告訴安全局的接頭人，烏莉安娜．阿爾泰米耶娃是七姊妹之一，對吧？」她從為數不多的家具之一的櫃子裡，拿出兩個馬克杯、兩張茶墊，再從櫃子下面的抽屜取出一盒茶包。她將茶盒放到桌上，將熱水倒入馬克杯中。

「因為她已經死亡，」詹金斯說，「安全局無法求證我提供的情報是否屬實或造假。」

「這份情報的目的，是為了引起接頭人的興趣。」她將詹金斯的茶杯放到桌上，「要加奶油還是糖？」

「都不用，」詹金斯說，「至於剛才妳問的，答案是沒錯，那份情報是為了讓安全局的人相信我有能力獲取機密情報。」詹金斯抽出盒子裡的茶包，拆開，浸入熱水中。

「是誰派你來的？」

「這我不能說。」

「那個人跟你說了什麼？」

詹金斯啜了一口茶，但茶水很燙，他吹了吹，放下杯子。

「他說普汀還是蘇聯特工時，就知道七姊妹的存在。」

「這是真的。」女人說。

「他說普汀委派了第八位姊妹追捕七姊妹，並且這第八位姊妹已查出三位姊妹的身分並暗殺了她們。」

「這點，我不清楚，」女人說，「不過我十分懷疑。」

「我的任務就是查出第八位姊妹的姓名。」

「然後呢？」

「沒有然後，查出來後，我的任務就結束了。」

「扎瑞娜・卡扎柯娃，伊雷娜・拉芙洛娃，」女人說，「第三位姊妹是誰？」

「奧兒佳・阿塔莫若娃。」

女人往後一坐，沉思著。

「妳是為ＣＩＡ的誰工作？」詹金斯問。

「如果你確實是情報員，就會知道我不能說，」女人說，「如果你不是，那麼，詹金斯先生，為了你好，我絕不能說。但我必須問一下，你對這個ＣＩＡ牽線人了解多少？」

詹金斯拿起茶杯，吹了吹，啜了一口。「多年前，我還是ＣＩＡ新人時，曾是他的部屬之一。但我退出ＣＩＡ許多年了。」

女人沉思片刻，又問：「那他為何挑選了你？」

詹金斯思索了一下。「我會說俄語，而且還有掩護身分能夠進入俄羅斯。我從事保全工作，與一家投資公司有合作，這家公司在莫斯科有分行。又曾經與蘇聯情報局交手過，不需受訓，隨時可以開始任務。」

「你既然退出情報工作多年，又為何接下這個任務？」

流理檯上的收音機流瀉出輕柔的小提琴弦律，詹金斯想起了妻兒和尚未出生的孩子，緩緩道出自己的境況。「我向來沒把金錢財富放在眼裡，從來不會為了錢工作，不過我變了。」

「你有財務上的需求。」

「沒錯，我是。」詹金斯說。

女人瞥了牆上掛鐘一眼。「我們還有事要做，該出發了。明天這個時候，你的面孔和姓名會出現在莫斯科所有電視臺和報紙。再加上你的外貌身高，你很難隱身在人群中。」

詹金斯搖搖頭。「費德羅夫不會那麼做，那是公開招認他的無能，讓我活生生從他眼皮子底下成功逃走。他一直很介意我讓他在他上司面前出糗。我推測他絕對不會張揚，他會另外想辦法追捕我。」

「即便如此，安全局負責邊境安全，所以你的照片最晚早上就會被傳送到各個邊境關卡和海關。到那個時候，就很難把你弄出俄羅斯了。」

詹金斯想起了另一件事。如果他真是遭人設計，無論這個人是誰，他很可能已經得知詹金斯逃脫了，而去找詹金斯最愛的人下手。「我老婆和兒子。」他站了起來。

女人起身。「無論你妻兒在哪裡，他們最好盡快離開。」

17

維克托·費德羅夫不接受任何模稜兩可、不完整的答案。現在，他最好的西裝膝蓋處扯破了，又浸著小巷裡的雪和髒水。被車子撞到的左膝腫起，一碰就痛，身上還有其他各式各樣的痠痛和瘀青——但受傷最重的，是他的自尊。查爾斯·詹金斯逃掉了，很可能是在那個去酒店房間找他的女人的幫助下，成功逃亡。眼下最要緊的事，就是她是誰？費德羅夫的美國接頭人說過，詹金斯來俄羅斯的目的，並非供出七姊妹的姓名，而是追查並確認一個女人的身分，這個女人正在調查七姊妹身分洩露一事的原委。會是那個到酒店找詹金斯的女人嗎？如果是，為何女人會協助詹金斯逃亡？難道她誤以為詹金斯就是七姊妹身分的洩密人？她會不會已經殺了他？

眼下事態有些脫序，費德羅夫的中情局接頭人十分憤怒。這個人堅決地告訴費德羅夫，詹金斯和那個女人都不能離開俄羅斯，否則這位接頭人不會透露剩餘四姊妹的姓名，並且會「失蹤」，任由費德羅夫自行去向上司解釋。過去兩年來，費德羅夫的聲望有多高漲，現在就摔得有多重。

費德羅夫一瘸一拐地回到酒店停車場。他的兩位同事在嚴寒中與泊車人員談話，一邊說一邊口吐白煙。年輕探員賽門·阿列塞約夫，看到費德羅夫走過去，驚呼一聲：「上校，您沒事吧？」

費德羅夫敷衍了一下。「沒事。有問出什麼嗎？」

「我們要求酒店保全調出過去兩個小時的監視錄影畫面。」阿列塞約夫說。

「有找到那女人的眼鏡和黑色假髮嗎？」

「還沒。」

「全力去找，否則監視錄影畫面顯示出來的，與櫃檯人員描述的女人，沒有差別，對指認她的身分根本沒有幫助。那女人的外貌喬裝過了。」

「上校？」另一位探員走上前，「你應該來聽聽泊車人員說的話。」

「我已經問過他了。」

「是，但他好像想起了什麼，我覺得應該很重要。」

費德羅夫以手勢示意探員帶路。那位泊車人員就站在木亭外面抽菸，凍得瑟瑟發抖，神情有些緊張。

「你想起了什麼？」費德羅夫以就事論事的口氣發問。

「是的。」

「然後呢？你是要我們站在風雪中猜測你究竟想起了什麼？」

「是那個女人，我想起她是黑髮，戴著一副圓框眼鏡。」

「這我們已經知道了，」費德羅夫一臉不悅地轉向那位探員，「這我們已經知道了，你幹嘛浪費我的時間？」

「她有一隻眼睛烏青。」泊車人員說。

費德羅夫的注意力回到泊車人員身上。「你說什麼？」

「那女人一隻眼睛烏青，應該是剛受傷的。她用頭髮遮住那半邊的臉，但我看到那隻眼睛已經又紅又腫。我還關切地問了一句。」

「她怎麼回答的？」

「她說只是意外，說喝多了，但我看不像，感覺像是被人打了。」

「她還說了什麼？」

泊車人員吸了一口菸，將菸頭彈到地上，搖搖頭，吐著白煙說：「沒了。我說要去幫她開車過來，她說沒必要讓兩個人都受凍。」

「哪一隻眼睛？」

泊車人員兩手往灰色外套的口袋一插，思索片刻才說：「左眼，是她的左眼。」

如此說來，女人是被人用右手打傷的。看來，詹金斯和這個女人的初遇並不友好。

「她的車停在哪兒？」費德羅夫問。

「那裡。」泊車人員指著那位殉職探員倒地的方向。

探員是腦門中彈，一槍斃命，快狠準，槍手顯然受過精良的訓練。費德羅夫一直以為是詹金斯殺的，但他錯了。

「你有聽到槍響嗎？」

「沒，」泊車人員說，「但當時我坐在亭子裡，電暖爐嗡嗡響。」

費德羅夫轉向阿列塞約夫。「去找找看有沒有人聽到槍響，問一下酒店的門衛。」

如果沒人聽到槍響，表示那女人用了滅音器，更證明了她受過專業訓練。

「她開什麼車？」費德羅夫說。

「現代 Solaris，灰色的。」

「哪一年的？」

「我不知道車子的年分。」

「新車，舊車？」

「新車，應該才出廠幾年而已。」

「是你停的車？」

「是。」

「還有沒有？關於那輛車和那個女人，你還注意到什麼？」

泊車人員看著阿列塞約夫。

「我跟他說過，那女人抽的是卡萊利亞細菸。副駕駛座上留有一包菸。」

費德羅夫豎手。「我會請這位探員錄口供。如果你又想起了什麼，儘管告訴他，或打電話告訴我。」他遞給泊車人員一張名片，「任何細節都不能放過。」費德羅夫蹣跚地朝酒店走去，一邊交代阿列塞約夫，「你去向所有政府機關發布追緝令，追查這個左眼烏青的女人。只要是明天沒上班的女人，無論原因為何，都報上姓名來。」費德羅夫想到了什麼，突然止步。

「上校，這麼做需要——」

費德羅夫豎手打斷他的話，逕自在酒店大廳內踱步繞圈，然後說：

「就從我們安全局下手。」

「上校？」

「我要安全局明天沒上班的女人的名單，安全局上上下下大大小小的職位，全都要。再將名單與汽車執照比對，找出開現代Solaris的女人。一定要確認酒店交出了所有停車場的監視錄影帶。去。」

18

詹金斯並不想用他與費德羅夫聯絡的拋棄式手機，更不想用自己的手機，因為很可能被監聽。不過，他家的市內電話和愛麗克絲的手機，應該也被監聽了。若是用女人的手機對外聯絡，也一樣有風險；如果電話經由美國的第三方轉接，更將曝露女人的身分，陷她於更大的危險中。

他的選擇不多，時間也緊迫，只能冒險用自己的手機聯絡了，但對話必須盡量簡短。女人逕自走到另一個房間，留給他私人空間。

詹金斯撥打了愛麗克絲的手機號碼，一邊在小廚房裡踱步，一邊祈求愛麗克絲接聽電話。這才意識到，他原本是為了解決家庭財務才接下這個任務，現在卻害得家人陷入險境。

「嗨，我正躺在床上想你呢。」愛麗克絲接起電話。

詹金斯整個人都放鬆下來。「我也在想妳呢。妳上床睡覺了？」

「這是醫生的叮囑。你在幹嘛？什麼時候回家？」

「這裡遇到一些麻煩，要過幾天才能回家。」詹金斯回答。

「什麼麻煩？」愛麗克絲問。

「盧呢？」

愛麗克絲頓了一下，只一下。「在睡覺呢。」

「等牠睡醒了，叫ＣＪ帶牠出去散步，好嗎？妳知道牠很喜歡出門玩。」

「的確，」愛麗克絲回答，「我現在就帶牠出去。」

「好，帶著佛萊迪。」

「好。啊，CJ回來了。我晚點打給你。」愛麗克絲說。

「我愛妳，愛麗克絲。」詹金斯說，但愛麗克絲已掛斷了電話。

19

詹金斯駕著女人的車行駛在南向的Ｍ４高速公路，穿行在白雪覆蓋的原野中。那袋冷凍蔬菜仍按在女人的眼睛上。狂風大作，白雪橫掃，車身被打得咔咔抖動。詹金斯在飛揚的白雪中努力看路，操控方向盤不讓車子被掃出道路。如果風速不減弱，公路很快就會被風雪覆蓋，無法通行。

「你很擔心……妻兒？」

詹金斯點頭。「也擔心風雪太大。」

「你很幸運，」女人說，「有人可以讓你如此深愛著。」

詹金斯從沒這麼想過。一陣狂風掃歪了車身，他轉動方向盤調正車頭。「祈求狂風趕快變弱吧，」詹金斯說，「不然我們開不了多遠。」

「我們沒辦法，如果停下來會凍死的。都跑了這麼遠，我可不想凍死在車上，你應該也不想吧。」

「我們要走多遠？」

女人看著他，聳聳肩。

「又一個不能說的機密？」詹金斯說，「真的假的？如果我們被抓了，會是兩個人一起被抓耶。」

「黑海。」女人扳下遮陽板，對著鏡子檢視眼睛的傷勢。受傷的眼睛四周出現了暗黃和深紫，不過已逐漸消腫。「我朋友在那裡有一棟房子，用來避難用的。」她扳回遮陽板。

「這些朋友是美國人？」

「只要是反俄國政權的，都是我們的朋友。抵達那裡後，我就能安排你離開俄羅斯。」

「什麼意思，我？妳不走？」

「俄羅斯是我的家，詹金斯先生。我在這裡住了一輩子，現在也沒離開的打算。」

「他們一旦查到妳，必定會刑求妳，逼問我和七姊妹的情報。」

「關於七姊妹，你知道的不比他們多，」女人說，「我也是。」

「他們會拷問並殺害妳所愛的人。」

「我沒什麼至親所愛，詹金斯先生。我父母雙亡，唯一的弟弟死了，我的婚姻也在很多年前結束了。」

「妳有孩子嗎？」

「沒有。」

她的公寓的確一張照片也沒有。「妳為何為ＣＩＡ工作？」

「說來話長，詹金斯先生。」

「這段車程很長。」詹金斯說。

女人沉默片刻。「我的弟弟是主要原因。」

「他被人殺害了？」

「這個政府殺了他。他們殺了他所愛，奪走他生存的意義，我弟最後自行了結生命。」

「我很抱歉。」

「那是很久以前的事了。」

詹金斯沉默片刻，才說：「他所愛的是？」

「芭蕾舞，」女人輕輕地說，「莫斯科大劇院芭蕾舞團。」

「所以妳才會這麼熟悉那座劇院。他在劇院裡跳舞。」

「不是，芭蕾是他的最愛，加入劇院舞團是他的夢想，但這個夢想並未實現。我爸媽離婚後，有許多年的時間，我媽只要晚上有演出，就會帶我和弟弟進劇院。她不是什麼大明星，但在舞團裡有固定的演出。她的薪水不多，請不起保姆來照顧我們。我會在後臺探險，想像自己住在別的國家，另一個地方。我只能自己幻想，因為伊凡忙著看表演，每一場都不放過，經常把我氣得半死，我會跟他說：『伊凡，今晚的表演跟昨晚、前晚、大前晚的，一模一樣。走啦，我們去玩。』但他熱愛大劇院，只愛大劇院，夢想有朝一日能像我媽上臺表演。他把握住每一次練習的機會，刻苦學習。等他把我媽懂的都學會了，我媽就努力存錢，四處找人說情，送他進入著名的莫斯科大劇院芭蕾學院。這座學院的校齡跟你的國家一樣老，曾栽培出一些世界知名的大舞者。」女人停頓下來，車外寒風呼呼飆過。女人輕輕地說：「我弟企圖心強，動機大，又有才華，必定能躋身大舞者之列。」

「出了什麼事？」詹金斯問。

「我弟愛上了一個人，」女人說，「他愛上了一個老師，愛得很深，很絕望，那個老師已有家室，年紀大他很多。這個人欺騙我弟，說他也深深愛著我弟，說他會協助我弟發展事業，幫我弟爭取經典芭蕾舞劇的主角。」

詹金斯意識到故事接下來的發展。

「但那個老師只是想玩弄我弟的感情，」女人說，「同時受害的，還有其他幾位學生。老師達成目的後，像扔垃圾一樣拋棄我弟。我弟氣得發狂，犯了一個大錯，他威脅要揭發老師是同性戀的事實。俄羅斯民風保守，不像美國那般開放能夠接受同性戀，即便是現在也一樣，更別提那個年代了。這個老師去找我弟的其他老師，說服他們，我弟並不具備成為大劇院舞者的資質，還說我弟聽不進他的建言，威脅要四處宣傳他是同性戀的謠言。我弟最後被退學了。」

「其他學生呢？其他受害的學生呢？」

女人慘笑一聲。「我弟的下場，他們都看在眼裡，自然不會重蹈覆轍。我弟是孤軍奮戰，是第一個也是唯一一個犧牲品。他獨自面對與大劇院絕緣的事實，獨自承擔沒有舞團會接受他的殘酷。絕望的他，爬到大劇院樓頂，跳樓自殺。」

女人頓了一下，詹金斯察覺她的情緒快崩潰了。片刻後，女人才說得出話。

「我帶他上大劇院的樓頂好多次，我們看著莫斯科的夜景，聊夢想。」

「好遺憾啊。」詹金斯說。

「是啊，我也遺憾了好多年。」女人說。她的語氣變了，變得堅定，「我遺憾弟弟沒走出來。我遺憾，我和我媽要一輩子承受失去他的痛苦。後來，我意識到錯不在我弟，也不在那個玩弄他感情的男人。錯的是整個風俗習慣、社會規範，包庇那種男人為所欲為，讓我弟這種單純的人承受罪責。我發誓要報仇，要讓俄羅斯成為真正的民主國家，人民能自我作主，擁有平等的機會。戈巴契夫上臺時，我以為這一天終於來到了，但我錯了，只見俄羅斯一天天與民主背道而馳，漸行漸遠。」女人看著他，「現在你知道了吧，詹金斯先生，我不會停下來，就算要我死也在所不惜。」

這個故事毫無破綻，無可挑剔，女人的表現也十分真摯。

「妳是怎麼進中情局的？」詹金斯問。

「我精通電腦和數學，在莫斯科大學讀書時，打了電話給美國大使館。一星期後，有人來敲我家的門。接下來的幾個月，他們交給我許多單調平凡的任務。」

從自身經歷來看，詹金斯知道為了錢而工作的情報員不值得信任。倒是那些懷抱理想，或因私人理由而叛國的情報員，會義無反顧，勇往直前。「他們在測試妳。」他說。

「是，他們要知道我值不值得信任。」女人聳聳肩說。

接下來的數公里，兩人皆不再說話。

過了一會，詹金斯開口：「妳小時候在大劇院屋頂上，聊的夢想是什麼？」

「不重要了。」

「妳說妳曾經有個夢想，是什麼？」

女人微微一笑。「我想成為俄羅斯的比爾·蓋茲。我要創業，要研發一套軟體，要世界每一臺電腦都使用我的軟體。」

「妳說妳一直想出國，想去美國，妳現在可以去了，去那裡實現自己的夢想。」

女人指著前方。「收費站。」

詹金斯放慢車速，緩緩駛向在漫天大雪中閃爍的指示燈。看起來好似加油站的收費站，藏青色屋頂下有數條通道，沒有收費人員，是全自動的，詹金斯有些擔憂。

「有監視攝影機嗎？」詹金斯問。

「應該有，但費德羅夫查不到我，我的車牌是另一輛車的。」

詹金斯覺得這女人太小看費德羅夫了。要想追查到她和這輛車，方法多得是。

「也許沒有。但我覺得我們應該換車，另找一輛。」

「怎麼換？」

「把這輛藏起來，」詹金斯說，「另找一輛。」

「你四下看看，除了我們哪裡還有車。即便去偷一輛，贓車也很容易被查到。」

女人說得沒錯。詹金斯按下車窗，好不容易將一張紙鈔塞進收費機裡，前方紅白色橫槓抬起，他駛了過去，又進入漫天飛雪中。「我們還要開幾個小時？」

「好幾個小時，」女人說，「沿著M4往前開就是了，我要睡一下。你小心，別出事害死我們兩個。」

「聽我說，我們要在一輛車上共處好幾個小時，妳又不願意告訴我姓名，我至少要知道怎麼稱呼妳。」

「你可以叫我安娜，」女人說，「我讀了《安娜卡列妮娜》，就一直想要換這個名字。」

「好，安娜。妳會告訴我妳的真名嗎？」

「也許吧，」女人說著，放倒椅背，面朝車窗，「等你自由了，也許我會告訴你。」

20

維克托．費德羅夫站在辦公室裡，瀏覽電腦螢幕，頂著胃部不舒服又喝了一杯黑咖啡。他已連續兩餐，晚餐早餐皆未進食了，黑咖啡好似刮著胃裡的黏膜。身上仍是昨晚那套西裝，褲子的膝頭扯破，濕了又乾的部分也皺巴巴的。事態緊迫，不容他回家更衣。詹金斯和那個身分不明的女人必定想辦法盡快離開俄羅斯，再加上俄羅斯的邊境線太長，邊防士兵又向來敷衍了事，那兩個人要想出境並不難。費德羅夫已下令將詹金斯的照片傳送至各個邊關，並鎖定他的護照，但如果詹金斯不使用自己的護照，邊防士兵又粗心大意，就攔阻不了他們。

費德羅夫放下咖啡杯，按下電腦的一個按鍵，將監視錄影畫面快轉到下一卷影像。他從停車場的錄影帶開始逐步搜查，找到了那輛現代 Solaries，但攝影機功能不佳，錄下的畫面自然也差。經過電腦修正調整才得以辨識車牌號碼，但車牌卻是一輛俄國拉達 Granta，再一調查，這輛拉達車在車禍中損毀嚴重而報廢。因此查不到現代 Solaries 的車主。他叫出酒店櫃檯的錄影畫面，看著那個戴著黑色假髮和眼鏡的女人走進。那件長外套幾乎拖地，圍巾和大眼鏡也快遮住全臉，只露出一小部分的臉龐，即使鎖定臉部的特寫也無法辨識她的面孔。政府機構的公務人員都做了指紋掃描和照片存檔，再透過臉孔比對軟體，也許能找出相符的照片，進而定位身分。而這個女人似乎很清楚這點——再次證明，她很可能就是安全局的一員，一個奸細。她刻意面向左邊，似乎知道酒店天花板監視器的位置。

費德羅夫叫出另一段八樓的錄影影像，看著女人走出電梯，走下走廊朝詹金斯的客房而去。她仍然低著頭，防止監視器錄下有效的面部畫面。她用花錢買來的感應卡打開詹金斯的房門，溜了進去。

半晌後，詹金斯走出電梯。他在一個食物托盤前停下，彎腰拿了一個東西。費德羅夫倒帶，以慢動作再看一遍，並鎖定盤子放大。是一支刀。詹金斯拿了一支刀，藏到外套袖子裡面。

「有意思。」費德羅夫說。

詹金斯走到房門前，並沒有立刻開門進房，而是蹲下來，好似在預防子彈的攻擊，然後才推開房門，進房，任由門板自行闔上。

「他猜到了女人在他房間裡，」費德羅夫自言自語，「怎麼猜到的？」他在筆記本上寫下再次找櫃檯人員問話。有人事先警告了詹金斯那女人在酒店裡。

詹金斯怪異的舉動唯一合理的推論，是他也知道，起碼強烈懷疑那女人就在他房裡。他拿了刀，想必沒把那女人當成朋友，起碼最初不是，兩人的關係是後來才改變的。

櫃檯線人向費德羅夫匯報那女人前來櫃檯詢問詹金斯的房號，大約十五分鐘後，又一次爽約沒參加女兒慶功派對的費德羅夫，協同沃爾科夫雙雙抵達酒店。費德羅夫排查八樓的錄影影像，以搞清楚他們是如何錯過詹金斯和那個女人。一看到詹金斯出了客房，他往前一坐。詹金斯將黑色背包甩上肩，女人尾隨在後出來。詹金斯朝走廊盡頭的樓梯走去，卻半途止步，回身，女人對他說了一些話，應該是樓梯已有人看守之類的話。如果是，那麼她說得沒錯。

看來，詹金斯和那女人在客房裡達成協議，兩人攜手逃亡。

沃爾科夫在詹金斯客房裡沒收了長外套和圍巾，足以證明詹金斯和那女人是匆匆逃亡。而失去了外套和圍巾的遮掩，費德羅夫掌握了女人的初步外貌。站在詹金斯身旁的她，應該有一百六十八九公分，肩膀線條平實，細腰，體態苗條。女人走下走廊，順手抓了托盤上的一支香檳杯，敲了敲客房房門。費德羅夫胃部一陣翻攪，但與咖啡無關，他很清楚接下來會發生什麼，錄影畫面只是證實而已。

費德羅夫寫下筆記，記得探查詹金斯和女人逃入的房間。他得派人找那位客人問話，確認詹金斯和女人跟他說了什麼。

賽門．阿列塞約夫敲了敲門，走進費德羅夫的辦公室。

「我查了今早缺席的女性職員，總共有六個。」

「查出她們的車輛登記證了嗎？」

阿列塞約夫點點頭。「有兩個開現代，一輛是藍色的，一輛灰色。」

費德羅夫示意阿列塞約夫將名單遞給他。他盯著寶琳娜．鮑若瑪友娃的照片，四十八歲的她，魅力十足，淺棕色頭髮，棕眼，下巴線條堅毅。一百七十公分高，五十八公斤，與影帶上看到的外形相符。

「其他個資呢？」

阿列塞約夫瀏覽著名單。「莫斯科大學，雙主修計算機科技與系統硬體，和數學。一畢業就進入安全局工作。工作表現出色，一路爬升，能接觸機密訊息。」

從三位已暴露身分的姊妹的年齡看來，鮑若瑪友娃並非七姊妹之一。費德羅夫仔細研讀她的生平簡介，同樣平凡無奇。二十初頭便結婚，但離婚了，無子，雙親俱亡，唯一的同胞弟弟伊凡也是。

「她沒有什麼牽掛。」費德羅夫說。

「她是文書管理部門的電腦系統分析師。」阿列塞約夫說。這表示鮑若瑪友娃能夠獲取所有存檔的報告，包括俄國獲取的情報和任務目標，譬如費德羅夫所提交的關於查爾斯．詹金斯的報告。

「有她的地址嗎？」費德羅夫說著，繞過辦公桌朝掛著外套的掛勾走去。

「有。」

費德羅夫抓下沉重的外套和帽子，往外走，又停了下來。「沃爾科夫現在情況如何？」

「他被送進醫院，現在醒過來了。」阿列塞約夫說。

費德羅夫打算一有機會便去探望他，但眼下他忙著抓人。

「走，你開車，我要仔細讀一讀她的資料。」

費德羅夫走出鮑若瑪友娃的公寓，來到死寂的走廊。安全局的鑑識人員正在屋裡採集證據，不過屋子顯然被清理過。櫃子牆上皆看不到相框，櫃子裡一本相簿也沒有，抽屜中也找不到私人信件，即便是廣告信件也沒有。沒有電腦。廚房整齊潔淨，散發著清潔劑的氣味，但水槽內丟了一根用過的火柴棒。屋內幾乎是家徒四壁，連廚房垃圾桶裡的垃圾也取走了。費德羅夫指派一位年輕探員去查查停車場的垃圾桶，不過他十分清楚鮑若瑪友娃不會將帶有個人資訊的垃圾扔在附近的任何地點。

屋內太過整潔，費德羅夫都以為鮑若瑪友娃故意報上錯誤地址，人其實並不住在這裡。然而，她的鄰居證實她的確住在此處，而水槽裡的火柴棒也顯示她近期來過。鄰居形容她十分安靜，不太跟人打交道，也甚少談論自己。沒人看到有其他人出入她的公寓，昨晚也沒人聽到她回家。

費德羅夫在前往公寓的路上，將鮑若瑪友娃的個資從頭到尾反覆閱讀。她的檔案證實了鄰居所描述的，她行事極其低調，不引人注意。鑑識人員會採集公寓裡的指紋，但濃濃的清潔劑氣味說明了，這裡不可能有詹金斯的指紋留下。

費德羅夫細細閱讀，以免有所遺漏，同時阿列塞約夫快步朝他走來，臉上掛著燦爛的笑容，就像一個過聖誕節的小男孩。

「我們找到那輛車了。」阿列塞約夫說。

費德羅夫感覺到自己腎上腺素飆升。「哪裡？」

「M4高速上，一個收費站的監視器照到那輛車的車牌。接下來的收費站監視器顯示，它連夜朝南而去。」

「他們要去黑海。」費德羅夫說著，看了一眼手錶，「他們應該到了。去調派一架飛機或直升機，通知沿途的當地警察，如果發現那輛車，盯緊他們，但不要打草驚蛇。聽清楚了嗎？讓地方警察千萬不要接近那輛車，或車子停靠的房子或公寓。快去。我待會去找你。」

21

愛麗克絲掛斷電話後，連忙取出保險櫃裡的手槍，抓起急難行李袋就走，袋中有她和ＣＪ的換洗衣物、洗漱用品、藥品和小面額的五千美金，她和查理一樣都很難改掉舊習慣。

她駕車到ＣＪ的學校，將正在上課的他帶走，然後直接朝大衛．斯隆位於蘇杜區的律師事務所而去。斯隆在西雅圖的南郊買了一間倉庫，改建成事務所。之後，查理會透過斯隆來聯絡她，這是他們早已安排好的脫身計畫，但愛麗克絲萬萬沒想到真會用上。

車子駛入停車場時，一列商務火車喇叭轟鳴，「噹噹」駛過事務所後方的交叉路口。坐在後面的麥柯絲聞聲跟著狂吠。

「閉嘴，麥柯絲。」一直噘著嘴的ＣＪ大喊。他不情願錯過足球練習。跟父親談過後，ＣＪ去找教練商量，教練說了，下一場比賽讓他打前鋒。愛麗克絲不想潑他冷水，起碼在搞清楚狀況前，不適合告訴他他無法參加那場比賽。

你究竟給自己招惹了什麼麻煩，查理？

愛麗克絲帶著ＣＪ和麥柯絲搭乘寵物友善電梯，上了三樓的倉庫事務所。

在前臺登記後，斯隆的祕書凱洛琳走進了大廳。身高逼近一百八十公分的她，像老鷹一樣守護著斯隆的行程表，不容他人隨意窺探。「愛麗克絲，」凱洛琳打招呼，「ＣＪ也來了。」她看著前臺接待員塔拉，「怎麼沒告訴我，來的是一家人。」她彎身撫摸麥柯絲，「是什麼風把你們三個吹來的啊？」

「我有要事找大衛。」愛麗克絲說。

「他在聽取證人證詞，但應該快結束了。你們可以去他的辦公室等他。我會告訴他你們來了。」她看著愛麗克絲的肚子，「快生了吧？」

「希望寶寶能再等一等，」愛麗克絲說，「還有幾個星期才到預產期。」

「塔拉，麻煩妳通知傑克，愛麗克絲和CJ來了。」

「我知道他的辦公室。」CJ說著跑下一條走廊，麥柯絲跟了上去，一邊追一邊吠叫。

凱洛琳帶領愛麗克絲，朝位於事務所正前方角落裡的斯隆辦公室而去，隨即客氣地告辭離去。辦公室十分大，一個角落放著辦公桌，另一個則是沙發，以及一張圓桌和兩張椅子。愛麗克絲走到圓桌前坐下，拿出CJ保全專用的筆電。她現在腦子亂成一團，之前從未啟動過這份脫身計畫，現在又不清楚查理為何啟動，也不清楚她和CJ究竟面臨了什麼樣的險境。來到斯隆的辦公室，她感覺好一些了，終於能靜下心來搞清楚他們的處境。

她連上網路，瀏覽查理的搜尋歷史，了解他近期的所作所為，查找他的出國行程。查理最近的行程顯示他飛往倫敦，但接下來的行程令她背脊一陣發涼，查理在機場逗留了兩個小時，轉機到俄國的謝列梅捷沃國際機場。

愛麗克絲冷汗直冒。再一查，發現查理眼下又重複了同樣的飛行行程，一樣在倫敦轉機到謝列梅捷沃國際機場。

她打開第二個頁面，登入CJ保全的公司帳，瀏覽公司信用卡的刷卡紀錄，發現數筆莫斯科市中心大都會酒店，數晚的住宿費。入住日期，符合查理第一次飛抵謝列梅捷沃國際機場的日期，但並未找到當下旅程飯店住宿費的支出紀錄，大都會酒店或俄國其他飯店都沒有。

她叫出大都會酒店的網站，撥打了酒店電話。電話響了幾聲，一個男子接起，他應該是看到來電是國際電話號碼，遂以口音濃重的英語對應。

「我找查爾斯．詹金斯，貴店的一位住客。」

「請稍等。」

她焦急地聽著待機音樂，數分鐘後，轉身離開辦公桌望出窗外，俯瞰著對街停車場裡風塵僕僕的野營車，以及它的拖車。

櫃檯人員回話了。「抱歉，我們的入住登記裡，並沒有一位叫查爾斯．詹金斯的住客。」

「他退房了？」

「妳誤會了，我們酒店並沒有這個名字的入住紀錄。」

愛麗克絲提供了查理去年十二月的客房預訂日期，以及確認號碼。

「沒錯，有位詹金斯先生在那幾日入住。」櫃檯人員說。

「但近日沒有？」愛麗克絲問。

「電腦資料中只有十二月那次的入住紀錄，」櫃檯人員回答，隨即進一步追問，「還有其他問題嗎？」

「沒了，謝謝。」愛麗克絲掛斷電話，斯隆也剛好走進辦公室。

「嗨，」斯隆打招呼，放下筆記本和一疊文件在圓桌上，過來擁抱她，「沒事吧？」

「妳還好吧？」斯隆問。

愛麗克絲全身一陣抽痛。

「等我一下，」抽痛消失後，愛麗克絲說，「我擔心查理，他遇到麻煩了。」

「妳怎麼知道他遇到麻煩？」

「他打電話給我，只說了幾句，叫我趕緊出門去學校接ＣＪ，然後過來這裡。他還要我帶槍。這是我們說好的脫險計畫。」

「他沒說為什麼？」

「沒，這表示他擔心電話被監聽。他告訴我他要去倫敦，但他並不在倫敦。」

「他在哪？」

「莫斯科。」

「俄羅斯？」斯隆似乎吃了一驚，「為什麼？」

「不知道，但他訂了機票，也預訂了酒店房間，信用卡刷卡紀錄顯示去年十二月在莫斯科的支出。幾天前，他又一次訂了飛往莫斯科的機票。我打電話去酒店詢問，他們說他去年十二月的確入住過，但近日沒有。」

「其他酒店呢？」

「也許吧，但信用卡刷卡紀錄上並沒有第二趟行程的支出。」

「妳確定他第二趟真的上了飛機？」

「我現在什麼都不確定，但我們有遇難的暗號，他很明確地要我趕緊離開。查理是個習慣性動物，會住在同一家酒店。」

「但那家酒店沒有他的入住紀錄？」

「他們是這麼告訴我的。我也知道沒有入住紀錄，就能輕易推脫這個人沒到過莫斯科。」

又一陣抽痛，痛得她面部扭曲。

「別著急，愛麗克絲，一定有辦法的。妳不知道他現在人在哪兒？」

愛麗克絲搖搖頭。「目前不知道，而且沒搞清楚情況，我不能冒然打他的手機。雖然還不確定，但我感覺一切跡象很像是ＣＩＡ情報員出任務。」

斯隆臉色發白。「不可能的，查理多年前就斷絕了與ＣＩＡ的聯繫。」

「我知道，」愛麗克絲說，「如果只有他自己，他不會，但為了我和ＣＪ，很可能會。」

「什麼意思？」

愛麗克絲解釋了ＣＪ保全的財務狀況，然後說：「我很擔心，大衛。如果他真的又和ＣＩＡ有牽扯，現在又出了狀況……」

「這些都只是我們的猜測。」斯隆說。

的確只是猜測，但愛麗克絲也知道查理過去曾在墨西哥市，為ＣＩＡ對抗蘇聯情報局，而俄國人向來記仇，並且耐心十足，能夠耗到時機成熟，一舉拿下他們的目標物。

22

駕車行駛了將近二十小時，詹金斯開著現代車進入了黑海沿岸的維屈內卡鎮。一路上，兩人只在收費站、換手、加油和上廁所時才作停留。午夜時分，風雪變成了雨霧，起碼不用再冒被狂風吹離道路的風險，也不需要在無法視物的風雪中盲目開車。較好的天氣終於能放手一搏了，他們加速彌補之前擔誤的行程。安娜說他們只會在維屈內卡鎮用餐，飲水，購買必需品。

乍一看，維屈內卡是座落在黑海陡坡上的小鎮，算是海灘度假小鎮，在寒冷的冬天屋舍幾乎全空，一片荒涼。安娜說，夏天這些海灘小鎮的人數會暴增三倍，人山人海。

眼下的荒涼令詹金斯十分煩惱。他仍然想換車，但小鎮沒什麼人，也就沒什麼車，若想偷車，很快就會有人發現車子被偷。他看著油錶，油量已低於四分之一了，於是說：「我們必須加油了，以防萬一。我們還要走多遠？」

「不遠了。」

「到了目的地，要想辦法把車藏起來。」

他駛入一家加油站，兩人下了車。詹金斯負責加油，安娜過了馬路去小超市購買食物和必需品。

確定加油管正在注入汽油後，詹金斯走進站內的便利商店，點了一杯黑咖啡，然後向店內人員借用後面的廁所。

解放後，他洗了手，望著覆著灰塵的鏡中的自己。將近三十六小時沒闔眼了，也許更久，他的眼睛又紅又腫，眼袋發黑。他可以一星期三次長跑，注意飲食，但阻止不了老化的趨勢。一遇到這類例外，他明顯感覺到自己老了。現在他只希望抵達目的地後，能倒頭大睡幾個小時。

他走出廁所，掃描架上的商品，尋找合適的東西填肚子，卻只發現洋芋片、甜甜圈、糖果和不明甚至無法發音的垃圾食物，玻璃冰櫃裡也只有一些人工飲料和各式酒品。希望安娜在對面的超市能找到比較像樣的飲食。一往窗外望去，只見一輛破舊的小型汽車駛進加油站，小汽車側身有藍色條紋，車頂有條燈架。是警察。小警車駛過加油泵，停下車，一位年輕警察下了車，但沒朝店裡走來。他繞到現代車車尾，從胸前口袋抽出一張紙，好似在對照車牌號碼。

他們被發現了。

年輕警察貼著駕駛座車窗瞥進去，又試了試門把，不過詹金斯上了鎖。警察望向便利店，朝前門走來。詹金斯退回到廁所，但留了一道門縫，好偷聽外面人的交談。

「*Dobroye Utro.*（早，）」警察向店員問話，「*Vy znayete, ch'ya mashina nakhoditsya snaruzhi?*（你知道外面那輛車是誰的嗎？）」

店員的下巴朝廁所一揚。

「*Chelovek prosto voshel. On v vannoy.*（那個男的剛進來，去了廁所。）」

警察轉身，抬手指了出去。「在那裡面？」他問。

「*Da.*（是的。）」

警察朝廁所走去。詹金斯輕輕關上門，退回到隔間裡，關門，但沒上鎖，坐在馬桶上，一隻手拉著門。外面的門被打開，關上。隔間門底的縫隙出現兩隻黑色的鞋子，在門前停下。警察敲了敲門，但是金屬的叮叮聲，他用鑰匙敲的門。警察隨即退開。

「*On ispol'zuyetsya.*（有人。）」詹金斯說。

「*U vas yest' avtomobil' snaruzhi, Hyundai?*（外面那輛現代車是你的嗎？）」

「*Da. Chto iz etogo?*（是，怎麼了？）」

「請你現在出來。」警察以俄語繼續。

「你誰啊？」詹金斯同樣以俄語回應。

「警察。」

「拉屎也犯法？」

「出來。」警察說。

「那你等我拉完。」

「出來，現在。」警察的語氣更強硬了。

「好，好，」詹金斯不想惹得警察起疑，招來援兵，如果他尚未求援的話，「拉屎也不得安寧？」

又一陣敲門聲。「現在，出來，現在。舉手，讓我看到你的兩隻手。」

「我得拉褲子啊？」

「穿好褲子。出來。」

「怎麼了？」詹金斯問，希望能引得警察靠向門。

「出來。」

詹金斯站起來，但刻意頓了一下，假裝拉褲子，繫皮帶。

警察一靠向門，詹金斯抬腳朝門板用力一踹。門板飛開，吃了一驚的警察被撞得踉蹌退開。詹金斯快步上前，朝他的臉打了兩拳，打得警察頭昏眼花。

詹金斯張開手，一陣劇痛襲來。「誰叫你偏要我把屎逼回去，在廁所打人。」沒時間了，如果警察叫來援兵，麻煩就大了。他希望在這座淡季小鎮裡，警力會比較鬆懈，援兵無法及時抵達。他半抱半拉地將警察拉到隔間裡，將他架到馬桶上放好，拔下警察的手銬，快速將警察的兩手銬在頭頂牆上的水管。他取走警察的鑰匙丟到隔間外，脫掉他的鞋襪，將一隻襪子塞進警察嘴裡，另一隻從他齒間繞到後腦，打了個結。只能這樣了，他盡力了。他關上隔間門，把鞋子和鑰匙扔進垃圾桶，走出廁所，回到店裡。

店員坐在櫃檯內，詹金斯拿出盧布，付了咖啡和油錢。

「謝謝。」店員以俄語說，「那個警察呢？」

詹金斯看著後面的廁所門。「不知道，拉屎吧。」

「他問外面的現代車是誰的？」店員朝外指去。

「對啊，他老婆想買一輛，但他反對。他問我我喜歡我的車嗎？覺得它如何？」

店員一副聽懂的模樣。「你覺得你的現代車如何？」

詹金斯皺眉。「我是想要一輛賓士，但買不起。」他玩笑似地笑了笑，「那輛現代沒什麼馬力，但省油，這點對我很重要。」

「是啊，」店員撇撇嘴，「聽說因為美國的制裁，油價會上漲百分之八到百分之十。」

「那你的店要賺大錢，我的錢袋又要縮小了。」詹金斯大拇指往後一指，「如果那兩個警察能把他拉的屎裝瓶，就能用他的天然氣跑遍一座城市。」

店員大笑。

「如果我是你，會在進去前讓空氣流通一下，免得被折磨。」詹金斯一邊說，一邊朝前門走去。

「是，謝謝提醒。」

詹金斯出了便利店，悠哉地朝現代車走去，強壓下回頭確認店員有無朝廁所走去的衝動。剛才那兩拳打得他右手痛到現在，不知道指骨是否裂了。他抽出加油槍，放回加油泵上，順勢瞥了便利店一眼。店員仍然坐在櫃檯裡，仰望著掛在天花板的電視。詹金斯坐進駕駛座，駕車朝對面的紅屋簷超市而去，正好安娜走了出來。她兩手拿著數個購物袋，詹金斯為她推開了車門。

「快，」詹金斯說，「我們有麻煩了。」

23

愛麗克絲坐在斯隆辦公室的圓桌前，瀏覽查理的筆電。傑克坐在她後面，用自己的筆電上網搜尋。斯隆來來回回，在辦公桌前瀏覽愛麗克絲列印出來，方便他研讀的資料。ＣＪ和麥柯絲在員工餐廳裡吃晚餐，他們為男孩點了披薩、飲料，再配上網路電視，小男孩簡直是上了天堂般快樂。

窗外的天空已經暗下來，路燈照著拍打在倉庫屋頂的雨絲。又一聲鳴笛，另一輛列車駛近。愛麗克絲瀏覽ＣＪ保全和兩人的信用卡刷卡紀錄，以及查理的電子郵件和簡訊。她列出了查理在俄羅斯的所有花費、他用餐的地點，再在列印出來的地圖上做標記。列出來的花費表證實查理又去了莫斯科，卻無法證實他曾經住進大都會酒店。

她也打了電話去LSR&C的莫斯科分行，保全主任烏里證實，查理在過去一個月裡拜訪分行兩次，並且皆住宿在大都會酒店，因為烏里都是去那裡接送他。

有人在說謊。

「LSR&C的欠款有多少？」斯隆說著，放下另一份資料。

「去年十一月累積到五萬美金。」

「查理怎麼不告訴我？我可以寄發存證信函過去。」

「他們的財務長一直跟查理說會付錢，但只付了我們兩萬美金，但公司的帳單和供應商帳款不斷攀升。」愛麗克絲起身，朝坐著的斯隆走去，遞給斯隆一份她製作的事件時間表。「你看看這份時間表。聖誕節前，查理第一次去俄羅斯，我們收到五萬美金的支票，足以付款給公司的承包商，也有現金支付供應商。我找不到那張支票，不過ＣＪ保全的支票帳戶，負債金額不斷在減少。」

斯隆審視著時間表片刻，才問：「查理不是去俄羅斯談生意？」

「那間分行已成立了一段時間，他不可能是過去創建公司的。烏里也說查理到分行是研討保全事宜。我覺得這只是他的藉口。」

「什麼樣的藉口？」

「如果查理真的重出江湖，他會需要一個掩護以進入俄國，一個能夠讓他合法入境的理由。」

「好，但我認為無論有沒有藉口，俄國人必定有辦法偵查到一位前ＣＩＡ情報員入境。」斯隆說。

「沒錯，」愛麗克絲說，「他以分行的名義成功入境，但不表示俄國人會信任他，也不能說明俄國人就不設防心。」

傑克抬起頭。「LSR&C是盧克、斯佩爾門、羅斯里尼和庫伯的縮寫。」

愛麗克絲點點頭。

傑克又回頭繼續敲擊鍵盤，研讀筆電螢幕。

「假使查理真的遇上麻煩，妳有其他方式聯絡上他嗎？」斯隆問。

「沒有，即使有我也不會主動聯絡他。我們說好了，由他聯絡你或律師事務所。我把手機扔了，否則很容易被找我的人追蹤到。」

「的確。」傑克往後一坐。他轉過筆電面向他們，「盧克、斯佩爾門、羅斯里尼，全是華盛頓州州長。」

「你確定？」斯隆靠上前瀏覽螢幕。他和愛麗克絲都不是西雅圖長大的，並不清楚它的歷史。但傑克是，起碼高中之前是。

「蓋里．盧克任職於一九九七至二〇〇五年。」

「我想起來了。」斯隆說。

「約翰．斯佩爾門任職於一九八一至一九八五，於二〇一八年一月過世。亞爾伯．羅斯里尼是一九五七至一九六五年，於二〇一一年過世。」

「所以，他們不可能是公司的客戶或管理人，」斯隆看著傑克的筆電說。他轉向愛麗克絲，「他們會是親戚嗎？」

「不知道，」愛麗克絲說，「我只見過他們的財務長，藍迪．特雷格。」

「一個姓氏還很難說，」傑克說，「兩個就不可能是巧合，三個就算是推論成立了，不是嗎？」

「一家掌控大筆財務的投資公司，有了這些名人做背書，定能提高公司名望。」斯隆說，「這三個人是個活廣告，客戶會更放心把資金交給公司去投資。」

傑克將筆電轉回去，手指在鍵盤上飛舞。片刻後，他說：「這家公司在二〇一五年，於德拉華州註冊成立。」

「德拉華州？」愛麗克絲說，「但他們的總公司是在西雅圖。」

「許多公司都是在德拉華州註冊成立，」斯隆說，「那裡的公司法較為友善寬鬆，只要公司不在州內做交易，該州就不會徵收州有企業所得稅。」他轉向傑克，「LSR&C的分行都分布於哪些地方？」

傑克敲擊著鍵盤。

愛麗克絲逕自說：「西雅圖、紐約、洛杉磯、倫敦和莫斯科。」

「新德里、臺灣和巴黎，」傑克補充，「他們的網站是這麼寫的。」

「我從不知道他們在新德里和臺灣有分行。就我所知，在巴黎成立分行的計畫仍在評估中。」愛麗克絲說。

斯隆拿起座機話筒。「妳有藍迪．特雷格的手機號碼嗎？」

「在被我扔掉的手機通訊錄裡。」

「我有他公司的電話號碼。」傑克說。他念了出來，斯隆按下號碼鍵，並且開了擴音。因為已下班了，電話被轉進語音信箱。

斯隆看了看手錶，掛斷電話，對傑克說：「你再上網搜尋，查一下該公司的真正負責人是誰，以及其他能找得到的公司底細，尤其是不太正常的資訊。」

24

兩人逃開了加油站和便利店的意外插曲，詹金斯說出了剛才的經歷。「他們既然查到了這輛車，也必定查出了妳。我們時間緊迫，必須趕緊把車藏起來，把該辦的事辦妥。」

安娜指引他開上一條窄小的土石路，車子在坑坑巴巴的小路上顛來顛去。小路沿著黑海左岸順著地勢起起伏伏，橫長的灌木叢遮路蔽眼。詹金斯駕車經過一堆堆的木頭，以及堆在空地上的建材石礫和空心磚。他透過擋風玻璃望著陰暗的天空。「既然費德羅夫已查到我們在這裡，必定會利用衛星攝影機鎖定這一帶，搜索這輛車。目前的海霧會遮擋住衛星攝影機，但霧遲早會散的。我們得把車藏在樹蔭之類的地方，讓他以為我們已離開這一帶。」

他看到右邊有一團黃色火焰，在生鏽的鐵塔上燃燒，是天然氣煉製廠。海岸泊著一艘艘紅鑵船。小路轉向左邊，遠離了海岸。他駕車駛向內陸，沿途的屋舍逐漸稀落，越來越空曠。

「到了。」安娜指著一棟兩層水泥屋，四周的圍欄似乎是廢鐵搭成的。房子對面，他們的右手邊，荒地上長著瘦弱的小樹和雜亂的灌木。

詹金斯在鍛鐵柵門前停下車。安娜下了車，解開柵門的鎖鏈，鎖鏈「嘎嗒嘎嗒」脫離了鐵柵欄，她推著柵門吱吱地滑開。詹金斯開了進去。安娜走到駕駛座旁邊，詹金斯下了車，她說：「把日用品拿到屋子後面，在那裡等我。」

「妳去哪裡？」

「把車扔了。」她刻意在「扔」字加重語氣。「再往前開，有個鄰居家裡有車庫，他們這幾個月都不會過來。如果能把車塞進去，就沒事了。如果不行，我會想辦法把它藏好。我開車出去後，你把柵門關好，上鎖。我待會從屋後的小路進去。」

安娜將車倒了出去，詹金斯又吱吱地推回柵門，將鎖鏈套回去，鎖好。拿著購物袋繞到兩層空心磚屋的屋後。空心磚上的白漆剝落，露出底下鮮豔的粉紅油漆。屋後是個荒蕪的院子。地上立著兩根生鏽的柱子，一條繩子橫吊在其中。石頭堆、水泥塊上皆爬滿了藤蔓，灌木長得到處都是。頹倒的牆壁之外是一片更空曠的荒地，壓根不用擔心受到鄰居的干擾。

海上吹來一陣大風，送來刺骨的寒冷和鹹濕的空氣。詹金斯將購物袋放到階梯上，兩手插進沃爾科夫外套的口袋裡，繞到屋角，用屋子擋風。安娜開車出去十分鐘後，詹金斯看見她從屋子後方的小路走過來。她跳過圍欄走近，詹金斯問：「順利嗎？」

「嗯，」安娜說，「車庫剩下的空間很小，但勉強塞了進去。」

「但藏不了多久。費德羅夫猜到我們在這裡，必定一棟棟排查，不放過任何屋舍、任何能藏車的地方，誓必要找到妳的車。就眼前所見，能藏車的屋舍和地點並不多。」

「那我們不能在這裡久留。」她從詹金斯身邊經過，搬起雜草下的石頭，拿起鑰匙，爬上三階的門階，開鎖，用力推開後門，門上的玻璃啪啪作響。

兩人進到一個有著檸檬綠流理檯和深棕色櫃子，看似儲藏室的房間，後面通往廚房。屋內的空氣汙濁，充滿霉味。「不要開燈，」安娜說，「也不要拉開窗簾。我打開後面的窗戶，讓空氣流通。」

詹金斯把購物袋放到流理檯上，打開冰箱門，但冰箱內的燈並沒有亮起。他聽到安娜上樓的腳步聲。他關上冰箱，飛快彈起牆上的電燈開關以測試有無電力。

「電箱的總開關是關上的。」他對走回來的安娜說。

「好。」安娜說著，將手中一罐礦泉水扔給詹金斯，領他來到放著沙發和兩張躺椅的客廳。詹金斯一屁股坐下，激起了一陣灰塵。安娜砰地倒進沙發裡。

「這裡有多久沒人來了？」詹金斯問。

「不知道。」安娜說。

「沒電，也就沒有暖氣。」

「這裡冬天什麼都關閉了，包括水。」

詹金斯憂心任何能將費德羅夫引來的任何對外連結。

「誰是屋主？屋主跟妳有任何關係嗎？」

「沒有，」安娜說，「完全沒有。」

「除非找到另一輛車，否則我們無法開車離開。」

「費德羅夫必定廣發通緝令，因為俄國邊防兵負責巡邏黑海，」安娜說，「所以事情會很麻煩。」

「妳的接頭人會乘船過來？」

「是，」安娜說，「二樓的窗戶面朝黑海，我在窗戶內放了一張紅卡。入夜後，我會閃燈，等待對方閃燈回應。閃一下，我們立刻出發。閃兩下，我們就再等一天。」

「他要怎麼來接我們？」

「他不會來，」安娜說，「海岸有邊防兵巡邏，過來太危險，我們必須自己過去找他。」

「妳有船？」詹金斯問。

安娜起身。「你來。」詹金斯跟著她來到廚房後面的房間，看見兩個大箱子。安娜彎身打開其中一個箱子，箱內是潛水用具。

25

直升機降落在一所高中的綠色足球場上畫出的紅圈之中。費德羅夫和賽門．阿列塞約夫彎身低頭，離開直升機，螺旋槳的旋風吹得他的西裝外套和大衣翻飛，兩人穿過人造草皮，朝那位等待中的警察而去。學生站在教室大樓外看著他們在旋風中握手，見證這場突如其來的打斷。

「費德羅夫上校？」警察在噠噠的螺旋槳聲中大喊，伸出空著的那隻手。他的另一隻手按著頭上的警帽。

費德羅夫敷衍地握手寒暄。他接到通報，寶琳娜．鮑若瑪友娃的車在維屈內卡鎮的一家加油站被發現，隨即吩咐阿列塞約夫去安排，讓他們盡快抵達小鎮。

「我是提姆爾．馬特維耶夫警長，這邊請。」馬特維耶夫大喊，手指著一輛警車。

馬特維耶夫脫掉帽子，放到儀錶板上，滑坐進駕駛座。費德羅夫坐進副駕駛座，阿列塞約夫坐到後座。

「我接到通報，你們找到那輛車了。」費德羅夫一關上車門，阻擋了噠噠的螺旋槳聲，立刻開口說。

「是，」馬特維耶夫說，「應該就是那輛車了。」

「在哪裡？」費德羅夫問。

「問題就在這裡。」馬特維耶夫說著，描述了屬下的遭遇。

「我的指令很清楚，」費德羅夫不高興地說，「找到車，但不要接近。」

「那個警察很年輕，經驗不足，」馬特維耶夫說，「這是個意外。」

「這不止是個意外，」費德羅夫說，「這會威脅到國家安全。你們沒扣押下那輛車吧？」

「沒，」馬特維耶夫說，「但它跑不了多遠。」

「你不知道它現在的下落？」

「現在不知道，」馬特維耶夫說，又趕緊補上，「但我們知道它在這一帶，才剛出現在一家加油站。」

費德羅夫強壓下怒氣，知道發怒於事無補。他抽出口袋裡的地圖，打開。M27高速公路從新羅西斯克市，沿著海岸直達阿布哈茲和俄羅斯的邊境，這一區是當年從喬治亞共和國手中奪來的。這條高速公路與幾條公路相交，但都是通往俄羅斯內陸的，不過費德羅夫沒去理會它們，因為詹金斯和那女人的企圖是逃出俄國，所以他們不是往南進入喬治亞共和國，就是朝西北的烏克蘭而去，再不然橫越黑海。費德羅夫暗自計算兩條路線的路程，以及那輛車的時速。他大聲說：「那輛車在今早八點三十分出現在維屈內卡鎮，那他們往北或往南開了大約一個小時。按照地勢和蜿蜒的道路，再加上海霧，他們大約行駛了四五十公里。」他對傾前塞在座位之間的阿列塞約夫說，「向M27沿途的小鎮警局發出警報，我要知道是否有人看見那輛車。要他們檢視一個小時以內的道路監視畫面。通知邊防，詹金斯會設法越境。」他轉向馬特維耶夫，「你們有道路監視攝影機嗎？」

「有幾架，」馬特維耶夫說，「在城裡。」

「帶我們去你的辦公室。」

馬特維耶夫的辦公室，是安置在小鎮邊緣的雙輛寬拖車。警長在費德羅夫的指示下，調出便利店的監視畫面，三個男人圍坐在古董圓桌邊，盯著電腦螢幕。監視畫面模糊，粒子粗大，且又是黑白的。

「快進，」費德羅夫命令，馬特維耶夫照做，「停。」

他們看著詹金斯走出便利店，坐進現代車，將車駛離加油泵，回轉，來到對面又停了下來。一個女人提著塑膠袋，走出店家，坐進車中。費德羅夫斷定女人就是鮑若瑪友娃，儘管距離太遠看不清楚。

「我要那家店的監視畫面，我要知道她買了什麼。」

馬特維耶夫揚聲喊來被反拷在便利店廁所內、羞愧難當的年輕警察。年輕人的嘴唇破裂，一隻眼睛黑青，似乎忍受著劇痛。

「去！把監視畫面調出來。」馬特維耶夫說。

「播放。」費德羅夫對馬特維耶夫說。畫面繼續往前推進。

鮑若瑪友娃坐進車內，詹金斯又一次回轉，但並未駛向M27。他往東朝黑海駛去。費德羅夫查看地圖，「這裡有條路，沿著黑海而去？」他問。

「沒有。」馬特維耶夫靠過來，手沿著地圖畫著。「這些是鐵軌，沿著海岸通往天然氣精鍊廠。這裡，有條通往海邊的人行道。」

「住在這些房子裡的人，是如何出入的？」

「有一條路，」馬特維耶夫將地圖轉過來，仔細研究，「你的地圖上沒有，但那條路沿著海岸通往這裡，然後向左彎去，讓這些居民出入，最後連接上M27，這裡，有看到嗎？」

費德羅夫往後一坐，沉思著。詹金斯不會知道這條路，應該是鮑若瑪友娃指路的。如果他們想通過M27快速逃亡，詹金斯接了鮑若瑪友娃後，應該往北開，但他沒有。反而回轉朝海岸駛去，所以他們的意圖顯然不是通過M27逃亡。費德羅夫換位思考，站在詹金斯的角度考量。詹金斯顯然清楚警察已找到那輛車，因此也知道繼續行駛高速公路十分危險。這表示他會想辦法藏車換車，或者根本沒打算離開維屈內卡鎮，起碼不是立刻逃離，而是躲在附近某處，等人接駁。詹金斯是受過精良訓練的情報員，必定知道費德羅夫會利用衛星鎖定這一帶，找出那輛車，儘管眼下的大霧迷濛。但詹金斯絕不會冒險讓車子再被發現，無論有霧沒霧，詹金斯的首要之務就是藏車。

「去查一查過去幾個小時來，有沒有人報案車子失竊，」費德羅夫對馬特維耶夫說，「我要立刻知道。」

馬特維耶夫走到附近的辦公桌前。費德羅夫上網叫出Google地球。敲了幾個鍵後，螢幕上顯現出俄羅斯境內黑海的海岸線。他鎖定維屈內卡鎮，放大，以檢視馬特維耶夫指給他看的那條支路。他看著那條支路轉向左邊，遠離海岸，再經過不到二十棟的屋舍，即與M27相交。

「這些房子，」他回頭說，「是不是只在夏季才有人住？」

「是的，」馬特維耶夫說，「但不是所有房子都是。」

「你的車借我。」費德羅夫說。

26

詹金斯瞅著深潛器具，焦慮起來。他氣息急促地退開幾步。極端的恐慌澎湃湧起，他快步回到客廳，拿出背包裡的藥瓶，倒了一顆藥丸乾吞。

「你沒事吧？」安娜走進客廳問。

詹金斯閉上眼睛，儘管屋內冰冷，他卻冒了汗。

「詹金斯先生？」

「我一會兒就好了。」

安娜走近。「你一點也不好。」

「我沒事，是恐慌症犯了，」詹金斯說，「焦慮。」

「因為氣瓶潛水？」

他點點頭。「我也有一點幽閉恐懼症。有別的辦法上船嗎？」

安娜搖搖頭。「他擅闖俄羅斯水域，已違反了國際協議。他絕不能上岸，而我們沒有船隻過去與他會合。氣瓶潛水是唯一辦法。我們不能拖延，你也說了，俄國安全局遲早會找到我們。」

「他在船上，以什麼作掩護？如果被海巡發現，他要怎麼解釋？」

「他是土耳其的漁夫。如果被攔下，他會說是被海潮沖過來，而船的GPS一片空白……壞了。」

「我們要潛多遠？」

「我要算一下具體的坐標有多遠，但至少三百公尺跑不掉。」

「妳以前也潛水偷渡過？」詹金斯問。

「沒，」安娜緩緩搖頭，「之前沒必要這麼做。」

「妳起碼跟我說妳氣瓶潛水過吧。」

「是，我受過訓練。但我必須老實說，三百公尺潛水的需求量剛好是一瓶氧氣罐的容量。」

「不用，這沒必要說。」他砰地坐下，恐慌褪去了，但仍然焦慮。他試著集中注意力，

「我們在水底，怎麼找那艘船？」

「我有那艘船的位置坐標，我們可以用指南針。」

「指南針？那潮流呢？如果我們被沖走？或那艘船漂走？」

「船不會漂走，他經驗豐富。我們跟著指南針游，到點了，我會放出燈光浮標，通知他我們的位置。」

「如果我們迷失方向，又已游出了三百公尺，然後呢？」

「我們不會迷失方向。」

「萬一呢？」

「萬一迷失方向，就倒大楣了，美國人是這麼說的吧。」

「太好了，」詹金斯吐出一大口氣，「一罐氧氣能持續多久？」

「要看你的呼吸量。你的個子高大，又很焦慮，呼吸量必大，不過你冷靜下來，跟著我，氧氣足夠你用三十至四十五分鐘，也許更久，因為我們不會潛得太深，不超過三公尺。只要你保持冷靜，就不會有問題。」

「鯊魚呢？」詹金斯問。

「只有好萊塢電影《大白鯊》那種，不用擔心。」安娜頓了一下，才笑笑說，「我開玩笑的。根本沒有鯊魚。」她看了看手錶，「天色會在四點二十分暗下來，到時我去看看他的回應。如果燈光閃一下，我們就等日落後半小時出發。現在還有幾個小時的空檔，我們去檢查潛水設備，這樣你可以稍微放心了吧。」

「妳想辦法把一艘郵輪塞進那個設備箱裡，我會更放心。」

27

費德羅夫駕駛馬特維耶夫的私家車，駛入了石子路，車子在一個個坑洞中彈跳。右手邊，在灌木叢和海岸線之間，不時瞥見鐵軌和一根根的天然氣提煉高柱。他在上下起伏的小路上緩行，小路的寬度只容得下馬特維耶夫的車子駛過，小路兩旁的樹叢幾乎吞沒了路面。費德羅夫尋找著樹叢被人為撞倒，或遭到入侵的跡象，不放過任何能藏車的地方。

車子爬上坡頂，眼前出現一棟棟豪宅，都是近期新建的新住宅。他放慢車速，視線穿過柵欄，卻不見任何車輛或足以藏車的地方。

他繼續前行，越往內陸走，豪宅消失，屋舍簡陋破敗。路邊的空地堆滿了建材，有生鏽的管線、空心磚和其他各式各樣的建材。小路中間，有幾個人正將建材裝運上檸檬綠的平板卡車上。費德羅夫停車，拿著現代車和詹金斯的照片朝那些人走去。照片在海風中翻動。

「*Izvinite za bespokoystvo. Ya ishchu etu mashinu. Vy videli eto?*（抱歉，打擾一下，我在找這輛車，有看見它嗎？）」

第一個看到照片的男人搖搖頭，另外兩個走了過來打量著照片，也搖了搖頭。

「沒。」他們說。

「那這個人呢？有看到他嗎？」

他們又是搖搖頭。

費德羅夫相信他們沒說謊，不過俄國人早已又一次失去對政府的信任，以及在公家機關工作的公務人員。「你們在這條小路上工作多久了？」他問。

「兩個小時了，」一個男人說，「我們剛結束。」

「謝謝，」費德羅夫說著掉頭回到車上，繼續往前開，一邊左張右望，一邊自問自答，詹金斯和那女人眼下最需要什麼？

「隱密。」他說。

他在一棟房子左邊的空地上停了下來，橫穿過馬路。一扇大約一百八十公分高的鍛鐵門，連接繞屋而立的鋁板圍欄。他停好車，下車，從圍欄頂部向內窺探。沒見到那輛車，也沒看到可以藏車的地方。他走到柵門前，扯了扯鎖鏈，搖了搖鎖頭，顯然是長年上鎖了的。他又望了望屋子，但沒見到燈光，煙囪也沒有炊煙冒起。

他回到車上，繼續往前開，四周的屋舍有新有舊，有高級的，也有簡陋的。他打量著車道上的車輛，若牆高看不見內部，便下車去窺探。駕車來到一個叉路口時，他注意到一棟人字形的紅頂平房，屋子右邊有個波浪板棚屋。費德羅夫在石子路上停下車，下車，朝棚屋走去。棚屋的門沒有外側的門把，是扇鐵捲門。一顆石頭壓著門底。大風從鐵板縫隙咻咻而過。他挪開石頭，抓住門底用力一提，鐵捲門硬生生地嘎嘎捲動。鐵捲門上的灰塵沒有人動過的跡象，他幾乎就要放棄了，卻仍然堅持往上提，直到門縫足以伸進手，他抓住門底，往上一提，再提，然後走了進去。拿出手機，打開手電筒一照，照在了灰色現代車上。

他胸腔內的心臟怦怦跳動。

棚屋狹窄，他擠不到車尾去辨識車牌號碼，只好從車蓋車頂爬過去。手機手電筒照著車牌，車牌號碼與記憶中的完全符合。

車子是車頭向外停放，機動性高，能迅速駛上M27逃亡——若詹金斯和鮑若瑪友娃還在附近的話。他們兩人很可能換了棚裡的一輛車，離開了。

費德羅夫出了棚子，打量著屋內是否有人。半個人影都沒有，他回到棚前，關上門，將石頭壓回去，然後盡可能掩飾門在灰塵上的壓線，以及他的腳印。

回到馬特維耶夫的車上，他駛向叉路，將車停在灌木叢後面。他打電話給阿列塞約夫，阿列塞約夫告訴他，M27和沿途的小鎮皆尚未發現現代車。「邊防和海防都收到警報了。」

費德羅夫囑咐阿列塞約夫，將馬特維耶夫的手下全部調來守住小路，從海邊到上M27的兩端。「不准任何車輛駛入，所有駛出的車輛都必須經過嚴格的檢查，聽清楚了嗎？」

「是。」

費德羅夫給了阿列塞約夫那棟帶棚屋子的門牌號。「查出屋主是誰。派人去查屋主現在在哪裡，最後一次住在這裡是何時，還有他們所有的車輛和留在這兒的車，我都要知道。」

「你在哪裡？」

「我在路尾的一座棚屋內，找到那輛車了。我現在要進屋去確認詹金斯在不在裡面。」

「需要援兵嗎？」

費德羅夫並不想要別人摻和進來。他不想冒險洩露行蹤，畢竟他的對手既精明且難以對付。費德羅夫查過詹金斯，知道他曾在越南服役，能用電線之類設置機關，以警示他人的接近。鮑若瑪友娃能在酒店停車場一槍擊斃安全局的探員，表示她也有這類能力。費德羅夫推測，這兩個人都有武器。除了這些，費德羅夫不想因調派援兵而寫報告，現在以後都不想。

「不用。派人守住小路的兩端。假使詹金斯先生在這裡，就成了甕中之鱉。這次，看他往哪裡逃。」

28

詹金斯聽見安娜從後門返回，她出去探勘以製作數條通往海邊路徑的地圖。那艘船已閃了一下燈，表示他們可以當天出發。她剛才告知詹金斯，風勢減弱，海面平靜，真是好事一樁。然而，這次進門的她，繃著一張臉。

「前面有人。」她不帶情緒地說，口氣就像說「海邊有石頭」一樣稀鬆平常。但詹金斯清楚這句話的含義，現在要想走到海邊，比潛游到那艘船更難。

「我們不能坐以待斃，」他說，「只能冒險向前。」

兩人搬出深潛用具，放在棕色長絨地毯上。詹金斯的潛水衣小了一號，但只能硬擠進去，反正也沒別的選擇。

「我們能繞過那些人嗎？」詹金斯一邊忙著，一邊問。

安娜搖搖頭。「沒辦法。有兩個人坐在小路路尾那輛車子裡守著，而通往海邊的步道，一定要經過那裡。」

「有沒有其他步道？」

「沒有。海岸太陡，即使沒有帶潛水設備，要想徒手爬下去也十分困難，而我們還要揹氣瓶，更不可能。小路的另一頭有更多人把守，而我藏車的地方就在那附近。」

「那家加油站可能有監視攝影機，便利店裡也應該有，」詹金斯說，「費德羅夫一定看到我回轉，朝海岸開去。他猜到我們沒出小鎮。」

「很合理的推測。」安娜附和道。

「如果他們找到那輛車，必定開始搜屋了。我們要趕緊找另一條步道下去海邊，再不然想個辦法支開那兩個人。」

「沒有別的步道，而且那兩個人不可能離開，除非他們要來追我們。看來，你必須一個人走了。」

詹金斯沒太聽懂她的話，但猜想應該是指她要去引開那兩個人。

「不行，沒有妳，我不走。我們找另外一條步道。」

「沒有別的步道了。」安娜無可奈何地說。

「一定有的，」詹金斯說，「別放棄，別丟我一個人，安娜。」

安娜微微一笑，但感覺像是即將被砍頭的人才有的苦笑。

「我不會放棄的，詹金斯先生，我得完成任務呢。」

「查理，靠，你可以叫我查理。」

安娜又是一笑。「我不會放棄的，查理。你要明白，只有你活著離開，回到美國，我的任務才算完成。你必須回到美國，趕在其他七姊妹遭到暗殺之前，阻止那個洩露七姊妹情報的人。」

「他們會殺了妳，安娜。」

「寶琳娜，」女人說，「寶琳娜．鮑若瑪友娃。」

「不要，」詹金斯說，「事情還沒完呢，不要現在告訴我妳的真名。」

「他們會一家家搜屋的，查理。我們一定會被找到，你剛才不也這麼說過。」

「那我們抗戰到底。」

「我們兩個都留下的話，兩個都沒機會。船不會等人，而且不會回來。我們又能抗戰多久？

能撂倒幾個？」

詹金斯來回踱步。

「拜託，」她說，「讓我為弟弟完成這個任務。」

「為妳弟弟——」

「我這些年的所作所為都是為了報仇，但我花了一輩子活在陰影裡，查理。離婚後，我再也無法去愛，因為我承受不了再失去一個人的痛苦。你已婚，有心愛的妻子，一個兒子和一個尚未出生的孩子。你有熱愛的人生，查理。我沒你幸運。我想要這個機會脫離見不得人的生活，想要正面迎視那些害死伊凡的凶手。我想告訴他們，我所做的一切都是因為我愛他。」

詹金斯在她對面的沙發上，坐下來。

「事情沒妳想得簡單，寶琳娜。他們會刑求拷問妳，逼問我去了哪裡。」

她又笑了笑。「他們不會有機會的，查理。」

詹金斯知道，時機到了，她會結束自己的生命。

「我要告訴他們，數十年來，我弟對他們的傷害，比他們對我弟或我的，超出想像得多太多了。從此，他們會知道，仇恨又一次放過了他們。」

詹金斯嘆息，壓抑下波濤洶湧的情緒。

「不用為我惋惜，查理。我一直在等待這一天的到來，早就準備好了。我內心平靜，而且渴望看著弟弟在永恆的大舞臺上，曼妙起舞。請給我這個機會，讓我在清醒中，最後一次報復他們。」

「妳要做什麼？」

「我潛回到現代車內，開車引走他們。我一行動，你立刻出發。屋後的圍欄有個缺口，出去後又都是樹林和灌木叢，足以掩護你逃亡。你朝步道而去，準備好，一到海邊就潛入水中。」

「我不會用指南針。」詹金斯說。

她摘下手腕上的指南針，戴到詹金斯手腕上。「一直伸直這隻手。戴著指南針的手臂彎成九十度，抓著另一隻的手腕，像這樣，」她展示動作，「跟著指南針，朝兩百一十度游去。」

「我怎麼——」

「我們把指南針外圈轉到北向指針呈直線，像這樣。」她逆時針轉動外圈，「紅線代表船首基線，我們調到兩百一十度。到了水中，按下這個按鈕，手錶會發光，不過指南針會持續發光，你就能看清你游的方向。你的手臂和指南針要呈水平，就像我演示給你看的那樣，你游水時，保持船首基線在兩百一十度。」

「那暗流呢？」

「黑海沒有能沖走人的大暗流。你只要跟隨船首基線，努力踢水就行了。潛水距離不算短，要保持方向有些困難，但仍能做得到。你游泳游得如何？」

「有一段時間沒游了。」

「你看起來很結實，腿力強壯吧？」

「是。」詹金斯說。

「你必須在五點四十五分入水，三十分鐘絕對足夠你游完三百公尺。在水裡不要超過三公尺深，以節省氧氣的用量。船會在六點十五分和七點之間等人，不會早到，也不會多等一分鐘。」

「我要怎麼找它？」

「他會丟一支燈到水裡，你找燈光。看到燈光後，放出浮標，但線的另一頭要綁在你的手腕上。他接收到信號後，會開船過來接你，等船過來了，你才能浮出水面。」

「如果我在船到時，就沒了氧氣呢？」

「那就放鬆自己，減緩呼吸，你可以的，查理。為我，為伊凡，為你老婆兒子和尚未出生的寶寶，你一定可以的。」她頓了一下，直盯著詹金斯看，似乎欲言又止。

「怎麼了？」

「你老婆會生個女寶寶。」她輕聲說。

詹金斯愣了半晌，但她似乎很篤定。「妳怎麼知道？我都不知道。」

她聳聳肩。「不是我知道，只是感覺強烈。」

詹金斯點點頭。「若我真有了個女兒，就給她取名寶琳娜，等她長大了，我會告訴她妳犧牲自我的故事。」

鮑若瑪友娃好似快崩潰了，她起身看了看手錶。「我們必須出發了。」她朝黑外套和黑毛帽走去。

「寶琳娜？」

她轉身微微一笑，不再說話，詹金斯也不知道該說什麼，只能看著她朝屋子後面走去。片刻後，他聽著後門打開又咔嚓關上。

29

阿列塞約夫打電話給費德羅夫，告知那棟帶棚屋子的相關事宜。安全局探員拜訪了屋主位於莫斯科東北部亞瑟奈沃區的公寓，並問了話。屋主說，那棟房子是妻子的雙親遺留下來的，他們只在夏天才會過去。他通常將小卡車和工具存放在棚子裡，但他沒有其他汽車。那棚子現在應該是空的。

屋子也是。

「他們不在屋裡。」費德羅夫已一個個房間搜過。「叫人一棟棟地搜，從路尾開始搜。我要每棟房子的每個房間都被搜過。如果沒人在，把門都拆下來。」

費德羅夫掛斷電話，將手槍插回肩上槍套內。他朝屋後走去，來到院子裡，仍然生著悶氣。那個蠢蛋警察真不應該在加油站和詹金斯接觸，否則詹金斯不會知道他已查到車牌號碼，他們也就不用如此麻煩，事情早就結束了，他早就抓到詹金斯或為他收屍了。

快了，快了，費德羅夫如此告訴自己。

30

寶琳娜輕手輕腳走出了後門，來到院子裡。晾衣繩在風中搖擺，晾衣柱嘎吱抗議著。她鑽過石牆的缺口，走下通往那棟藏車房子的小路。空曠的海岸邊萬籟俱寂，她想起了逃離莫斯科時，大雪正紛紛揚揚。她再也看不到莫斯科或大劇場了，她和伊凡曾在那些走廊上晃盪，在隱密的房間裡探險玩耍，爬上屋頂遙望莫斯科。這些回憶很美，他跳舞的回憶也很甜。他像個第一次展翅飛翔的天使。

她要牢牢記住這些回憶，但不會活在回憶裡。

她走下小路，手裡拿著槍，眼觀四路耳聽八方。一隻狗吠叫，但叫聲很遠，是狗在乞求進屋的叫聲，而不是警告闖入者的狂吠。她繼續向前。

來到最接近M27的房子後面的石頭圍牆，她止步四下打探。屋子仍然是年久失修，荒敗的模樣。就在她要繞過石牆時，注意到一個動靜，立刻退回伏低在牆後。一個穿著長外套的男人走出了屋子的後門。

她看著男子從內袋抽出一盒菸，點燃打火機。火光閃過一張堅毅的臉，是費德羅夫。費德羅夫吸了一口菸，菸頭紅亮，再朝著夜空吐煙。

費德羅夫會在那棟屋子裡，只有一個原因。他發現棚屋裡的現代車了，並且以為她和詹金斯就在屋裡。既然費德羅夫知道他們不在，必定派出安全局探員和當地警察挨家挨戶搜查，就如詹金斯所說的，她的時間不多了。

她將槍柄抵在石牆上，射程只有五到七公尺，她絕不會射偏，更重要的是，槍聲能將警方的注意力吸引過來。也許她還能趁隙溜進現代車內，若車子沒被破壞，那能開多遠就開多遠，希望夠遠。她瞄準，只見費德羅夫將菸頭丟在院子裡，走到屋側，朝前院而去。

是時候了。

她爬上牆，落在後院裡，警覺地朝棚屋而去。來到棚屋後方，她止步探頭窺視。又一個發亮的菸頭，有人監看著車庫。問題來了。

她退回，讓呼吸恢復正常，挪移到棚尾的另一邊，溜過轉角。她腳下謹慎，以免踢到被亂丟的鋁板或罐子之類的垃圾。她探頭出去，打探屋前的動靜。那個人一邊踱步，一邊抽菸。她估算與男子的距離頂多三公尺，一槍斃命輕而易舉。她望向小路，他們設了路障，防止她和詹金斯駕車逃上M27。

等成功駕車逃離棚屋，再來應付那道路障。

她沒時間了，詹金斯先生也是。

她拔掉滅音器，舉槍，繞過轉角。男子轉身過來，她瞄準。

「為了你，伊凡。」她低語。

詹金斯又跳又拉又扯地將乾燥的潛水衣往上拽，終於拽上了肩膀處。然後伸手去找拉鍊頭上的長布條，縮腹，幸好他減肥成功。舉臂拉著長布條，背部的拉鍊緩緩上移，一過了肩胛骨，它輕而易舉地滑上脖頸。

潛水衣很緊，也只能這樣了。

他坐下穿上靴子，戴上手套，再拿起裝著藥品、護照、盧布和美鈔的夾鏈袋，塞進充氣背心的口袋裡，寶琳娜稱充氣背心為ＢＣ。拉上口袋的拉鍊，他也帶了沃爾科夫的手槍，一抵達海邊，他會將槍扔進海裡，潛水不需要手槍。

他蹲下，將背心的拉鍊拉到肩膀，起身抬起餐桌上的氣瓶，掂掂重量。他按照寶琳娜的教導，拉好夾子和帶子，讓背心衣襬抵在臀部上，以起到更好的保暖作用。揹著氣瓶會比提著更方便行動，他打算一隻手拿著蛙鞋和面罩，讓另一隻手空著隨時可以取槍。他牢記寶琳娜最後的交代，他必須做好準備，一抵達海邊，立刻潛進水中。

他提起蛙鞋和面罩的掛帶，走到屋前，壓下百頁窗的一條遮條。百頁窗嘎吱作響。他瞥見那輛車仍然停在路口，暗自期望寶琳娜能盡快引開那兩個人。

就在他要鬆手時，注意到車內出現動靜，只見那兩個人匆匆下車。有事發生了。

司機一邊對著手機講話，一邊來回張望，然後將手機塞進外套口袋，對著繞過車尾而來的另一個人說話。兩人隨即朝詹金斯所在的房子走來，很可能是有人指示他們這麼做。

「靠。」詹金斯說。

他看著他們拉扯著柵門。柵門晃動，沒被拉開。第一個男人朝著搭圍欄的鋁板走去，抓著門柱，爬到圍欄上，跳進院子裡。第二個照做。兩人朝前門走來。

詹金斯朝後門走去，拔出手槍。

一個人敲了敲前門，頓一下，更用力地敲門，喊著問屋裡是否有人。詹金斯握著門把就要開門時，注意到屋側窗簾上有道黑影。另一個人往屋後走來了。難道前門那個人是個誘餌，只為了引開他的注意力？

他退開門邊，躲進陰影中，揹著氣瓶僵硬地單膝跪下，背靠著牆。握槍的手顫抖起來，他若不能冷靜下來，很難精準射擊。他深呼吸，以穩定地瞄準。

他聽著外面的腳步聲，隨著聲音移動槍口來到後門前。那個人爬上門階，薄薄的窗簾上出現一個黑影。門把轉動，門是鎖上的。乒乓一聲巨響，玻璃碎片向內爆開，掉落一地。那個人從破洞伸進一隻手，開鎖，再朝門把伸去。

詹金斯舉槍，用左手抓住右手手腕以穩定槍身。等不了了，不可能按照寶琳娜的計畫行事。

他必須抓緊時機開槍。

寶琳娜扣下扳機。男人的左肩猛地一抖，好似有人拉著他背部的線用力一撳，他向後飛去，重重摔落在地。槍聲迴盪在凝窒的夜空中。一般人會以為那是汽車引擎的回火聲，但懂槍的人，比如費德羅夫絕不會弄錯。

寶琳娜快步上前，取出男人槍套內的手槍，扔進叢林中。

「*Vy budete zhit.*（你死不了的。）」她說。

來到棚屋門前，她搬起石頭，扔進院裡，拉上鐵捲門，側身擠到駕駛座門前，開門，擠了進去。

插鑰匙，暗暗祈禱，這才轉動鑰匙發動引擎。引擎轟隆隆轉動。「該跑了，伊凡。」

她放下手煞車，卻見路尾的十字路口有車燈照來，她不想被困死在棚屋裡，使勁踩下油門。車身往前一跳，車尾在土石上打滑，車輪抓到摩擦力後，車身回正，她朝迎面而來的車子筆直衝去。

來車裡面坐著兩個人，駕駛人猛地一轉方向盤，車頭一扭，衝進了樹林，劈里啪啦地劈荊斬棘，喇叭尖聲長鳴。

這足以為詹金斯引開那兩個守路人了。希望奏效。

寶琳娜朝十字路口衝去，沒開車燈，眼前景物只是灰影幢幢，前方有兩輛車作為路障。她朝兩輛車頭相對之間的縫隙衝去，按下駕駛座的車窗，朝下車的警察開槍。警察閃身躲開子彈。就在撞上之前，她抽回手，將槍扔到大腿上，兩手牢牢握住方向盤，穩住自己。

現代車撞上兩輛車的車頭，從中殺出一條路。她往前一彈，安全帶緊緊抓住她的肩膀和上半身，她又往回一彈。她踩下煞車，方向盤向右打，以調正車尾，再踩下油門。車子劈啪地衝上了M27的匝道，後面傳來許多槍響。

她逃不了多遠，但希望夠遠讓詹金斯有足夠的時間脫身。

詹金斯扳下扳機保險，此時一聲槍響從路尾傳來，是寶琳娜。後門那個人也聽到了，頓了一下，抽回手，走開了。前門那個人大聲嚷嚷，後門的人邁步開跑。

詹金斯站起來，找回平衡，朝後門走去。他走到門外，聽到車胎刮地的吱吱聲。不能耽擱了，他快步穿過後院，從石頭圍牆的缺口鑽過去。氣瓶底部噹啷撞上石頭。他穿過空地，朝步道而去。只見小路的另一頭，那輛車的尾燈停在一棟房子的正前方。

他來到另一道石頭圍牆。即使只有六十公分高，但揹著氣瓶翻牆，仍浪費了一些時間。穿著軟鞋，腳底清晰地感覺到每顆石頭和樹枝。又走過一座後院，來到一棟建造中的房子，繞過房子就能轉進小路。穿過小路，再向西大約十五公尺，就是通往海邊的步道。詹金斯沿著屋側朝前院走去，停步，來回張望，無人。正打算走出去時，樹叢突然窸窣作響。詹金斯舉槍瞄準，卻見一隻狗走了出來，兩眼盯著他瞧，隨即夾著尾巴，快步跑下小路。

詹金斯往前走，汗珠滾了下來，刺得眼睛疼，模糊了視線。兩手都拿著東西，抽不出手來擦汗。

他過馬路，現在沒有任何掩護，只能加快步伐，氣瓶彈跳著撞著背，配重帶嵌進臀部肉裡。他繞過小路彎道，鑽進步道，十多公尺後來到了石礫海灘。腳底下又清楚地感覺到每一顆石礫。走到水邊，他扔下蛙鞋、面罩和手槍，拉起潛水衣兜帽戴好，乾燥的兜帽啪地緊緊箍著他的臉，他將露出來的髮絲塞進去。

他拾起其他設備，走到及膝深的黑水裡。無風的夜空，海平面只有細細的波浪，他足以保持平衡。他將無用的手槍用力一拋，聽著黑暗的海水「撲通」一聲。他抬起左腳，搖搖晃晃地套上長蛙鞋，再套上右腳的。試著吐口水塗沫面罩，但嘴巴太乾，沒什麼口水可用。

他看見一輛車的車頭燈，似乎正快速朝通往海灘的步道而來。

他再試一次，這次吐出了少量的口水，抹了抹面罩，直到摩擦發出了吱吱聲，面罩擦亮了，戴上，調整呼吸管。那輛車停了下來，有人匆匆下車。

詹金斯將管嘴塞進口中，仰倒進冰冷的海水中。

費德羅夫走下小路，要去跟阿列塞約夫和其他探員會合，一聲槍響讓他突然止步。槍聲是從路尾傳來的，是他才剛搜過的那棟房子。他留了一名探員把守棚屋。

他轉身就跑，膝蓋一陣劇痛，但他忍下疼痛加大步伐，最後小跑步起來。只聽得引擎轟轟響，現代車衝出棚屋。它車尾左右搖擺，校正，加速飆行。一輛警車，應該是被槍響引過去的，加速朝現代車迎頭而去。這是一場強者懦夫的博弈遊戲，警車率先認輸，猛地向右一轉，閃過了現代車，衝進灌木叢裡，撞上一棵樹。

費德羅夫沒停下來開槍，當下必須盡快趕到車子路障那裡。他看著現代車朝堵在M27匝道路口的兩輛警車衝去，聽到一陣密集的槍響。現代車沒有減速，若警察開槍反擊，也射不中急速飆遠的車子。

現代車瞄準兩輛車之間的縫隙，狠狠撞上去，金屬噹啷的轟然巨響傳來，玻璃碎裂。費德羅夫以為強烈的撞擊會廢掉現代車，卻看到兩輛車被撞開，現代車從中飛速而去。它的車尾又左擺右盪，但隨即校正，加速朝南方揚長而去。

費德羅夫又追丟他們了。

他跑到被撞毀的兩輛警車之前，舉槍退回彈匣。現代車並未減速，只會浪費子彈。

費德羅夫看著警車車頭被撞毀，已上不了路，不過路的另一頭正有車頭燈駛來。他站到小路中央，舉手揮動。阿列塞約夫連忙踩下煞車，費德羅夫繞到駕駛座邊。

「下車，下車！」他拉阿列塞約夫下車。

年輕探員踉蹌下了車，摔得單膝跪到地上，半爬半走地讓到旁邊去。費德羅夫坐上駕駛座，副駕駛座上的探員早已匆匆下了車，正要關門車子就加速駛走，車門被帶得砰地闔上。

他繞過兩輛撞毀的警車，用力踩下油門，加速駛上匝道。他推算他大約落後現代車兩三公里，不過現代車才剛高速撞上兩輛車，車頭必定損壞嚴重。他期望現代車的引擎能盡早熄火。

狹窄的二線道高速公路兩旁，皆是九十公分高的圍牆和濃密的灌木林，很難穿越，M27還與其他馬路相交，若轉上那些馬路亦是危險。費德羅夫研究過地圖，那些叉路都是通往住宅區，無法越境離開俄羅斯，詹金斯和鮑若瑪友娃必定也擔心鑽進死巷子中。費德羅夫十分確定，那兩個人必會背水一戰，徒勞無功地設法出境。

他快速接近前方的白色休旅車，駛入對向車道打算超車，但對向車道有車燈繞過彎道駛來，他連忙退回到原來的車道。等那輛車駛過，他再次駛入對向車道，看見前方車列中有一個缺口，他踩下油門，在公路左彎前超過那輛休旅車。他連忙踩下煞車，將方向盤向左打到底，車子在千鈞一髮之際繞過了彎道，不過車子右側還是刮到了護欄，火花四濺，側視鏡也被打掉了。

費德羅夫加速，在下一個彎道前踩下煞車。車道打直時，他猛地踩下油門，猛按喇叭，閃燈，超過另一輛車。又開了幾公里後，費德羅夫開始質疑那兩個人是否甩掉了他，也許他們躲進了某條叉路。這個想法才剛冒出，車子繞過下一個彎道，前方又出現了紅色車尾燈。費德羅夫加速追上去，只見那輛現代車車速遠遠低於高速公路的限速，車蓋冒著煙。

他終於鬆了一口氣。

費德羅夫踩下油門，撞上現代車的車尾。現代車車身被撞歪，但迅速被校正。費德羅夫向右打方向盤，再次撞上現代車的車尾，這是警察愛用的一招。現代車被撞得打轉，再也無法校正。打轉的現代車越過白色分隔線，越過對向車道，撞上一棵樹，才猛地打住。

費德羅夫踩下煞車，回轉，在現代車十公尺外的地方停下來，望著現代車的車窗查看車內的動靜。不見任何動靜，他才拔槍下了車，利用車門做掩護。他瞄準後擋風玻璃。

「*Vydite iz mashiny, podnyav ruki na golovu!*（雙手抱頭，下車！）」

沒有回應。黑煙從引擎蓋冒了出來。

費德羅夫又重複一次。

仍然沒有回應。

他從車門後面站直起來，一步步上前，手指搭在扳機上。他不慌不忙地靠近駕駛座，左手彈起車門門把。車門匡啷地打開。那女人，鮑若瑪友娃癱伏在方向盤上。費德羅夫望著副駕駛座，以及後座，卻不見詹金斯。怒火賁張，他氣得掐住鮑若瑪友娃的脖子，往後一扯。只見鮮血從她前額上的一個裂口流下來。

「*Gde on?*」費德羅夫大吼，「*Gde on?*（他在哪裡？）」

鮑若瑪友娃的眼睛回神了片刻，她微微一笑，牙齒上全是血。

「*Ty opozdal. On davno ushel.*（你來太晚了，他早就走了。）」她有氣無力地說。

費德羅夫拿槍抵著她的太陽穴。「說，他在哪裡？他往哪裡去了？」

鮑若瑪友娃大笑，激盪出更多的血。「你還真是十足的俄羅斯人，拿槍威脅一個快死的女人。」她咬牙切齒地說。

「他在哪？」

鮑若瑪友娃又笑了笑，這次十分故意，費德羅夫看見她牙縫中塞著一粒膠囊。

「為伊凡，」鮑若瑪友娃說，「願你們這些害死他的人，爛死在地獄裡。」

31

詹金斯向無邊無際的漆黑游去，指南針的藍光是他唯一的光源。潛水衣緊緊包裹著他，面罩緊貼著他的臉龐，他努力克制自己的幽閉恐懼和焦慮，集中注意力在光源上，專心致志地奮力讓前進方向保持在船首基線的角度上。只要心思一飄忽，他就開始恐慌；又想到鮑若瑪友娃，是她犧牲生命為他爭取了逃生機會，他絕不能辜負。

為了鮑若瑪友娃，為了愛麗克絲、ＣＪ和尚未出生的寶寶，他一定要成功。

他告訴自己要放鬆，慢慢地紮實地完成每一次踢水，不要大口呼吸。寶琳娜說了，整段游程大約三十分鐘。他時不時地檢視潛水手錶，他已游了將近十五分鐘了。不看錶時，他就抬頭仰望，搜尋水中的燈光，卻只是徒勞無功。若錯過了那道光，氣瓶的氧氣也不夠他返回岸邊，就算回到岸邊，也是走投無路。

他檢視自己的潛水深度，黑暗中讀不清楚刻度，但足以讓他明白他保持在三公尺的深度，有足夠的光源辨識出深水淺水的色彩變化。他往前推進。寶琳娜說黑海裡沒有大暗流，可他卻感受到海流的拉扯，他必須奮力抵抗才能保持在原有的路線上。

又游了十分鐘，他感覺自己接近了，但接近了什麼？他並未看見燈光。他檢視水壓錶，幸好是美國製的，他才能讀懂儀錶在說什麼。一開始的水壓是每立方公分九十公斤，現在降到了二十二公斤，等水壓降到十一公斤，氣瓶裡的壓縮空氣將會呈現紅標，空氣即將歸零。

又游出三分鐘，他檢視指南針。他到點了，仰頭搜尋燈光，卻不見任何光芒。他看了看手錶，晚間六點三十五分。

他準時抵達約定位置。

卻不見那艘船。

費德羅夫抽出手機，一邊往回衝，一邊打給阿列塞約夫。鮑若瑪友娃和詹金斯分頭逃了。她犧牲自己，當然是為了支開費德羅夫和他的人手，調虎離山，讓詹金斯金蟬脫殼。Ｍ４已在嚴格把守之下，詹金斯不可能走陸路越境，那只剩下水上偷渡了。

「詹金斯逃向海邊了，」他說，「你開車去海邊，尋找任何停泊在海上的小船或大船。通知海防，嚴格巡查俄羅斯海域內的所有船隻。」

他掛斷電話，琢磨著鮑若瑪友娃的話。他研究過那個女人的檔案，知道「伊凡」是鮑若瑪友娃的弟弟，從大劇院屋頂躍下，自殺身亡。鮑若瑪友娃的話暗示了，她認定俄國政府該為弟弟的死負最大的責任。她的憤怒促使她叛國，出賣機密情報，最後犧牲自己為詹金斯爭取逃生的機會。她視死如歸。

對於叛國的人，他從不留情，但不得不佩服那些為了理想拋頭顱灑熱血的人，無論那個人有多麼偏執。

接近那兩輛被撞毀的警車時，他放慢車速。他們不再需要路障了，設置了也沒用，馬特維耶夫他們完全不知道自己在幹嘛。

費德羅夫按下車窗，打手勢要他們挪開受損的路障，好讓他通過。他駛上土石小路，朝黑海而去。來到小路盡頭，在彎道前停下車，費力地下車，忍著膝蓋的疼痛走下步道，小心翼翼地別讓自己被石頭或坑洞絆倒，以免扭傷腳。

阿列塞約夫站在岸邊，透過望眼鏡搜尋海面，聽見費德羅夫過來，他轉身過去。費德羅夫無言地接下望遠鏡，掃視海平面，尋找燈光或船隻。海霧濃厚，方便船隻藏匿，特別是那艘船不開燈的話。

「有任何發現嗎？」他問阿列塞約夫。

「還沒。」

「你聯絡海防了嗎？」他的眼睛仍然貼在望遠鏡上，手指調動焦距的旋鈕。

「他們已派出一艘巡邏艇，搜尋這個區域。」

「一艘？」費德羅夫放下望遠鏡，「他們只有一艘巡邏艇？」

阿列塞約夫聳聳肩。「我告訴他們事態十分緊迫，但他們——」

費德羅夫暗罵一聲，又拿起望遠鏡繼續搜找。「Ya naydu tebya, Mr. Dzhenkins, I kogda ya eto sdelayu, ty rasskazhesh', mne vse. V etom vy mozhete byt' uvereny.（我一定找到你，詹金斯先生，到時，你得一五一十和盤托出。我說到做到。）」

詹金斯檢查水壓錶，這已變成了習慣，那就像汽車油錶過低，駕駛會不斷注意油錶下降的速度。水壓錶的指針又下降了兩公斤，低於十三公斤了。再下降兩公斤，就正式過了警示紅線。那不表示氧氣耗盡了，只是存量過低，十分危險。他知道要精打細算防止指針更進一步下降，可他沒有別的選擇，除非違反寶琳娜的交代，浮出水面。

他檢視指南針，航行標線保持在正兩百一十度。問題是，他是否游得夠遠，暗流是否拖慢了他的速度，他其實距離那艘船尚遠。也許這個計畫打從一開始就是錯的，要那艘船在大海裡撈針，簡直是強人所難。此時，他突然想起搜救轉發器，以及寶琳娜的指示。他解開腰帶上的圓錐形設備，依照寶琳娜的教導，掀開塑膠蓋，轉動旋鈕對到黑點。一道光芒閃爍起來。他將轉發器長長的帶子一頭套在手腕上，任由轉發器漂盪在水面，輕輕拉扯著他的手腕。

除了懷抱希望，耐心等候，他什麼也不能做了。

他繞著圈圈游泳以保持體溫，一隻眼睛盯著指南針，另一隻搜尋燈光，仍然無果。會不會是指南針故障了？他輕敲著玻璃表面。會不會是寶琳娜設置錯誤，詹金斯其實游錯方向，所以搜救轉發器早已離開那艘船的偵測範圍，所以詹金斯迷失在黑暗的大海中？他強迫自己冷靜下來，控制呼吸。如果他慌了，會將剩餘的氧氣吸光，那就雪上加霜，不只迷失方向，還沒有了氧氣。他又看了看水壓錶，剩十一公斤，進入警示紅線區了。指針下降得太快，表示他的呼吸太快，太深了。他又想浮出水面了，可寶琳娜曾經不斷交代不行。他可以讓背心充氣，整個人漂在水面上，如此，他就不需要吸取殘存的氧氣。

就在他要浮出水面時，他聽到一個從遠方傳來，隱隱的噠噠聲。他靜止不動，屏息聆聽。那聲音變大了。是船的引擎聲。在水裡，他無法辨別引擎聲是從哪個方向而來。他又開始繞圈圈，仰頭搜尋水面。

那裡！

只見一道波浪劃破水面，船影緩緩接近。船尾拖著一個東西，就在船底下九十公分處，有個藍色LED燈。

它像是小型燈塔，拯救了查爾斯．詹金斯。

詹金斯踢水朝燈光而去，十二公尺，六公尺，三公尺，就在他要給背心充氣時，又聽到另一陣噠噠聲，比第一道噠噠聲更響亮，看來引擎聲和船身都比第一艘大上許多，並且以極快的速度飛馳。頭頂上的水晃盪起來。那艘船的船底比起第一艘更深入水底，足以撞上詹金斯，並且來勢洶洶。

LED燈熄滅了。

詹金斯連忙潑水，往下潛。他通過船底，但翻攪的波濤打得他在水裡翻滾旋轉。等水勢過去，他穩住了身體，趕緊檢視水壓錶。剛才朝小船游去時，他用了許多的氧氣，指針只有六點七五公斤了，飛快向黑線下降。

32

戴米爾・卡普藍擔任漁船船長已有二十五個年頭了，現年六十三歲的他對黑海、博斯普魯斯海峽、馬爾馬拉海瞭若指掌。在擁有自己的漁船之前，他在土耳其海軍服役十五年，前十年待在兩棲部隊中，後五年被編排進特種部隊。因為軍旅生活枯燥無味，於是他退役，上了父親十五公尺的漁船工作。父親死於菸酒過度後，他繼承了漁船，成為了船長。多年來，捕魚提供他一家優渥的生活。他捕捉到的鯷魚和西鯡魚，充斥在伊斯坦堡加拉塔橋下，各個攤位的海鮮三明治中。然而近幾年來，土耳其漁業的景氣大幅度下滑，過度捕撈、非法漁網、監管不嚴都是主因。曾經一網可以捕捉到三十多種魚類，現在運氣好的話，也只能有五六種魚類，且品相不佳。為了補救，政府嚴禁夏季捕魚，好讓魚兒休生養息，繁殖生長，但這條禁令的影響力僅止於土耳其漁夫。俄國漁夫不受土耳其禁令的管轄，無視海域法，在黑海到處布設刺網，再嚴重少報漁獲量。經過八十年欺騙政府的訓練，睜眼說瞎話早已成了俄國人生活的一部分。

卡普藍生活富裕，在海峽崖坡上打造了自己和兩個兒子的房子，但他老了，即將退休，開始擔心兒子子承父業，將無法以捕魚維生，於是他主動找上了昔日的海軍人脈。過去數年來，副業賺取的報酬足以補足不斷縮減的捕魚收入，他偷渡難民逃出伊拉克和敘利亞，走私武器和人，主要是美國、英國和以色列的情報員。他覺得自己越來越像俄國人了，只要有錢賺，其他的都不重要。然而，他十分憎惡俄國人，這應該是從父親那兒繼承來的吧。偷渡那些對抗俄政權的情報員，也算是給俄國政府的一記教訓吧。更何況，報酬可觀，一趟走私偷渡賺取的錢，比一整個漁季所賺的多太多了，不過前提是，他必須成功完成任務。而今晚，隨著每分鐘的逝去，成功的前景越來越不妙。

卡普藍繞著接人的坐標打轉，緊盯著雷達的掃描結果，雷達是土耳其政府為了提高漁獲量而贈與的禮物。他利用雷達搜尋九點二到九點五千兆赫的訊號，這是搜救轉發器常用的頻率——低於俄國海防的頻率。只要一發現轉發器訊號，立刻通知兒子投放ＬＥＤ燈，且深度要超過船底，以方便偷渡者在海中看見燈光。

他在濃霧中打轉將近七分鐘了，雷達仍然接收不到轉發器的訊號。但依然通知兩個兒子（偷渡經驗豐富，且是他唯一可以完全信任的搭擋）投放ＬＥＤ燈，期望能引來潛水者。

這場濃霧，既是恩賜，也是詛咒。他很難找到潛水者，同時也讓俄國海防很難發現他們。若真的被海防發現，卡普藍也有經過排練的萬全脫身方案。他會讓漁船打轉，假裝在收魚網，不知不覺就漂到了俄國海域。假使俄國人不買帳，最壞的結果就是沉沒他的船。

卡普藍又看了看錶，他不會多逗留一分鐘。他只會等三十分鐘，不會多，也不會少。無論有沒有接到人，七點整準時離開。還有二十三分鐘要等，但感覺就像要等二十三天一樣漫長。沒有信號，他壓根找不到他的包裹。沒有信號，他等於眼盲，濃霧中的可視距離只有三到五公尺，絕無可能找到潛水者。

他放慢船速，走出船長室，打開探照燈，掃視海面。海霧繼續折磨人，而探照燈根本無濟於事，那就像在大霧中打開汽車遠光燈一樣，更難以視物。他壓低光束，以避開霧氣的反射。

「有看到什麼嗎？」大兒子艾米爾問。

「沒有。」卡普藍說。

「雷達上也沒有？」艾米爾低聲問。

「沒有。」

「還要等多久？」尤塞夫問。兩個兒子都清楚，這次前所未有地深入俄國海域，後果有多嚴重。

卡普藍看了看錶說：「二十一分鐘。」他走回到駕駛室，雷達上出現一個綠色閃燈，他以為是搜救轉發器的訊號，隨即意識到訊號距離船很近，並且以奇怪的高速飆過來。

「靠，」他衝到門邊，「有船快速接近！」他對著兒子大吼，「是俄國海防，快，撒網。」

卡普藍關掉引擎，兒子乾淨俐落地採取行動，這是他們彩排多次的應對方案。一道探照燈光束照到船頭，濃霧中，來船顯現出來的船廓好似幽靈船。探照燈刺得卡普藍抬臂護眼。那艘船從他的右舷向前滑過，卡普藍認出藍色船頭上，紅藍白的縱線。

是俄國紅寶石級巡邏艇，看來海防也受到安全局的支配調遣。他這次要偷渡的人，絕對是個極其要緊的人物。

擴音器傳來一陣俄語，卡普藍不予理會。

擴音器又傳來一系列的命令，它的船速也放緩了，利用推進器靠向卡普藍的漁船。卡普藍是懂俄語的，只要他想的話。而今晚，他選擇聽不懂。他繼續扮演一個搞不定糾結的漁網，煩躁的土耳其漁夫。

他走出駕駛室來到甲板上，站到兒子背後。擴音器又傳來指令，要求卡普藍等候海防的登船。他看看兒子，又看看網子。俄國人放下小艇，航行過來，卡普藍放下船弦的欄杆。片刻後，他接住俄國人拋過來的繩索，兒子尤塞夫接住第二條，兩人將繩索綁在甲板的木樁上。卡普藍放下一道鋁梯，三人小艇有兩人爬了上來，第二個人肩揹著一把AK-47。看這架勢，可不是普通的查船。

這位長官穿著筆挺的雙排釦大衣，衣領豎起以防寒抗風。一上到甲板，他戴上黑色軍帽，面容稚嫩，比卡普藍的兩個兒子都年輕許多。還有，他的兩手同樣光滑稚嫩，沒有任何老繭，看來是軍校出身，而不是長年生活工作在船上的人。卡普藍很了解這一類學院出身的軍人。他們是乖乖牌，循規蹈矩，急著豎立威嚴。卡普藍期望年輕人涉世不深，能夠拖一拖他的後腿，不要像表面看起來的難對付。

「證件。」年輕長官以俄語說，聲音帶著刻意的威嚴。卡普藍愣愣地看著他，搖搖頭。

「Kàğıtlar.」長官換成了土耳其語。

卡普藍立刻點點頭，回答證件在駕駛室。

「去拿一下，麻煩。」

卡普藍轉身離開去拿證件，長官和侍衛跟了上去。進了駕駛室，卡普藍拉開櫃子，取出他和兒子的證件。此時，雷達響起十二個短促的嗶聲，卡普藍壓下衝動，沒理會那道嗶聲。那是搜救轉發器的訊號。

他要接的人抵達了。

「為什麼那麼久？」長官不耐煩地說。

卡普藍將證件扔到雷達上，以遮住閃爍的光點，至於嗶聲，他無能為力。他翻找著，然後將證件遞過去。年輕長官面無表情地檢視。這種人總是悶悶不樂，除了酒，無法放鬆自己，卡普藍心想。他瞥了一眼長官右胸口袋上的名牌，波波夫。

「你們為什麼在俄羅斯海域捕魚？」波波夫一邊翻閱，一邊問。

卡普藍聳聳肩。「應該是霧太濃了，我不小心越界。我們出了一些問題，漁網拉不起來。網子打結了，可能被海底支柱鉤住。割斷網子的代價太昂貴了。」

波波夫走出駕駛室，走到吊掛著漁網的船弦。一看，就看到網子糾結成一團。卡普藍則望向水底，但大霧中看不到閃爍的燈光。

「你看，」卡普藍陪笑道，「我們根本來不及捕魚。」

「你們有捕魚證嗎？」年輕長官問。

「有，我和兒子都有。要去找來給你查驗嗎？」

「不用，我們要搜船。」

「怎麼了？為什麼搜船？」卡普藍問。

「因為你們在俄國海域，我們有權搜船。」波波夫回答。

卡普藍聳聳肩，他才懶得跟這些鷹勾鼻垃圾爭議。「請。」他的手往前一送，「能問一下，你們在找什麼嗎？」

「不行。」波波夫說。

波波夫下巴一揚，示意揹著步槍的衛兵跟著他。兩人走進駕駛室。卡普藍望向兒子，但什麼也沒說，什麼手勢也沒有，因為巡邏艇上的人可能在監視他們。

「你，船長，」衛兵站在駕駛室門口大喊，「過來。」

卡普藍向兒子點了點頭，朝駕駛室走去。

波波夫站在雷達前，他問：「這是什麼？」

「我的雷達，」卡普藍說，「土耳其政府提供的。」

「我知道這是雷達，它的嗶聲是怎麼回事？」

卡普藍走上前，從窗戶望出去，說：「是你的船艇。因為大霧，我才打開雷達，我擔心不小心撞上什麼東西。你看到沒？閃爍的光點靜止不動，是你的船艇。」

年輕長官又看了看雷達，其實雷達上的閃爍光點並不是他的巡邏艇。光點太小了，但卡普藍懷抱僥倖，希望能蒙混過關。

波波夫走出了駕駛室，回到甲板上，卡普藍終於鬆了一口氣。他們兩人走下樓梯，朝貨艙而去。每次出任務，卡普藍會在貨艙裡放一堆腐臭的鯷魚，讓搜艙的人只想逃，敷衍了事。果然，波波夫一臉噁心地爬上甲板。

「你的魚都腐臭了。」波波夫說。

「那些是魚餌，」卡普藍說，「鯷魚。越臭越腥，越能引來魚群。」

波波夫走到船尾。「這是什麼？」

「充氣小艇，不幸遇到船難時，救命用。」

「你們必須立刻離開俄羅斯海域。」

「抱歉，」卡普藍說，「我們也很想趕快離開這裡，但漁網打結了。」

波波夫不為所動。「把網子拉出水面，回到土耳其海域。回去再想辦法弄你的網子。如果拉不起來，我來割斷網子。」

「遵命。」卡普藍說。

年輕長官向侍衛點了一個頭，兩人爬下鋁梯回到小艇上，再登上巡邏艇。

「拉起漁網。」卡普藍大喊。他看了看手錶，晚間六點五十七分。

他放低聲音。「這個，必須放棄了。」

33

詹金斯一直潛伏在兩艘船的船底之間，觀察水面上的活動。他伸著手，將轉發器拉在水面之下。他推測較大的船是俄國船，應該是海軍或海防的。而小的那艘，希望是來解救他的。

幾分鐘之前，一只橡皮小艇從兩船之間劃過，現在就綁在漁船邊。

他檢視水壓錶，指針已低於三公斤了，似乎他盤桓在這裡，氧氣量的減少速度變緩了。但用不了多久，氧氣仍會耗盡，他不是浮出水面，就是窒息而死。他努力保持冷靜，盡可能節約氧氣的用量。儘管有潛水衣防寒，但停止游水的他，四肢逐漸被冰冷的海水凍得發疼。手指和腳趾都麻了。

幾分鐘過去了，詹金斯再次檢視水壓錶，剩一點八公斤了。手錶顯示六點五十五分。寶琳娜說接應他的船，會在晚間七點整離開，不過她當時並不知道會有海防登船檢查。漁船會繼續停留嗎？它能繼續停留嗎？俄國海防會扣押擅闖海域的漁船嗎？

他聽到引擎聲，抬頭仰望。只見橡皮小艇翻攪著海水離開了漁船，回轉到較大的船上。詹金斯檢視水壓錶，剩一公斤了。又過了一會兒，他聽到引擎發動的聲音，先是俄國船的引擎，接著漁船的引擎也發動了。

兩艘船都要離開了，他心跳加速，剩不到一公斤了。

俄國船駛離，引擎聲高揚，船身加速離開了，翻攪了海水，留下一道白色泡沫團。詹金斯放開捲在手腕上的帶子，讓轉發器上升，奮力朝水面踢水而去。海水翻滾，冒著泡泡。他衝出了海面，卻見漁船緩緩離開了。船尾有兩個人在收拉東西。他吐掉管嘴。

「喂，」他大吼，「喂！」

他奮力游水，奮力踢水，但船繼續前行。太遠了，他追不上了，但他感覺水裡有個東西被拖在船尾後面，翻攪出一道渦流。詹金斯用力踢水追上去，是漁網。他沒抓到，再踢水，再抓。但漁網和他的距離已拉開了。漁船加速離開。

他錯過了偷渡船，氧氣瓶空了，人卻遠離海岸，漂盪在大海中，手腳四肢就要凍僵了，被解救的希望徹底破滅。

34

戴米爾・卡普藍看著俄國人將橡皮小艇鉤到絞車上，將它吊離了水面。波波夫和兩個屬下退回到巡邏艇上，消失在駕駛臺內。片刻後，引擎轉動，巡邏艇離開了，船速越來越快，消失在大霧中，最後連照明燈也被吞沒在灰幕裡。

卡普藍減緩船速，以免漁網被捲進引擎裡，那樣麻煩就大了。雷達仍然響著十二聲短促的嗶嗶聲，光點位置就在船的右舷，但那也是俄國巡邏船離去的方向，他不能冒險掉頭回去尋找那個人。他的兩個兒子都是有家室的人，有妻兒要養。他搖搖頭，他知道丟下那個人，意謂著那個人會死在海中，若他游回了岸上，也逃不出俄國人的手掌心。卡普藍十分內疚，他只能祈禱那個人能找到其他方法逃出生天。

就在他要轉動方向盤，朝家駛去時，他聽到兒子大吼大叫。

「*Bok!*（靠。）」卡普藍擔心漁網被捲進引擎裡。兒子抓著門柱探頭進來，眼神十分驚慌。

「*Tekneyi durdur! Tekneyi durdur!*（停船，停船！）」

卡普藍關掉引擎。

「艾米爾好像看到海裡有東西！」

卡普藍快步走到甲板上，他很清楚停下來搜尋海面十分冒險，俄國巡邏艇隨時會折回，但他仍然打開了探照燈。「*Nerede?*（哪裡？）」他問。

兒子伸手指了出去。卡普藍將探照燈轉向兒子指的方向。探照燈照亮了茫茫的霧氣，感覺好像蜘蛛網要漸漸合攏，包裹住被困住的獵物。卡普藍放低探照燈的角度，以減弱強烈的反光，然後緩緩地掃向右邊再掃向左邊，掃視著海平面。

「什麼也沒有啊。」卡普藍說。

「我看到海平面有東西。」兒子又重複一次。

卡普藍又將探照燈朝右掃去，他聽著海水拍打著那一側的船舷。「沒有。」他說。

詹金斯聽著引擎聲逐漸消失，看著大霧吞沒了漁船。他每一口沉重的呼吸，變成了一口口的白煙，標示著空氣的冰冷。全身疲憊，體溫全都退回到軀殼內部。他知道他必須繼續活動，必須繼續游泳，否則會凍死，反正他最終都躲不過凍死的下場。但現在他只覺得累，累斃了。

他該往哪個方向游去呢？灰幕迷濛，看不見任何海岸線，若游錯方向，那就是朝大海而去，必死無疑。

思考。

他必須冷靜，必須有條理地思考。諷刺的是，在高度壓力和絕望下，他反倒不焦慮了。也許一直以來，他需要的就是絕境，是必死無疑的下場。好荒唐的想法，他苦笑了笑，他還活著，還有機會，不能放棄。他絕不放棄，為了鮑若瑪友娃和她弟弟，為了自己，更是為了他的家人。他要ＣＪ對他這個父親有回憶不完的記憶。他要看著兒子長大，將人生經驗和智慧分享給他，讓ＣＪ有更好的生活。他要尚未出生的寶寶認識他，他下定決心要見一見那個寶寶。

指南針。

他看著手腕上的指南針。他一直沿著指南針設定的兩百一十度，向大海游來。如果重新設定，將指針調向北方，將船首基線設定在相同的角度，那麼，他只要向一百八十度的反方向而去，應該能游回岸邊。沒錯，即使上了岸，仍然會遇到很多麻煩，但就像《虎豹小霸王》中，羅伯特雷德福因為不會游泳拒絕跳崖入水的時候，保羅紐曼對他說的：「靠，你很可能還沒入水，在墜落途中就死了！」

其他的，等上了岸再說吧，如果能游到岸邊的話。

再來就是耐力，他的耐力夠強嗎？他長期慢跑和控制飲食，但游水運用的是另一組肌肉。首要之務，就是減輕裝備。

他解開金屬重量帶，任它沉入海底，當下感覺到自己的浮力增強了。再來，摘下氣瓶，這個可能會比解開金屬重量帶複雜一些。他不打算脫掉充氣背心，背心內還有一些空氣，能讓他浮在水面上。他回想著他和寶琳娜是如何將氣瓶固定在背心外的，是用氣瓶頂端，氣閥下的帶子固定。另一條帶子，將氣瓶固定在他背部。

他伸手到背後，摸到氣瓶底部的那條帶子，順著它探索下去，抓到另一頭，用力一拉，扯掉它。再抬手越過頭向後，找到氣閥。氣閥底部有條帶子，摸索幾公分後就是卡釦，他一按，卡釦彈開。氣瓶滑下他的背部，像石頭一樣沉入深海中。

他找到充氣背心的充氣口，朝裡吹氣，增加浮力。戴上面罩，咬住呼吸管管嘴，潛入水中，按照寶琳娜教導的伸直右臂，找到方位，開始踢水，他只能希望他是朝著岸邊游去。

才幾秒鐘，他就感到呼吸困難，寒氣向體內竄入，肌肉厚重，游速緩慢。他想像他的血液就像氣溫低於零度時引擎內的汽油。他不能胡思亂想，不能去想身體好冷，也不能去想呼吸困難這件事。往前游就是了。這是他眼下最該做的事。往前游。起碼他才剛游了三十分鐘。他可以一分鐘游一點。可以抗拒抬頭浮出水面的衝動，可以抗拒吐掉呼吸管的衝動，可以堅持向前游去，無論他有多累。

停下來，只有死路一條。

他不斷在腦海裡複誦，愛麗克絲、ＣＪ和……尚未出生的寶寶。他們還沒給寶寶取名字呢。因為不知道寶寶是男是女。寶琳娜說是個女孩——她怎麼知道？詹金斯不清楚，但此時此刻，他也看到了一個女娃娃。愛麗克絲、ＣＪ和尚未出生的寶寶。愛麗克絲、ＣＪ和……愛麗克絲、ＣＪ……愛麗克絲和……愛麗克絲。愛麗克絲。

他聽到有東西在水底翻攪的聲音，還以為是自己的幻覺，是他的妄想，但那聲音一直都在。他停下來，抬頭望出去，卻無法辨識那是什麼在翻攪的聲音。一艘船？對。不……是引擎。船的引擎。引擎聲越來越大了。船朝他航行而來。他望進灰幕中，是他的想像在作祟嗎？是瀕死男人，不甘的最後希望？

是俄國人返回了？

探照燈的光束穿透黑暗，照亮了灰幕。

不是他想像出來的，是那艘漁船。

探照燈從左掃到右，然後靜止。他好像聽到了人聲，有人在大叫。

探照燈又一次向右掃來，光芒刺眼。他艱難地舉手，來回揮動。

「*Nerede?*」他聽到有人這麼問。

接著。「*Orada! Orada!*」

他們說的不是俄語。

漁船緩緩靠了過來，從灰霧中漸漸現身。甲板上有兩個男人站在圍欄邊，其中一個指著他，第二個朝海裡拋了個東西下來。那東西在空中旋轉，然後撞擊在水面上。是救生圈。

詹金斯游過去，一隻手臂伸進圈內搭在圈上，兩個男人合力將他往船拉去。

詹金斯用盡最後一絲力氣，在兩個男人費力拉扯他背心的幫助下，終於上了船。他翻過欄杆，摔在甲板上，像魚一樣大口喘氣。三個男人俯視著他，劈里啪啦地對他說英語，口氣緊張。但他喘不過氣來，說不出話。

其中一個伸手探進詹金斯肩膀下，將他拖到駕駛室。最老的那個人快步走向駕駛臺，握住方向舵，將引擎操控桿往前一扳。引擎轉動起來，船向前開動，詹金斯猛地往後一晃，船速越來越快了。

他的手腳都沒了知覺，身體開始劇烈顫抖。一個男人遞過來一個馬克杯，杯中飲料冒著白煙。詹金斯伸手接過，但兩手顫抖得太過厲害，握都握不住杯子。

那個男人索性跪了下來，幫他脫下手套，但手和手指好似被千萬根針刺著，痛得他忍不住呻吟。脫下手套後，男人將詹金斯的兩手塞進他的腋下。

「你的腳如何？」男人以口音濃厚的英語問。

「沒有感覺了。」詹金斯牙齒打顫，嘎嘎地說。

另一個男人從駕駛艙後面返回，這兩個應該是兄弟，面貌很像。他抱著厚厚的羊毛毛毯，將它們都蓋在詹金斯身上。他跟他的兄弟一起脫掉詹金斯的橡膠軟鞋，兩腳同樣也感覺像被針刺得發疼。

「我是艾米爾，」男人一邊搓揉著詹金斯的腳，一邊說，「這是我弟，尤塞夫。船長是我們的爸爸，戴米爾。」

「我以為你們走了，」詹金斯牙齒打顫，「我看著你們的船駛遠了。」

尤塞夫快速搓揉著詹金斯的兩手，痛得詹金斯面部扭曲。

「抱歉，」尤塞夫說，「但我們必須讓手恢復血液循環。」

「俄國人對你誓在必得，」戴米爾回頭說，「連海防都被調動了，顯然是大事。」

「你為誰效力？」詹金斯問。他的手腳有些知覺了，但針刺的感覺也越來越明顯。

「為我自己。」戴米爾說。

「你不是土耳其情報局的？」

「我只是個漁夫，他們叫我，我就行動。我這麼做有我的理由。他們要我找到你，帶你回伊斯坦堡。就這樣，其他細節對我不重要。」

「我很感激你們掉頭回來找我。」詹金斯說。他抽回兩手，張開闔上，活動手指，但手指感覺粗粗、腫腫的，不過仍然漸漸恢復了彈性。艾米爾將馬克杯遞給他，他兩手合抱著杯子，一邊暖手，一邊啜飲著濃濃的土耳其咖啡。尤塞夫拿起剪刀，剪開他的潛水衣。

「艾米爾會帶你去換上乾衣服，但你個頭太大，衣服會顯小，然後他會弄點東西給你吃，」戴米爾說，「再帶你去床上睡覺。你一定累壞了。」

詹金斯站起來，只感到兩腿發軟，跟著艾米爾來到一個窄小的內門前，他停下來，回頭說：「謝謝你們。」

「現在說謝謝，還太早了，」戴米爾說，「到伊斯坦堡還有很長的路要走，而且俄國人應該不會輕易放過你。」

35

維克托．費德羅夫踏進那棟年久失修的海邊房子，屋內潮濕冰冷，充斥著濃濃的霉味。他的手下已一棟棟地搜過，大部分的房子都是空的，也沒發現近期有人住過的跡象。然而這棟雖然也是空的，但沒空多久。廚房流理檯上有一袋袋散放的必需品，一盒餅乾是打開的。袋子裡還有果汁和礦泉水、起司和巧克力棒。他拿起流理檯上的餅乾盒走到客廳，吃了起來。餅乾意外地美味，也可能是他餓了。他都想不起來上次吃東西是什麼時候的事了。

他打量著扔在家具上的男人衣物。地板上擺放著水肺呼吸設備，但只有一組。充氣背心、一支滿滿的氣瓶、面罩、蛙鞋和潛水衣——女人的潛水衣。

他的手下已搜過那堆衣物，並未找到任何身分證件。費德羅夫不需要什麼證件，他很肯定那些衣物是誰的，又是誰會使用那些潛水設備。

寶琳娜．鮑若瑪友娃犧牲生命，顯然是為了讓詹金斯有機會逃亡，這牽引出其他問題。這個男人和他此次的任務看來舉足輕重。費德羅夫用褲子擦了擦手，將餅乾交給一個手下，對著賽門．阿列塞約夫說話。

「一個男人在沒有推進器的協助下水肺潛水，一支滿滿的氣瓶頂多能用四十分鐘。詹金斯個頭大，應該更短，只有三十分鐘——除非他接受過精密的訓練。這點，我們必須假設他是。如此算來，像今夜這種平靜的夜晚，他應該能潛水三百到三百五十公尺。通知海防，我們在找一位潛水員，給他們坐標，要他們一發現任何船隻，要立刻聯絡我。」

阿列塞約夫抽出手機，打電話。費德羅夫走到屋外，穿過院子。他看不到海灘，卻能看到被大霧籠罩的黑水。片刻後，他轉身看到阿列塞約夫快步走來，神情有些異樣。

「海防在離岸大約三百公尺處，攔下過一艘土耳其籍漁船。那艘船的船長說，他捕魚的時候魚網打結了，員工正在想辦法解開。上校？」

費德羅夫轉身望著黑暗的地平線，沉思著。在大霧的黑夜中，人很難和船會合，即便有坐標也很困難。這個人會需要發射他的位置給船上的人，應該是某種很小型的發射器，就像那種用來警示船長暗礁或其他水底障礙物的浮標。「快去聯絡剛才跟你講電話的那個人，說我要和登上漁船查船的那位海防長官說話。」

阿列塞約夫撥打電話，費德羅夫則向海邊走去。片刻後，阿列塞約夫將手機遞給費德羅夫。

「你好，請問大名？」費德羅夫問。

手機另一頭的男人回答。「我是波波夫上校。」

「你不久前登上一艘土耳其籍漁船，是嗎？」費德羅夫說。

「沒錯，大約一個小時之前。」

「那艘漁船在這裡幹嘛？」

「他說他在捕魚，但魚網打結了，他正在想辦法解開，卻不小心漂到俄國海域。」

「漂這麼遠？」費德羅夫問，「你搜了他的船嗎？」

「我親自搜的。他的證件齊全。」

費德羅夫才不相信證件之類的狗屁。「船上有幾個人？」

「三個，父親和兩個兒子。」

「有發現別人嗎？」

「沒。」

費德羅夫懷疑這個波波夫會徹底搜船。眾所周知，走私船一般都有藏匿非法毒品、槍枝軍火和人的祕密地點。

「大霧中，你們是怎麼發現那艘船的？」

「它出現在雷達上。」

「你們的雷達上還出現別的訊號嗎？」

「沒。」波波夫回答。

「沒有其他的訊號？」

「是，」他重複。片刻後，又說：「雖然不是很重要，但我們搜船時，那艘漁船的雷達有出現訊號。」

「什麼樣的訊號？」

「靜止不動的綠色光點。我查問了，船長說是我們巡邏船的訊號。」

費德羅夫膝頭一軟。「那會不會是轉發器的訊號，上校？」

「我……」波波夫拖長尾音。

費德羅夫知道了，這位上校並未想到這點。

「你現在在哪裡？」

「還在巡邏艇上，還在這一帶。」

「你趕緊用雷達掃描那片海域，一有發現立刻通知我，然後回航到阿那帕和我會合。」

費德羅夫掛斷電話。「通知直升機就位，我們要去阿那帕。」

阿列塞約夫搖搖頭。「不行，上校。霧太濃了，飛不了。」

費德羅夫暗罵一聲。「這裡過去的車程有多遠？」

「我不是很確定，但天氣路況好的話，起碼要好幾個小時。今晚，應該需要更長的時間。」

好幾個小時，那艘漁船可能已接近土耳其海域，根本來不及攔截。費德羅夫不能冒險。他又撥打了剛才的手機號碼。「波波夫上校，我是費德羅夫上校。你說你們還在維屈內卡鎮附近海域？」

「差不多。」

「你們有橡皮小艇登上漁船，是吧？」

「是，當然。」

「你們回到維屈內卡外海，派遣小艇登岸。我要上船。」

換上了乾衣服，儘管衣服有些小，衣褲他都沒扣上最上面的兩個釦子，褲子也變成了七分褲，外加一雙工作靴。詹金斯又恢復了體溫，他跟著尤塞夫來到了廚房。這種土耳其咖啡濃稠到能讓一根湯匙站立，卻立刻讓他恢復了活力。儘管他已七十二小時沒闔眼了，仍處在備戰狀態中。後來又用了一些餐食，緩和了咖啡所激起的興奮。他這輩子從沒吃過如此美味的食物，有羊肉燴飯，洋蔥炒蛋和麵包。餐畢後，尤塞夫和艾米爾去睡覺了，他們也經受了一個高度壓力的夜晚。

詹金斯走回到陰暗的駕駛艙。儀錶板的光芒照在戴米爾的蓄鬍下巴，照得他的面容泛著灰藍色的光芒。戴米爾長得跟兒子很像，但肌膚粗糙厚實，是那種一輩子在海上討生活，或見過太多悲劇的人才有的滄桑。深深的魚尾紋好似溝壑，從眼角向外擴散。多年掌舵的人已習慣場肩含胸站立，胸口和手臂因長年的勞動而粗厚。他轉頭看著詹金斯從內側的出入口鑽進來。儀錶板的下方有暖氣出風口，讓駕駛艙保持在一個舒適的溫度中。

「你應該去睡覺，」戴米爾說，「擔心得睡不著？」

「不是，喝太多咖啡了。」詹金斯說。

戴米爾咕噥一聲，說：「我們土耳其人只喜歡土耳其咖啡，和土耳其女人。」

「黑的？」詹金斯說著，微微一笑。

戴米爾瞥了他一眼，嘴角一勾。「濃稠，精力十足。」

詹金斯大笑，他伸出一隻手。「謝謝你們調頭回來，你們救了我一命。」

「我們不是為了你才這麼做的，詹金斯先生。你就像我載運到土耳其的貨物。」

「我明白，但我就是想跟你道謝。」

戴米爾跟他握手。「不用客氣。」

兩人不再說話，沉默地聆聽引擎的嗡嗡聲，感受著船頭隨著波浪起起伏伏。數分鐘後，戴米爾的好奇心終於忍不住了。「我不知道你是誰，但你對你的國家一定十分重要，對俄國又十分危險。」

「我不再像從前那麼肯定了，」詹金斯說，「事情出乎我意料地複雜。」

「世事一向如此。」戴米爾說。

「另外兩個……是你的兒子？」

「是，但他們兩個都長得比我帥。他們像媽媽；我呢，我像大海。」

「他們都是好人。」詹金斯說。

「金錢可以買到很多東西，但買不來血緣親情，至少買不到卡普藍家的血緣親情。你有孩子嗎，詹金斯先生？」

「一個九歲的兒子，還有一個尚未出生的寶寶。」詹金斯說。

戴米爾納悶地打量著他，搓了搓鬍子，然後點點頭說：「這樣很好。」

「我很晚才成家。」

「因為工作關係？」

「一開始是，但後來一直沒機會。」

戴米爾瞅著他。「現在，你牽掛大了，承受不了損失。」

「很大的牽掛。」

「那你為什麼還出任務？」

「為了養家，而且我以為我在為國家效力。現在我不確定了。」

戴米爾嘆口氣。「我年輕時在海軍服役，退役後跟著我父親打漁。那時候漁獲豐厚，我的生活輕鬆愜意。現在，漁獲量稀少，我有七個孫子女，第八個也快出生了。我們只是盡最大的努力，養家活口。」

詹金斯點點頭。「我們還要多久才抵達目的地？」

「再過一個小時就進入土耳其海域了，之後，再走一個小時就能靠岸。」

「你不介意的話，我想待在這裡，跟你一起守夜。」

「我不介意。」戴米爾說。

費德羅夫和阿列塞約夫從橡皮艇登上了俄國巡邏艇。波波夫在甲板上迎接他們，然後帶路爬上階梯，走進駕駛艙，這又浪費了一些時間。

「雷達上有訊號。」波波夫說著，走到一塊儀錶板前。

「一艘船？」費德羅夫問。

「不是，比船小很多。某種浮標，卻又出現在不該出現的地點，顯然是漂過來的。」

「它距離你登上的那艘漁船，有多近？」

「大約八百公尺，但按照它漂來的方向算起，它一個小時前跟那艘船很近。你想追蹤它的來歷，還是追蹤那艘船？」

「查一下它的發射頻率，這樣就可以知道那艘漁船的出現，是有意或無意。我不想再盲目打鳥了。如果證明那個船長是有意闖進俄國海域，你能找到他嗎？」

「可以，」波波夫說，「我們還可以追上他。」

「很好，」費德羅夫說，「這樣我就不用向你的上司報告，是你放他逃走的。」

波波夫的面色唰地發白，兩頰卻染上了紅暈。「是，上校。」他下令鎖定並找到那個浮標。

二十分鐘後，波波夫、費德羅夫和阿列塞約夫站在甲板上，另外還有六個水兵。幾道光束交叉照耀在大霧迷濛的海面上。

「那裡，」其中一個水兵指了出去，「那裡。」

費德羅夫、波波夫和阿列塞約夫走到那邊的欄杆前，水兵抛出一個勾子，勾住那個閃爍的圓柱形管子，再緩緩地拉出水面，拉上甲板。

「是個轉發器，」波波夫說，「平常都用來——」

「我知道它的用途，」費德羅夫說，「也知道它眼下是被用來幹什麼的。你說你能找到那艘拖網漁船？」

「是。」

「找吧。」

漁船的駕駛艙中，詹金斯遞給戴米爾．卡普藍一杯咖啡。「六顆糖？」詹金斯問。

「我不是因為咖啡苦，才喝的。」戴米爾說。他啜了一口，將杯子放進杯架中，以免它翻倒。

「我看到船的名字叫伊絲瑪，那是什麼意思？」

「伊絲瑪是我老婆，她做我老婆四十年了。她總是說，我愛大海多過於愛她，所以我繼承這艘船後……」卡普藍聳聳肩，「現在我可以跟她說：『每當我出海，妳永遠在我身邊，伊絲瑪。』在阿拉真主的保佑下，我們還要相守好多年，還有好多的孫子女。」他看著儀錶板，「土耳其海域不遠了，再二十分鐘就到了。」

「你快到家了。」詹金斯說。

戴米爾看著他，嘆口氣。「但你還有好長一段路要走，才能平安回到家。俄國安全局在土耳其有許多據點和臥底，而且只要一點點里拉，很多人都樂意出賣你。你的外形又特別好記。你要小心啊。」

詹金斯聽到儀錶板嗶嗶叫。戴米爾轉向雷達，兩眼盯著閃爍的綠色光點。

「去叫醒我的兒子。」他說。

「那是什麼？」

「不知道。但它朝著我們的方位而來。」

「多近？」

「不遠，而且速度很快。太快了，我們來不及進入海峽，」戴米爾將操控桿一推到底，詹金斯感覺船身突地往前一跳，加速而去。

「能趕得及進入土耳其海域嗎？」

「若對方是俄國巡邏艇，就算進入土耳其海域也救不了你。俄國人如果誓在必得，才不會管國際海域法的規定，而他們對你誓在必得。」

「他們怎麼知道我在這艘船上？」

「我不知道。也許他們找到你的轉發器。我們沒辦法才把它留在海裡，而現在他們知道我們的目的了。去，叫醒我的兒子。如果我們聰明一點，就可以騙過他們。今晚的大霧是阿拉的恩賜。」

在費德羅夫的催促下，俄國巡邏艇只花了半個小時就追蹤到那艘土耳其籍漁船，伊絲瑪。漁船的速度極快，並且沒有改變航向，它採取最短最直接的航線，朝土耳其而去。

「它加速了，」波波夫對費德羅夫說，「他們知道我們追來了。它的船長想躲進博斯普魯斯海峽。」

「休想。」費德羅夫說。

「它跑不過我們的。再過幾分鐘，我們就能截下它。」波波夫頓了一下，又說，「我們要進入土耳其海域了，上校。」

費德羅夫沒理會他。「我要攔下它，搜船。若它逃入了土耳其海域，我們就說它闖入俄國海域走私。」

「如果那艘船沒理我們，不停船呢？」波波夫問。

「那就擊沉它，」費德羅夫說，「再把活的都抓上巡邏艇。」

巡邏艇快速拉近了距離。儘管濃霧干擾了衛星傳輸，但雷達圖像清楚地顯示那必定是土耳其籍的拖網漁船。

「我接收到其他船的訊號，都是比較接近土耳其海岸的船。」波波夫說。

「土耳其有太多漁船了，」費德羅夫說，「別理那些訊號，鎖定那艘拖網漁船。」

「我去向他喊話。」波波夫說。

「別，」費德羅夫說，「千萬不要。」

「伊絲瑪號上也有雷達，」波波夫說，「他們必定知道我們來了。」

「那更沒必要向他們喊話。」費德羅夫說。

「那艘船在我們右舷的一百八十公尺外。」一位技師說。

「放慢船速，」波波夫說，「但保持航線不變。」

片刻後，那艘拖網漁船在灰霧中現身了，仍然以高速前行。

「我必須向它喊話，」波波夫說，「不然，容易撞船。」

「朝它的船頭開槍，警告他們。」費德羅夫果決地說。他要那位船長明白冥頑不靈的下場；明白他在拿自己、船員和船，以及未來的生計在冒險。費德羅夫推測那個船長只是為了一筆豐厚的佣金，才非法偷渡詹金斯，絕不會為了詹金斯賣命。他可以愚弄波波夫，但絕對玩不過費德羅夫。

波波夫向部屬點點頭。一聲令下，甲板上的一把槍發射。

片刻後，波波夫說：「它放慢速度了。」

費德羅夫點點頭。「現在，那位船長明白你是認真的，你可以向他喊話了，要他立刻關掉引擎。告訴他，我們要登船。」

波波夫照辦，漁船立刻停了下來。費德羅夫拉開門，走到甲板上。這裡的氣溫較高，但也沒高出多少。他兩手插進外套口袋裡，走下樓梯，等著水兵降低橡皮艇，然後爬下掛梯，同行的還有波波夫和兩個武裝侍衛。沒多久，橡皮艇就抵達了漁船邊，漁船船長和他的兒子協助費德羅夫登上了甲板。

「你是船長？」費德羅夫以俄語，對著一個矮小精幹、鬍子花白的男人說。

船長一臉困惑，看看波波夫，波波夫以土耳其語重問一遍。

「跟你幾個小時前登船時一樣，我是船長，」船長說，「難道這段時間，船長換人了？」

「從頭到尾給我徹底搜船，」費德羅夫對兩位武裝侍衛說。隨即又說，「為了你好，船長，我也希望一切都跟幾個小時前一模一樣。我是俄國安全局的維克托．費德羅夫上校。說說，你進入俄國海域做什麼？」費德羅夫問。

波波夫為他翻譯。

「我說了，我們的魚網打結，正在想辦法解開。」

「你一路漂了那麼遠？幾乎漂到俄國海岸？在這麼平靜的夜晚？這不太合理啊。」費德羅夫說。波波夫開始翻譯。「夠了，」費德羅夫盯著船長看，「他在耍你。他聽得懂我說的每一個字。他在黑海捕魚那麼久了，不可能聽不懂俄語，他只是假裝聽不懂。」

費德羅夫轉向一個侍衛，侍衛遞給他那個轉發器。「更讓人不解的是，根據這個轉發器被發現的地點計算，它曾經出現在你的船最先停泊的地方。」

波波夫翻譯。

「你跟著這個轉發器的訊號，是為了找到你要接的人。」

「我沒跟著什麼訊號走，」船長說，「我是來捕魚的，除了魚，我不打撈其他東西。」

「你的另一個兒子呢？」波波夫問。

「什麼？」船長說。

「你的另一個兒子呢？之前船上有三個人，他呢？」

卡普藍沒有回答。

「把人找出來，」費德羅夫對侍衛說，隨即又轉回來對船長說，「別跟我玩遊戲，老先生。我的耐心有限，沒時間跟你玩。」

大約十分鐘後，侍衛搜完船返回了，兩個都搖了搖頭。「船上沒其他人了。」

費德羅夫死盯著船長。「你告訴我，你的兒子和詹金斯先生去了哪裡，船長，否則我下令巡邏艇擊沉你的船。」

卡普藍以土耳其語說：「那麼做，不太好吧。」

「不好？」費德羅夫對著男人傲慢的態度，笑了笑。

「不好。我們現在在土耳其海域，敘利亞一戰，你們的普汀先生指控我們是土耳其恐怖分子，此後，我們兩國的關係一直十分緊繃。」

費德羅夫看著波波夫，波波夫為他翻譯。「你的論點很好，」費德羅夫說，「那麼，我們就不擊沉你的船，船長。也許我們可以撞沉你的船，一切都是大霧的錯，才會發生如此淒慘的意外。」

「橡皮艇不見了！」一個侍衛大喊。

費德羅夫說：「說，你兒子和詹金斯先生去了哪裡，否則我沉了你的船，船長。不說，我們先沉了你的船，再逼問你。你怎麼看呢？」

「我說了，費德羅夫上校，那麼做不太好，」船長以土耳其語回答，「我通知土耳其海防了，說你們進入土耳其海域。海防都是我的老朋友，你回去看看你們的雷達，他們已經趕過來了。我看啊，你們最好趕快回到巡邏艇上，快點回去你們的俄國海域。」

費德羅夫很欣賞這個男人的勇氣。「也許你的兒子可以告訴我們，他們去了哪裡。」

艾米爾搖搖頭。「我不知道。」

「不知道？」

費德羅夫拔出手槍，上前一步，槍口抵著艾米爾的額頭。「你也說了，船長，我們得抓緊離開。我再問一次，就一次，你好好想一想再回答我，以俄語。聽明白了嗎？現在，你兒子和詹金斯先生去了哪裡？」

36

硬底橡皮艇飛掠過海面，充飽氣的橡皮船身乘風破浪。尤塞夫馬力全開，二十五匹馬力的橡皮艇以最快的速度飛航。詹金斯跪在船身中央堅硬的玻璃纖維上，充當保持平衡的壓艙物。他在連身救生衣外又套了一件救生外套。兩手死抓著兩側的繩索，背跟膝蓋皆清楚地感受到每一次彈跳的後座力。有好幾次浪大到他以為就要掀翻小艇。在漁船上那幾個小時的溫暖，與眼下冰冷的空氣、飛濺的冰水，簡直是天差地別。巨大的反差，令他很難在短時間內適應。

尤塞夫以指南針，讓小艇保持在與父親說好的方位上。若他保持航線，與伊絲瑪平行前進，伊絲瑪就能提供小艇掩護，阻擋俄國巡邏艇的雷達探測，小艇便能及時鑽進博斯普魯斯海峽。這就是所謂的雷達覆蓋術，是戴米爾在海軍服役時學到的。如果做對了，俄羅斯的雷達螢幕上就只會看到較大的船，也就是伊絲瑪號。等到巡邏艇攔下伊絲瑪號，他們還要花點時間登船，再花點時間才會發現尤塞夫不見蹤影，橡皮艇已朝岸邊飛航了半個小時——如果小艇沒翻覆的話。起碼他們是這麼計畫的。

詹金斯的手都抓疼了，又為了對抗船體的彈跳，穩住自己以免被彈出去，胳膊和軀幹又痠又疼。風速和引擎聲使得兩人乾脆不交談。詹金斯唯一能做的，就是竭力望穿大霧，希望能在撞船或撞上漂流物之前，有機會避開。

飛航了三十分鐘後，尤塞夫減速，小艇的彈跳也緩和了，詹金斯終於敢放開手活動活動了。他圈起兩手，對著手呵氣。突然間，霧開了，詹金斯仰望著繁星點點的夜空。綿延的繁星好似直接沉進了海中，但距離再拉近一些，卻原來是兩側山坡上酒店住家的點點燈火。

「博斯普魯斯海峽，」尤塞夫說，「詹金斯先生，我們成功了。」

若在平時，理所當然地要停下來好好享受美景，但眼下情況特殊，實在沒有那個閒情逸致。小艇通過了高懸在兩岸之間的大橋。橋塔上閃爍著燈光，向來往的飛機示警。

詹金斯伸直兩腿，四肢大張地舒展筋骨。海峽內的海水十分平靜，尤塞夫再次放慢了船速，將閃著藍光的鐵桿尾端卡進桿洞中。詹金斯隨即明白了他為何那麼做。他們穿行在海峽中，經過停泊中的巨型油輪，以及夜行的貨輪。一旦撞上，簡直就像撞上汽車擋風玻璃的小蟲。

快接近遊艇停靠區時，尤塞夫更進一步減緩船速，熟練地操控小艇繞過一座巨石，那巨石幫助停靠區內的船隻阻擋風浪。他們輕而易舉地繞進了停靠區。只見各式各樣船型、尺寸和顏色的船隻擠在裡面，卻又井水不犯河水地相安無事。尤塞夫操控橡皮艇繞過與伊絲瑪號同等大小的拖網漁船，以及跟小艇一樣大的漁船。停靠區內好似沒有人管理，同一道停船格可以停三到四艘船，整區的感覺好似海嘯才剛掃過，將船高高舉起，再重重放下，一片狼藉。

尤塞夫駕船朝停靠區的最裡面而去，關掉引擎，任由橡皮船身撞上停放在最後一道停船格中的木船。他將纜繩綁在木船的小木樁上，抓著木船的欄杆將橡皮艇側靠上去。

「爬上去。」他對詹金斯說。

詹金斯吃力地緩緩站起來，感覺自己好像在冰上滑冰。他抓住欄杆，用力一撐，上了甲板。尤塞夫照辦，但他的動作輕鬆多了。「走吧。」尤塞夫低聲說。

無風的夜晚寧靜安詳，沒有任何車輛的雜音。遠處，一聲霧角大鳴，是霧中船的示警，感覺好似一個人在吼叫警告。尤塞夫領著詹金斯走到木船的另一側，從一個九十公分的缺口跳到水泥碼頭上。詹金斯跟著他經過一張張木長椅，來到街上，眼前展現出一座破曉前的小鎮，沿街是兩三層的樓房，漆著各式各樣的色彩，一樓作店面，上層當住家。街邊停著車輛，跟停靠區內的船隻一樣，也沒乖乖停入停車格內，使得街道狹小到一輛車也只能勉強通過。

尤塞夫帶著詹金斯走過人行道，來到一輛商用貨車前。他走到車頭，彎身從保險桿下面抓出一支鑰匙，打開側車門。詹金斯坐進車內。車內都是蔬菜味，塞滿了空紙箱和板條箱。

「坐低一點，」尤塞夫說，「越少人看到你越好。」詹金斯照辦。

尤塞夫關上車門，之後再打開駕駛座的門。昏暗的天光仍黯淡不明。尤塞夫坐進駕駛座，啟動引擎，將貨車駛離路邊。「你可以坐起來了，」他說，「但往後坐，離車窗遠一點。」

詹金斯坐起來，脫掉救生衣，靠著板條箱休息，並透過擋風玻璃望著外面的景色。那條街從停靠區向上爬升，從枝葉間延伸而去。在樹林和灌木林的間隙中，海峽和油輪的燈光斷斷續續閃現。

「我們要去哪裡？」詹金斯問。

「如果跟蹤我們的真是俄國巡邏船，就表示俄國人知道你在我們這兒。如果他們攔下了我爸，他會盡量拖延時間，但他不會冒險，拿兒子的性命或漁船來救你。」

「我明白。」

「俄國人在土耳其有許多據點，尤其是伊斯坦堡，這也是你們的諜報小說經常寫到伊斯坦堡的原因。他們會撒下天羅地網搜找你，還有我。我最後一定會被找到，我會告訴他們，我把你帶到哪裡去了。」

「那你要帶我去哪裡？」

「你眼下最安全的交通工具，就是公車巴士。它是不方便，但買票不需要證件，並且你隨時可以下車，換車。記住，虛虛實實，才是正道，所以你要頻繁換車，讓他們捉不到頭緒。」

「我要去哪裡？」

「我載你去塔克西姆廣場。你在那裡搭長途巴士去伊茲密爾，再去切什梅。到了切什梅，穿越愛琴海到希歐斯島。」

「希臘。」詹金斯說。

「在切什梅，你很容易登上希歐斯島。到了希歐斯島以後，就看你自己了。」

「我有多少時間？」

「去伊茲密爾的長途巴士要七八個小時，看你換車的頻率而定。到切什梅是一個小時。我會盡量躲，不被他們找到，但最長拖不過中午。我不能冒險躲開太久，我擔心家人出事。一旦被找到，我會告訴俄國人我載你到伊斯坦堡的一個巴士站，但你拒絕透露去向。」

「千萬別為了我說謊。」詹金斯說。

「我不會。我會盡量拖延時間，盡可能拖住他們，不過他們會拿我的家人脅迫我，我就會老實說出你去了切什梅。希望能為你爭取到足夠的時間，抵達目的地，再離開希臘。」

三十分鐘後，地貌完全變了，高速公路穿越滿是公寓大樓的山坡。十五分鐘後，尤塞夫下了高速公路，行駛在逐漸甦醒過來的城市馬路上。貨車來到一個露天大廣場，在路邊停下車。

「對面，看到那頂白色遮陽篷嗎？售票亭開門營業後，你要在那裡買車票，買票時跟售票員說 Istanbul Çevre Yolu。記住，要頻繁下車換車。處處實實，千萬小心。」

「我沒有里拉，」詹金斯說，「只有盧布。」

「你可以去銀行換錢，往下走有家銀行。」

「謝謝你，尤塞夫。我不會忘了你，你爸你哥。」

「這不太好，詹金斯先生……對我們大家都不太好。」

37

詹金斯過馬路，鑽進蓋齊公園中，等著售票亭開門營業。他背靠著一棵樹，抱膝坐著。最早出來營業的是便利店和水果攤，凌晨四點半就開始做生意了。沒多久，車輛和行人也出現了。他站起來，揉揉疼痛的膝蓋，然後過馬路。他沒朝售票亭去，而是往前走，經過五層大樓的一層店面，朝尤塞夫說的銀行 Alo Döviz 走去。他不知道那是什麼意思，但那裡有兩臺提款機，後面的玻璃櫃檯有國際通用的外幣兌換標誌。走近一看，國旗標誌有英國、美國和俄羅斯。他遞了一萬盧布進去。他其實需要換更多的土耳其里拉，但換幣的金額過大，容易曝露他的行蹤。

櫃檯人員點鈔後，按了按計算機的按鍵，將計算機轉過去給詹金斯看，是八百五十土耳其里拉。詹金斯點點頭。「*Spasibo.*」詹金斯以俄語道謝，抬手在耳邊比了個手機的手勢，再以俄語問哪裡可以買手機。

那個人指了一個方向，告訴他往前走，在路口右轉。「*Yuva iletisim.*」

詹金斯接過紙幣，道謝後，朝馬路前方走去，找到那家店。進店後，他向一位年輕人說明來意，仍然是用有些生硬的俄語，表示他要買兩支可以撥打國際電話的拋棄式手機。經過諮詢後，年輕人向他展示了叫作 Mobal World Talk & Text Phone 的拋棄式手機，要價一百一十二里拉，只要十九美金。詹金斯否絕了年輕人的建議，因為他推薦的手機是商業用手機，最後買了兩支 Mobal World 手機離開了。他將手機塞入口袋中，快步走回到巴士站。不過仍然沒有立刻走進去，而是在附近觀察是否有人一邊假裝忙碌，一邊監看。確認無人可疑後，他走到售票亭前，重複尤塞夫教導的話買票。售票員收下里拉，遞給他車票，然後起身，有些急促地指著停靠在路邊的一輛巴士，以土耳其語說了幾個字。詹金斯從他的肢體語言推測，巴士即將離站，他必須趕緊上車，於是拿了車票，跑過馬路趕車去了。他趕到時，巴士正要出發，司機為他開了門，詹金斯上車，展示車票，在巴士尾部找了一個座位坐下。

巴士出乎意料地新穎，車內溫度和座椅都十分舒適。詹金斯躺靠在椅背上，全身關節又痠又疼。他腦袋靠著車窗，閉上眼睛，希望起碼能補上幾個小時的寶貴睡眠，但又清楚記得尤塞夫的囑咐，要經常換車，虛虛實實，製造假象。

尤塞夫盡可能拖延回家的時間，期望拖得夠久，詹金斯已經離開了伊斯坦堡。他在中午過後回到魯米里卡瓦吉，循著游艇停靠區上方蜿蜒的道路行駛，來到父親在博斯普魯斯海峽崖頂打造的一棟房子前。他哥和父親住在同街的下方。他停好貨車，走下階梯來到院子柵門前，走過院子到前門。柵門在他身後啪地闔上，咔嚓上了鎖。

尤塞夫打開大門，立刻止步，因為他看到妻子坐在客廳，她背後的大玻璃窗面朝海峽，但吸引他注意力的不是海景。他父親和哥哥也站在客廳裡，另外還有三個男人。所幸，尤塞夫的三個孩子都在上學。

「啊，」三個男人的其中一個說，「歡迎加入，尤塞夫。我們正等著你的大駕光臨。」

「你是誰？」尤塞夫問，「你想幹嘛？」

那個人笑了笑。「你很清楚我們是誰。」

「我知道你們是俄國人。」

「是，」那個人說，「我們是攔下你父親漁船，搜捕詹金斯先生的俄國人。詹金斯先生在俄國犯下大案，包括殺害俄國安全局探員。」

「我不知道他犯了什麼大案。」尤塞夫說。

「不知道？」

「是。」

「但你知道他在哪裡？」

尤塞夫搖搖頭。「現在不知道了。」

男人笑了笑，但笑意帶著疲倦。他拔出手槍，指著尤塞夫妻子的腦袋，他妻子哭了出來。

「你真的要逼我這麼做？」那人問。

「不是，」尤塞夫說，「但我不知道的事，你要我說什麼？」

「你把詹金斯先生帶到哪兒去了？」

「這是另一個問題了。我載他去了塔克西姆廣場的巴士站。是他要求去那裡的，所以我就載他去了。」

「他現在去了哪裡？」

尤塞夫的目光挪到父親和哥哥臉上。他父親點點頭。

「他說他要離開土耳其去希臘。」

「請說具體一點。」

「他大概去了土耳其海岸，設法渡過愛琴海。我不知道他到了那裡，打算去哪裡。」

「你有幫詹金斯先生取得什麼通關證件，協助他越境？」

「沒有，我發誓。我只是載他去巴士站。之後我們就分開，我再也沒見過他。」

那個人對另外兩個人點點頭，後者立刻朝大門走去。他則在一頂櫃子附近逗留，拿起一張照片，照片裡是艾米爾全家、尤塞夫全家，以及他們雙親。他轉向戴米爾。「你家庭美滿啊，船長。未來，若你還想多跟他們相處一些時間，你最好行事小心謹慎。」

詹金斯的腦袋彈了一下，撞上車窗，撞醒了他。他連忙坐起來，睡眼惺忪，迷迷糊糊的。他環視一圈，其他乘客不是在睡覺，就是幹自己的事，沒人特別注意他。他不知道他睡了多久，巴士又開了多遠。巴士放慢了速度，離開馬路，詹金斯從外套內袋裡抽出在巴士站取得的地圖，看了看時間，以計算巴士行駛了多遠。他一隻手指沿著巴士路線畫著，推算巴士正好轉進布爾薩省。路標立刻證實了他的推測。

巴士轉進一個中途站，吱吱地煞住停車。司機以土耳其語喊了幾句，乘客紛紛從前後門下車。

詹金斯一邊掃視車站，一邊下車。車站設於土石空地的中央。他朝等待中的破舊計程車走去，有幾個司機就站在車外拉客，他問為首的司機：「布爾薩？」

司機以土耳其語回應，詹金斯用俄語試著溝通，但司機搖搖頭。詹金斯沉思了一下，以英語問話，並打開地圖指著布爾薩。司機微笑著點點頭，詹金斯立刻跳進後座裡。

計程車走了大約十五分鐘，從繁忙的車流量來看，應該是進入了布爾薩市中心。司機說了幾句話，詹金斯知道他必定是在問乘客的目的地。詹金斯仰望著幾棟大樓頂端的飯店招牌，指了其中一家飯店，它就座落在擠滿了汽車、公車和店面的繁忙十字路口處。司機在飯店大門前停車。詹金斯瞥了車費一眼，除了車資外，另外給了豐厚的小費，足以令司機記住他的金額。

詹金斯下了車，在行人之間穿梭，進入了中央飯店。

他以英語要了兩晚的客房。櫃檯人員向他索取信用卡，詹金斯搖搖頭。他拿出現金，表示以現金支付，櫃檯人員笑著點點頭。

「*Sorun Değil.*（沒問題。）」他說。

詹金斯報之以一笑。

拿到鑰匙後，詹金斯朝電梯走去，來到三樓。他的房間在左邊盡頭的倒數第二間。房內陳設單調冷硬，不過十分乾淨。詹金斯拿出外套口袋裡的一支拋棄式手機，外套往床上一扔。他撥打給大衛．斯隆，納悶著西雅圖和土耳其的時差有多少。斯隆接電話時，聲音迷迷糊糊的。

「大衛。」

他聽到猛地坐起的聲音。「查理？」

「愛麗克絲在你家嗎？」

「在，她和CJ都在。」

「他們好嗎？」

「他們很擔心你，我們也是。你還好嗎？」

「我不能講太久。」

「我去叫她。」

詹金斯聽到一陣騷動，接著，那個人的聲音令他一陣心酸。「查理？」

「嘿，妳好嗎？CJ好嗎？」

「我們都好。你在哪裡？你好嗎？」

「我正在回家的路上，但我需要幫忙。妳記得墨西哥市的法蘭克舅舅嗎？」

「誰？」

「妳記得我跟妳提過，我在墨西哥市的法蘭克舅舅，就是那個對文書工作很在行的？大約八九年前，我們回墨西哥市時，我帶妳去拜訪過他。」

手機的另一頭頓了一下，愛麗克絲才說：「對，對，我想起來了。那個偽造文件的高手。」

「他現在應該有七十多歲了。他在墨西哥市經營一家古董店，叫作Antigüedades y tesoros。」

「古董寶藏。」

「對……在薩爾瓦多共和國大道一六五號。」

「等等，我拿筆。好，再說一次。」

詹金斯說：「我需要至少一本護照，加拿大護照。需要找人給我送過來。」

「你在哪裡？」

「土耳其。等我到了希臘，我再說明進一步的行動。」

「查理，我不能坐飛機。我需要躺在床上休息。」

「我知道，讓大衛幫我送來。」詹金斯說。

「大衛不行，查理。我們必須假設我被監視了，所以他們知道我在這裡。他們會跟蹤大衛的。」

詹金斯在床沿坐下，搓揉著前額，試著讓疲憊的腦袋思考，卻聽到手機裡傳來另一個人的聲音。

「我來送。」

38

費德羅夫在布爾薩巴士站抽著菸，看著巴士進站又離站，黑煙從長途奔波的排煙管噴出，計程車司機在破舊的車外招攬客人。賽門．阿列塞約夫拿著詹金斯的照片，一個個地打聽。他穿著西裝，打著領帶，簡直是格格不入，令人注目。周遭的人大多穿著牛仔褲或寬鬆的運動褲、未塞進褲頭的長袖上衣和皮外套，而且似乎數天沒刮鬍子了。女人也多是休閒打扮，有一些戴著頭巾，還有幾個穿著伊斯蘭教蒙面的布卡。

費德羅夫吸了一口菸，往車窗外吐煙。這裡的氣溫十五度，舒適怡人，但也使得巴士站的上空出現棕色霧霾。

汽車是他們租來的，阿列塞約夫拉開副駕駛座的車門，門吱呀滑開。他坐了進去，搖搖頭。「*Nichego.*（沒有。）」他把照片放到儀錶板上，和費德羅夫繼續等待另一輛的巴士和計程車進站。

費德羅夫知道，詹金斯起碼上了一輛巴士。塔克西姆巴士站的售票員記得詹金斯，說他是售票亭一開門，第一個前來買票的人。詹金斯支付的是里拉，售票人員說他身上有一大筆現金。他還看到詹金斯跑著趕上第一班離開伊斯坦堡的巴士。

費德羅夫靈機一動，找到了巴士站對面那家外幣兌換中心，拿詹金斯的照片向櫃檯人員打聽。那個人回憶詹金斯兌換了一萬盧布，他看詹金斯說俄語，又是拿盧布來兌換，以為詹金斯是俄國人。還說，詹金斯問他哪裡可以買手機，他指了小巷中一家手機店給詹金斯。

手機店店員也看著照片指認了詹金斯，說詹金斯買了兩支拋棄式手機，兩支都有三十分鐘的通話，詹金斯還特別指定要打國際電話。費德羅夫離開手機店，打電話給美國的接頭人。接頭人說，詹金斯應該會聯絡他的妻子，並告訴妻子從土耳其出境的計畫。

費德羅夫後來又找到，今早第一班離開伊斯坦堡的巴士司機。司機一下子就認出了詹金斯，因為詹金斯差點錯過班車，也因為詹金斯的個頭高大。司機說詹金斯並沒有中途下車，說巴士到布爾薩後，乘客都下了車。但詹金斯很可能又上了那輛巴士，或另一輛巴士，費德羅夫派遣探員到切什梅詢問進站的司機，是否有看到詹金斯。如果詹金斯並未回到那輛巴士上，那麼他可能在巴士站搭了計程車進城，可能在布爾薩待個一兩天，不過他有八百五十里拉，也可能直接坐計程車前往切什梅。

「又來了一輛。」阿列塞約夫指著一輛駛進巴士站，停在排班隊伍最後面的計程車。他拿起詹金斯的照片，穿過停車場，朝計程車招呼站而去。向司機展示詹金斯的照片後，阿列塞約夫轉身向費德羅夫招手。費德羅夫下車，吸了最後一口菸，將菸頭彈飛，朝他們走去。

阿列塞約夫上前對費德羅夫說：「他認得詹金斯。」

費德羅夫一下子來勁了。「他會說俄語嗎？」

「一點。」阿列塞約夫說。

費德羅夫拿過他手中的照片，遞向司機，以俄語問：「*Vy pomnite etogo cheloveka?*（你認得他？）」

「*Evet,*」司機點點頭，「*Ono bu sabah Bursa şehir merkez indeki biro tele götürdüm.*（我早上載他到布爾薩市中心的一家飯店。）」

費德羅夫看著阿列塞約夫，尋求支援。「他說，他載詹金斯去布爾薩的一家飯店。」阿列塞約夫看著司機，「*Kogda?*」又回過神來，以土耳其語問，「*Ne zaman?*（什麼時候？）」

「*Bu sabah.*」司機說。

「今天早上。」阿列塞約夫對費德羅夫說。

「問他，載他去了哪家飯店？」費德羅夫說。

「Otel neydi?」

司機看看阿列塞約夫，又看看費德羅夫，抬手拇指和食指搓了搓，國際通用手勢。費德羅夫點點頭。阿列塞約夫從口袋裡抽出四十里拉，遞給司機。

「中央飯店。」司機說。

費德羅夫立刻轉身，朝車子走回去。阿列塞約夫趕了上來，費德羅夫拉開駕駛座的門，透過車頂交代阿列塞約夫：「幫我指路。不過先通知飯店附近所有的人，盯著他。要他們千萬別接近飯店，等我到了再說。」

二十分鐘後，費德羅夫駕車經過了位於繁忙路口的中央飯店。那條路連接到一個圓環，喇叭飛鳴，公車、休旅車、摩托車和各式車輛似乎都不在意地上的車道線。人行道上，攤販揚聲叫賣，給這座城市又增添了一份喧囂。費德羅夫繞過圓環，繞回了飯店，在經過飯店後的一百公尺處找到一個停車位，就在一座銀行ＡＴＭ前。

「告訴我們的人，到這裡跟我會合。」費德羅夫說。他放下車窗，晃出一支菸，正要點火時，一個銀行職員走了出來，打手勢要費德羅夫把車開走。銀行職員指著一面警告標誌，但費德羅夫看不懂，也不在意。費德羅夫對阿列塞約夫點點頭，阿列塞約夫下了車，打斷銀行職員的話頭，以流利的土耳其語交涉，隨後塞了一些里拉給那個職員。職員看了看紙鈔，聳聳肩，無言地離開了。

四位探員過來集合了。費德羅夫派一個人巡視飯店外圍一圈，探查詹金斯逃亡的可能出口。十分鐘後，那個人回來了。

「飯店的另一側有扇玻璃門通往小巷子，巷子裡有餐廳和露天桌椅，還有一些店家。巷子現在很多人。飯店的這一頭，鄰接一家五金店，但沒有出口。飯店有扇後門，不過也是通到同一條巷子。」

費德羅夫派了兩個人，找一張可以望見飯店後門的露天桌椅坐下，另外兩個人，找個地方緊盯著飯店另一頭的門。他和阿列塞約夫則從前門進入。四個探員就位後，費德羅夫和阿列塞約夫朝櫃檯走去。飯店看起來像是專供旅人休憩的驛站，乾淨卻簡陋，房價經濟實惠。櫃檯右邊的架子裡，塞著介紹當地活動的小冊子，從動物園到觀光巴士團都有。小冊子裡的觀光團，或許就是飯店外為何擠滿了那麼多白色小巴士的原因。飯店內發散著土耳其菸的氣味，天花板的喇叭播放著土耳其音樂。

櫃檯裡，穿著V領白襯衫的男子抬頭看著他們。阿列塞約夫將詹金斯的照片推過去，說：

「我們在找這個人，他今天早上入住在這家飯店。」

男子從櫃檯檔案格裡抽出一本小冊子，逕自壓在照片，目光移向右邊，費德羅夫看見天花板上有一架監視攝影機，鏡頭直接對著櫃檯。櫃檯人員看著阿列塞約夫和費德羅夫，眼神跟那位計程車司機一模一樣。他認出詹金斯了，但違反飯店規定透露住客的訊息，是需要付出代價的。

阿列塞約夫拿起小冊子假裝翻閱，側身背向攝影機，悄悄將二十里拉和那張照片塞進小冊子裡，再把小冊子放到櫃檯上。男子打開小冊子，但神情顯示他並不滿意。他沒抽出里拉。

「不知道，我們每天都有很多客人入住。他看起來只是有點眼熟。」

費德羅夫點點頭，阿列塞約夫拿回小冊子，重複剛才的動作。這次男子不再猶豫，拿起小冊子，一邊隨意地將里拉塞進褲袋裡，一邊看著小冊子裡的照片。「沒錯，」他抬頭看著兩人，壓低聲音說，「他今早入住，說英語，要住兩晚。他付現金。」

費德羅夫心跳加速。「你看到他離開飯店了嗎？」

「沒有。他看起來很累，應該在睡覺。」

「哪一間？」費德羅夫問。

男子再次看著阿列塞約夫，放下小冊子到櫃檯上。費德羅夫當下按住小冊子，阻止阿列塞約夫拿起它，兩眼直瞪著櫃檯人員。男子接收到暗示，轉身面對電腦，手指快速敲擊著鍵盤。然後拿起筆，在詹金斯照片的背面寫下「312」。

「我房間的鑰匙丟了，我需要另一把。」費德羅夫說。

櫃檯人員將一把鑰匙送進一臺機器裡，啟動它，再將鑰匙和小冊子裡的照片交給費德羅夫。

費德羅夫朝櫃檯後面的電梯走去，將小冊子扔進垃圾桶裡。他們搭上了電梯來到三樓，他點頭要阿列塞約夫走出電梯，然後他關掉電梯電源，也出了電梯。他拔出手槍，緊貼大腿。阿列塞約夫比照辦理。兩人走下走廊，看著門上的門牌找到位於左側走廊的三一二號房，這表示房間是面朝大街的。費德羅夫期望詹金斯沒看到他們進入飯店，但如果被他看見了，他企圖逃跑，那四個探員也會發現。他和阿列塞約夫分立於門的兩側，手槍舉起。

費德羅夫抽出口袋裡的鑰匙，推進鎖孔裡，門鎖閃現綠燈。他按下門把，推開門，舉槍飛身入內。

39

大衛．斯隆在起居室沙發後面的硬木地板上，來回踱步，一邊搖搖頭。他又重複一次，一隻手高舉好似在說我對天發誓。「不，不行。」

音樂弦律從天花板的喇叭流瀉下來，音量大到足以掩蓋住他們的交談聲，以防有人竊聽，但又不至於吵醒在樓上睡覺的ＣＪ。斯隆也把窗簾放下了。

他是對著站在兩張白色皮沙發之間小地毯上的傑克說話，傑克懇求斯隆聽他解釋。

「愛麗克絲不能去，爸，」愛麗克絲就坐在沙發上，一臉疲倦，而且孤苦無依的模樣，「她必須躺在床上休息。」

「我去，」斯隆說，「我可以去。」

「你不能去，尤其是現在。」傑克說，「萬一真的有人跟蹤愛麗克絲來到這裡，或辦公室，他們早就知道你是誰了。他們十秒鐘就能查出這棟房子是誰的。更何況，你又不是什麼無名之輩，你是律師，而且查理為你工作。你如果去了，他們會跟蹤你。他們甚至不用跟蹤你，只要查你的名字，就知道你飛去了哪裡，坐哪家航空公司，哪個航班。」

「你不能去，傑克。不行，不行。」

「我二十三歲了，不是小孩了。我可以照顧好自己，我能應付的。」

斯隆還是搖頭。「這一趟不行，這些人全是專業的。」

愛麗克絲說話了。「你爸說得對，傑克。太危險了。」

傑克搖搖頭。「誰去都一樣危險，但對我的危險性最小。他們想不到我。」他轉向斯隆，「我沒跟你姓，他們不會知道我的。你隨便買一張機票，去南非、日本都行，我們聲東擊西，我用傑克伯·卡特的名字買機票。」

愛麗克絲轉向斯隆。「他說得很有道理。」

「我不管，他不能去。」

「我們不能丟下查理不管，」傑克說，「我們必須做點事，而我是唯一一個——」

「我沒說要丟下他不管，」斯隆說，「我不能失去你，我已經失去了……」斯隆打住，深吸一口氣。片刻後，他繼續，「如果我不能去，那我們花錢找人去。」

「你讓別人去冒險。你聽到查理的話了，他在墨西哥市的接頭人信不過任何人，我們甚至不能打電話過去，確認他是否還在那裡。查理說了，他沒有手機，他不會在電話裡向他人言明自己的身分。這些都必須我們親自去辦。如果我們派別人去，而這個法蘭克舅舅拒絕了，我們僱來的人必定轉身就走。他不會為了你的報酬而冒險。」

「這個墨西哥市的法蘭克舅舅，如果他還活著，他為什麼會信你？」斯隆說。

「因為查理是我的教父，而且我年輕稚嫩，還鋌而走險，再說，我不可能讓他拒絕我。」

來回踱步的斯隆停下來，拉開一張椅子，坐在餐桌前。他雙手交握，彷彿在祈禱。片刻後，他看著愛麗克絲。「不然我們找別的查理認識的人？」

「你打算怎麼跟他們說，爹地？你請他去拿一個包裹。『噢，還有一件事，你很可能被人追殺？』」傑克說，「我會小心的。我會從機場搭計程車，然後繞圈子，確定沒人跟蹤後，才走進那家店。」

「如果有人跟蹤你呢？」

「如果有人跟蹤，那我就暫停行動，我們另外想辦法。」

「我們如何聯絡？」

「早上，我會去買三支拋棄式手機，我、你和愛麗克絲各一支。愛麗克絲可以打給查理，告訴他我們的計畫。」

斯隆深吸一口氣。

「他們不會殺我的，即便他們發現了我，跟蹤我。他們要的是查理，不是我。他們的玩法必定是任由我拿到證件，再跟蹤我前往查理指定的交貨地點。」

斯隆看看傑克，又看著愛麗克絲。「他說得很對，對不對？」

愛麗克絲點點頭。「我也不希望他去，大衛，可是，他說得對。他們不知道他的存在，即便是查出來了，他們也不會抓他。他們要的是查理。」

「我去，還有機會搏一搏，」傑克說，「如果你去，完全沒機會。我們最好讓你去引開他們的注意力，好增加我成功的機率。他們跟蹤你到南非，你引他們亂亂轉，然後上飛機回家。」

斯隆點點頭，如此更有勝算了。「你確定你要去？」

「是，」傑克說，「我去。」

「他去，還有一個合理的理由，」愛麗克絲說，「我不知道究竟出了什麼事，但查理說了，等他成功回家後，他需要律師。大衛，如果是你去幫他，用偽造的護照協助他回國，你就沒資格為他辯護，更可能被取消律師執照。」

斯隆點點頭。這點，他也沒想到。他轉向傑克。「你能使用西雅圖大學的電腦嗎？」

「當然。」

「你去大學的圖書館，使用那裡的電腦查不到你，搜尋明天飛往墨西哥市的航班。用你的信用卡買機票，然後直接從學校去機場。叫車去，別自己開車。要確定沒有人跟蹤你，如果發現有人跟蹤你或監視你，你答應我，立刻暫停行動。」

「我保證。」傑克說。

他看了看手錶，再看向愛麗克絲。

「我想妳可以指導他一些反跟蹤的訣竅，該做什麼？該注意什麼？」

愛麗克絲點點頭，看了手錶一眼。「我會把以前學到的技巧和訣竅，都教給他。」斯隆朝廚房走去。「我去煮咖啡。」

40

維克托・費德羅夫握著手槍掃向左，又掃向右。三一二客房內沒人，床鋪整齊未動。屋內的衣櫥沒有門，只有掛衣桿和空衣架。浴室裡有水聲，是淋浴的水聲。燈光光線從門底縫隙流瀉出來。費德羅夫打手勢要阿列塞約夫躲到門把的那一側，費德羅夫則在門板的這一側，就定位。

他一點頭，阿列塞約夫伸手握住手把，沒上鎖。他輕輕一推門。門板「啪」地滑開，輕輕「咔嗒」一聲。費德羅夫走進去，槍口對著淋浴隔間。沒人，水花直接打在玻璃和隔板上。

費德羅夫轉向洗臉盆。洗臉盆檯上，有一塊打開包裝的肥皂，包裝紙還在旁邊。有人用肥皂在鏡子上寫了字——想我吧。

巴士在晚間六點抵達切什梅的巴士站，站內還有另外五輛巴士進站。觀光客下了車，有些拖著行李箱往外走。行李箱的輪子在石板路上滾動，像小型噴射機引擎的隆隆聲響。太陽才剛西沉，橘紅色的冬日暮色帶著冷冷的寒意。紅底白星白色新月的土耳其國旗癱懸在旗杆上。再過去，帆船空蕩蕩的船柱挺立在擁擠的停靠區。街道似乎才剛改造過，設有中央石塊分隔島，栽有兩到三公尺高的棕櫚小樹，立著造型路燈。

查爾斯・詹金斯下了巴士，穿著全身的黑罩衫，罩衫只到他涼鞋的上方。頭紗面罩讓他幾乎看不到路，但經過上下巴士的練習，他已經不會再絆倒了。他知道尤塞夫會不得已告訴費德羅夫，詹金斯搭巴士朝切什梅而去。他也知道費德羅夫會趕到伊斯坦堡，找到那個巴士站，並且遲早都會追上他或他乘坐的巴士。他繞到布爾薩是為了說服費德羅夫，他知道尤塞夫沒必要為他保密，必定供出他的出境計畫，所以他改變了出境的方式和路徑。為了留下蹤跡好讓費德羅夫追蹤，詹金斯走出了飯店後門，來到一條滿是餐廳和店家的小巷子，走進一家穆斯林服裝店。這個靈感是看到巴士上一個女人穿著布卡全身黑罩衫，臨時想到的。他跟櫃檯後面的男人說，他想幫女兒買布卡，女兒幾乎跟他一樣高。服裝店職員說店裡沒有那麼長的罩衫給他，他推薦詹金斯到附近一家店。詹金斯買了布卡罩衫和涼鞋，找一條沒人的小巷子換了衣服，戴上面罩頭紗，將整個人都藏了起來，來到巴士站，迴旋繞路，最後來到切什梅。路上，他兩次下車換車，浪費了一些時間。在伊茲密爾巴士站，他發現兩個人在站哨，不過其他地方都沒有。希望費德羅夫抵達布爾薩後，把手下都召喚到飯店，並看到詹金斯在浴室鏡子上的留言。

詹金斯越過馬路，朝那些營業到最後一班載運觀光客的巴士抵達後，才關門的店家走去。食物的香味從客人三三兩兩的餐廳飄出，弄得他口水直冒，新建的兩三層樓房沿著丘陵斜坡而起，斜坡上裸露著紅色石塊，覆蓋著灌木林和細長的小樹。他鑽進一家播放著喧囂土耳其音樂，風格獨特的店面。在店的最裡面，找到一個廉價的背包、瓶裝水、巧克力棒、餅乾、太陽眼鏡、帽沿上縫著土耳其國旗的棒球帽，以及印著土耳其字樣的黑軟帽。付帳時，他盡可能不說話，不裸露雙手。這次，他不再刻意引起注意。

出店後，他溜進建築工地的臨時圍欄後面，快速換掉頭紗面罩和長罩衫。冰涼的空氣吹拂在他汗濕的肌膚上，令他通體舒暢。他將衣紗捲成球，塞進背包內。將鮮紅色的棒球帽壓得低低的，戴上太陽眼鏡，直接從圍欄後面朝游艇停泊區走回去。

他立刻退縮了。這裡的船隻大部分不是漁船，而是游艇，一看就是有錢人所有，這些有錢人必定不會接受他的賄賂，載他穿越愛琴海，到對面的希歐斯島。他朝碼頭走去，假裝成一個欣賞游艇的觀光客。只見一個在冷風中穿著短褲的男子，拿著水管沖洗帆船的甲板。男子看見詹金斯走過去，微微一笑，挪開水管以免水濺到人。

詹金斯問他是否說英語，男子以國際通用手勢回答，兩隻手指微微分開：只會說一點點。詹金斯問他是否說俄語，男子搖搖頭，斬釘截鐵地回答：「不會。」

「西班牙語？」詹金斯問。

男子一聳肩。「*Un poco.*（一點點。）」

「*¿Es este tu barco?*（這是你的船嗎？）」詹金斯指著帆船問。

男子大笑。「*Ya me gustaría.*（我希望是。）」男子以破破的西班牙和英語告訴詹金斯，他是停泊區內的工作人員——好兆頭——他說船主大多春夏兩季才會出現。

「*Espero ir a pescar mañana. ¿Conoces algún barco que me pueda lle-var?*（我明天想出海釣魚，你知道哪艘船可以帶我出海嗎？）」

「這裡的船？不行。」男子以英語回答。詹金斯也猜到是這個答案。

男子朝後面指去。「*Por la calle.*（沿街往下走。）」

「*¿Por la calle?*」

「*Sí. Por la calle.* 釣魚。」

詹金斯望向男子指的方向。往北望去大約八百公尺處，有個規模小很多的停泊區。

「太早了，」男子以口音濃重的英語說。他指向天空，「*Karanlik*……黑的。」

「黑的，」詹金斯重複他的話，這才明白他的意思，「*Sí. Mañana.*（是呀，明天吧。）太早了，天是黑的。*Muchas gracias.*（太感謝了。）」

41

傑克一夜未眠，走下了飛機，進入墨西哥市的墨西哥城國際機場。他腎上腺素飆升，一點都不覺得累。離開西雅圖時氣溫只有五度，而墨西哥市的清晨氣溫已經很溫暖了，但他仍然不敢脫下外套，愛麗克絲在內裡縫了一個文件袋。她還在他背包的底部縫了一個裝了五千美元的袋子，這筆錢是要找到查理所謂的「法蘭克舅舅」，支付給他的。

他循著標誌來到海關前，移民官在他的護照簽證蓋了章，他朝外幣兌換中心而去。愛麗克絲說美元在墨西哥市大量流通，但傑克用披索比較不容易引起注意。他找到一間免稅商店，買了一瓶約翰走路藍標蘇格蘭威士忌，查理說那是法蘭克舅舅最愛的飲料。從它的高價來看，沒人會將它當作最愛喝的飲料。

他們給大衛預訂了從西雅圖到哥斯大黎加的航班，總共航程四十四小時，包括在北卡羅納州的夏洛蒂機場五小時的轉機時間，調虎離山，好讓傑克悄悄展開行動。至少，計畫的目標是如此。

傑克將背包側甩到肩上，故意用破破的英語加破破的西班牙語問路，最後在機場外攔下一輛棕褐色的計程車。愛麗克絲為他寫了幾個關鍵用語和地址。愛麗克絲在墨西哥市住了許多年，對各區瞭若指掌。她的目的是讓傑克從城市的一側，繞進另一側。在每一段逗留中，傑克最後都要運用愛麗克絲在短時間內傳授他的技巧，在該區閒逛一圈。她教導傑克透過櫥窗玻璃上的倒影，以確定是否被跟蹤。她還要傑克經常進店出店，並注意是否有人追隨著他的路線。

十到十五分鐘後，他坐進另一輛計程車，到了下一站，重複相同步驟。

同樣的蹓躂他重複了四次，都無人跟蹤他。快九點前，他朝目的地而去。他已在網路上確認過，那家古董寶藏店仍然在墨西哥市的老街中心。

傑克覺得這個老街區和西雅圖先鋒廣場類似，都有著磚石平房、雜貨店和人行道上的古樹。傑克在一棟磚石樓房的對面下了計程車。二樓陽臺上的鍛鐵欄杆，使樓房看起來好像西部牛仔時代的監牢。他過馬路，確認玻璃店門上的古字是 Antigüedades y tesoros 後，他終於鬆了口氣。它仍然在營業中，希望那個法蘭克舅舅也是。

他沒有立刻進店，而是在人行道上閒逛，但這次沒有櫥窗了。這裡的店家都沒有櫥窗。店家拉上鐵捲門，將蔬果擺攤在人行道上。還有賣給觀光客的T恤、吊床和小飾品，再拿著奇怪的掃把一邊自掃門前雪，一邊跟鄰居大聲說話。逛到街底，傑克過馬路，飛快地鑽進一條小巷子，再繞回原來的街區。似乎沒人跟蹤他，也沒人特別注意他。

他走回到對面的街道，進入了 Antigüedades y tesoros。叮噹一聲，提醒有人進店了。愛麗克絲告訴傑克一定要確定沒人跟著他進店，沒人假裝碰巧跟他一起進店。傑克確定了，沒人這麼做。

店內都是木頭和塵土氣味，塞滿了野生動物古董，上鎖的玻璃櫃內擺放著家具、玩具、小刀、打火機和珠寶。傑克踩著木條地板，一邊瀏覽一邊悄悄打量坐在櫃檯後面的男子。男子對傑克微笑著打招呼，隨即回頭繼續為銀壺打亮。他的氣質好像傑克法學院的教授，寬鬆的棕色毛衣露出裡面的襯衫領子，圓框眼鏡和長長的頭髮。這不是愛麗克絲所描述的男子，起碼，這個男子太過年輕了。傑克鼓起勇氣，走到玻璃櫃檯前。

「*Hola,*」傑克說，「*¿Habla inglés?*（你說英語嗎？）」

「*Sí.*（會。）」男子微微一笑，放下散發著化學氣味的銀壺和抹布，「有什麼事嗎，朋友？」

「我找人，」傑克說，對方只是微笑沒說話，「我舅舅，查爾斯．詹金斯叫我來這家店找一個法蘭克舅舅。」

查理告訴愛麗克絲，法蘭克舅舅是一個叫作喬塞的人的代號。櫃檯後面的男子搖頭，眉頭一蹙，說：「我沒聽過這個名字。你確定是這家店？」

「我知道法蘭克舅舅大約七十多、八十多歲。查理在墨西哥市工作時認識了他。你在這家店工作時間長嗎？」

男人點點頭。「很久了，但我不認識什麼法蘭克舅舅。你說你舅舅叫什麼來著？」

「查理。查爾斯．詹金斯。他說法蘭克舅舅大約一百七十公分高，光頭，戴著跟你一樣的金屬圓框眼鏡。噢，他還說法蘭克舅舅喜歡喝上好的蘇格蘭威士忌。」

那個人裂嘴一笑，傾前靠在櫃檯上，說：「你說的是我爸，但他的名字是喬塞。這家店以前是他的，而且他喜歡上好的蘇格蘭威士忌。」

傑克鬆了一大口氣。他把背包放到櫃檯上，一邊說話，一邊拉開袋子的拉鍊，抽出一瓶威士忌，放到櫃檯上。「我舅舅要我跟法蘭克舅舅……喬塞……說我要找他談談，很重要的事。」

男子豎掌。「等等，朋友。等等，抱歉，我爸七年前死於肺癌。」

傑克感覺肚子被揍了一拳。「他死了？」

「對。」

傑克慌了。

「你沒事吧？」男子問。

「抱歉，我昨晚沒睡好，今天又一直忙到現在。他死了，你父親？」

「對。」

傑克退開，感覺自己快吐了。「抱歉，打擾你了。」

「沒事，朋友。你舅舅是我爸的朋友嗎？」

「是。」傑克說著往外走。

「朋友，」男子舉高蘇格蘭威士忌，「你的酒。」

「我不能帶它上飛機，」傑克聳聳肩，「你好好享受吧。」他朝門走去。

「你舅舅是不是有什麼話要給我爸嗎？」

傑克想起查理透過拋棄式手機交代愛麗克絲的事，但他不能向這個人透露。

「他說你父親是個藝術家。他說他在墨西哥市工作的時候，跟你父親買了幾件作品。」

「我父親是藝術家？」男子又笑了笑，搖搖頭，好似前所未聞，「我父親一輩子都在買賣古董。也許他賣過一些給你舅舅？」

「也許吧。」傑克說。

「你舅舅在墨西哥做什麼的？」

「我不太清楚。」傑克說。

男子搖搖頭，聳聳肩，又拿起銀壺開始擦拭。

「抱歉，讓你跑這麼遠。你舅舅為什麼不先打個電話過來？」

「他應該先打電話來的。」傑克說著，快步走出古董店。

冷風襲來，他做了幾個深呼吸。他頭昏眼花，反胃作嘔，應該是因為一直沒進食，又缺少睡眠，更因為不知所措。他需要吃點東西，安撫一下他的胃。老街逐漸甦醒，出現了越來越多的車輛，越來越多的人，有人提著塑膠袋。傑克需要打電話告知愛麗克絲法蘭克舅舅已經過世，她和查理必須另想辦法。他沿街往前走，看到一棟檸檬綠樓房的櫥窗上，有個發亮的紅色霓虹燈咖啡杯，下方的櫥窗內展示著各式各樣的派餅。

進了店裡，他點了咖啡和兩個肉桂捲，那個年輕女店員有一頭紅髮，臉上有雀斑，十足的墨西哥人。她用西班牙語對傑克說了些話，但傑克聳聳肩，說聽不懂。

女店員比著手勢。「*Aquí o para ir.*」

她在問帶走或內用。傑克看到幾張小圓桌沿牆而放，全都沒有人。

「*Para tomar aquí, por favor.*（這裡用，麻煩了。）」傑克說，「*Gracias.*（謝謝。）」他左右看了看，「*¿Dónde está el baño?*（洗手間在哪裡？）」

女店員朝後面指去。

傑克拿著背包走進洗手間，關門，插上彈簧鎖。他對著洗手檯上的鏡子檢視自己，他面色蒼白，還出現了黑眼圈。他轉開水龍頭，朝臉上潑冷水，讓自己清醒一點，再用粗糙的棕色紙巾擦乾臉。

「現在該怎麼辦？」他對著鏡中倒影說。

他看了看手錶，錶的設定仍然是西雅圖時間。現在是早上七點半。他已打了電話給愛麗克絲，告知她必須另作打算。他拉開門，回到咖啡店內。櫃檯後的女店員看著他，神情有些異樣。傑克朝他的桌子走去，看到盤子上只有一個肉桂捲，而且沒有咖啡。

他看著女店員，打著手勢。

「*¿Dónde está?*（在哪裡？）」他說，「*Café. Dos.*（咖啡，兩個。）」

女店員指著門。「*El hombre lo tomó.*（一個男人拿走了。）」

「*¿El hombre?*（一個男人？）」

「*Sí. Carlos.*（對，卡洛斯。）」

傑克看著店門，腎上腺素飆升。難道他終究是被跟蹤了？

「*¿Carlos? ¿Quién es Carlos?*（卡洛斯？誰是卡洛斯？）」

女店員指著店門，微微一笑。「*Carlos. Antigüedades y tesoros.*（卡洛斯。古董寶藏。）」

他思緒飛轉。「*Habló… anything? Carlos habló?*（有說什麼嗎？卡洛斯說了什麼？）」

「*Sí. Dijo que no le gusta el whisky tan temprano en la mañana, pero que le encantaría una taza de café.*」

傑克聽不懂。他抽出手機，叫出離開西雅圖前下載的西英翻譯應用程式。「*Repetir?*（再說一次？）」他把手機伸到女人面前，女人對著手機重複一遍。應用程式翻譯成英語。「他不喜歡一大早喝威士忌，但他喜歡來杯咖啡。」傑克看著女店員，女店員又指著店門，「*Antigüedades y tesoros.*（古董寶藏。）」

「*Gracias, señorita. Gracias.*（謝謝，小姐，謝謝。）」傑克拿起背包說。

「Señor,（先生，）」女店員從櫃檯後面走了出來，高舉著一個外帶咖啡杯和一個白色紙袋，「*Dos.*（兩個。）」

42

詹金斯在凌晨四點半醒來，又一個只斷斷續續睡了兩個小時的漫長夜晚。他在第二個停泊區的山坡上找了一家飯店入住，現在朝飯店外走去，希望切什梅的釣魚人跟美國的一樣，早早就起床出發。

凌晨的體感氣溫只在冰點以上，他兩手插在口袋裡向前走去。切什梅和希歐斯島的海岸線上，亮著住家和飯店的燈光。一架飛機閃著紅光，朝希歐斯的海岸機場逐漸下降而去。

樓房在海岸邊一層層疊加上去。從兩棟樓房間的缺口，可以望見停泊區和比鄰的停車場。他搜尋著一個坐在車內的人——搜尋火柴擦亮，或打火機的火光、菸頭紅光或手機的亮光。他也搜尋著停泊區四周的任何陰影，是否有人無所事事地站在附近。不過什麼也沒發現。

有車燈光束照亮了山坡底的馬路。那輛車放慢了車速，轉進停車場，在一個垃圾桶前面停下來。一個人下了車，將菸頭扔在地上，往車尾走去。他打開後車廂的車蓋，拿出一個看似手提式冰箱的東西，以及其他距離太遠看不清的物品。他關上車蓋，朝停泊區的一個停船格走去。

詹金斯快步跑下山坡。接近停泊區時，他留意著停在附近的車輛和任何陰影，仍然沒看見有人站哨。走上停泊區的碼頭時，他放慢速度，以免嚇到那個已走進船艙的人。至少在美國，詹金斯這種大塊頭的非裔美國人，就算是站著不動也足以嚇到人。詹金斯等那個人出了船艙，看著對方的眼睛交涉。「*Affedersiniz. Günaydın.*（抱歉，早安。）」詹金斯說。他在飯店客房時，練習了幾句土耳其語。

「*Günaydin.*（早安。）」男人回應，口氣有些戒備。

「*Balik tutmak için ariyorum.*（我想去釣魚。）」，詹金斯從口袋裡拿出里拉，「里拉？」他問。男子的個頭不算小，沒出現膽怯的跡象，但也一副事不關己的模樣。他看看紙鈔，又看看詹金斯。詹金斯看得出來，男子就要開口拒絕他。

「*Sakiz gezisi yapmak belki o zaman...*（也許你可以載我到希歐斯，然後……）」詹金斯連忙說。男子聞言又頓了一下。他望著狹長海峽對面的希歐斯，希歐斯沿岸的燈光好似伸手就能觸摸到，若是駕車過去，車程不到二十分鐘。「希歐斯？」

「是，」詹金斯說，「*Sadece bir gezinti.*（就送我一程。）」

「*Ne kadar?*（多少錢？）」男子說，拇指和食指搓揉著。

好兆頭，詹金斯心想。「*Beş yüz şimdi.*（先付五百里拉。）」詹金斯說。五百里拉足夠了，尤其是這個人本來就要出海，只是順道送人而已。「*Biz indiğimizde beş yüz daha.*（上了岸，再付五百里拉。）」詹金斯又說，想要立刻搞定。

男人又望了望對岸的小島，但眼裡流露出質疑。「*Kimi kaçiyorsun?*」

詹金斯搖搖頭，表示聽不懂。男子指著他，兩根手指做跑步狀，又重複一次。「*Kimi kaçiyorsun?*」詹金斯若直言他在躲避俄國人，肯定會嚇得這個人拒絕，以免被牽連。

詹金斯點點頭。「*Evet.*（是的。）」

「*Kim?*」男子說。詹金斯猜測他應該是問，他在躲誰。詹金斯點點頭，微微一笑，然後拿出手機，找到他要的土耳其翻譯。「*Karim.*（我老婆。）」他說。

男子似乎嚇了一大跳，然後他笑了笑，招手要詹金斯上船。

「*Belki de seninle gitmeliyim.*（也許我應該跟你一起走。）」

43

維克托·費德羅夫站在切什梅中央巴士站的外面，等著下一波進站的巴士。在布爾薩的大敗後，費德羅夫推測有兩個可能性——一個是那幾個漁夫騙了他，詹金斯根本沒打算搭巴士到土耳其海岸，再逃到希臘，又或者，詹金斯知道費德羅夫尾隨在後，更改了計畫。

費德羅夫推斷第一個可能性不大。那幾個漁夫收了錢，載詹金斯穿越黑海到土耳其。他們不欠詹金斯什麼，沒必要冒自己和家人的生命危險，為他說謊打掩護。更何況，他們的供詞很有道理。離開土耳其的最短路程就是從希臘出境，一到了希臘，詹金斯有數十座小島可以藏身，然後搭飛機或搭船離開。如此，就剩第二個可能性了；詹金斯知道費德羅夫窮追不捨，在抵達布爾薩後改變了計畫，又或者這是他的障眼法，他想要費德羅夫相信他改變了計畫。事後回想起來，詹金斯搭乘計程車到飯店就是刻意留下足跡：他全程說英語，又留下豐厚的小費，讓司機對他印象深刻。他是故意誘導費德羅夫和手下到那家飯店的。詹金斯很可能趁機搭巴士溜出了布爾薩，前往任何城填。若真是如此，詹金斯現在可能在任何地點。

又或者……這是詹金斯想要製造的假象，他就是要費德羅夫如此以為，聲東擊西，以增加他按照原計畫經由切什梅逃亡的機會。

於是，費德羅夫才會坐在這座巴士站，等待下一波的巴士進站，好一一排查司機是否有看到那個個頭高大的美國人。截至目前為止，沒有司機見過詹金斯。不過除此之外，費德羅夫還能怎麼做？假使詹金斯採取別的路線離境，費德羅夫束手無策，直到詹金斯的護照出現，又或者等到詹金斯聯絡美國的朋友以取得替代的旅行文件。

阿列塞約夫走下最後一班巴士，朝空地上的費德羅夫而去。他一身土耳其觀光客的打扮，短褲、色彩繽紛的上衣，黑襪加運動鞋，戴著太陽眼鏡。費德羅夫則穿著西裝褲、藍色polo衫，和涼鞋。

「沒，」阿列塞約夫說著搖搖頭，「看來詹金斯先生沒有來切什梅。」

「也許你說得沒錯。」費德羅夫說。他打電話給美國的接頭人，接頭人告訴他詹金斯很可能會從一個剛搭上飛機去哥斯大黎加的人脈，獲取替代的旅行文件。他們正密切跟監這個人的動向。

費德羅夫轉身望著藍綠色的愛琴海，望著停泊區內的船隻，那只是海灣中許多停泊區的一塊，各式各樣的船隻雜亂地塞在停船格內，是這座熱鬧的土耳其小鎮的一道風景。而這還不包括眾多游艇，以及天氣好時可以進入切什梅淺水區下錨的漁船。詹金斯若真的來了切什梅，他可以拿錢賄賂，找人載他去希臘，而願意拿錢載他的人太多了。

「我們現在怎麼辦？」阿列塞約夫問。

費德羅夫倒出幾粒抗胃酸鈣片，拋了兩粒進嘴裡，咀嚼著石膏口感的藥丸。

「下一班巴士什麼時候抵達？」

「五點以後了。」

費德羅夫看看手錶，再看看陽光明媚、舒適宜人氣溫下，耀眼的紅磚屋頂。他們倆實在不能做什麼了。「我們先去吃東西。我等幾通電話，看看他們有沒有消息。」

44

傑克推開「古董寶藏」的玻璃門，手裡拿著白杯咖啡和一個裝著兩個肉桂捲的紙袋。他穿過木條地板朝櫃檯走去，之前的那個店員就坐在裡面擦銀器。銀壺立在托盤上，紅抹布被扔在旁邊，都散發著化學氣味。櫃檯內站著一個大約一百五十公分高，黑髮又直又長的女人。她瞥著傑克手裡的咖啡，傑克以為女子要警告他店內不能飲食，結果，女子對他笑了笑。

傑克正要開口詢問卡洛斯，只見女子逕自繞出櫃檯，朝前門走去。她將櫥窗上的標誌反轉到背面，咔嚓鎖上門，然後對傑克點點頭要他跟上來，領他在化妝檯、桌子、床架、櫥櫃和雜誌堆之間穿行而過。她打開店的後門，往旁邊一站。傑克看見一道陡峭的階梯，通往下面昏暗的黃色燈光。

傑克指著階梯。「*Carlos aquí?*（卡洛斯在那裡？）」

女子只是微微一笑，點點頭，沒說話。

傑克緩緩走下階梯，不確定底下有什麼。女子關上了階梯門。傑克聽到咔嚓一聲，停下腳步。「不妙，不妙。」

階梯在他腳下吱喳作響。他看到了矗立在石板上的器械，有幾臺影印機、一臺印表機和一臺從旁邊的透明塑膠片推測，應該是護貝機的機器。

卡洛斯就站在最裡面，兩側皆附有抽屜的古董桌旁邊。傑克點的另一個肉桂捲就放在咖啡杯旁的紙巾上面。黃色燈光從卡洛斯頭頂上的燈座散發出來。

卡洛斯對著走進來的傑克笑了笑。「請坐。」

傑克放下咖啡杯和紙袋，在古董桌對面的一張椅子上坐下來。

卡洛斯坐下來，咬了一口他的肉桂捲，遞了一張衛生紙過來。

「請用，我不喜歡一個人吃東西，你看起來也需要吃點了。」

「的確。」傑克打開紙袋，拿出肉桂捲，咬了一口。

「你從哪裡來？」卡洛斯問。

「西雅圖。」傑克說。

「查爾斯．詹金斯是你舅舅？」

「他就像我舅舅。」傑克說。

「我想也是，你們看起來不像。」卡洛斯頓了一下，笑了笑，又說，「我開玩笑的。你好緊張喔，放輕鬆。」

「你認識他。」

「只看過我爸檔案裡他的照片。」卡洛斯撕下一塊肉桂捲，往後一坐，將麵包浸入咖啡中，「我必須先讓你離開，以確定你沒被跟蹤，我也可以趁機翻查我爸的檔案。」他將浸了咖啡的麵包往嘴裡一塞，再拿衛生紙擦擦手。「我看著你走進咖啡店後，趕快回到店裡查實你說的是事實。」他指著古董桌上的筆電，「我爸大部分的檔案都被我數據化了。檔案還滿多的。你舅舅的檔案就在檔案夾裡。看來我爸和你舅做了不止一次的交易，但是很多年前的事了。」

「你爸真的過世了？」

「是的，這部分貨真價實。」

「你接管了他的專業？」

「我從我爸那兒學會了兩項專業。他事業成功，全是因為他謹慎收購每一件古董，挑選合作的每一個客戶。一件古董若不能獲利，他不會收購；一個找他購買旅行文件的人，如果他看不順眼，無法獲得他的信任，他根本不予理會，就跟我一樣。所以他從來不在電話裡談生意，他要親眼過目……這個人……無論男女。他很挑剔，並且眼光精準。就像你舅說的，他也是個藝術家，比我更優秀，雖然在這項新技術上，我沒必要像他一樣優秀。我爸為你舅做的，大部分都是手作，而我更依賴電腦，」他放下咖啡，「你要的是什麼……？」

「傑克，」他說，「你要的是什麼，傑克？」

「能借小刀一用嗎？」

卡洛斯遞給他小刀。傑克用刀口割斷愛麗克絲的縫線，小心扯開外套的內裡，抽出信封——機場的X光探測器下，那信封就像是在他外套的口袋中。在美國交通安全管理局的機場預先安檢計畫的通融下，傑克也不需要脫掉外套接受掃描。他將信封交給卡洛斯。卡洛斯打開信封，抖出幾張應該是查理近照的照片、查理護照的影印本、出生證明和駕照。這些文書證件，包括愛麗克絲和ＣＪ的，一直保存在愛麗克絲逃出卡馬諾島時攜帶的急難行李袋中。

卡洛斯摘下金屬框眼鏡，鼻梁上留下兩個紅印。沒了眼鏡，他看起來年輕多了，鼻梁和顴骨都更顯眼突出。他讀著愛麗克絲手寫列出的交代事項，每讀完一張，就反面朝上將明細放到桌上。閱畢後，拿起全部紙張在古董桌上震了震，收拾整齊後再放到桌上。

「你舅母？」卡洛斯問，一隻手掌按在手寫備注上。

「查理的妻子。」

「她也是情報員。」

「是，她在墨西哥市時，也是情報員。」

「看得出來。」他指尖按在嘴唇上，低頭不言，好似在虔誠祈禱。他來回巡視著桌上的文書證件和手寫備注。片刻後，他才說：「她說事態緊迫，我明天傍晚前可以交件。我盡力趕件，但最快也只能如此了。」

傑克點點頭。「我能理解。」

「費用是五千美元。」

傑克也就只有那麼多，所以聞言大大鬆了一口氣。

「但我看得出來，你很擔心舅舅，」他輕點著文書證件，「他妻子也是。」

「很擔心。」傑克說。

「那兩千五百美元就行了，」卡洛斯說，「因為你舅與我父親是舊識。你住在哪裡？」

「我還沒找住的地方。」

「等等。」卡洛斯拿起老式電話的話筒，撥了一個號碼。他說的是西班牙語，太快了，傑克根本跟不上。他放下話筒。「我二樓的房間對外出租，維洛妮卡說還有空房。你可以住二樓，我建議你盡量待在屋裡，不要外出，以免暴露行蹤。你應該沒被跟蹤，但小心為上。維洛妮卡會送飯給你。你把外套和背包都留下來，我會把你舅舅要的東西都縫在內裡。」

45

查爾斯・詹金斯一大清早就抵達了希歐斯島，找了一家隱密偏僻的飯店，就在漁夫送他上岸的海灘往上走的一條空蕩蕩的小街旁，遠離了停泊區和商店，同時十分接近機場。他鑽進飯店左邊的灌木林，拿出背包中的黑色罩衫套上，才走進飯店辦理入住手續。

進了客房，他倒頭大睡，一洗數天來無眠的疲憊，直睡到下午將近五點才醒。他打手機給愛麗克絲，不再顧忌時差直接吵醒她。

「你安全了嗎？」愛麗克絲問。

「我很安全。」

「你在哪兒？」

「在希歐斯島的一家飯店裡，距離機場不遠。妳有墨西哥市的消息嗎？」

「你的證件應該今天傍晚前會交件。墨西哥市晚上九點有班機經由雅典，在希臘時間後天晚上六點抵達希歐斯島。你那邊的情況如何？」

「我繞了一些路，費了一些周章製造假象，目前沒發現有人盯梢我。我希望他們以為我改變路線，成功擺脫他們逃走了，但安全局探員不是省油的燈，很難纏。他不會輕易放棄的。」

「而你在那裡，格格不入。」

「在美國也許是，但我在公共場合一直穿著布卡黑罩衫，到目前為止，這個隱身計畫還算順利。」

「能騙多久？希臘有多少一百九十公分高的女人穿布卡？」

「希望起碼有一個以上。大衛有消息嗎？」

「他兩個小時前在哥斯大黎加落地，在一家旅行社發現有人跟蹤。明天下午，他會再跑一趟那家旅行社。希望跟蹤他的人以為他是去取件的，跟著他就能找到你。」

「他接下來要飛去哪兒？」

「賽普勒斯。」

「很合理。」

「我也這麼認為。如果你在布爾薩放棄了漁夫的計畫，就會搭巴士前往土耳其海岸，越過地中海進入賽普勒斯，再到以色列。」

「希望他能累積飛行里程數。」詹金斯說。他頓了一下，覺得自己欺騙了愛麗克絲，又令她擔心，深感愧疚。他知道愛麗克絲壓力很大。「妳還好嗎？」

「只要我讓自己忙一點，就沒事了。」

「對不起，愛麗克絲。對不起，讓妳經歷這些，我——」

「你不用道歉，」愛麗克絲說，「我只要你回家。我們都在這裡等你回家。」

詹金斯知道她在為他打氣，所以他也要讓她放心。

「我換了手機，」詹金斯說，「妳看到我第二支手機的號碼了？」

「我改好了，等傑克打電話來，我會告訴他你的新號碼。」

「天黑後，我會出去探勘，看看能不能找到和傑克會面的適當地點。」

這次換愛麗克絲頓了一下。詹金斯聽到她倒抽口氣。

「小心點，查理。一定要傑克小心行事。」

「放心，他放了東西，立刻打道回府。希望我們兩個一前一後的時間對接，剛剛好。」
「我愛你，查理。你一定要回到我身邊。」
「我會的。」
他掛斷電話，朝窗戶走去。在某個角度，波光粼粼的愛琴海映入眼簾，一路延伸到對面的切什梅。不知道費德羅夫是否就站在對岸，或許就站在那個停泊區內，望著對岸的希歐斯島，同樣納悶詹金斯是否就在對岸。

費德羅夫掛斷電話，走去召回阿列塞約夫，阿列塞約夫被他派去拿著詹金斯的照片，在停泊區內四處探問，現在他們束手無策，只能亂槍打鳥。他走到碼頭上時，在加油泵附近與一個男子交談的阿列塞約夫正好結束了對話。
阿列塞約夫走了過來。「沒人見過他。」
「因為他沒來切什梅。」
「什麼意思？」
「我剛跟美國的接頭人講完電話。詹金斯的快遞員剛在哥斯大黎加的聖荷西落地，隨即趕在一家旅行社關門前進去。盯梢人也看著他走出旅行社，走進附近一家旅館。」
「好方便隔天上午回旅行社取件。」阿列塞約夫說。
「斯隆先生住進旅館後不久，就訂了明天下午飛往賽普勒斯的航班。」
「如你所料，詹金斯在布爾薩更換了逃亡路線。」阿列塞約夫說
「他這麼做很合邏輯。通知我們在賽普勒斯的臥底，但要特別提醒他們忽略停泊區。現在

這個時候詹金斯先生早就到了。要他們盯緊帕福斯的機場，那位快遞員會在那裡落地。」

「詹金斯可能設法搭船橫渡到以色列。」阿列塞約夫說。

「所以我們要在賽普勒斯做個了結。」

他們朝大街走回去，費德羅夫注意到剛才在加油泵附近的男子，正在跟另一個穿著短褲、人字拖和法蘭絨外套的男子在說話——這位可能是個船主。加油泵男子指著費德羅夫和阿列塞約夫，費德羅夫推測他應該是在告訴船主，他剛才和阿列塞約夫的對話。

費德羅夫猛地打住腳步。

「怎麼了？有什麼不對嗎？」阿列塞約夫問。

費德羅夫這才意識到，他對那兩個男子的猜疑完全是憑空而來，再一聯想，他對詹金斯先生的揣度也是憑空而來。根據詹金斯在布爾薩偏離路線，以及切什梅進站的巴士司機皆未見過詹金斯，所以他推測詹金斯放棄了經由切什梅穿越愛琴海，進入希臘的路線。換位思考，假設逃亡的是費德羅夫自己，他也會盡可能製造假象，迷惑追兵。

「那兩個在碼頭上講話的人，你問過他們兩個？還是只問了一個？」

「我剛才沒看到另一個。」

「他們似乎認識對方。」

「哪裡不對了？」

「那個快遞員的路徑會不會太明顯了？」費德羅夫問。

「什麼意思？」

「我的意思是，這個快遞員，」他抽出小筆記本，「用真名訂了機票和辦理入住手續。查爾斯·詹金斯在布爾薩也是這麼做的，好讓我們能輕易追查到他。」

「你是說，他們又想誤導我們的追查方向。」

「也可能是誤導我們追查錯的人。如果是你在逃亡，你知道我們從漁夫那裡查到你的逃亡路線，你會怎麼做？」

「我會改變逃亡路線。」阿列塞約夫說。

費德羅夫微微一笑。「不對，你會誤導我們以為你改變了逃亡路線。再來，我們發現你採取了新的路線，我們自以為智取了你，但其實，是你智取了我們。」

「你認為查爾斯·詹金斯在切什梅？但沒人見過他。他不在那些進站巴士上。我們問過那些司機了，也在沿途的巴士站查問過了。」

費德羅夫又看了看碼頭尾端的兩個男人。那個阿列塞約夫之前未見過的男子，朝一艘船走回去。「假設詹金斯在切什梅，就會想辦法跨海到希歐斯島，他會來到停泊區僱船，或者來試試運氣。」

費德羅夫走下碼頭，朝那個人走去。

「上校？」阿列塞約夫說。

「先不要打電話通知別人……先不要。」

十五分鐘後，費德羅夫快步走了回來。「詹金斯在這裡，」他對阿列塞約夫說，「通知我們的人，集中火力搜查希歐斯島。告訴他們，我要從西雅圖、華盛頓飛抵雅典的乘客的全部行程，還有……不對。」他突然打住，「告訴他們，我要從美國飛抵希歐斯島的旅客名單，或者以美國護照入境的旅客名單。將詹金斯先生的照片發給每一個探員。我推測這就是美國人說的……聲東擊西？不管如何，別想再讓我上當。」

46

傑克疲憊不堪，睡眠不足，視線模糊，胃部難受。他看著機艙外腰子狀的希歐斯島。小島突起於藍色水晶般的愛琴海海面，綠茵蒼蒼。山坡上的紅磚房舍一路向下延伸而去，在海岸邊換成了飯店和商店。那裡的海水蕩漾著霓虹綠光，淺浪輕拍著沿岸的沙灘。傑克想起母親在世時，和她、大衛去夏威夷度假的時光。那真是天堂，若在平常時候，希歐斯島之行必定像天堂一樣舒心愜意。但這趟注定不可能了。

愛琴海再過去的海岸，應該就是土耳其了，也就是查理應該已經離開的地方。傑克並不清楚查理具體是如何逃出俄羅斯或土耳其的，沒人告訴他，但他知道這是有原因的，他也知道原因為何。一旦他被抓到，被刑求，他什麼也招供不了，然而那些人不知要耗多久時間才能領悟到這點。他們又要如何確認傑克說的都是實話？想到這裡，他直冒冷汗，只能提醒自己一定要冷靜警覺。

傑克在德國法蘭克福上飛機飛往雅典之前，跟查理通過電話。查理告訴傑克，下飛機時假裝成一個大學生觀光客。進入機場後，傑克不要四處張望找他。查理在確認傑克沒被跟蹤後，會主動聯絡傑克，告知他該去哪裡，該怎麼做。

傑克一身觀光客的打扮，短褲、Teva涼鞋，T恤加夾克，儘管一月的希歐斯島並不算溫暖。在落地之前，機長才廣播告知地面白天的氣溫已達攝氏十六度。晚上六點剛過，機輪觸地了，暮色垂垂。傑克從頭頂上的行李艙抓下背包，和在墨西哥買的寬沿帽，端出跟其他觀光客一樣欣喜雀躍的神態，走下艙梯，踏上柏油地面。希望他裝得像，能騙過他人。

希歐斯國際機場入境航站內，維克托・費德羅夫與其他三位安全局探員等待著，阿列塞約夫也在其中。每個人的站哨位置都能直盯著機場的兩個出入口。他們昨天也是如此站崗的，若有必要，明天也會如此。四人都是當地人裝扮，裝得像是來接機的，短褲或牛仔褲、薄襯衫，再加上防風夾克以隱藏武器。小機場每天只容得下十八到二十個航班落地，都是從希臘各大機場飛來的。

晚上六點一過，廣播就宣告著雅典GQ240班機已落地。根據安全局人脈提供的資料看來，這個班機有三名乘客以美國護照登機。其中兩位是新婚夫妻，顯然是來希歐斯島度蜜月的。第三位是個年輕人，單獨一人旅行。四個探員都已握有三人的護照照片。

第一名乘客進入了航站，費德羅夫直起身子，進入警戒狀態。那個年輕人快步走到海關前排隊。費德羅夫按著耳朵。「目標剛進入航站，就排在隊伍的後面。」

「我看到了。」阿列塞約夫說。他就坐在對面的長椅上。此航班是當晚最後一班落地的飛機，於是費德羅夫遣退另外兩個人，讓他們回到租來的車子上待命。費德羅夫仔細聆聽機場廣播內容，緊盯著那個年輕人是否在打暗語，但沒有。

年輕人隨著隊伍往前移動。他有找人嗎？詹金斯？接頭人？詹金斯應該不會膽子大到在機場接頭，不過這個年輕人很可能將文件交給第二位快遞員，再交到詹金斯手上。

年輕人走到海關櫃檯前，將護照推送給移民官。費德羅夫向前跨上一步，聽到移民官詢問年輕人前來希歐斯的目的。

「來度假。」年輕人說。移民官蓋了章，將護照推回去。年輕人拿起背包，朝航站出口走去。費德羅夫和阿列塞約夫跟了上去。

年輕人停下來，抽出手機，貼在耳朵上。通知到點的電話。年輕人一邊講電話，一邊走出航站，過馬路朝計程車招呼站而去。一陣強風掃過，吹得棕櫚樹窸窣作響。

費德羅夫的座車駛過來，他和阿列塞約夫坐了進去。計程車駛離機場，駛上環島的兩線道，朝北而去，進入希歐斯市中心。

「不要跟太緊。」費德羅夫說。

數分鐘後，計程車在一家飯店前停下來，距離游艇停泊區不遠。年輕人下車，走進飯店。

「停到馬路對面，」費德羅夫下令，駕駛照做了。

飯店的房間皆位於露天陽臺的上方，面對著停泊區。數分鐘後，年輕人走出飯店大廳，爬上戶外樓梯，上到二樓。他進入了走道盡頭倒數第二個客房。

「我們要等多久？」駕駛問。

費德羅夫按下車窗，點燃一根菸。「等著瞧吧。」

傑克走下飛機艙梯來到柏油地上，手上提著一個帆布包，揹著背包。繞過行李推車，走進航站排隊，就排在剛才在飛機上認識的夫妻後面。他們是舊金山來的新婚夫妻，來這座希臘小島度蜜月，對這裡的寒冷已經有些怨言了。

傑克強迫自己不要四下張望，儘管氣溫涼爽宜人，他仍然在冒汗，汗珠從臉頰滾落，上衣也貼在背部上。但他不能脫掉外套。

外套口袋裡的手機震動起來。傑克抽出手機，機場廣播嗡嗡迴盪開來，他緊按著手機在耳朵上。「不要四下張望。」詹金斯說。

「好。」

「航站起碼有兩個人盯梢，人數可能更多。笑著講電話，假裝接到這通電話很開心。」

傑克笑了。

「看向你的右邊。有看到對面那個穿藍色防風夾克的男人嗎？」

傑克回答：「有。」

「大笑。」

傑克大笑。站在他前面的女人轉身一瞧，微微一笑。

「現在，看向你的左邊。有看到坐在長椅上的棕髮男人嗎？」

傑克轉頭看向左邊。「有。我該怎麼做？」

「什麼都不要做，只要隨著隊伍往前移動。」

新婚夫妻走到兩個海關櫃檯的其中一個前面，傑克則走到右邊那個櫃檯。

「護照。」移民官說。

傑克交出護照，移民官打開護照，看看照片，再看看傑克。「請把帽子脫掉。」

傑克脫了帽子。

移民官又打量了他一下子，然後放下護照，敲擊電腦鍵盤。「你來希歐斯的目的？」

「來玩的。」傑克說。

海關人員又敲了敲鍵盤，在護照上蓋了章，交回給傑克。「祝你玩得開心。」

傑克拿起帆布包，走進航站。坐在長椅上的男人站了起來，右邊那個人也跟了上來。

「現在該怎麼做？」傑克對著手機說。

「往前走就是了。不要四處張望。笑，興致勃勃的樣子，假裝到了希歐斯島很開心。」

傑克盡力裝模作樣，但不確定效果如何。他走出了航站，一輛車駛來，傑克想像著副駕駛座上的人下車，將他押進後座，但那輛車只是開了過去。傑克吐了一口氣。

「你還好吧？」詹金斯問。

「是，我沒事。」傑克朝計程車招呼站走去。

「不要搭計程車，去租車。從右側離開停車場，跟著GR-74的路標開三十五分鐘。不要開太快，希臘的馬路很危險，路燈很少。」

「你認真的？」傑克說，「現在哪還有閒工夫擔心路燈太少？」

傑克聽到查理放聲大笑，接著查理說：「等你租到車，我再打電話給你，告訴你接下來該怎麼做。我很高興聽到你的聲音，傑克。」

「我也是。」傑克說。

費德羅夫看看手錶，他們已在飯店外面等了快一個小時了，就是沒見人出來。他們可能要再等一個小時，也可能要等到明天早上。又累又煩的他將菸頭彈出車窗，下了車。其他三位連忙跟上。

「不等他和詹金斯聯絡了？」阿列塞約夫問。

「如果詹金斯的證件在他手上，我會讓他說出他們的會面地點。」

「也許他不會和詹金斯碰面，只是放了包裹就走。」阿列塞約夫說。

「那就派一個詹金斯先生不認識的人去放包裹。」

費德羅夫輕輕爬上三樓，朝右邊倒數第二間客房走去。拔出手槍，敲了敲門。年輕人拉開了門，費德羅夫逕自闖進去，推開了年輕人。年輕人張口抗議，費德羅夫立刻摀住他的嘴，亮出手槍。「別說話，明白嗎？」

年輕人點點頭，眼睛睜得大大的。

「搜他的行李。」費德羅夫下令。

他們搜了行李箱，割開行李箱的內襯。費德羅夫掀起年輕人的外套，彈開折疊刀，割開外套內裡。「搜房。」他說。

「你們在找什麼？」年輕人問，「毒品？我沒有毒品。」

「旅行證件在哪？」費德羅夫問。

年輕人的下巴朝梳妝檯一揚。「在梳妝檯上面。」

費德羅夫看了看梳妝檯上面的證件。「你負責運送的旅行證件在哪兒？」

「什麼？」

「別跟我玩遊戲，我沒心情。」

「我不知道你在說什麼。」

費德羅夫朝他逼近。「別想騙我，我沒耐心聽你瞎扯。」

「我沒騙你。拜託，我不知道你在找什麼。」

費德羅夫低頭看著年輕人褲襠上暈開的尿漬。他暗罵一聲，下巴一揚，要其他人離開。他走出去之前，回頭說：「我們會嚴密監視你。你膽敢跟任何人提起我們，或報警，我們立刻回來找你算帳。聽懂了嗎？」

年輕人點點頭。

費德羅夫走出去，關上門。他望著越來越黑的海水，望向切什梅的夜景，一個感覺籠罩著他。也許詹金斯先生的快遞員尚未抵達希歐斯島，可能明天或後天到。又或者，他早已到了，而詹金斯先生也在回家的路上。那個快遞員可以是男是女，年輕人或老年人，以美國護照從世界任何地方飛來。他的美國接頭人低估了詹金斯先生的能耐，費德羅夫也是。他的接頭人可以按照他的意願製造威脅恐嚇，但他們阻止不了查爾斯．詹金斯踏上返家的路。

然後，詹金斯將不再是費德羅夫的燙手山芋。

一想到這裡，費德羅夫露出了微笑，最後還笑出聲來。

「上校？」阿列塞約夫一臉疑惑地輕喚他。

「去安排一下，我們明天早上回莫斯科。」費德羅夫說。

「明天不去機場了？」阿列塞約夫問。

費德羅夫搖搖頭。「不去了，今晚我們出去吃晚餐，喝伏特加，向詹金斯先生致敬。他不再是我們的問題了。」

傑克依照查理的指引，來到充滿圖案的皮爾基市。儘管天黑了，這座城市仍然醒目亮眼，幾乎每座樓房的外牆都漆著黑白幾何圖形。這裡街巷窄小，車子進不去，傑克想起在歷史課聽過，許多中世紀古城都是如此設計打造，以阻止外來武力的入侵。他將車子停在城外，抓起背包，朝小街走去。儘管氣溫冷涼，仍有許多人穿行在石拱門之下的街巷，男人圍坐在桌邊玩雙陸棋，女人打毛線，人語聲混和著從敞開大門流瀉出來的希臘音樂。

傑克鑽過一道石拱門，口袋裡的手機震動起來。

「往前走，走到小鎮廣場，」詹金斯說，「往廣場北方望去，那裡有家餐廳，門口旁邊有一支收起的紅色遮陽傘，有沒有看到？」

傑克的目光越過廣場上散放著的幾十張空桌子和收起的米黃色遮陽傘，看到了那把紅色遮陽傘。「看到了。」

「你跟服務生說，要後面露臺上的桌位。因為夜晚天氣變冷，他會建議你坐在室內。你告訴他，這是你到這裡的第一晚，你想好好體驗希臘。」

燈光從廣場四周的商店和餐廳窗戶散放出來。傑克走進那家餐廳，向服務生要露臺上的桌位。如查理所料，男服務生建議傑克坐在室內會比較舒服，但傑克回應這是他在希臘的第一個晚上，服務生不再說話了。服務生點亮紅玻璃罐裡的蠟燭，傑克點了一杯希臘啤酒。

他才落座不到幾分鐘，只見露臺的門口被高大的查理堵滿了，他嘆了一大口氣。詹金斯繞過桌子，給了他一個大熊抱。

「你不應該來的，傑克。」查理說，聲音十分激動。

「是啊，但沒辦法啊。」傑克說。兩人坐了下來，服務生又過來了，查理點了啤酒。

「他們怎麼會追到希歐斯機場？」傑克問，「他們不是被大衛誤導到哥斯大黎加，又到賽普勒斯。」

查理搖搖頭，想起了費德羅夫，他不得不佩服這個對手的反間諜能耐。「對方顯然識破了我們的聲東擊西。這很正常，大衛的行蹤太過明顯。在反追蹤行動中，總要有備案。你是怎麼過海關，沒被他們攔下來的？如果我是費德羅夫，一定盯緊用美國護照進希歐斯的人，特別是獨自旅行的旅客。」

傑克伸手進口袋，拿出一本金字墨綠色的小冊子，遞給查理。

「墨西哥護照，」詹金斯說，「好樣的，法蘭克老舅舅。」

傑克搖搖頭。「法蘭克舅舅七年前就死於癌症了。他兒子，卡洛斯接下了家族事業。是愛麗克絲要我做一本墨西哥護照。」

詹金斯一聽就笑了。「你帶了我的護照？」

傑克拉開外套。「小刀給我。」

傑克用小刀挑斷內裡的縫線，再抽出縫線，拿出信封交給查理，查理收下信封，塞在大腿的餐巾下，打開封蓋，只見信封裡有一本希臘護照、墨西哥護照、加拿大護照，和配對的駕照，兩千元的美鈔，一張明晚飛離雅典的機票。

「他們盯著機場，你要如何出島？」傑克問。

「另一個反追蹤關鍵，就是你在逃亡時，只能不斷向前走，永遠不要走回頭路。」

「那你打算怎麼做？」

「明天一大早，希臘的梅斯塔有艘渡輪開往比雷埃夫斯港。你要搭那艘渡輪離開。再從比雷埃夫斯港坐計程車去雅典，從雅典搭飛機回家。」

「那你呢？」

「我搭另一艘船，但啟航時間比你晚一點。」

服務生回來了。「你應該餓了。」查理對傑克說。

「餓死了。」

查理看著服務生。「皮爾基披薩一片，超大號的，起司加倍。再來兩杯啤酒。」

PART II

47

亡命數天後，查爾斯．詹金斯坐在大衛．斯隆的餐桌邊，望著普吉特海灣的黑水，依舊不敢相信他真的回到家了。他於三十六小時之前飛抵西雅圖塔科馬國際機場，睡眠不足，再加上時差，他整個人昏沉沉的，身心俱疲，他真的再也不是那個二十五歲，在墨西哥市與俄國情報員角逐的年輕人了。這次的亡命之旅令他心力交瘁，他萬萬沒想到，自己心神上的損耗會如此巨大。他好似經歷了一場馬拉松式的棋賽，總是要超前費德羅夫籌算出兩個方案，並隨時應付突發狀況。他從來都不知道，持續不斷地絞盡腦汁和焦慮緊張，會如此損耗一個人的身體。最後他終於到家了，倒頭昏睡，直到現在都還沒完全復原。

「你餓了嗎？」愛麗克絲問，她太擔心，睡不好，眼睛都充血了。

餐桌上，擺著亂七八糟的泰式餐盒，但平常令人口水直流的泰式雞肉河粉、泰式酸辣湯和南薑炒辣肉，都激不起他的食欲。他回美國後一直都沒什麼胃口。能回到家，握著老婆的手，為CJ朗讀睡前故事，自然令他感激萬分，但心裡總是怪怪的，總覺得事情尚未結束。

「等會兒再說吧。」詹金斯說。

麥柯絲也許感應到主人九死一生才回到家，一直蜷縮在餐桌下他的腳邊。CJ也似乎很擔心爹地，他察覺到事情有些異樣，儘管他無法理解。剛才詹金斯送兒子上床睡覺時，CJ乞求他多念一章的小說。詹金斯明白兒子的乞求是出自打從心底而來的恐懼，他害怕失去他的爹地。詹金斯順從了他，直念到兒子睡著才結束。

他鬆開愛麗克絲的手，兩手合捧著一個裝著咖啡的瓷杯。手掌中的暖意令他想起了被救出冰凍的黑海後的那杯土耳其咖啡，接著又想起戴米爾．卡普藍和他的兩個兒子，以及他們所做的犧牲。一想到這裡，腦海立時浮現出寶琳娜．鮑若瑪友娃出門引開敵方時的身影。

「查理？」大衛．斯隆開口。

詹金斯看著斯隆，不清楚自己走神多久了，但從餐桌邊其他人的神情看來，應該有好一陣子了。

「你還好吧？」斯隆問。

「只是累了。」詹金斯說。

音樂弦律從斯隆流理檯的喇叭流瀉出來，是一個西部鄉村音樂電臺播放的樂曲。但詹金斯只是擔心有人會利用定向麥克風竊聽他們的談話。回家後，因為他的注意力只能集中兩個小時，他分次斷斷續續地向大家解釋他為何去俄羅斯，又在那裡遭遇了什麼，為何落到亡命逃生的下場。現在幾個人聚在一起，共同商討對策。

「我們能將情報洩露的消息，向某個高層人士告發嗎？」斯隆問。

「沒那麼簡單，」詹金斯說，「情報員都知道，如果任務夭折，他應該立刻消失。他不能再跟任務執行官聯絡。」

「為什麼不能？」斯隆問。他也是一臉的疲憊，兩眼之下泛著黑青，白髮也冒了出來，從前能擾亂陪審團心神的孩子氣面容已消失不見。

詹金斯張口要說話，又清了清嗓子，再張口。「卡爾．艾默生說過，若是任務出了差池，中情局會否認此事，連同否認七姊妹的存在，這會讓她們陷入更危險的險境中。」

「那直接找這個艾默生談談呢？」斯隆說，「這個人值得信任嗎？」

詹金斯吐了長長的一口氣，這個問題已糾纏他好幾天了。

「我不知道。事情與他所說的不符，但他也可能被人利用了。」他看向愛麗克絲，「他在墨西哥市，有許多蘇聯情報局的人脈。我們都是。」

「你認為他倒戈了？」愛麗克絲問。

「現在任何事都有可能。」

「『倒戈』是什麼意思？」傑克問。

「為俄國安全局工作，」詹金斯說，「雙面間諜。」他啜了一口咖啡。在逃亡期間，他針對這點反覆思考了許多次。「我覺得更有可能是，無論這個人是誰，也許是艾默生，或層級比他更高的人，看到有出賣七姊妹身分的機會，立刻抓住了。」他看著愛麗克絲，「也有可能是潛伏於CIA多年，甚至數十年的俄國奸細所為，但CIA自己的探員叛國出賣的可能性更高。」

「這種事以前發生過。」愛麗克絲說。

「這種事一直存在著。」詹金斯附和。

「為什麼一個地位牢固的奸細要等這麼多年，才洩露七姊妹的姓名？」斯隆問。

「艾默生說，局裡只有少數幾位特定人士知道七姊妹的存在，」詹金斯說，「這個洩密人也許是最近才得知七姊妹的姓名，又或許是他自己出了什麼變故。」

「奸細既然知道了七姊妹的姓名，為何不一次性地全部供出來？」傑克問。

「同樣的，」詹金斯說，「他可能不知道全部七位的姓名。可能是有人一次給他一個名字，以獲取更好的價碼。我就是不確定這個人是不是——某個權位高於艾默生的人物。我也不知道該如何求證。只要出了一點差池，很可能打草驚蛇，讓洩密人抹除行跡，銷毀證據，逃之夭夭。」

「找你復仇。」愛麗克絲說。

「很可能。」詹金斯說，但僅此而已，他們夫妻倆都知道詹金斯雖然回家了，但並不表示他已安全，這點沒必要向他人多作說明。

「你打過電話給艾默生嗎？」斯隆問。

詹金斯點點頭。「他給我的電話號碼變成了空號。」

「他是直接告訴你電話號碼，還是有電話號碼的名片之類的？」斯隆問。

「他給我的名片上面只有電話號碼，我猜應該是手機號碼。」

「那張名片還在嗎？」

「我沒帶在身上。」

「它在哪裡？」斯隆坐直了起來，一副摩拳擦掌，躍躍欲試的樣子，「名片是你們兩人接觸過的實證，有了它，艾默生就不能輕易否認你這次的任務。」

「在家裡的辦公室，」詹金斯說，「但那支電話號碼很可能是註冊在某個不知名的人之下，或某家不知名的公司。」

「我們要不要等等看，看艾默生會不會主動打電話來？」傑克說，「如果他真的聯絡你了，是不是就表示他不是洩密人？」

「也許吧，」詹金斯說，「不過通常一旦任務走偏了，任務執行官不會打電話聯絡情報員，所以就算他沒打電話給我也是正常的，並不代表他就是嫌犯。」

「而且，如果他就是洩密人，他應該會打電話來確認查理知道了多少，又出賣他多少。」愛麗克絲說。

「找記者呢？」傑克說，「逼迫ＣＩＡ揪出內奸？」

詹金斯傾前，兩隻手肘撐在餐桌上。

「這麼做適得其反，會引發其他完全不同的問題。首先，你們都了解我的為人，可是我把事情經過告訴你們的時候，你們都很難相信了。記者更不可能單憑我的話就相信，他們會要求證據，而我沒有。除非我能證實，否則公諸於世也於事無補。」

「那張名片也許能幫你證實。」斯隆說。

「也許吧，」詹金斯說，「但我不想用公諸於世來解決問題，至少現在還不是時候。」

「好，你什麼也不說，洩密人以為躲過一劫，繼續胡作非為。」斯隆說。

「也許吧，」詹金斯說，「但我不能那麼做。」

「不能做什麼？」愛麗克絲問。

這一直是他最害怕提起的話題。「不能就這樣算了。」

「為什麼不能？」愛麗克絲說，「如果那個人從此收斂，不再為非作歹，為什麼不能就這樣算了？」

詹金斯知道愛麗克絲這麼問，全是因為擔心他再次陷入生命危險中。

「因為這個人若是潛伏在ＣＩＡ的俄國間諜，他必定會繼續為非作歹；若他是個投機取巧的叛國賊，那麼他必須為那三個女人的死，甚至更多人的死付出代價。更何況，還有四位姊妹在俄國執行任務。我必須搞清楚，這個人會不會繼續暴露四位姊妹的身分。她們對危險一無所知，等於是個活靶子，坐以待斃。」

「那不是你的責任，」愛麗克絲說，「你是被騙的，才會無辜被牽扯進來。」

「可我已經被牽扯進來了，就有責任。我不能坐視不管，任由那四個女人遭人殺害。」

「那些女人早就知道她們簽下的是生死狀，」愛麗克絲激動起來，「她們知道自己所做的事十分危險。」

「那些女人為國家效力了數十年，我不能丟下她們不管。我絕不會丟下她們不管，否則，一個好女人的犧牲就毫無意義了，一個土耳其家庭的冒險犯難……」還有你們不惜生命代價的付出，全都毫無意義。

「胡說八道，」愛麗克絲猛地連人帶椅往後一退，她挺著大肚子掙扎站起來，「那些人是收了錢才會協助你逃亡，而我們不惜生命代價，只為了把我的丈夫、孩子的爸帶回家。你現在是有妻小的人了。」

「我知道。」

「那就算了。」

「那麼從此以後，我只要在報紙上讀到俄羅斯的意外死亡報導，就會想是不是又一個姊妹犧牲了，我是不是能救卻放手不管。」

「這總比我在報紙上，讀到你的死亡報導好吧。你也為我想一想吧。」

她一把將餐巾扔在盤子裡，轉身，挺著八個月大的肚子快步朝他們的臥房而去。

餐桌邊的三人一聲不吭，電臺正在播放一首弦律悲傷的鄉村歌曲。

詹金斯看著斯隆說：「她會沒事的。」

「今晚就到此為止吧，」斯隆說，「已經很晚了，而且大家都累了。明天再聊吧，到我的辦公室討論，就我們三個。她這幾天已經受了太多壓力，我們都是。」他頓了一下，又說，「不過，她說得也有道理。你回到家了，也安全了，也許應該偃旗息鼓，不要自找麻煩。」

也許吧，但詹金斯不確定偃旗息鼓，真能避免麻煩上身嗎？或者麻煩只是在等待機會反撲？

詹金斯經過傑克、斯隆和蒂娜的全家福相框，那些都是蒂娜過世前，一家人的生活照。他有感而發，打住了腳步。他回頭望向廚房，斯隆關了電燈，獨自一人上樓睡覺。沒人在房間裡等他，已經好幾年了。詹金斯回想起一人在卡馬諾島數十年的獨居日子，當時他甚至沒意識到自己內心深處的孤苦，直到愛麗克絲的出現，改變了一切。後來又有了ＣＪ。他現在有人相伴，這樣的幸福日子是那數十年來他根本想像不到的。他並不想失去這些幸福快樂，但他也不能辜負那些冒險救他的人。

詹金斯不安地推開他們臨時的臥房的門。他知道他害愛麗克絲承受了巨大的焦慮和擔憂，他不想再這樣下去了。他知道他會給愛麗克絲和胎兒帶來龐大的壓力。

床頭燈散發出昏暗的光芒，愛麗克絲穿著睡衣從浴室走了出來，她的大肚子在淺藍布料下高高突起。她看著詹金斯，搖搖頭，無言地拉開被子爬上床。這次的溝通不會太容易。

「對不起，」他在門口徘徊逗留，「我沒想到事情會變成這樣。」

「真的？不然你以為呢？」

「我只是以為我能救那些女人。」

「支付公司帳款，應該跟這些事沒關係吧？」

「當然有關係。」他說。

「當然，」愛麗克絲說，「那你為什麼不告訴我？」

「你知道我不能說的，愛麗克絲。」

「我不是指那個任務，查理，我指的是ＣＪ保全的財務緊迫所引發的後續問題——我們公司的問題——還是你忘記我也是公司負責人之一？」

「我怕妳擔心，才沒告訴妳。」詹金斯說。

「喔？現在呢，不告訴我有比較好嗎？」

詹金斯又深吸一口氣，讓自己冷靜下來，以免爭執升溫，更增加她的壓力。

「我不想讓妳擔心，不想讓妳的病情惡化。」

「喔，那你失敗了。」她蓋上被子。詹金斯遞給她一杯水，在床沿坐下。

「如果妳真的想要我放手不管，」詹金斯說，「我會放手不管。」

愛麗克絲搖搖頭，忍住淚水輕聲說：「我知道你做不到。我也知道嘗試去救那些女人，是正確的事。我只是希望冒險犯難營救她們的人，不是你。答應我，你會千萬小心。我知道你不想在大衛和傑克面前說出來，但我們兩個都知道有人千方百計阻止你回美國，想要殺你滅口。一旦你張口反擊，那個人，無論他是誰，必定會採取行動。」

48

翌日，詹金斯駕車從三樹點開往蘇杜區——蘇杜的英文原意是指，在國王體育館拆毀之前，體育館以南的行政區，而現在指的是市中心南區。該區現在打造了十億美元的棒球場和足球場，不過在此之前，幾乎都是工廠。保羅．艾倫，微軟的億萬富翁，擁有其中一座體育館，他嗅到機會，策動了該區的改造和重新開發工程。倉庫被拆毀或被改造成辦公大樓、公寓住房、夜店、餐廳，甚至釀酒廠。斯隆的樓房就是倉庫改造工程之一。

詹金斯在會客區後方的大型會議室與斯隆會面。他知道斯隆努力尋找實證來支撐詹金斯的故事，讓故事有憑有據，更具信服力。但詹金斯給不了他什麼證據。

晌午時分，凱洛琳提著一袋三明治進來。這位斯隆的祕書和詹金斯向來相愛相殺。

「誰要五香牛肉的？」她問斯隆，「你，還是這位愉快的綠巨人？」

「我。」斯隆說。

凱洛琳看著詹金斯。「火雞肉，清蒸的。你真應該為你的生活添加一些佐料。」

「我現有的佐料夠我用一輩子了。」詹金斯說。

「我聽說了，」凱洛琳頓了一下，又說，「看到你平安回來，真為你開心。」

「好平易近人的說法，」詹金斯看著斯隆說，「是吧？」

「你千萬別上癮了。」凱洛琳說。

凱洛琳走出去後，斯隆說：「你昨晚說不能去找ＣＩＡ，不能公諸於世，我想了很久後，產生了不同的看法。」

「好，你說。」詹金斯放下三明治。

「如果我們把事情經過告訴另一個聯邦機構，讓他們來做調查呢？」

「你腦袋裡想的是誰？」

「我在聯邦調查局（ＦＢＩ）裡有內線，」斯隆說，「他不算朋友，但他崇拜我。如果你把事情經過告訴他，但不用提到任務名稱呢？你讓他去ＣＩＡ查實你的確被重新啟用，並深入了解詳情。這樣，ＣＩＡ就會開始懷疑局裡有內奸，或有人出賣情報給俄國人。我認為，即使是指控也能引發某種形式的調查。」

詹金斯思索了片刻，斯隆的提議值得一試。聯邦調查局在美國境內執行任務，擁有司法管轄權。「他是個追根究柢的人嗎？」詹金斯問，「我拋出一點線索，他會窮追不捨，挖出更多的事實嗎？」

「我認為他會——只要給他一個動機。我們告訴他ＣＩＡ有內奸，我覺得這樣一個動機就足夠了。」斯隆說。

詹金斯又思考了片刻，反正也沒有別的辦法了。「好，就這麼辦吧。」

斯隆致電位於西雅圖市中心第三大道上，聯邦調查局外勤辦公室，聯繫上了克里斯托弗·多爾提。他告訴多爾提，他有個客戶想找多爾提談談。斯隆一提到ＣＩＡ，多爾提便回應他會在一個小時內抵達斯隆的辦公室。

午後時分，詹金斯言簡意賅地向多爾提匯報事件的來龍去脈，從ＣＪ保全與LSR&C的生意關係，到LSR&C拖延帳款導致的公司財務危機，再到卡爾・艾默生及時出現在他的卡馬諾農場。他也說了他兩次的俄羅斯之行，但從頭到尾皆未提到七姊妹。

「我不能說出任務名稱，」詹金斯說，「這個任務還在場上運作中。」

他告訴多爾提，他遵照艾默生的指示，與維克托・費德羅夫會面，暴露了阿列克謝・蘇庫洛夫，以及任務名稱「灰石」，接下來又暴露了俄國核能科學家烏莉安娜・阿爾泰米耶娃。多爾提仔細聆聽，甚少發問，但寫了筆記——這對詹金斯來說，是個好兆頭。

詹金斯結束後，多爾提往後一坐。

「現在來看看我理解得對不對。你收到五萬美金，出賣情報？」

「不對，五萬美金只是其中一部分。」

「你用這筆款項支付了ＣＪ保全的負債和帳款。」

「是，讓我的公司能夠繼續運轉，直到LSR&C支付帳款。」

「俄國人支付你酬金了嗎？」

「沒。」

「而這個人……」多爾提瞥了筆記一眼，「卡爾・艾默生，他是你在墨西哥市當情報員時的站長？」

「沒錯。」

「你離開墨西哥市後，再也沒見過他。」

「對，我在幾十年前離開墨西哥市。」

「但他最近來找你，請你去俄羅斯執行這個任務。」

「是。」

多爾提蹙起眉頭，好似在拆解一個複雜的疑惑。片刻後，他說：「他為什麼這麼做？為什麼非要找你？」他的口氣帶著懷疑，但詹金斯早就知道他會有這種反應，並準備了答案。

「因為我的俄語流利，並且擅長反間諜行動，還有重新啟用我，更便宜，更快速，不需要為了這個任務另外訓練情報員。」

「而時間緊迫。」

「艾默生是這麼告訴我的。」詹金斯說。

「好，」多爾提說，「但你不能告訴我，卡爾・艾默生為了什麼派你去俄羅斯。」

「對，我不能告訴你具體原因。」

「機密？」

「對。」

「會危害到臥底的性命？」

「是。」

「但不會連累阿列克謝・蘇庫洛夫，或……」多爾提低頭看著筆記。

「烏莉安娜・阿爾泰米耶娃，」詹金斯說，「這兩個姓名是卡爾・艾默生告訴我的。我沒有洩露其他未經批准的情報。」

「所以，這兩個名字是經過批准的。」

「對我來說，是的。」

多爾提看看斯隆，又看看詹金斯。

「你要明白，我很難相信你所說的這一切，除非有更多的實證。」

「我明白，我只是想告訴你，實情真相不止如此，比我告訴你的這些更多。ＣＩＡ有人洩密，有內奸，這個人在破壞CIA在俄國的行動。一旦CIA展開調查，就能阻止事態惡化。你必須讓CIA產生警覺，啟動調查，剩下的就讓他們自己去解決。」

多爾提往後一坐，似乎在審視詹金斯。「你願意接受測謊嗎？」

詹金斯知道測謊結果在法庭上並不具備效力；他知道透過問話的用詞和方式，就能影響受試人的回答，進而操控測謊結果。但他也知道如果不接受測謊，多爾提很難信服他，更不可能深挖真相。「在特定條件下，我願意。」詹金斯說。

「比如說？」

「我不會回答關於該項任務的任何問題。但我願意回答關於我被重新啟用的問題，以及我是否洩露了未經批准的情報。」詹金斯很願意多說一些，但他必須自保。

多爾提翻閱筆記。「你什麼時候可以來我們局裡一趟？」

「我不會去，」詹金斯知道測謊時的環境很關鍵，「我們可以在這裡進行測謊。」

「你要主試人來這裡為你測謊？」

「我只是想在一個中立的環境下接受測謊，而且我要我的律師在場，以確定問話用詞得當。我也想當場就知道測謊結果。」也許是他太多疑了，但他不想測謊結果有被人竄改的機會。

「明天何時？」

「今天下午呢？」詹金斯說。

「我來打幾通電話。」

詹金斯連接上測謊儀只有二十分鐘，但主試人需要時間評量他對每一個問題的生理反應。

天黑了，詹金斯聽著列車匡噹匡噹行駛在倉庫後方的鐵軌上，那聽起來像是遙遠的雷聲。

斯隆的手機響了，多爾提通知他們，會議室已總結出測謊結果，即將公布。

多爾提站在會議桌一頭，那位一板一眼的女主試人就站在他旁邊。他將測謊報告遞給斯隆。「沒有任何說謊的反應。」

詹金斯鬆了一大口氣。測謊結果可以是NDI沒有說謊反應，或DI出現說謊反應，或INC無法確定。詹金斯只在意，測謊結果能否說服多爾提進行深入調查。

「所以他說的都是事實。」斯隆說。

「他對測試問題沒有說謊，」多爾提說。他看著詹金斯，「我明天會打幾通電話，想辦法填補你故事中的幾個關鍵空白。若是CIA證實你的確在為他們效力，以及其他一些你說的細節，我們會設法找出那個洩密人。也許過程中會產生更多的疑點，CIA那方面應該也會，你可以隨時配合我們調查嗎？」

「我都在西雅圖。」

他們握手達成協議，多爾提和主試人離開了。不一會兒，斯隆關好辦公室的門，跟著詹金斯一起打道回府。「截至目前為止，一切順利，」斯隆說。

斯隆負責開車，詹金斯則透過側後鏡檢視。「有人跟蹤我們。」

「什麼？」斯隆說，瞥了後照鏡一眼。

「跟在我們後面那輛。兩個男人，聯邦調查局的。」

「你怎麼知道是聯邦調查局的？」

「因為他們根本沒打算隱藏自己，所以不可能是想殺我滅口的CIA探員或俄國人。」

「聯邦調查局幹嘛派人跟蹤我們？你的測謊結果證實你沒說謊啊。」

「多爾提探員想盯著我，等他一一求證，一一證實。我才剛告訴他，我將機密情報透露給俄國安全局的人。」

他們回到家時，愛麗克絲過來迎接他們。詹金斯在車上打了電話給她，告訴她測謊的事和結果。「我讓ＣＪ準備好上床睡覺了，」愛麗克絲的口氣輕快許多，「你們如果餓了，爐子裡有飯菜。」

「我去送他上床睡覺。」詹金斯說。他上樓走到ＣＪ的臥室，只見兒子坐在地毯上拼樂高積木，傑克從閣樓翻出六組樂高模型，送給了ＣＪ。

「嘿，」詹金斯在地毯上坐下來，「你在蓋什麼啊？」

「《星際大戰》裡的死星平臺。」ＣＪ說，「爹地，我什麼時候才能回學校上課？」

「快了。」詹金斯說。

「什麼時候嘛？」

「我沒辦法給你一個具體的日子，兒子。你想朋友了？」

ＣＪ點點頭。「還有足球。」

「我知道。」詹金斯說。

「你是不是出事了？」

「你為什麼這麼問？」

「我又不是笨蛋。」

「對，你當然不是笨蛋。」

「你出事了嗎？」

「我沒有出事，只是情況有些麻煩。」

「你會坐牢嗎？」

詹金斯愣住了，只見兒子流露出擔憂的神情，並哭了出來。

「嘿，」ＣＪ傾前撲進他懷裡，「嘿，聽我說，事情會變好的。」詹金斯從未騙過兒子，他個人認為誠實是親子關係中很重要的一環。「聽著，」低頭看著ＣＪ的眼睛，「你的爹地沒做錯事，好嗎？我希望你知道這點，我說的，都是實話。我沒做錯事。」

「所以你不會去坐牢？」

「你為什麼擔心我去坐牢？」

「因為大衛是律師，你都在我上床睡覺後，去找他開會。」

兒子的推測十分有邏輯。「大衛處理各種法律問題，ＣＪ。他不只是讓人不用坐牢。」

「那你為什麼找他開會？我們為什麼住在這裡？我們為什麼不能回家？」

「好問題。」詹金斯琢磨著該從何處著手回答，「聽著，很久很久以前，我在政府機構工作，最近他們來找我回去工作。所以我最近經常出差。結果我遇到一些麻煩事，於是就找大衛和傑克幫我想辦法解決。你聽懂了嗎？」

「不太懂。」

「重點就是，我不要你害怕，好嗎？」

ＣＪ點點頭。

「好傢伙。趕快上床睡覺吧，免得你媽找我麻煩。現在我最怕的人就是她了。」

49

接下來三天，詹金斯接下在家教育ＣＪ的工作並帶他出門，好讓愛麗克絲可以休息。上課之外，父子倆去海邊釣魚，在海岸撿拾晶亮的玻璃和完整的海洋生物沙幣。他們拼完了死星平臺的樂高，又完成了另外兩組模型。詹金斯很享受與兒子相處的時光，但同時也焦急地等著多爾提的電話。只要詹金斯一出門，無論是跟ＣＪ去圖書館，或去當地的購物中心購物、補給釣魚器材，那兩個ＦＢＩ探員總形影不離。這種技巧，在情報界被稱為後袋監視。

今早，詹金斯提議先去釣魚再上課，好讓愛麗克絲多睡一會兒。ＣＪ當然欣然順從了父親的安排。兩人包裹得嚴嚴實實的，以對抗寒流來襲。他們在零度以下的冰寒中，和海邊另外數名釣客站在岸上向海灣拋餌。詹金斯才剛拋出釣線，手機就響了。來電顯示電話號碼是來自ＣＪ保全所在的史丹渥辦公大樓。他早已將ＣＪ保全的來電都轉到斯隆的律師事務所，並由傑克負責攔截和應付供應商的催款和他們委託律師的威脅。

「查理？我是克勞迪雅．貝克。」

貝克是辦公大樓數家公司共有的前臺招待員。詹金斯首先為自己的失聯道歉。

「我只是想通知你，昨天下午來了一個ＦＢＩ探員進了你們的辦公室。」

詹金斯立馬好奇了起來。「他想幹嘛？」

「他有傳票，可以搜查文件檔案。我跟他說，你們的檔案文件都不在辦公室裡，你也沒有桌上型電腦。」

「他有留下名片或姓名嗎？」

「他原本不想給，但我說除非他給名片，讓我看他的工作證明，否則我不會回答任何問題。他叫克里斯托弗．多爾提。我有他的名片。」

好兆頭，證明多爾提在向下挖掘真相了。

貝克頓了一下，詹金斯察覺到她有些遲疑。「他還說了什麼，克勞迪雅？」

「他有意無意地提到，ＦＢＩ知道你為ＣＩＡ工作，他們需要你的個人資料做存檔。」

詹金斯微微一笑。多爾提心裡最大的障礙，就是詹金斯是否真的是為ＣＩＡ出任務。一旦證實了，跨越障礙，他便會奮勇不顧地深挖下去。他要求取得詹金斯的個人檔案，只因為他想通過文檔來查驗詹金斯所說的屬實。

他想起斯隆說過，關於那張名片以及需要更多實證的話。

「克勞迪雅，要麻煩妳幫我一件事。」

「當然。」不過她的語氣透著試探意味。

「我要請妳把剛才告訴我的話全部打字下來，再加上那位探員的名片，一起夾在文檔中。然後，我要妳標示日期，並在文檔上簽名。複印一份，將原版放入信封中，封死，拿到郵局蓋郵戳，一定要是今天的日期。」詹金斯和斯隆共事了很長一段時間，清楚一個人寄給自己的書面證明，可以證明他的確在郵戳日期當天寫過並簽署過一份文件。於是他指示貝克照做，接著又說，「等妳收到郵寄回來的信封，不要拆信，只要存放在辦公室某個安全的地方就行了。」

他將斯隆律師事務所的地址給了克勞迪雅，要她把複印本寄過來給大衛．斯隆。

道謝後，他掛斷電話，轉向兒子。「嘿，ＣＪ，要吃早餐了嗎？」

「我才剛吃了一點東西，」ＣＪ說，「再過幾分鐘？」

詹金斯看了看手錶，才剛過早上八點。「半小時，可以嗎？」

「好。」男孩說著，扯回魚竿，又一次甩竿拋線。魚餌噗咚一聲掉入水中，CJ開始捲線，像傑克指導的那樣扯動魚竿讓竿尖上下移動。

「我先上樓準備早點，妳媽得起床吃東西了。」詹金斯說。他想打電話給斯隆，把克勞迪雅的話告訴他，看看斯隆是否有別的想法。

退潮了，海水來到後院草地之間，裸露出九公尺的石礫海灘。詹金斯走上了後院的帶篷露臺，聽到門鈴響起，快步穿房而過，來到前門應門。克里斯托弗·多爾提站在門廊上，西裝搭配著鴨絨外套，戴著滑雪毛帽。他背後站著另一名探員，也是穿得厚厚實實的。

「詹金斯先生，」多爾提說，「希望不會太早，打擾到你。」

詹金斯慶幸他將CJ留在了海邊。「不會，沒事。有什麼事嗎？」

「我有幾個問題想向你請教。」

「我老婆在補眠，我兒子在家。」

「我們可以去市中心局裡的辦公室談。」多爾提說。

「你跟CIA談過了？」

「談過了。」

「他們填補了我故事的空白了嗎？」

「我還在努力中。現在有其他問題冒了出來，需要向你請教。」

是詹金斯把多爾提領上這條路的，而多爾提起碼已經開始挖掘真相了。詹金斯決定繼續配合。「我打電話問大衛，看他有沒有空。」

「我們一個小時後見。」多爾提說。

一個小時後，詹金斯和傑克坐在ＦＢＩ簡潔俐落的會議室的桌邊。斯隆在安吉利斯港有個仲裁案要談，他要詹金斯跟多爾提另外約時間，但詹金斯並不想。他告訴斯隆，克勞迪雅．貝克來電通知他的事，並說多爾提跟ＣＩＡ談過後，產生了一些延伸的問題。

「我很著急，想趕快解決掉這件事。愛麗克絲的預產期快到了，我想回家，在寶寶出生前做好準備。ＣＪ也想回學校上課，他想念朋友和足球課。你和傑克很照顧我們，但我們該回自己的家了。」

於是他們採取了折衷辦法，讓擁有有限律師證（注）的傑克陪他一道過來。傑克今天的角色，主要是寫筆記、確認提問問題的恰當性，並阻止ＦＢＩ進行會談錄音。

克里斯托弗．多爾提和第二位探員走進會議室，拉開對面的椅子，坐了下來。

「我們按照你的建議，打了幾通電話，」多爾提說，「你的工作檔案顯示，你於一九七八年從美國中情局自願退役。所以你只在ＣＩＡ效力了數年而已，是吧？」

「兩年又一個月。」

「你是和平離開ＣＩＡ，是好聚好散的嗎？」多爾提問。

「不算是。」

「怎麼說？」多爾提問。

注 編按：原文為「limited license under rule 9」，源自美國華盛頓州法規。該證照專門發給沒有律師資格，但法官認定有等同律師學識的特定人士。

傑克往前一坐。「這與當前的俄羅斯任務，有什麼關係？」

「只是想多了解他的背景……」多爾提看著傑克給他的名片，「卡特先生，我想有個底，想知道他被重新啟用前，是為CIA的誰工作諸如此類的個人背景。」他看著詹金斯，「你為什麼沒跟CIA好聚好散？」

「我還是沒看出這個問題，與當前俄羅斯任務的關聯。」傑克說。

「沒關係。」詹金斯說。他知道傑克只是做他該做的事，但詹金斯也希望多爾提能夠做他該做的事，「當時，我感覺局裡在一項任務上故意誤導我，最後造成人命傷亡。」

「你對局裡很失望？」

「當時是。」

「但現在不再失望了？」

「時間過去那麼久了，很多事情早已煙消雲散。往事已矣，未來可期。你調查過我，應該知道我後來搬回卡馬諾島的農場，並在那裡定居。」

「那座農場對你意義不凡，是吧？」

「它數十年來，一直是我的家。」

「你結婚了，有個兒子。」

「正確。」

「還有一個快出生了。」

「沒錯。」

「你後來為何成立CJ保全公司？」

「LSR&C投資公司的財務長來找我，為他們服務。」

「他的姓名？」
「藍迪．特雷格。」
「你和藍迪．特雷格是如何認識的？」
「他兒子和我兒子一起玩足球，我一定在無意間提過我是私家偵探，並且替大衛．斯隆和他的律師事務所提供保全服務。特雷格說LSR&C想進軍國際市場，在國外成立分公司，經常會與知名度很高的投資人來往，因此海外分公司需要完善的保全制度。」
「其中一家分公司在莫斯科？」
「沒錯。」
「你妻子也在ＣＪ保全工作？」
「是，但她懷孕了，醫生要她臥床休息。」
「她也跟……」多爾提翻閱筆記，「卡爾．艾默生見過面？」
「沒有。」詹金斯說。
「你妻子認識他嗎？」
「不認識。」
「你成立ＣＪ保全時，申請了創業貸款嗎？」
詹金斯知道這個問題的背後含義，只是不知道多爾提為什麼想知道。「一開始沒有。」
「後來呢？」
「LSR&C擴張迅速，為了趕上他們的保全需求，我必須額外僱請保全承包商，但我資金不夠。」
「所以你貸款了。你用什麼做抵押？」

「農場。」

「你的家。」

「是的。」

「後來LSR&C拖欠帳款，CJ保全仍然繼續為該公司工作。」

「藍迪·特雷格向我保證，他會想辦法繳齊帳款。」

「他說到做到？」

「一開始沒有，也沒有完全繳齊。」

「你的供應商和承包商給了你很大壓力嗎？」

「一些。」

「逾期通知、威脅終止合作？」

「是的。這些我們之前談過了，多爾提探員。」

「抱歉，我只是想完整地走過一遍，以確保我理解正確。」

詹金斯不再相信這個藉口了。他推測，第二位探員應該是來證實詹金斯的話，因為第一次會談時，只有多爾提一人。他不禁納悶，多爾提葫蘆裡究竟賣的是什麼藥。

「就在這段資金周轉不靈期間……卡爾·艾默生來農場找你，突如其來的，要你重操舊業？」

「沒錯。」

「艾默生先生答應支付你多少佣金？」

「我們協商先支付我五萬美元。」

「你用這筆錢支付承包商、供應商帳款……等公司營運費用？」

「這些，我也跟你交代過了。」

傑克介入。「多爾提探員，這些問題他之前都交代過了，除非你有別的問題，不然我們要走了。」

多爾提往後一坐，但目光仍然盯著詹金斯。片刻後，他才說：「我照你所說，打電話給CIA了，他們查不到有人派你去俄羅斯執行任務的相關資料。」

「我說了，他們不會承認這次的任務，因為會危害到情報員的性命。」

「我不是這個意思，」多爾提說，「他們沒有任何俄羅斯境內任務的資料，也沒有你被重新啟用的紀錄。」詹金斯全身一僵。「CIA不能證實你被重新啟用，我該怎麼想呢？」

詹金斯不知所措，啞口無言。

「最令我困惑的是，」多爾提繼續，「CIA說阿列克謝・蘇庫洛夫，你說你洩露給安全局的其中一個人，這個人仍在執行任務中。」

詹金斯感覺被人狠狠揍了一拳。「我被告知，他已經死了。」

「他的確死了，就在最近，但死因離奇。」

詹金斯簡直不敢相信，原來他從一開始就被人設計了。他頭暈目眩，強行壓下洶湧而出的焦慮。他不能呼吸了，連忙急促地吸了幾口氣，但沒有用。

「我究竟幹了什麼好事？」他低聲自言自語，但傑克仍然聽到了，轉過來看著他。

「我們暫停一下。」傑克說。

「你需要認罪協商嗎，詹金斯先生？」多爾提問。

「查理，我們暫停一下。」傑克說著，連人帶椅往後一退。

詹金斯喘不過氣來，只感覺四周的牆壁朝他壓了過來。他的右手在桌面上顫抖，他趕緊抽回來，汗珠滾落兩頰。他看著多爾提，「事情不是你想的那樣。我之所以洩露那些人的姓名，不是你以為的那樣。」

「那你究竟是為了什麼呢？」

「我做了測謊，」詹金斯試著冷靜下來，不讓自己像是一個溺水、掙扎著呼吸的人，「我沒洩露任何未經核准的情報。測謊結果已經證實了這點。」

「你在接受CIA情報員訓練時，也包括了通過測謊的技巧吧？」多爾提問。

「查理，我們暫停一下。」傑克著急地說。

「CIA也聯絡不到莫斯科的另一位情報員。他們說這個情報員，就在你在莫斯科的期間失蹤。她叫作寶琳娜・鮑若瑪友娃。你跟她接觸過嗎？」

「等等。」傑克豎掌喊停。但這個名字讓詹金斯鎮靜下來了。他盡力穩住心神。

「假使我是個間諜，多爾提探員，一個因為叛國而內疚的間諜……就如你所暗示的那樣，CIA為何把一個當下在俄羅斯執行任務的情報員姓名告訴你，要你向我求證？」

「我不知道。你認為呢？」

「我認為他們不會這麼笨。」

「你是間諜嗎？」

「我已經回答這個問題了，」詹金斯說，「測謊也證實了我是間諜，並證實我沒有洩露任何未經批准的情報。」兩位探員互看一眼。

「我可以走了嗎？」詹金斯問。

多爾提抬手朝房門一比，好似在回答請便，但詹金斯明白「請便」只是敷衍罷了。只要他一離開這棟大樓，便會有至少一輛車兩個探員緊盯著他的一舉一動。

50

返回律師事務所的路上，詹金斯和傑克都不太說話。詹金斯知道了ＣＩＡ不會成為他的辯護，甚至不會承認他被重新啟用。問題是，他們為什麼不呢？難道是因為ＣＩＡ絕不會承認七姊妹的存在，即使是對ＣＩＡ自己人也是？或者，還有其他不可告人的原因？

詹金斯腦海裡迴盪著愛麗克絲的警告，他們兩個都知道有人千方百計阻止他回美國，想要殺他滅口。一旦他張口反擊，那個人，無論是誰，必定採取行動。

有人給了克里斯托弗．多爾提錯誤資訊，不只毀了詹金斯的可信度，將他打入從事間諜活動之列，更可能要了他的命。但詹金斯無法理解的是，為何多爾提沒有當場逮捕他。多爾提為何放他走，反倒派人監視他。這次加倍了，總共兩輛車四位探員跟監他，眼下就停在斯隆律師事務所的對面。

「我應該喊停的，」傑克說，「如果是大衛就會立刻喊停。」

「你試過了，」詹金斯說，「是我太笨。我以為ＣＩＡ會告知細節填補多爾提的疑點，我以為他們會證實我被重新啟用。」

「一定是艾默生從中作梗，對不對？」

「也許吧。也可能是ＣＩＡ為了保護一項運作了四十多年，效率良好的任務，決定犧牲我和艾默生吧。」

「他們會以間諜罪起訴你。」傑克說。

詹金斯又望了望一前一後停在空地旁的兩輛福特車，想起了那晚送ＣＪ上床睡覺時，兒子提出的問題。

爹地，你會坐牢嗎？

詹金斯和傑克的目光從電腦螢幕抬起，望向從安吉利斯港返回辦公室的斯隆。他們三個已透過電話會議，討論過這次與多爾提的會談。

「看來去找ＦＢＩ，簡直是自找麻煩。」詹金斯說。

傑克將筆電轉過去面向斯隆，叫出剛才的新聞報導。

「證券交易管理委員會正在調查LSR&C涉嫌詐欺和貪汙。」他說，「報導說，那一整家公司就是一個大型的龐式騙局。」傑克按下按鍵，存檔的新聞報導開始播放。

一個女記者站在哥倫比亞中心，西雅圖市的黑色摩天大樓外，對著麥克風報導，國稅局於兩個月前已開始調查LSR&C，但調查無果。

「但證券交易管理委員會的調查，卻是另一番景象。證券交易管理委員會今日已向聯邦法庭起訴，指控LSR&C的首席營運長米切爾·金石、財務長藍迪·特雷格，以及其他高層人員，涉嫌詐欺。」女記者說，「訴狀中指稱LSR&C濫用西雅圖傑出人士之名，募集了豐厚的捐款。」

詹金斯剛才一看到新聞就打了電話給特雷格，但對方沒接，這次他再撥打電話過去，特雷格接起了電話。

詹金斯按下「擴音」鍵，好讓傑克和斯隆也能聽到他們的對話。

「查理？」

「藍迪，究竟是怎麼一回事？我正在看本地新聞報導。」

「我不知道，」特雷格說，「幾個星期前，來了一個《西雅圖時報》的記者，從那以後，事情就越來越糟。那個女記者說要採訪公司的高層，有關公司急速擴張的事情。我當時就感到不對勁，要米切爾回絕她。但米切爾認為我反應過度。採訪隔天，我們就收到國稅局的信函，要求我們提供財務報表之類的資料，指控我們公司逃漏稅，但米切爾還是叫我不要擔心。他說事情會被妥善處理。」

「怎麼妥善處理？」

「我也不知道，不過國稅局的調查風波的確過去了。」

「過去了？怎麼過去的？」詹金斯問，他知道國稅局甚少輕易放過任何人。

「我不知道怎麼過去的，」特雷格的語氣十分緊繃，「米切爾說他會處理，之後，我也沒再聽過有人提起過。不過，我對那個女記者的戒備是對的。她對我們公司的成長才沒興趣，她感興趣的是我們投資人的名字。」

「那現在這個證券交易管理委員會，又是怎麼回事？」

「我不是很清楚。我只能告訴你，現在公司一塌糊塗。他們指派了一個破產託管人過來，查封了公司所有的資產。你跟米切爾談過了嗎？」

「沒，你也沒跟他談過？」

「我根本不知道他在哪裡，我從昨天下午就沒見過他了。查理，公司的錢不見了。」

詹金斯看著斯隆。「不見多少？」

「還不是很確定，但有好幾百萬美元。我在他們查封電腦前，才瀏覽過我的檔案夾。」

「查封電腦的是誰？」

「聯邦調查員今天下午過來，要所有人離開辦公室。」

詹金斯沉思片刻，又對特雷格說：「你現在在哪裡？」

「我在家看電視新聞，等著我的律師打電話過來。如果這一切都是真的……我有老婆和三個孩子，查理。我要掛電話了，有人打電話進來。」

特雷格掛斷電話。詹金斯望著桌子對面的斯隆和傑克，說：「我們走。」

「去哪裡？」斯隆問。

「上車再告訴你們。傑克，你開車到大樓後面接我們。我不要ＦＢＩ探員跟蹤我。」

十五分鐘後，傑克駛入哥倫比亞中心的地下停車庫，詹金斯領著他們搭手扶梯上到幾層樓以上的大樓大廳。他們走進能通往四十樓的電梯，LSR&C的辦公室在四十樓。詹金斯拿出感應卡一刷，按下按鈕，幸好LSR&C的感應卡沒被查封撤銷。電梯燈亮了，電梯上升。

電梯來到四十層樓，詹金斯走了出去，又猛然打住。

辦公室的桌椅陳設，所有器材設備全被搬走了。舉目所及一張辦公桌也沒有，就連區間隔板都不見了。每一臺電腦都被沒收，牆上裝飾的照片和畫作也不見蹤影。不見任何一張桌上名牌、一片紙條、一支筆、一根迴紋針。地毯也被拔走了，只剩下裸露的水泥地。

51

三人回到斯隆的會議室，繼續車上的話題。詹金斯告訴他們，LSR&C的辦公室在新聞曝光的幾個小時內被清空，這意義重大。眼前的困境不再只是ＣＩＡ有內奸而已，更引發了這家詹金斯一直負責保安工作的公司是否真正存在過的問題，而特雷格指稱的公款被盜更是疑點重重。

「ＣＩＡ的地下公司是什麼意思?你再跟我解釋一次。」斯隆試著理解詹金斯的話。

「簡單來說，就是ＣＩＡ所有並負責營運的公司。」詹金斯說。

「但沒有任何書面紀錄。」

「對，沒有任何書面紀錄。在書面紀錄上，它只是一家合法企業。事實上，這是ＣＩＡ轉帳給潛伏在全世界的情報員的手法之一。公司合法僱用情報員，以提供情報員身分掩護潛入某個國家，同時也提供ＣＩＡ流通資金的管道。這解釋了LSR&C為何急速擴張，為何在莫斯科、杜拜和其他國家成立分行，也解釋了國稅局為何雷聲大雨點小地不了了之，為何LSR&C的辦公室能在短短幾個小時內人去樓空。以及，特雷格指稱的失蹤的數百萬美金，這筆錢，不是轉給了情報員，就是在公司泡沫化後歸入情報任務資金中。」

「這就是我最困惑的地方，」斯隆說，「如果LSR&C是中情局的地下公司，為何國稅局和證券交易監督委員會會牽涉進來?」

「因為ＣＩＡ不會到處宣傳這些公司真正的幕後主使人是誰，對其他政府機構也是保密。」

詹金斯說，「對國稅局，對證券交易監督委員會來說，LSR&C只是一間合法公司。我推測，這就是國稅局調查草草結束的原因。米切爾．金石打電話通知ＣＩＡ總局，總局打電話給國稅局要他們撤銷調查。」

「那總局為什麼沒用同樣的手法處置證券交易監督委員會的調查？」斯隆問。

「有可能是事情鬧大了，或龐氏騙局的說法被人洩漏給了媒體，調查員已著手偵辦。特雷格說，那個《西雅圖時報》女記者在採訪之前，就已經掌握了公司的許多底細。」

「那金石和特雷格的下場會如何？」傑克問，「ＣＩＡ會保護他們嗎？」

「不太可能。LSR&C的辦公室被徹底清空，暗示ＣＩＡ在撇清和LSR&C的關係，以及跟該公司職員的關係。」

「這也是你的下場——所以ＣＩＡ甚至不承認重新啟用你？」斯隆問。

「我不知道，」詹金斯說，「我覺得我之所以落到如今的田地，原因更複雜。但從現實面來看，ＣＩＡ撇清與該公司高層的關係，更顯示ＣＩＡ不可能承認我。我在LSR&C，除了那些被指控詐欺和貪汙的高層主管外，沒有別的人脈了。」

「這也表示，我們要想取得那些能證實你的話的文件資料，更是難上加難。辦公室裡，連一片紙條都不剩。」斯隆說。

「我還沒搞清楚的是，多爾提為何不直接在ＦＢＩ辦公室直接逮捕我。他為什麼放我走？」

「有可能是他打算先讓這個醜聞摧毀你的信用度，所以即便你有機會公諸於眾，也沒人會相信你。」斯隆說。

「有罪推定。」傑克說。

「這種事，以前發生過。」斯隆說。

「我也擔心特雷格說的，公款不見的事。」

「為什麼？」斯隆問。

「因為出賣情報給俄國人，這個叛國賊會需要洗錢的管道。我在墨西哥市見過這種事。支付給俄國雙面間諜的錢，都是透過企業公司洗錢，這麼一來，就追蹤不到ＣＩＡ身上。」

「艾默生必定知道這事。」斯隆說。

詹金斯點點頭。「如果LSR&C是中情局的地下公司，艾默生或某個人會透過這家公司轉帳給俄國人。這樣LSR&C在我們去找ＦＢＩ後即時蒸發，就說得通了。所以，ＦＢＩ就拿不到任何資料檔案，以證實數百萬美元不見蹤影。」

「這說明了那個洩密人在LSR&C工作？」傑克說，「會是金石嗎？所以他才會失蹤？」

「我不認為，」詹金斯說，「但我們要找到他，問一問。我還要找特雷格聊聊，看看他們兩個知道些什麼。但不能在ＦＢＩ的盯梢下去找他們。」

「這兩個人若是被陷害，他們應該會想辦法自救，」斯隆說，「假設金石自始至終知道LSR&C是ＣＩＡ的地下公司，又握有資料足以證實此事，那你所說的這一切，可信度便會大增。」

「這或許就是金石失蹤的原因，」詹金斯說，「也是我可能因間諜罪被捕下獄的原因。有人在設計摧毀我們兩個的信用，並且已經成功一半了。」

52

翌晨，詹金斯穩住心神，一如往常帶著CJ上課釣魚。父子倆拿著魚竿，走下石礫海灘來到海邊。因為睡眠不足，詹金斯整個人昏沉沉的。他熬夜將事態的發展告訴愛麗克絲，然後與大衛、傑克商討應變措施。詹金斯打電話給特雷格，但沒人接電話。而他一直沒有金石的手機號碼。

大衛和傑克一大早就出發，從事務所前往詹金斯在卡馬諾島的家。詹金斯將卡爾．艾默生給的名片，黏在第一版《白鯨記》的封面內側，如此，即使小說被人從書架上拿下來或翻弄書頁，名片也不會掉落。斯隆告訴詹金斯，他也打算致電多爾提，以確定FBI是否會拘捕詹金斯。若是，斯隆要詹金斯去自首。自首，詹金斯就不會在CJ和愛麗克絲面前遭到逮捕，同時主動出擊，讓媒體和社會大眾見識到他敢作敢當，挺身自保，對抗一切指控。

普吉特海灣的浪花拍打著藍天之下的石礫，一望無際的藍天越過瓦雄島頭頂，延展至奧林匹克山。

「你覺得今天會是我們的幸運日嗎？」詹金斯每次帶兒子出來釣魚，都會這麼一問，「我們今天會釣到大大的鮭魚嗎？」

「我們會釣到大鮭魚的。」CJ說著，彈開捲線器鎖釦，魚竿往後一甩，再往前，拋出了粉紅色的嗡嗡飛彈魚餌。

詹金斯將魚竿往右肩後面一帶，卻見克里斯托弗．多爾提和另外三個穿西裝、外套，戴著太陽眼鏡的男子，站在欄杆之前。多爾提對他點點頭。

「爹地，爹地！我釣到魚了。」ＣＪ大喊。

男孩的魚竿彎成了一道弧線，魚線在水面上來回游走。詹金斯扔掉魚竿，跑過去幫兒子。

「放線，」他說，「是條大魚，讓魚兒跑一下，但別讓牠靠近那些船，以免魚線和浮標線打結。」

接下來的十五分鐘，ＣＪ全神貫注，往左走三步，往右三步，竿尖被拉低時，他放線，再輕緩地拉高竿尖。他將魚兒拉到了岸邊，魚兒又開始四處衝撞，魚線颼颼作響。

「魚兒累了，ＣＪ。」

「爹地，你來，把魚拉上來。」男孩說，但詹金斯知道兒子不是累了，而是擔心鬥不過那條魚。

「牠是你的，」詹金斯說，「你做得很好，只要保持下去就行了。慢慢把牠拉到岸邊。」詹金斯拿起了漁網。

ＣＪ一邊放線收線，一邊往後退。大魚的尾巴拍打著水面。「你做得很好，」詹金斯說。

「你來接手，爹地。牠太大了。」

詹金斯單膝跪下，一隻手放在兒子背上。「這是你的戰鬥，你不需要任何幫助。」

ＣＪ瞥了父親一眼，詹金斯對他微微一笑，小男孩回頭繼續全神貫注。

海邊其他釣客收回了魚竿，一起為ＣＪ加油打氣。

「拉牠上岸，ＣＪ。牠是你的了。拉牠過來。」

詹金斯望向水泥平臺。多爾提和另外三個探員已經走到了海灘，等待著。詹金斯知道他們不是來找他談話的，否則不需要那麼多人。ＦＢＩ不打算讓詹金斯有機會自首，或向媒體喊冤。

詹金斯回神關注水面。「再堅持一下，CJ。再往後退一點。」他走進水裡，將網子移到魚兒下面，把鮭魚撈出水面。漁網太小，魚尾懸盪在網外。

「是條大魚。」詹金斯估計這條魚超過九公斤重，也許有十一公斤。

CJ俯視著大魚，自豪地開懷大笑，其他釣客紛紛向他道喜。詹金斯拔出魚嘴裡的魚鉤，對著兒子微笑，淚眼迷濛。他舉起小棍棒，朝魚頭敲了一下，讓魚兒不再受苦。

「把魚吊起來，CJ，」釣客說，「我們拍照給記者。」

CJ扔掉魚竿，勾起魚兒的魚鰓，用兩隻手吊起了魚兒。魚兒的身長從CJ的下巴，垂掛到CJ的膝頭。那不只是一條魚，而是一隻了不起的戰利品。

「我們拿去給媽媽看。」CJ說。

詹金斯抬眼望向房子。愛麗克絲就站在木條椅前方的草地上，淚水滾落兩頰，她也看到那四個人了。

「她看到了，」詹金斯說，「她都高興得流眼淚了。」

CJ轉身揮揮手，愛麗克絲也揮揮手。

「你把魚拿去給她看，」詹金斯說，「你和她一起殺魚。她會很開心的。」

「你不跟我們一起？」

「你也知道，」詹金斯強行忍住淚水，「我不太會弄那些內臟。去吧，把牠拿去給你媽。」兒子的笑容褪去了，只見那四個人走了過來。「你跟我一起回去。」CJ說。

「去吧，CJ。我說過，不會有事的。你相信我，對不對？」

CJ點點頭，淚水滾落下來。

「去吧。」詹金斯說，「現在是我的戰鬥了，你明白嗎？我一定會打贏的，就像你贏了今天的戰鬥，戰勝了你的魚。好嗎？」

ＣＪ慢吞吞地、不情願地走上海灘，不時回頭看著父親。他走到愛麗克絲面前，扔掉魚，埋進媽媽肚子裡。愛麗克絲對詹金斯揮揮手，詹金斯也抬手揮了揮，不知道還能不能再享受一次這樣一個快樂的早晨。

詹金斯將魚竿放到草地上的工具箱旁邊。其他釣客都回去釣魚了，不過還是有人回頭盯著那四個穿西裝打領帶的男人。

「你們不打算給我機會去自首囉？」詹金斯說。

「抱歉，」多爾提說，「不是我做的決定。」

「謝謝你沒在我孩子面前逮捕我。」

「我自己也有三個孩子，詹金斯先生。沒必要搞得大家都難堪。我們走上去，我們的車在那裡等著。」

「走吧。」詹金斯說。

多爾提苦著臉。「我必須給你上手銬。我只是公事公辦。」

「走到水泥路再戴，行嗎？」

「當然。」多爾提說。

走到水泥地上，詹金斯轉身讓多爾提把他的兩手拷在背後。一架新聞攝影機拍下詹金斯被兩個官員押解走向多爾提的福特車。一個官員壓下詹金斯的頭，詹金斯彎身坐進後座。詹金斯回頭看見幾個鄰居站在院子裡圍觀，謝天謝地，愛麗克絲和ＣＪ並不在其中。

53

多爾提押解詹金斯來到ＦＢＩ的辦公室，辦理拘捕手續。他被關進一間上了鎖的會議室，乾坐著枯等。會議室內的時鐘指針快接近晚間五點時，詹金斯意識到他今晚將在聯邦監獄度過，但多爾提和另外三個執法人員回來時，多爾提說：「是時候提訊了。」

詹金斯看著牆壁上的時鐘。「已經五點多了。」

「哈登法官已經就定位。」多爾提說，不再多作解釋。

「大衛．斯隆呢？」

「他在法庭跟你碰面。」多爾提說。

他們帶著詹金斯搭乘電梯到地下車庫，上了一輛車。來到史都華街的聯邦地方法院，車子一停下來，詹金斯就明白他剛才為什麼等那麼久了。一群攝影記者擠在法院玻璃銅門前的空地上。ＦＢＩ利用剛才的空檔通知了媒體，先下手為強，向媒體說明這次的逮捕原由。

有罪推定。自證清白。

執法人員打開後車門，協助詹金斯下了車。第二位執法人員快步走到詹金斯右邊，另外兩個站到他們三個後面。沒人站到詹金斯前，攝影機大剌剌地拍攝著。一行人來到長方許願池旁的樓梯，詹金斯低頭看著階梯，立時傳來一陣相機的咔嚓聲。原來攝影師都在等他低頭，以捕捉他愧色難當、羞於見人的照片。

執法人員護送他進入洞穴般的法庭，庭內的長椅上早已擠滿了記者。大衛．斯隆坐在欄杆後的律師席上。左邊則站著四個律師，三男一女，他們穿著深藍或灰色套裝。

詹金斯走到律師席上，執法人員解除了他的手銬。

「你還好吧？」斯隆問。

詹金斯聳聳肩。「我肚子餓。這些人比俄羅斯人更卑鄙，一整天沒給我東西吃。你跟愛麗克絲談過了嗎？」

「她想來，但我要她別過來。」

「謝謝。」

「我現在知道多爾提為什麼那天沒逮捕你了，」斯隆說，「他們在拉攏媒體。現在新聞和社群媒體上全是你。他們在逮捕你之前，就把相關資料交給媒體了。」

「他們指控我什麼？」

斯隆搖搖頭。「聯邦檢察官還沒告訴我。待會就知道了。」

「你先把我保釋出去，讓我回到家人身邊。」詹金斯望向左邊代表政府的律師團，「他們的頭頭是誰？」

「那個女人，」斯隆說，「瑪莉亞・委拉斯凱茲。別看她個頭嬌小，強悍得很，很難搞，我們跟她交手過兩次。她不算狡猾，但滑不溜手。我若沒有要求她坦承手中掌握的證據，她就不會交出來。事情很麻煩。」斯隆補充道。

「最好一下子扒開傷口。」詹金斯說。

「他們找到米切爾・金石了。」斯隆說。

「死了？」

「還活著，但他們在飯店客房找到他時，他兩隻手腕割開，身邊還有一罐止痛藥。你跟他熟嗎？他是會自殺的人嗎？」

詹金斯搖搖頭。「我不知道。我跟他不熟。」

「新聞說金石偷了投資人的錢，捲款潛逃，將面臨無期徒刑的刑求。」

「這個指控我們早就推算到了，不是嗎？」詹金斯說，「我才不信，太理所當然了。」

「藍迪．特雷格配合調查了。我打電話和他的律師談過。特雷格聲稱他不知道龐氏騙局，他的律師說他不知道LSR&C是中情局的地下公司，說他連聽都沒聽過。」

「他把自己撇得真乾淨。」

「是啊。」

「他們等到下午五點才提審我？除了召集媒體，還有別的原因嗎？」詹金斯問。

「他們在等哈登法官的庭審結束，政府指定要他。」斯隆說，「他以前是聯邦檢察官，行事作風蠻橫霸道，我行我素。」

法警從階梯長椅右邊的門走了進來，大喊：「全體起立，請約瑟夫．B．哈登法官入席。」

詹金斯覺得哈登法官有點像林肯總統，高大魁梧，黑髮在太陽穴花白。他穿著黑袍走進法庭，在高高的法官臺坐下，拿起幾張紙閱讀，同時書記官大聲宣告美國政府指控查爾斯．威廉．詹金斯的案件編號。

片刻後，哈登才說：「請陳述起訴原由。」

法庭左手邊的律師團開始了，並由委拉斯凱茲做結束。

「被告辯護律師大衛．斯隆。」斯隆說。

「你的辯護人讀了訴狀嗎，斯隆先生？」哈登問。

「沒，庭上。我也沒有。」

「那我來念。」哈登一個字一個字地念了出來。詹金斯被指控涉嫌兩項間諜案、兩項洩密俄羅斯以獲利案，以及一項共謀案。政府也指控他洩露機密情報，包括洩露兩位ＣＩＡ臥底的身分，造成兩人的死亡。儘管哈登沒有念出來，但詹金斯很清楚自己面臨無期徒刑的刑罰。

「被告你有罪無罪？」

「無罪。」詹金斯說。

「很好。詹金斯先生，你將交由美國法警收押，直到無罪抗辯成立。」

「被告申請保釋。」斯隆說。

「原告反對，」委拉斯凱茲立刻反擊，「以免被告潛逃。」

「被告已婚，有個九歲兒子，」斯隆說，「他妻子懷有二胎，因妊娠併發症而臥床養胎，且隨時可能分娩。詹金斯先生只想回家陪伴家人，同時出庭為自己抗辯。」

委拉斯凱茲看著其中一位律師，他遞過去一個檔案夾。「庭上，我們有被告最近出國的時間紀錄表，請求呈上法庭。」

哈登點點頭，委拉斯凱茲按下電腦的按鍵，同時將一份文件遞給斯隆。法庭螢幕出現一頁帶著箭頭的時間表，指出查爾斯·詹金斯從西雅圖飛往英國希思羅機場，再到莫斯科的謝列梅捷沃國際機場的日期。

「庭上，這張時間表並不完整，沒有被告最近一次結束俄羅斯之旅，返美的日期。但，他現在人就在這裡。詹金斯先生若不是魔術師胡迪尼，用魔術把自己變了回來，就是以假護照返美。原告重申，詹金斯先生曾經是ＣＩＡ情報員，有極大的潛逃可能。」

哈登看著斯隆，眉毛一挑無言地發問。詹金斯知道斯隆進退兩難。斯隆不能坦承真相，否則只會證實委拉斯凱茲的論點：詹金斯擁有一本以上，一個國家以上的護照。

「詹金斯先生可以將護照交由美國法警保管，」斯隆說，「我向庭上擔保，他會留在華盛頓州為自己抗辯，我剛才說了——」

哈登豎掌打斷他的話頭。「被告潛逃的可能性很高，我否決這次的保釋申請。律師，你可以針對此事找時間向我詳實地匯報。還有別的問題嗎？」

詹金斯膝頭一軟，CJ看不到他回家，會怎麼想？

爹地，你會坐牢嗎？

「沒有。」斯隆說。

「查爾斯・威廉・詹金斯，你特此由美國法警候押聽審，直到保釋申請有了更進一步的決議。休庭。」哈登敲了小法槌，起身，快步離開。法警走了回來，用腹鍊繞過詹金斯的腰部，拷住他的雙手，再往下「咔嚓」一聲拷住雙踝。

「替我照顧好愛麗克絲，好嗎？」詹金斯擔心新聞報導對她和CJ的影響。

「我會處理的，」斯隆說，「我們會盡快送出保釋動議。」

詹金斯清楚，對他的家人來說，再快都不夠快。

54

接下來的三天，詹金斯都待在西雅圖塔科馬國際機場附近的聯邦拘留中心。他不吃拘留中心提供的食物，擔心被下了毒。斯隆說，米切爾・金石被救活了，目前在醫院復元中，法院這星期會提審他。

詹金斯在跟愛麗克絲和CJ的電話通話中，盡可能表現得積極樂觀，但他知道他遭到拘留，一家人都深受打擊。斯隆聘請一位護理師到他家照顧愛麗克絲，因為他和傑克幾乎都會待在事務所，儘管傑克不能出面為詹金斯辯護，但他堅持幕後協助詹金斯打官司。斯隆也僱請了一位退休老師到家裡為CJ上課。CJ起初反對，後來得知這位老師曾經是職業足球員，並且答應CJ只要成績進步，老師會一對一指導他球技。男孩高興得都快飛起來了。

關押三十個小時後，詹金斯被轉入分類囚房，換上囚服、除蝨、全身健康檢查，同時被剝奪了人性。斯隆提出動議，將詹金斯安置在行政隔離區，堅稱電視新聞幾乎論定詹金斯遭到緝捕，罪名成立，使得詹金斯成為拘留所甚至軍事老手的注目焦點。哈登同意了。

普通監獄裡，噪音震耳欲聾，收音機播放著驚天動地的搖滾音樂，金屬敲擊著金屬。看不見彼此的囚犯，在空心磚隔牆內大吼大叫，以免自己發瘋，但這不見得有效。詹金斯不吭一聲，擔心被錄音，免得被進一步隔離。他必須被保釋出去，才可以和斯隆一起準備抗辯。

假使詹金斯罹患偏執妄想症，應該都是這關押的五天引發的。斯隆來到監獄，告知詹金斯有人闖進他的事務所，觸動警鈴，所以來不及撬開斯隆的保險櫃，偷走卡爾・艾默生的名片、封存有克勞迪雅·貝克打字的證詞的信封。這兩樣是詹金斯僅有的，能證明ＣＩＡ重新啟用他的實證。斯隆提出了保釋動議，哈登法官安排隔天早上進行聽證。

「他催促我們趕緊結束保釋爭議。」

「找艾默生的事，進行得如何？」

「沒有進展，政府不支援。他們說艾默生已不在ＣＩＡ工作，ＣＩＡ也不知道他眼下人在哪裡。也許這就是哈登催促我們的原因。我們越是拖延，越有時間找到他。」

「有拿到支撐控方起訴的文件資料嗎？」

「傑克在準備一項動議，但當前最重要的是把你保釋出來。」

「愛麗克絲還好吧？」

「護理師把她照顧得很好。她說胎兒的心跳強勁，隨時可以進行剖腹產。愛麗克絲說要等到你回家。」

「如果我的保釋申請失敗了，告訴護理師做該做的事。我不要愛麗克絲和寶寶出任何差池。」

翌晨，詹金斯出庭見證斯隆和委拉斯凱茲，針對保釋動議唇槍舌戰。法院走廊萬頭攢動，顯然詹金斯的拘捕在西雅圖是個頭號大新聞。辯論結束，哈登表明需要一番深思熟慮，決定下午再宣告裁決結果。斯隆告訴詹金斯，他對哈登法官的決定沒有十足的把握。他說兩方勢均力敵，詹金斯輸掉保釋申請的可能性大。

但哈登法官，令他們吃了一驚。下午的電話會議，哈登通過了詹金斯的保釋申請，以一百萬美元交保，並命令詹金斯配戴踝環，讓美國法警能監視他是否離開西雅圖。詹金斯每天早晚都必須致電給法警報到。

這一切，詹金斯都不在乎，只要能出去他就心滿意足了。「你請保全公司來辦公室和家裡搜找竊聽器了嗎？」詹金斯在車上問，他和斯隆從監獄駕車駛往三樹點斯隆的家。

「每天早上都有。」斯隆說。

走進屋裡，詹金斯看著愛麗克絲竭力克制情緒。斯隆安靜地退回到辦公室。

「妳還好嗎？」詹金斯問。

「我很好。我想趕快把孩子生下來，醫生說，等你回家，我們隨時可以過去生產。」

詹金斯淚眼迷濛地笑了笑。「那我們就去生孩子。CJ呢？」

「又去了每天下午都會去的地方。他自從釣到那條十三公斤的大鮭魚，就上癮了。」

「也好，能分散他的注意力。他知道我的事嗎？」

「他有問我，那天早上海灘上的那些人。我告訴他，他可能會聽到別人說你壞話，但那些人不像我們這麼了解你。」詹金斯吐出一大口氣，頓時感覺到這口氣他憋了好多天了。單單是從法庭內的擁擠，他就知道新聞報導內容對他並不友善。但他不在意，只擔心兒子受到影響，幸好CJ沒去上學，學童們的譏諷謾罵可以很殘忍。

愛麗克絲遞給詹金斯一個小珠寶盒。「打開它。」

詹金斯打開盒子，拿出一支純銀手鐲。「讀讀鐲內的銘文，我雕刻的。」

詹金斯轉過手鐲，愛麗克絲遞給他一副老花眼鏡。他戴上眼鏡，轉動手鐲捕捉光線。

你們必曉得真相，真相必叫你們得自由——約翰福音8:32

「不管如何，我們都知道真相為何，沒人可以從我們這裡搶走。我們也要這樣告訴CJ。」

詹金斯將手鐲套到手腕上。「我希望真相就已足夠。」

55

斯隆和傑克坐在康萊德．利維的對面，利維是個七十出頭的退休ＣＩＡ情報員。退休後的利維成為最挑剔ＣＩＡ的人，經常讓情報員焦頭爛額。他寫了一本書，記載男男女女為了國家奉獻犧牲，殫精竭慮，卻得不到ＣＩＡ同等的忠誠回報。斯隆向利維諮詢，詹金斯的案例是否與利維大肆抨擊的情況相類似。

利維完全不像電影裡的詹姆士．龐德，或傑森．包恩。他矮個子，微微發福，灰髮，髮際線後退，戴著眼鏡，舊西裝，普通的襯衫加領帶。是那種夜夜去同一家餐廳用餐，仍然沒人會記住他的人。

「我必須先問幾個問題，」利維說，他的聲音偏尖銳，「不過據你所說的，你的客戶應該不會回答這些問題。」

「我們知道的，你就會知道。我們知無不言。」斯隆說。

利維推了推眼鏡。「抱歉，斯隆先生，但我必須坦承，我完全不相信詹金斯先生的故事。」

斯隆大吃一驚。「你不相信哪一個部分呢？」

「全部……一個曾經在墨西哥市與蘇聯情報局交手的男人，我不相信他能金盆洗手。除非他是個倖存下來的天兵，再不然就是騙子，是叛國賊。」他說得斬釘截鐵。

「即便他的遭遇是真的，也不會有任何ＣＩＡ的人站出來為他說話。」

「為什麼不會？」

「首先，他的遭遇指出CIA的內部管理嚴重疏失，監督不嚴，才會讓一個高層官員勾結外人，出賣機密，且作惡期間可能長達數十年。他們會在全世界面前，威信盡掃。再來，CIA絕不可能公開承認他們的地下公司。」

「他告訴我卡爾・艾默生，是他在墨西哥市的處長，這不是真的？」斯隆問。

「這點是真的。但在假情報裡摻雜一些事實，是情報員常用的一個手法，用事實換取他人的信任，好讓人相信其他資訊也是真的，比如詹金斯先生授命向俄國接頭人，洩露阿列克謝・蘇庫洛夫和烏莉安娜・阿爾泰米耶娃的身分。」

「什麼意思？」

「阿列克謝・蘇庫洛夫和烏莉安娜・阿爾泰米耶娃，是最先被墨西哥市情報處選定為可以策反成為CIA臥底的潛在目標，而詹金斯先生在那個辦公處裡工作。」

「你是說，因為查理在那個辦公處工作，他早已熟悉這兩個名字？」斯隆問。

「我是說，他很可能熟悉那兩個名字，並利用了這兩個姓名，因為他以為這能為他的遭遇爭取一些可信度。」

「但政府聲稱，就是因為他洩露了這兩個人的身分，才造成他們的死亡。」

「我的重點是，這兩個人是真正的CIA臥底，且能被證實。你想一想。假使你打算向外宣稱，你離開CIA四十年後，有個前處長來到你的農場，而且是毫無預警的，難道利用兩個你的處長也知道並且會使用的姓名，不是更順理成章？」

「你是說，這一切都是他編造出來的？」傑克問。

「我只是說出政府會如何辯護。你的客戶當初離開CIA時，對CIA是很有意見的。控方會死咬著這點不放。他們會聲稱詹金斯先生需要錢周轉，出賣情報給俄羅斯，不只能獲利，甚至能報復ＣＩＡ當年的不義，也就是造成他退出ＣＩＡ的原因。」

斯隆啜了一口水，試著減緩飛快運轉的思緒。

「抱歉，斯隆先生。我們要換位思考，站在想定罪詹金斯先生，並將他送入監獄的那個人的角度來看這件事，站在陪審團的角度來看這件事。詹金斯先生去了俄羅斯，並與安全局探員接觸。他說他要出賣情報以獲取大筆佣金，而他剛好亟需用錢，並且第一次成功了。他收到五萬美元——」

「錢是ＣＩＡ接頭人轉給他的。」傑克說。

「但你們不能證明，我也不認為你們能。」

「為什麼不能？」傑克問。

「因為我試過找出轉帳源頭。那筆錢是從一個瑞士戶頭，直接轉進ＣＪ保全公司的帳號裡。所以無從辨認那筆錢的最原始出處，是俄羅斯內部，或ＣＩＡ情報資金的任何戶頭？更別提，詹金斯先生從頭到尾的行動，都沒有相應的證據留下，無法證實那筆錢從哪兒來的，這對他十分不利。政府會指稱詹金斯先生成功了一次，食髓知味，如法炮製，企圖再次出賣情報，但這次出了差錯。第一次付款後，俄羅斯人握有詹金斯先生收到五萬美元的證據，等到詹金斯先生第二次造訪俄羅斯，卻遭到安全局恐嚇，這是蘇聯情報局經常玩弄的把戲，我相信俄國安全局應該也不差。」

「你是說，他們威脅告發他。」斯隆說。

「是的，詹金斯先生精通遊戲玩法，意識到危險，開始逃亡。我認為，詹金斯先生並非為ＣＩＡ工作，他就是一個被逮到的叛國賊，正在想辦法自救，再加上他和ＣＩＡ的過節，所以想盡辦法揭ＣＩＡ的傷疤。」

利維離開後，傑克說：「查理絕不會編造出這種瞞天過海的謊話。我在希臘的機場看見那些人，監視著機場大門。」

斯隆點點頭。「但利維說得對，查理的說法的確疑點重重，又沒有任何證據證實他的遭遇，我們很難說服十二位陪審員的。」

「那我們現在怎麼辦？」

「我們補充漏洞，讓故事完整一點。」

傑克苦著臉說：「這樣應該不夠。」

「什麼意思？」

「我不想危言聳聽，」傑克說，「但我下午上網找了資料，目前看來，凡是被指控涉嫌間諜案的ＣＩＡ情報員，沒有一個被無罪釋放的。沒有一個。」

56

詹金斯和CJ花了一個上午釣魚無果後，走進了廚房。日子一天天過去了，詹金斯越來越沒有信心他能打贏這場官司。

「我們來上數學，我不想你跟不上進度。」

「我去拿背包。」

「我去看看你媽，看她有沒有什麼需要。」

CJ上樓上到一半。「你說她什麼時候生寶寶？」

「兩天後。」查理說，「你就要當大哥哥了，感覺如何？」

CJ一邊的肩膀聳了聳。「有點酷吧。」

詹金斯想起迫在眉睫的庭審，如果他被定罪了，意味著什麼。

「當人家的大哥哥是有責任的喔。」

「我知道，爹地，」CJ沉默了，又說，「你會陪媽媽去嗎？」

詹金斯點點頭。「當然會啊。你怎麼這樣問呢？」

「我聽到一些釣客說，你在那些穿西裝的人來海邊的那個早上，遭到拘捕。他們說，那些人是FBI探員，你是叛國賊。這不是真的，對不對？」

「你來一下。」CJ走下樓梯。詹金斯在沙發扶手上坐下，兩手搭在兒子的肩膀上。「我是被逮捕，但指控我出賣機密、背叛國家這部分不是真的。我向你保證，這不是真的。」

「那他們為什麼那樣說你？」

詹金斯嘆口氣。「現在發生了很多事，對你來講都太難理解了。但我看著你的眼睛，告訴你，那不是真的。我給你看樣東西。」詹金斯摘下純銀手鐲，轉過去讓ＣＪ讀內側的銘文，「這是你媽給我的。你能念出來她刻在上面的字嗎？」

ＣＪ轉動手鐲捕捉光線，緩緩地念著。「你們必曉得真理，真理必叫你們得自由——約翰福音8:32。」

「只要我們知道真相是什麼，就不需要在意別人說什麼。聽懂了嗎？」

ＣＪ點點頭。「我懂。」

「事情可能會變得很糟，會有更多人說你爸的壞話。」

「我不會相信他們的。」ＣＪ說。

ＣＪ回到房間拿數學課本，詹金斯朝他們的臥房走去，推開了門。愛麗克絲不在床上。他聽到浴室門後的風扇嗡嗡響。愛麗克絲每十分鐘必須小便一次。

「愛麗克絲？」詹金斯朝浴室走去。

她沒有應聲。

詹金斯又敲了三下。「愛麗克絲？」

她仍然沒有應聲，詹金斯按下門把，推開門。門板被一個東西堵住了，他從門縫探頭進去。只見愛麗克絲就躺在地上，睡衣掀到了腰部。她好似昏迷不醒，身下有一大灘血泊，漫開在白瓷磚上。

詹金斯看著斯隆和傑克走進醫院的候診室。傑克在CJ身邊停下來，驚呼：「CJ，我們一起去餐廳看看，給大家買些吃的，你覺得呢？」

CJ搖搖頭，看著父親說：「我不餓。」

詹金斯抬手搭在兒子背上。「媽媽有醫生陪著，他們會照顧她。你跟傑克去，我保證，一有消息立刻去叫你。」

傑克摟著男孩的肩膀，領他走了出去。

「他還好吧？」斯隆問。

「他聽到海邊的釣客說我是叛國賊，現在又出了這種事，對一個九歲男孩來說，太沉重了。」

「是啊。」斯隆說，「醫生怎麼說？」

「她大量失血。我剛問了護理師，護理師說我要隨時待命。」

斯隆指著詹金斯的右手，那隻手在發抖。「你的手，抖了多久？」

詹金斯甩了甩手。「我第一次去俄羅斯的時候，就開始了。」

「不是帕金森症吧？」

「不是，是焦慮。我不年輕了……身上的擔子卻很重，害怕失去的東西也很多。」

醫生穿著手術衣走進候診室。「詹金斯先生，恭喜你有一個健康的女寶寶。」

「什麼？」詹金斯驚呼，但也鬆了一口氣。斯隆抓住他的肩膀。

「我們剖腹接生了寶寶，」醫生說，「抱歉，但我們不得不採取行動。」

一個女寶寶。他有個女兒了。「愛麗克絲呢？我老婆呢？」

「她現在很虛弱，也累了，但所有生命跡象都十分強勁，元氣正在復元中。我們給她輸了血，她急著想見你。」

「我打電話給傑克和ＣＪ，通知他們。」斯隆說。

詹金斯跟隨醫生走下走廊，通過幾扇雙開式彈簧門。愛麗克絲在加護病房的第三間，幾個護理師在她床邊忙裡忙外。她面色蒼白，一臉倦容，但她笑了笑。

詹金斯親吻她的前額，低語：「妳還好嗎？」

「我累了，但我沒事。」愛麗克絲虛弱地說，「現在生剛好，有你在身邊。你看到你女兒了嗎？」

床邊的搖籃裡，粉紅條紋白毯下，冒出了一個粉紅小帽的帽頂。

「雖然事出突然。」愛麗克絲低語。

「是啊，」詹金斯著迷地看著搖籃裡的小東西，「她好小，ＣＪ那個時候好像沒這麼小。」

「是的，」愛麗克絲說，「但醫生說她很健康，有一點黃膽，但兩天後就會褪去。抱抱你的女兒吧。」

詹金斯抱起毛毯。小寶寶差不多他手掌大小，從指尖越過長長的手指，超過手腕一點。他搖晃著小寶寶。「嘿，小女孩。」他心頭一酸，心情複雜。他想抱緊她，保護她不受傷害，又擔心身不由己，無法在身邊保護她。

「給她取個名字？」愛麗克絲說。夫妻倆決定不要事先知道寶寶的性別，就跟懷ＣＪ時一樣，之前也隨意起了幾個女孩名和男孩名，但意外接踵而來，他們來不及做決定。「我想可以用你母親的名字。」

詹金斯微微一笑。「伊莉莎白。」

「小名莉茲。」愛麗克絲說。

「那寶琳娜呢？」詹金斯說，「也許當她的中間名。」

「那個俄羅斯女人？」愛麗克絲問。

「是她，讓我有機會站在這裡，抱著我們的女兒。她沒有孩子，取她的名字，讓她的精神延續下去。」

愛麗克絲念了出來：「伊莉莎白・寶琳娜・詹金斯。很好聽。」

門簾被拉開，一名護理師帶了CJ過來。詹金斯挪了挪身子，讓CJ爬上床坐到媽媽身旁。愛麗克絲吻了他一下，他又變成了一個小男孩，往媽媽懷裡蹭去。詹金斯彎身，讓CJ看看妹妹。「要抱一抱她嗎？」

「我可以嗎？」

「當然。兩隻手這樣放。你要撐著她的頭。」

CJ擺好架勢，詹金斯將小寶寶放到男孩的手臂上。CJ抬頭對他們笑了笑，隨即十分認真地說：「我會照顧她的，爹地。我保證。」

詹金斯也笑了笑，無言地向兒子保證，他也會在兄妹倆身邊，保護他們。

57

伊莉莎白出生一個星期後，一夥人全回到斯隆在三樹點的住宅。保釋條款裡規定，詹金斯必須待在金郡郡內，大家都同意詹金斯和家人待在三樹點，比起卡馬諾偏僻的農場安全。斯隆的住宅也比較靠近西雅圖市中心的法院，斯隆和詹金斯會有更多機會商討官司。詹金斯每日的工作就是照顧愛麗克絲和寶寶，並確定CJ完成高質量的作業。這些責任讓詹金斯有官司以外的事可以操心，暫且拋開煩惱。

庭審好似斷頭臺閃亮的鍘刀懸在他脖子上方，有了莉茲後，更是。

週四下午，斯隆要詹金斯去事務所找他。詹金斯在四點抵達時，暮色森森。他們從廚房冰櫃裡拿出冰凍玻璃杯，倒了啤酒，坐在主會議室內。

「我下午跟瑪莉亞．委拉斯凱茲談了，」斯隆說，語氣帶著遲疑，「以精神錯亂為由的認罪協商，交換兩年的精神病院住院治療。然後你就自由了。」

「他們要我承認自己是瘋子？」

「精神錯亂。」斯隆說。

「我知道那是什麼意思。」詹金斯說。

「然後一切麻煩就過去了，一家人繼續過日子。」

詹金斯啜了一口啤酒，將杯子放到桌子上。他看著手腕上的純銀手鐲。

「直到學校裡的同學，或某個釣客，告訴CJ你爸是個瘋子，還是個叛國者。如果只有我一個人，大衛，我當然可以拋開一切繼續過日子。但我的孩子將揹負父親的罪行過一輩子。我不能這樣對他們。」

「你不接受認罪協商，政府會爭取無期徒刑的刑罰。」

「這點我們早就知道了，不是嗎？」

斯隆點點頭。

「我知道你有告知義務讓我知道這個認罪協商，你也告訴我了，但我絕不接受任何以瘋子為由的認罪協商。」

斯隆沒有回應，詹金斯終於察覺到他的不安。

「你認為我應該考慮這個協商？」詹金斯問。

「我們一直沒有找到證據來支撐我們的論點，查理，」斯隆說，「而且我不確定我們能找到證據。艾默生彷彿蒸發了。特雷格跟政府合作了，金石正在進行認罪協商，在談妥之前什麼都不能說。我們又拿不到測謊報告，手上沒有任何文件資料。」

詹金斯說：「你認為我說的是實話嗎？」

「我認為你說的是不是實話，不重要，查理。」斯隆說。

「對我很重要。你認為我說的是實話嗎？」

「當然，查理，但……」

「但什麼？」

「我們請了一個叫康萊德．利維的顧問。他是前——」

「我知道他是誰。他是寫ＣＩＡ那本書的作者，出賣了十幾位前情報員。」

斯隆把他和利維的對話，都說給詹金斯聽。又說：「查理，這跟真相無關，重點是我們能證明多少。利維說的就是政府會說的話，這點我們不得不承認。」

「但不是真相。」

斯隆點點頭。「也許還有別的辦法。有個精神科醫生，我一直跟他合作，他為人做精神評估。根據評估結果，也許是我們證明你說的是實話的最佳證據。」

「那我們就來做精神評估。」詹金斯說。

接下來的三天，詹金斯耐著性子做了一連串的訪談和心理測驗，主測人是一個叫作愛迪生．貝克曼的精神醫生。貝克曼是個五十多歲的女醫生，十分專業，深受敬重，尤其是在法醫精神病學上。

貝克曼在書寫報告之前，先與斯隆、傑克在會議室碰頭。如果她說詹金斯是個瘋子，他們就不在法庭上提起她和她為詹金斯做了評估的事。貝克曼回絕了咖啡和茶，而且似乎著急著想談話。她坐下後立刻說：「他就像評量結果一樣實實在在，直率坦蕩。太實在，太直率了，他最好放鬆一點。」

「這究竟是什麼意思？」斯隆問。

「我是說，相信你的當事人。我是說，在我看來他是個老實人，坦率真誠，情緒穩定。我做了一連串的測試，全都會總結在報告裡。他沒有幻覺，沒有反社會傾向，也不是病理上的騙子。在我看來，你們可以相信他所說的遭遇。」

他們一一瀏覽了貝克曼進行的每一項測驗。五個小時後，斯隆的會議桌上散布著表格、圖表、字條和測試結果。從書面資料看來，一切都很正常，但它解決不了他們最大的問題。斯隆仍然需要實證來支撐貝克曼的看法。

貝克曼離去後，斯隆和傑克回到辦公室回電。剛才和精神醫生會談時，有一通電話進來。斯隆僱請了一個調查員彼特・范德萊，請他根據卡爾・艾默生給查理的電話號碼，在電話薄上反追蹤。斯隆希望能找到那支號碼，作為艾默生所有的證據。第三聲鈴響，范德萊接起了電話，斯隆按下擴音鍵，好讓傑克能聽到。

「斯隆先生，」范德萊說，「我本來上午要打電話給你的。我才剛抵達女兒的籃球比賽現場。」

「抱歉，打擾了你和家人的時間。」

「沒事。他們還要暖身十分鐘。我查了你給的那支電話號碼，有了一個結果，你手邊有筆嗎？」

斯隆抓來一支筆和一疊紙。「請說。」

「那支電話號碼是TBT投資公司，一個叫作理查・彼特森的人所有。」

斯隆從沒聽過這個人，也沒聽過那家公司。他看向傑克，但傑克一聽到這個名字，立刻從椅子上站起來，快步穿過辦公室。

「還有別的嗎？」斯隆說。

「就這樣，沒有轉移號碼，沒有住址。」

斯隆又問了范德萊幾個問題，才掛斷電話。

傑克回到辦公室，「啪」的一聲將LSR&C公司的資料甩在斯隆的辦公桌上，開始翻找。

「TBT投資公司是LSR&C的子公司。你看，就在這裡。而TBT的首席營運長就是理查・彼特森。」

斯隆仔細讀著資料。

「卡爾．艾默生會不會就是理查．彼特森？」傑克問。

「當然可以往這個方向查下去，」斯隆說，「假使我們能證明他是，查理說他見過艾默生就有了實證。問題是，我們要如何把它變成實證？即使能找到艾默生，他也不見得會承認名片或那支號碼是他的。」斯隆想起精神醫生的話，他應該讓查理上證人臺，但在刑事案件中，那麼做十分冒險。他來回踱步，腦筋飛快運轉。他在角落裡的圓桌前停下來，看著《西雅圖時報》。《西雅圖時報》報導米切爾．金石，LSR&C的前首席營運長，今早接受了認罪協商，將面臨長期的牢獄生活。他轉向傑克。

「你讀了這則報導了嗎？米切爾．金石接受了認罪協商。」

「他的判決會在這個月出來。」傑克說。

「在那之前，金石會被監禁在西雅圖塔科馬國際機場附近的聯邦拘留中心。他可能知道卡爾．艾默生是不是就是理查．彼特森。」

「他可能知道，但政府會辯稱金石說謊。」傑克說，「他的認罪協商要求他承認，他說LSR&C是CIA的地下公司是謊話。」

「對，但我們現在有一張帶有電話號碼的名片，還有一個專家可以驗證那支號碼屬於TBT投資公司的理查．彼特森，同時握有TBT是LSR&C子公司的資料。如果金石說彼特森就是艾默生，就表示CIA的一位情報員是LSR&C子公司的老闆。有了這個鐵證如山，就能證明查理說的都是真的。」又一個想法冒了出來，「LSR&C的資料檔案——無論殘存的資料檔案是什麼——都歸屬於金石的案子之下，對不對？」

「對。」

「不過一旦金石簽下了認罪協議，他的案子就了結——」

「政府絕不會放手 LSR&C 的檔案資料。」傑克說。

「那些不是政府的檔案資料。那些檔案資料，屬於華盛頓州一家破產的公司所有。公司要透過檔案資料來處理破產事宜。有了金石的認罪協商，刑事案件了結，就必須趕緊料理公司破產了。我賭政府對那些檔案資料，不會再放在心上。」

傑克微微一笑。「你要我申請傳票，取得那些檔案資料？」

「不需要傳票。政府辯稱 LSR&C 與此案無關，說此案純粹是間諜案，我們取得那些檔案資料不需要經由政府。我們直接找處理 LSR&C 破產的律師事務所，跟他們索取檔案資料，政府完全不會知情。」

58

斯隆離開了辦公室，駕車前往聯邦拘留中心，這所拘留中心因為鄰近西雅圖塔克馬機場，而被稱為「機場監獄」。他終於瞥見一絲希望了。金石可以將這一絲光亮變成熊熊烈焰，也可以掐熄它。

米色大樓的外觀，兩棟帶側翼的立方體，玻璃大門上方的遮陽篷，都給人一種醫院的感覺。經過繁鎖的手續，簽了一堆的表格，斯隆來到一間破舊的房間，樹脂玻璃上的幾個洞口讓他能跟囚犯交談。

斯隆坐下來後，幾分鐘，樹脂玻璃另一側的門打開了，米切爾．金石戴著手銬連接著腹鍊，手腕上包著白色繃帶。金石比報紙照片和電視上的看起來都年輕，頭髮中分，覆蓋住耳朵；面容蒼白，雙頰泛紅。他一點都不像數百萬投資公司的老闆，沒有運籌帷幄的氣勢，也許他從來都不是。根據詹金斯所說，假使LSR&C真的是ＣＩＡ的地下公司，那麼金石只是一個傀儡老闆，公司所有的決定都來自ＣＩＡ總部。

金石疑惑地看著斯隆。「我是大衛．斯隆，是查爾斯．詹金斯的律師。」

「你有名片嗎？」金石問。

金石的防備和猜疑都情有可原。斯隆將名片和駕照貼按在樹脂玻璃上。

金石傾前，仔細地檢視名片和駕照，然後他說：「他遭遇這些事，我感到很遺憾。幫我跟他問好。」

「你攤上這些事，他也感到很遺憾。」

金石往後一坐，似乎欲言又止。「你有什麼問題？」

「我想知道處理LSR&C破產的律師事務所，所掌握的公司檔案資料，是否有提到LSR&C的子公司。」

「我確定有。你對哪家子公司感興趣？」

斯隆仔細打量著金石。「我感興趣的，叫作TBT投資公司。」

金石的目光閃避，嘴角微揚，但他撇住了笑。「我不是很清楚。」

「但TBT是LSR&C的子公司。」斯隆說。

金石點點頭。「對，它是。」

「你也是TBT投資公司的首席營運長嗎？」斯隆知道答案，但他要金石親口說出來。

金石搖搖頭。「不是。」

「公司資料上，它的首席營運長叫作理查．彼特森。」

金石微微一笑，似乎有些困惑，但他並不作聲。

「我遇到一些困難，找不到人來證實查爾斯．詹金斯的話，」斯隆說，「你知道怎麼找到理查．彼特森嗎？」金石往後一坐，腦袋一歪，打量著斯隆。

「查理有老婆和兩個孩子，」斯隆知道金石也成家了，「女寶寶才出生兩個星期。」

金石陷入沉思。斯隆以為他要起身走人，但他往前一坐，說：「關於理查．彼特森的事，你去找卡爾．艾默生問。」

斯隆費力保持一張撲克臉。「他會知道？」

金石點點頭。「問他。」

「你見過卡爾・艾默生？」

「一次。我們試著把錢轉出菲律賓時，他飛來過西雅圖處理相關事宜。」

「能說說他嗎？」

「他是個老人，大約七八十歲，大概八十出頭。瘦瘦高高的，大約一百八十七八公分。白頭髮，深色眼睛，不是棕色的，更深一些。肌膚黝黑。」與詹金斯所描述的符合。

「我知道他退休了。我該如何找他？」金石搖搖頭。

「你說他飛來西雅圖。你知道他從哪兒飛來的？」

「我猜是從華盛頓特區飛來的，但我在談話中發現他經常打高爾夫球。他提到他最近常去的高爾夫球場，而現在是冬天，所以應該是某個天氣溫暖的地方。」

「你不會剛好有LSR&C的檔案資料吧？」

金石的眼睛閃閃發亮，嘴角又上揚，淘氣地笑了笑。但笑容隨即消逝，他搓揉著左手上的繃帶。「我和政府有認罪協商，不能再提到任何有關LSR&C的事。」

他的那副神情，就是不能說，又十分想說。他比報紙所描述的精明老道許多。斯隆推測金石握有足以制衡政府的籌碼，他將檔案資料藏在某個地方，這些資料一旦曝光，將造成巨大損害，使政府威信掃地。這應該也是認罪協商的主要目的，或許也是金石之所以仍然活著的原因。他也推測提出並促成認罪協商的，是金石而非政府。他清楚金石將獲判長期的牢獄之刑，但他懷疑金石是否真的會在囚房裡待很長時間，很可能被關進防衛鬆懈的聯邦監獄。政府會等到LSR&C案子調查完畢，所有人都滿意了，遺忘了，米切爾・金石便會獲得假釋，靜悄悄地潛回社會大眾中。

59

翌晨一大早，傑克駕車進市中心，身上是他最上等的海軍藍西裝，白襯衫和紅領結。他查到了掌管 LSR&C 檔案資料的律師助理的姓名，且在該律師事務所的網站上查閱了該女子的簡介。她已在事務所服務了三年，不是剛畢業的法學生，但也不算資深。

他走進大樓，對接待員說：「莫莉．迪彭布羅克，謝謝。我是傑克．卡特，來調閱 LSR&C 的檔案資料。」

傑克一派輕鬆愜意，接待員打了電話通知。他仔細聆聽她如何結束通話。

「他是這麼說的。」接待員說了兩次才掛斷電話。

幾分鐘後，電梯走出一個身材瘦高的女人，看起來與傑克年紀相仿，她自我介紹是莫莉．迪彭布羅克。「請問是怎麼回事？」

「我需要翻閱 LSR&C 的檔案資料，」傑克說，「這星期有起刑事案了結，我有些困惑，必須今天翻閱那些檔案資料。能請妳安排一下嗎？」

迪彭布羅克說：「可以，但必須找一下。我正在準備庭審資料，我想，你今天會想帶走複印本。」

傑克思索了一下，迪彭布羅克現在的壓力很大，必定希望趕緊打發他。「我知道準備庭審資料的壓力很大。妳可以告訴我資料放哪兒，我自己去複印，這樣就不用麻煩妳了。」

迪彭布羅克微微一笑。「這樣太好了，感激。」

傑克跟著她朝電梯走去，感覺自己好似拿到了羅浮宮的鑰匙，暗自期望能帶走蒙娜麗莎。

紙盤、擦過的衛生紙和空汽水罐散布在會議室的桌上。斯隆、傑克和詹金斯自從傑克帶回LSR&C的資料複印本後，便沒離開過會議室。如詹金斯所料，LSR&C的資料不多，只有四個檔案箱。政府沒收了大部分的資料，尤其是在這個無紙辦公室的年代，絕大多數的資料都存檔在公司的伺服器中。儘管如此，三人的發現仍然令詹金斯受到鼓舞。

「聽聽這個，」傑克啜了一口飲料，大聲念出一份二〇一五年發來的電報，ＣＩＡ要金石為卡爾·艾默生提供身分掩護，「『外事資源部要求米切爾·金石先生，LSR&C的董事長，安排卡爾·艾默生以理查·彼特森的化名，作為掩護。外事資源部相信此項提議符合實際需求，並能為後續的運行提供堅實的掩護。』」

他放下這份文件，繼續念出第二份文件。「『這個身分掩護將允許艾默生先生，對外以華盛頓西雅圖一家投資公司的資深管理人或所有人自稱。』」他放下文件，拿起第三張，繼續念下去。

「這是寄給國稅局的電子郵件。『蘭利市總部已聯繫國稅局，建議放棄所有的稅務調查。』」他放下，再拿起一張，「還有一張，幫金石編好了託詞。『告訴調查員：創建的三家公司，是針對身分保密的境外客戶提供服務，這些境外客戶因為某些商業任務，需要美國政府做後盾。金石被任命為一切事務的總負責人，並且從未從中獲取經濟利益。』」

詹金斯推測卡爾·艾默生創建ＴＢＴ投資公司，與LSR&C拉開了距離，成功避開國稅局可能發動的調查。這十分合理，尤其是如果艾默生利用公司業務，為俄國來的匯款進行洗錢。

「有了這些證據，金石為什麼還認罪？」傑克問。

「因為這些證據對他沒用，」斯隆說，「法官在審前動議裁定，金石聲稱他與ＣＩＡ的關聯，與指控他的罪名無關；他被指控的罪名是操弄龐氏騙局，欺詐投資人畢生的存款。」

「那我們又要如何把這些資料變成證據？」詹金斯問。

「你的案子不同。他們指控你從事間諜活動，而你的抗辯核心在於，你是在ＣＩＡ一位資深官員的緊急指示下執行任務。這些資料，與你的案子關聯明確。」

「但這不表示這些證據對我們有用，特別是政府有人在策動法官。」詹金斯說。

「我也是這麼想的。我們需要繞過哈登對你的看法，以及政府對這樁案子的想法。」斯隆說，「哈登只是凡人，他要真的定罪你出賣機密給俄國人，他多少會感到遺憾。我們要想辦法讓他知道你說的都是實話，說謊的是政府。根據經驗，只要引起法官的反感，那麼，無論他們的律師或證人說什麼，全都是謊話連篇。」

「具體要怎麼做？」詹金斯問，「我們如何設計政府說謊？」

斯隆微微一笑。「我們只要讓他們動嘴就行了。」

60

翌日，斯隆和傑克根據聯邦法規第十六條：發現證據法則，提出辯方動議。他們將重點特別鎖定在，要求取得手上已掌握的檔案資料。這條法規要求政府提供任何政府所有的、保管的，或掌握的文件和實物，其中就包括四個檔案箱裡的文件資料。他們更進一步要求政府交出卡爾・艾默生登記的最後一個住址。

六天後，政府回應了，不出所料地否認這些文件資料的存在，並聲稱：「政府無意參與或促進詹金斯先生的幻想。」除了否決外，政府更採取行動封鎖這次的動議和回應，他們要求在法官室或法庭舉行閉門聽證會，因為辯方要求的是敏感性極高的文件資料。

詹金斯微笑看著政府的說詞，說他是幻想，以及政府進一步聲稱不清楚卡爾・艾默生最後一個對外公布的住址。

「或許他們知道我們已經拿到了書面資料，」斯隆佩服政府全面封殺這項動議的手段，「又或許他們只是小心謹慎，以防萬一。」

翌日，斯隆發起強制動議，並要求言詞辯論，同時抗議政府封殺動議。「我想引發輿論，」他告訴詹金斯，「希望能扭轉大眾對你的看法。」

隔週，斯隆、詹金斯和傑克趕在哈登法官到場之前進入法庭，哈登法官已核准政府的請求，進行閉門聽證會。斯隆告訴詹金斯別多慮，反正這場聽證會的主要目標，是改變哈登法官的觀點。一如往常，政府派來了幾位律師配合委拉斯凱茲打官司。

哈登坐上法官席，宣告開庭，斯隆說明詹金斯意欲論證他是在卡爾．艾默生——CIA的代表——的授權下，執行CIA的任務將特定情報洩露給俄羅斯。「因此那些檔案資料，以及艾默生先生，皆對我當事人的抗辯極為重要。」

詹金斯幾乎聽到了法院的氣氛，緊繃到劈啪作響。

斯隆抗辯後，委拉斯凱茲起身反駁，口氣帶著不屑和質疑。「庭上，政府並不知道有這類檔案文件的存在，因為辯方的論述是幻想。政府交不出不存在的物事。壓根沒有這一類，能說明詹金斯先生出賣CIA情報是為CIA工作的文件資料，此論點純屬虛構。至於艾默生先生，他於一九七八年在墨西哥市與詹金斯先生共事。」

哈登看向斯隆。「斯隆先生，政府無法交出不存在的資料。」

「當然不能，」斯隆說，「但請庭上詢問委拉斯凱茲女士，政府是否確確實實搜找過辯方所要求文件資料。」

哈登看向委拉斯凱茲。「控方律師？」

詹金斯更仔細地觀察對方的神情。委拉斯凱茲嘆口氣。「庭上，辯方不能要求不存在的資料。辯方想從帽子裡變出兔子，編造一個虛幻的假象，混淆視聽，讓法庭自我懷疑：被告人是否為了錢，才出賣國家機密？」

詹金斯撇住了笑。

哈登再次看向斯隆。「斯隆先生？」

詹金斯知道斯隆會進一步抗辯，咬死委拉斯凱茲的論點。

斯隆開始了。「庭上，在拜讀了政府的書面回應，以及聆聽控方今早的陳述後，我們仍然不清楚政府究竟找沒找過這些文件資料。若政府壓根沒找過，那麼委拉斯凱茲女士的回應實屬無中生有；若政府確確實實找過了，委拉斯凱茲女士卻蓄意誤導庭審方向，只因為這類文件資料涵蓋了破壞性的資訊，能夠證明詹金斯先生的『幻覺』，其實才是實情。」

委拉斯凱茲面容緊繃，眼露凶光，看來斯隆達成他要的效果了。

「庭上，面對辯護人的暗諷，我表示憤慨，特此重申，辯方的抗辯全是捏造虛構。斯隆先生也知道，搜找不存在的文件資料不只浪費時間，也浪費人力和資源。」

斯隆鋪好了路，要發動攻擊了。

斯隆轉向傑克，傑克將一疊資料遞給他，資料上涵蓋了文字和數字且全部蓋有日期戳，以證明斯隆找到了所謂的「不存在」文件資料。傑克也擬出一張大綱，摘要文件中與訴訟有關的部分。「庭上，辯護人請求上前。」斯隆說。

哈登招手要斯隆上前，冷漠的神情添加了好奇的色彩。斯隆把資料交給書記，再呈交給法官。斯隆轉身回到辯護人桌，將一份複印本交給委拉斯凱茲。斯隆繼續開炮，詹金斯則仔細觀察女律師的面色變化。

「辯方呈上的 LSR&C 文件資料複印本中，明明白白顯示 LSR&C 是 CIA 的地下公司，米切爾．金石是遵照 CIA 的指令行事，至於政府已承認且消失無蹤的 CIA 探員卡爾．艾默生，則以理查．彼特森的化名，成為 LSR&C 的子公司 TBT 投資公司的首席營運長。我們只是想知道，其他存在的文件資料包含了什麼樣的資訊。」

委拉斯凱茲似乎要爆發了，但斯隆趕在她發飆之前繼續：「詹金斯先生的 CJ 保全公司，為 LSR&C 總部以及全球的分行提供保全服務，保護該公司的職員和客戶的安全，因此

LSR&C——也就是CIA應該支付CJ保全公司佣金。」

「抗議，庭上，」委拉斯凱茲說，她的面色通紅，語氣壓抑，顯然費力在克制自己的音量，「那些文件資料全是機密文件。」

「庭上，控方現在申稱為機密的文件資料，不就是剛才政府所謂的『幻想』資料，並加以否決其存在的資料嗎？」斯隆問，「資料既然不存在，政府又如何能將其列為機密，那不就是『徹頭徹尾的捏造虛構』了嗎？」

「夠了。」哈登輕聲說，但語氣帶著困惑。他翻閱複印本數分鐘後，放下，又過了片刻後，才冷靜嚴肅地，像父親訓誡違反宵禁時間的孩子一般說，「委拉斯凱茲女士，我剛才直接了當詢問過妳，妳是否搜找過辯方所要求的文件資料。」

「庭上……」

「這個問題很簡單，」哈登揚聲打斷她的話頭，「政府找沒找過這些文件資料？」

「沒，政府沒有。但庭上，我必須補充，政府並未沒收LSR&C的文件資料，因此——」

哈登微微一笑，顯然預期到她會如此辯駁，他搖搖頭，打斷女律師：「不，不，不，委拉斯凱茲女士。我現在看的文件資料，原就屬於CIA和其他政府機構所有。斯隆先生，還有其他相關資料嗎？」

「有的，庭上。」

「請呈上法庭。」

斯隆指示傑克呈交上四個檔案箱。

哈登下巴一凜。「我會在攝影鏡頭下審閱這些資料，並做出三項決議。第一，這些資料是否與訴訟相關。第二，官方是否刻意扣留相關資料，並且欺騙法庭。第三，這些文件資料是否可採納，並出示在被告人的庭審上。還有其他疑問嗎，斯隆先生？」

儘管哈登的態度發生了明顯變化，斯隆仍舊一副得理不饒人的架勢。「有的，庭上。辯方請求政府提供卡爾．艾默生個資上登記的最後一個住址，以及他從ＣＩＡ退休的日期和相關文件資料。」

委拉斯凱茲說：「庭上，政府無法遞交不存在的文件資料。」

哈登厲斥：「多用點心，律師，或許就能在同樣的地點找到這些文件資料。等妳找到了，我命令妳將個資上登錄的最後一個住址，交給辯方律師，下午我會寄交書面命令。」他敲了一下小木槌，「休庭。」

詹金斯歡欣鼓舞地回到斯隆辦公室，儘管斯隆不斷向他和傑克潑冷水。「這是一場馬拉松賽，不是百米短跑，」斯隆說，「等我們衝過終點線，再來慶祝，好嗎？」

快下班了，凱洛琳拿著一份複印本走進會議室。「法院出版部剛出爐的。」她放下了複印本，走了出去。

哈登仔細閱畢了所有LSR&C的文件資料，認可詹金斯的論證——他有充分的理由，確信他是在一位ＣＩＡ幹員的授權下洩露機密情報——並裁定辯方呈上的文件資料與訴訟相關。

傑克說：「現在，全新的球賽開始囉。」

「對，嗯，不過我們還沒安全上壘，」斯隆說，「政府絕不會輕易認輸的。」

斯隆才講完，凱洛琳又拿著另一份資料進來。「那邊的人都不睡覺的？」她看著詹金斯，「看來你完成了不可能的任務，成功督促公務人員捲起袖子，認真工作。」

斯隆和傑克快速翻閱訴狀，詹金斯則站在他們後面俯瞰。「他們反駁在機密情報流程法的規定下，政府有權將該份文件資料歸類為危及國家安全的機密，阻止它們成為證據，即便該份文件資料有助於我們的攻堅。」傑克說。

「他們不可能在這麼短的時間內完成這項動議，」斯隆說，「針對金石的案件，他們有很多樣板範例和判例法可以依循；而金石案件中，有許多細節與我們的案子關係密切。至於這份文件資料，政府將它們列為機密了。這份動議他們早已準備妥善，表示他們也早已預料到這次的裁決。這點，哈登絕對想得到，希望更能把我們的法官激怒。」

「他們真的能這麼做？」詹金斯一下子洩了氣，「他們真的能把那份文件資料排除在證據外？」

「哈登可不這麼認為，他的決議明明白白寫得十分清楚。他顯然也料到政府會上訴，並且可能動用機密情報流程法，才會這麼寫的。你們看第三頁。他說刑事被告人享有憲法保障，有權利堅持要求控方證明他的罪行，並證明該案排除了合理懷疑，才能做出有罪判決。哈登說將文件資料列為機密，不得作為呈堂證據，等於是否定你的受審權，因為這會防礙並阻止你進行辯護。」

「他給我們指出一條路線，有利我們準備提交上訴法庭的辯詞。」傑克說。

斯隆看著詹金斯。「重要的是，他已經知道那些文件資料的內容，以及哈登法官知道你說的都是大實話。」

詹金斯可沒有如此的信心。

「庭審時間將推延到上訴之後，這會騰挪出一些空檔。」傑克說。

「你認為他們會再次提出認罪協商嗎？」詹金斯問。他要的是無罪釋放，但為了愛麗克絲和孩子，他也不反對快刀斬亂麻，只要別逼他認罪即可。

「很可能，」斯隆說，「尤其是如果他們又上訴敗訴。」

將近六點了，經過深入討論後，詹金斯說：「我該回家了，好讓愛麗克絲可以休息一下。有事打電話給我。」

詹金斯抓起外套，朝門走去。會議桌中央的電話響起。前臺接待員下班了，斯隆已將電話都轉到會議室來。從電話座機顯示的燈光看來，這通電話來自外線，但斯隆接起電話時，小螢幕上並未顯示來電號碼。

斯隆按下擴音鍵。「大衛・斯隆律師事務所。」

「大衛・斯隆？」一聽到這個人的口音，詹金斯打住了腳步。他見鬼似地轉過身去。

「我是。」斯隆回應。

「很好。斯隆先生，我是維克托・費德羅夫。你的當事人查爾斯・詹金斯，跟我很熟。」

斯隆看著詹金斯，詹金斯點點頭，走了回來，坐下。

「你開了擴音，」費德羅夫說，「我猜詹金斯先生應該就在你身邊吧？」

「我在，維克托。」詹金斯說。

「詹金斯先生，你好嗎？」費德羅夫一副和老朋友講電話的口氣。

「我很好，維克托。」

「是，最近你遭到拘捕候審的報導，讓我讀得津津有味。我們在俄國可沒你那麼幸運。安全局認為我的失敗令他們蒙羞，隨手就把我免職了。」

「我說不出我很遺憾的話。」詹金斯說。

費德羅夫大笑。「是，我知道你說不出來。我一直沒向你道喜，恭喜你成功逃回國了。你是個令人敬畏的對手，如果在其他情況下，我很樂意和你結交。也許哪天我去了美國，我們好好喝一杯。」

詹金斯困惑地瞥了斯隆一眼。「你打電話來，只為了恭喜我嗎，維克托？」

「不是。我是想告訴你，在俄羅斯，政府機關一向十分直接；而你的國家，則不是。我會讓過去的就過去了，但我怎麼想的並不重要。你的國家，有些人不想看到你上法庭，不然……會讓他們很難堪。這你應該已經知道了吧。」

「你是指卡爾・艾默生嗎？」詹金斯說。

「我，我沒指任何人，不然對我的健康不利。」

「你為什麼跟我說這些，維克托？」

費德羅夫嘆口氣。「我再說一遍，我們其實很像，詹金斯先生。我們都在官僚體制內賣命，但這個體制沒把我們的忠誠放在眼裡，一旦我們出差池，他們馬上翻臉。」

詹金斯琢磨了一下他的話。「謝謝你的提醒。」

「不客氣。」

「你打算怎麼做？」詹金斯問。

「我？我的弟弟有一家水泥公司，經常承包政府的工程。我為他工作，可以賺更多的錢，但不像其他跟我們一樣賣命的人賺得多，詹金斯先生。」

詹金斯又看了看斯隆。費德羅夫的話證實了他的推測。某人，可能是卡爾・艾默生，賺取了數百萬美元的酬金。「我懂。」

「那就好。等我們重逢時，再聊吧，詹金斯先生。*Za zdaróvye!*（祝你健康。）」

費德羅夫掛斷電話。傑克也按下手機上的一個按鍵，他錄下了對話。

「我錄音了，」傑克說，「我們可以把錄音交給哈登，播放給他聽。」

斯隆搖搖頭。「這不能當呈堂證據。你是在費德羅夫不知情的情況下錄音的，政府會反駁他們無法詰問費德羅夫，以查實他的話。」

「這不是最大的問題點，」詹金斯說，「這段錄音能證實我和一個俄國安全局探員的關係，電話中我們兩個聽起來像是老友。控方反倒能利用它顛倒是非，指控我。」

三個人沉默片刻，傑克才說：「你認為他在設陷阱讓你跳？」

「不是，」詹金斯說，「這場較勁遊戲已與他無關。我認為他只是以一個情報員的身分，警告另一位情報員。他應該也想警告我，有人利用我們兩個賺取數百萬美元。他十分不爽，所以才打了這通電話。他想要我勝訴。」

「為什麼？對他有什麼好處？」傑克問。

詹金斯微微一笑，回想起與費德羅夫交手的過程，那個男人的反間能力高明，令人敬服，顯然費德羅夫對他也是。

「他得不到任何好處，」詹金斯說，「所以我才相信他。我和他棋逢敵手，惺惺相惜——他的政府將他兔死狗烹，而我的政府正在想辦法將我兔死狗烹。他以他的方式，出手助我。」

「既然你相信有人想殺你滅口，怎麼還能如此冷靜？」傑克說。

「不簽合約的殺手，反而信守承諾。這個圈子很小，我相信他們必定察覺到出了什麼事。他們會想知道結果。因為他們知道，發生在我身上的事，也會發生在他們身上。」

上訴的結果在四個月後出來了，庭審也因此推延了四個月。詹金斯利用這段空檔陪伴老婆孩子。學校放暑假了，CJ也不再央求回學校上課。愛麗克絲到一家超市兼職。然而詹金斯受到輿論的牽累，以及審前程序的要求，無法出去謀職。他陷入了退休狀態。斯隆沒向他們收取任何費用，包括房租和飲食。

「如果不能養家活口，要錢幹嘛？」有一晚，他這麼告訴詹金斯。

七月某個週間午後，斯隆打電話告知詹金斯，聯邦上訴法庭第九巡回法院的三位法官一致贊同哈登法官的裁決，駁回政府根據機密情報流程法，將文件資料列為機密的上訴。詹金斯掛斷電話，開心地放聲長嘯。他前所未有地信心十足，無論政府是放棄上訴，或再次提出認罪協商，他都不需要公開招認自己是瘋子了。

然而，詹金斯的興高采烈沒有持續多久。當日下班前，斯隆打電話來通知他，政府又一次上訴，這次向第九巡回法院的十二位法官要求一個立即的裁決。斯隆解釋，十二位法官不可能推翻他們三位同事的一致性裁決，不過一旦牽扯到勢力龐大的CIA和FBI，詹金斯就無法如他一般樂觀了。

在重新開庭的前一天，第九巡回法庭以七比五的票數，推翻了哈登法官的決議，以及三位巡回法官的主張。傑克拿到的LSR&C文件資料全部被列為機密文件，不允許當作呈堂供證。斯隆不斷安撫詹金斯，說至少哈登法官閱畢了所有文件資料的內容。

但陪審團沒有。

不出所料，政府並沒有再次提出認罪協商。

當晚，詹金斯沿著水岸漫步。他現在知道那些位高權重的人勢必不會讓真相水落石出，不會給他一個公平的審判機會，更不可能放他自由。他沿著普吉特海岸而行。太陽西斜，紅色橘色的落日餘暉給人一種不祥的兆頭，令他想起了第一趟初抵俄國時，籠罩莫斯科的天色。

他面對的是三個無期徒刑的指控，而他沒有任何實證來抗辯，毫無反抗能力，只能任人宰割。

開庭前一日的傍晚，詹金斯坐在斯隆的敞篷露臺上，看著一艘貨船駛過，聽著雷鳴一般的海濤拍岸。他現在明白了，為何政府從未輸過任何間諜訴訟案，這就像在拉斯維加斯玩二十一點，贏的機率極小，尤其是莊家操盤時。

斯隆踏上露臺，任由紗門砰地關上。他拿了兩瓶啤酒，遞了一瓶給詹金斯。兩人坐在搖椅上，望著普吉特灣逐漸變深的海水。這兩張搖椅是斯隆在蒂娜過世之前買的，原本是想和愛妻一起坐在露臺上欣賞海景，白頭偕老。但事與願違，人生總是令人措手不及。

詹金斯啜了一口啤酒。「事情辦完了？」

斯隆一整天都待在法院裡，反駁審前動議。哈登法官一如往常地果決，就事論事，看不出他是否被政府的扯謊或決議遭到推翻而不爽。辯方贏了又輸了審前動議，全都在斯隆的預料之中。

「政府交出艾默生最後一個登記的住址了嗎？」詹金斯問。

「沒，」斯隆說，「我也不認為他們會。即便是他們交出來了，也是捏造出來的，在中部某個小鎮的郵政信箱。又如果他不在美國境內，他是不可能出庭作證的，我們也很難申請傳票逼他回國。這還是在我們能找到他的前提下。」

詹金斯思索片刻，然後說：「這樣也許更好，尤其是他知道你現在手中沒有指控他的文件資料。我們必須假設他的證詞絕不可能對我有利，假使他就是洩密人，是那個內奸，他有大把的時間消滅足跡。艾默生是個精明的人，而且當了四十年的情報員。如果真讓他上了證人臺，他會吃了我。」

斯隆啜一口啤酒，然後說：「我向政府索要他的住址，主要是讓庭審紀錄裡有我們試著找他的記載。將來若需要上訴，我們就多了一個書面依據。」

詹金斯知道只有他敗訴了，才會需要上訴。「他們開示證據清單了嗎？」

斯隆皮笑肉不笑。「下午五點法院關門前，交出來了。清單上只有二十七個姓名，沒有其他說明。」

現在的他們等於是矇著眼睛飛行，而這不是第一次了。老舊的露臺木板跟著詹金斯的搖動吱喳作響，聽起來好像西部電影中一個被絞死的男人，在微風中擺動。

「我不會請求你幫我照顧愛麗克絲和孩子，」他看著逐漸黯然的大地，「只希望你在他們需要時，出手幫一把。」

「你知道的，我會把他們當成家人照顧，」斯隆說，「但現在，我們還不能放棄。」

「大衛，我永遠不會放棄的，但有些事是我們控制不了的。」

屋裡傳來莉茲的哭聲，詹金斯看了看手錶。「她真準時。」他將啤酒交給斯隆，「我跟愛麗克絲說我會餵她，好讓媽媽休息一下。反正我也睡不著，而且也不知道我還有多少機會可以抱她了。」

61

翌晨，當局發動一項動議，要求哈登法官自請撤換，因為他已得知受到機密情報流程法保護的文件資料的內容。哈登駁回了這項動議，辯駁那份文件資料不會影響他的公正審判。

斯隆告訴詹金斯控方此舉十分高明，他推測控方的這項動議，旨在為哈登洗腦，確保他的裁決皆遵循機密情報流程法。

哈登駁回該項動議後，陪審團的挑選進展如該項動議一般，快刀斬亂麻。在聯邦法庭內，大多是由法官向陪審團的候選成員問話，斯隆和當局律師則只有三個問題的機會。斯隆告訴詹金斯，大部分陪審團成員在進入法庭的那一刻，已有一個先入為主的成見：既然案子都進入了庭審階段，那麼對被告的指控應該是確實無誤的。因此，他的第一個問題就是要陪審團成員重新思考，或至少對查爾斯·詹金斯是間諜的成見心生疑慮。

斯隆走到陪審團席位前。「請大家舉手示意，你們之中有幾個人相信美國政府派遣臥底間諜在幕後工作，以保護我們國家的利益和安全？」

在這個飽受恐怖攻擊威脅的年代，幾乎所有成員都舉手表示相信。詹金斯在筆記本上寫下那個沒舉手的成員的姓名。「你們之中又有幾個人相信，為了保護我們國家的國際利益，這些臥底間諜在哪兒執行任務，或執行什麼樣的任務，當局政府是保密的，不會公諸於世？請舉手。」

同樣的，幾乎所有人都舉手。

「你們之中有幾個人同意，當局政府也是會出錯的？」

這次，全體舉手，一致同意。斯隆坐下來，詹金斯感覺質疑他的浪潮有些微轉向，至少在當局律師在他身上打下叛國賊烙印之前，爭取了一些轉圜。

委拉斯凱茲如他所料，開始打叛國賊烙印。

「請舉手示意，你們之中有多少人認為，」她說，「將國家機密出賣給他國政府的人，應該接受懲罰？」

全體一致同意。委拉斯凱茲接下來的兩個問題，同樣字字帶刺，同樣深具說服力。

最後，斯隆有權不述理由要求二十位候選人退席，而他否決了十八個，委拉斯凱茲否決了十七個。經過兩個小時的預先審查流程後，他們挑選出由九女三男組成的陪審團。這些成員大多受過高等教育，且在工作單位上擔任要職。斯隆告訴詹金斯，他對這個陪審團十分滿意。

哈登隨即進行下一個流程。「控方準備好進行開庭陳詞了嗎？」

這其實並不是一個問題。委拉斯凱茲連人帶椅往後滑開，起身，就算她沒做好準備，她也沒表露出來。她一身海軍藍的單排釦外套搭配窄裙，自信十足地把筆電放到陪審團席桌上，螢幕朝著陪審員們。

她再一次強調之前在預先審查流程的主訴。「司法部不會無緣無故受理一件訴訟案，都是經過徹底磋商和證據確鑿的情況下，訴訟案才會成立。」

斯隆挪了挪身子，好似要起身，但又坐了回去。委拉斯凱茲的論證爭議性很大，但斯隆觀察陪審員的神情，察覺陪審員並沒買單。

「你們接下來聽到的證據，會證實被告人，查爾斯．詹金斯正面臨個人和事業上的雙重打擊。他的保全公司，CJ保全公司瀕臨破產，他自己當然也是。詹金斯先生的公司，負債累累，支付不出供應商和承包商的帳款。他個人的財務狀況也接近崩盤。他以卡馬諾島的自家農場作為抵押，申請了創業貸款。簡單來說，他需要錢，否則將無家可歸。」

委拉斯凱茲一邊向左踱步，一邊告知陪審團愛麗克絲患有的子癲前症。她向右踱步。「所以，詹金斯先生會怎麼辦？他該如何自救，才能讓家人不必流落街頭？」她頓了一下，好似在等著陪審員的回答，「他只能重操舊業，重拾曾經用來對抗敵人的技能，而他十分清楚這個敵人會對詹金斯先生所提供的特殊情報趨之若鶩。你們也知道，詹金斯先生曾經是美國中情局的間諜之一。在一九七〇年代，他在墨西哥市ＣＩＡ分處效力，隸屬於一個叫作卡爾・艾默生的處長。詹金斯先生與蘇聯政府，以及它派遣至墨西哥市的情報局特工，斡旋交手。詹金斯先生也因此獲取了一些機密情報，知道在俄國執行任務的美國情報員的身分，以及為美國工作的俄國雙面間諜的身分。」

委拉斯凱茲指出詹金斯突然離開ＣＩＡ，以及他坦承對ＣＩＡ有所不滿。她轉身面向詹金斯，一根手指指著他。「所以，在個人和公司雙雙陷於泥沼中，詹金斯先生做了什麼呢？他有一個完美的身分掩護，讓他合法潛入俄國。LSR&C在莫斯科有家分公司，而ＣＪ保全公司負責該分公司全體職員和投資人的安全。」

委拉斯凱茲說明詹金斯兩次的莫斯科行、他聲稱洩露的情報，以及該情報源自墨西哥市的來龍去脈。「詹金斯先生洩密給俄國安全局的兩位情報員，」她說，「為詹金斯先生的叛國行為，付出了生命的代價。」

詹金斯感覺到陪審員如箭一般向他射來的目光，強壓下辯解的衝動。

委拉斯凱茲提到詹金斯第一趟莫斯科之行返美後，他的公司收到瑞士某處電匯進來的五萬美元。「這是一種簡單的交易行為——拿錢出賣情報。他債務纏身，背水一戰。」

委拉斯凱茲時而忿忿不平，時而就事論事，向陪審團說明了詹金斯第二趟莫斯科之行，以及他祕密返美，並未使用護照的事實。又說到，詹金斯與ＦＢＩ探員克里斯托弗．多爾提的接觸，暗示詹金斯主動接觸ＦＢＩ探員的動機在於害怕被逮到，於是先發制人。接著說：「他編出了一套故事。」

委拉斯凱茲解釋了她所謂的「詹金斯先生的幻想」。然後她問：「這個偉大的國家——美利堅合眾國——會拋棄一個為它賣命的情報員於不顧嗎？假使他真正為他的國家效命的話？」她厲聲問：「你們自問，證據在哪裡？他有任何證據來支撐他的故事嗎？你們自問，在他個人和公司的財務危機期間，真的會有一位ＣＩＡ探員神奇地抱著一桶金子出現在他的農場？這種故事只會出現在荒誕不經的劣質小說中，讀了令人好笑，隨手一扔，不值一讀。」

二十分鐘後，委拉斯凱茲在陪審員腦海裡打下了深深的烙印。她轉身朝起訴人桌子走去，法庭內頓時響起陪審員挪動椅子轉向辯護人桌子的聲音。

斯隆朝陪審團走去，哈登開口：「斯隆先生，你是想當下進行開庭陳詞，或延期？」

「辯護人希望當下立時闡述。」斯隆說。

斯隆向詹金斯解釋過，他將以最多不超過三十個字，來扭轉委拉斯凱茲在陪審員腦海裡打下的烙印，並將陪審員帶入詹金斯案的情境中，使他們入戲一點。

他招呼都不打，指著詹金斯問：「這個人是間諜嗎？」他一一直視陪審員的眼睛，然後才說：「他當然是。他是美利堅合眾國的間諜，在一九七〇年代效力於ＣＩＡ，二〇一七年十一月再度被啟用。我們現在聚在這裡，是巧合嗎？如控方所聲稱的那般巧合？當然不是。我們聚在這裡，是因為詹金斯先生無辜蒙冤，一位ＣＩＡ流氓詐欺了一家投資公司，而詹金斯先生也是受害人之一。」

斯隆一邊踱步，一邊道出委拉斯凱茲並未向陪審員透露的事實。卡爾．艾默生化名為理查．彼特森進入TBT投資公司服務，而TBT投資公司是LSR&C的子公司，LSR&C是CIA的地下公司，為國內的情報員提供身分掩護。他這麼做十分冒險。開庭陳詞與事實無關，而事實是透過證據呈現。沒有文件資料支撐他的開庭陳詞，這麼做很可能引火自焚，但這是他與詹金斯談妥的策略。

「詹金斯先生的公司面臨破產，是巧合嗎？當然不是。詹金斯先生的公司之所以支付不了帳款，是因為LSR&C持續拖延欠款。卡爾．艾默生在查爾斯．詹金斯最困難的時候，到訪他的農場，是巧合嗎？當然不是。卡爾．艾默生在這關鍵時刻出現，是因為卡爾．艾默生曾經是詹金斯先生的CIA上司，十分清楚詹金斯先生離職的原因，並知道他絕不會答應重操舊業，除非逼不得已，就如起訴人所說的遭遇災難性的難關，比如他的公司瀕臨破產，房子遭到沒收，家人流離失所。」

斯隆頓了一下，讓陪審員消化一下他的激憤和大量的資訊。他希望每位陪審員消化吸收每一個字所透露的細節嗎？現在還不是時候，尤其是他還不能深入闡述的時候。他的重點在於，當局的背叛和骯髒卑鄙的交易，這些是每位陪審員都能聽懂和理解，因為它們經常出現在新聞報導中。

「卡爾．艾默生也知道詹金斯先生經驗老道，且能說俄語。卡爾．艾默生也知道詹金斯先生有完美的身分掩護，能夠進出俄羅斯——他的公司提供莫斯科一家公司保全服務。詹金斯先生所洩露的那兩位潛伏在俄國的美國臥底，恰恰是從CIA的墨西哥市分處出去的，這是巧合嗎？當然不是。這兩項情報是在卡爾．艾默生的授權下洩密，卡爾．艾默生是墨西哥市分處的前處長，十分清楚這兩項任務的底細。」

斯隆頓了一下，一一看著每位陪審員。他告訴詹金斯，他希望令陪審員感到窘迫，進而改變觀點，起碼讓他們意識到案情有兩個版本，不敢亂下斷言。「起訴人問過你們，是否相信這個偉大的政府真會拋下一個情報員於不顧。等你們聽完證據，我相信你們的答案將是：相信。政府的確會拋棄一個情報員。」

斯隆雙手作祈禱狀，輕觸嘴唇。「女士先生們，依據美國法律，起訴人必須提交證據證明查爾斯·詹金斯有罪。在刑事訴訟中，辯方在排除合理懷疑下被證明有罪之前，都是無辜的。辯方不需要自證清白。」他放低合掌的手，彷彿所說的話都是發自內心，並非事先安排的。但事實不是，他早已和詹金斯就開庭陳詞的冒險策略討論了好幾個小時。「但在這場特定的庭審中，我們的做法有些不同。是，有些不同。」他看向詹金斯，點點頭，然後指著起訴人律師團。「我們將承擔起控方肩上的擔子。我們將擔起擔子，在排除合理懷疑的情況下，向你們證明被告人並未違法，他是個忠誠的美國人，時時刻刻都相信自己是在為國家效力。」

斯隆向陪審團致謝後，轉身朝辯護人桌走去。詹金斯注意到陪審員的神情有了變化，從鄙夷轉變成了好奇，他知道這是他目前所能期盼的最好的結果了。

62

午餐過後，哈登再次展現效率，一點時間也不浪費，一邊說話，一邊整理法官桌上的文件。「起訴人準備好了嗎？」

還是一個不是問話的問題。委拉斯凱茲也是立刻起身。「準備就緒，庭上。」

「傳喚第一個證人。」

委拉斯凱茲傳來納撒尼爾．池田，CIA維吉尼亞州蘭利總部的一位書記。池田是個帥氣的日本男子，黑髮花白。委拉斯凱茲介紹了池田的資歷和工作職責後，詢問：「你查閱資料後，確認查爾斯．威廉．詹金斯曾是中情局的情報員嗎？」

「是的。」池田的語氣自信十足。

「可否向陪審團說明資料的內容？」

池田聞言立刻轉向陪審團，這反應也可能是多年在法庭作證的經驗使然。他大腿上放著資料，控方直到昨晚才送了一份給斯隆，池田說明詹金斯大約是一九七六年六月到一九七八年七月任職於CIA。

「資料上有提到他是如何離職的嗎？」

「聯絡不上詹金斯先生，於是裁定他自願退休。」

「資料上有顯示詹金斯先生於二〇一七年十一月或十二月，被重新啟用嗎？」

「沒，沒有。」

「你搜尋過一個叫作卡爾·艾默生的幹員嗎？」

池田再次轉向陪審團，回答他搜尋過。委拉斯凱茲呈上資料，獲得允許後，池田說明了資料的內容。他接著又說：「艾默生先生從墨西哥市處長職位退下後，被調回維吉尼亞州蘭利總部效力。」

「資料有提到卡爾·艾默生於二〇一七年十二月，到俄羅斯出任務嗎？」

「沒有。」

池田解釋他搜尋了哪些資料，以期找到該項任務的記載，並說他並沒找到這份紀錄。

「資料裡有二〇一七年十二月，匯款給詹金斯先生或艾默生先生五萬美元的紀錄嗎？」

「沒有。」

委拉斯凱茲接著詢問池田，關於詹金斯洩密給安全局的兩位臥底的事宜。「阿列克謝·蘇庫洛夫和烏莉安娜·阿爾泰米耶娃，你的資料有顯示這兩位臥底，或他們的任務，是歸屬於執行中的任務嗎？」

「是，他們都在執行任務中，文件檔案都處於開啟狀態。」

「這兩項任務於何時啟動？」

「分別於一九七二年和一九七三年。」

「於哪一個分處啟動？」

「墨西哥市。」

「它們的檔案紀錄是由誰立案開啟的？」

「卡爾·艾默生。」

委拉斯凱茲致謝後，坐下。

詹金斯和斯隆只有早上一點的時間匆匆翻閱那份資料，詹金斯知道到了某種程度，斯隆會加快他的詰問速度。他告訴詹金斯，他的目標在於強調卡爾・艾默生確實存在，而非幽靈。他要強調，是艾默生啟動並負責阿列克謝・蘇庫洛夫和烏莉安娜・阿爾泰米耶娃的任務，且沒有紀錄顯示詹金斯與這兩項任務有關聯。他還要強調艾默生遭到ＣＩＡ解雇的時間，與LSR&C遭到起訴是同一個時間，同時間詹金斯也被指控涉嫌間諜案。「我希望，」斯隆告訴詹金斯，「陪審團能見微知著，看到哪裡有煙，就以為那裡有火。」

「一九七二年到七三年，誰是墨西哥市分處的處長？」他問池田。

「卡爾・艾默生。」池田說。

「你的資料有顯示，詹金斯先生是否參與了剛才提到的兩項任務？」

「不確定，」池田說，「他有可能。」

「請翻翻你的資料，再告訴我詹金斯先生的姓名是否出現在那兩項任務的檔案中。」

接下來的幾分鐘，池田翻閱了檔案資料。詹金斯看看他，再看看陪審員的反應。「兩份檔案裡，都找不到他的姓名。」池田終於說話了。

「你的資料裡，有顯示詹金斯先生知曉這兩項任務的存在嗎？」

「我的資料裡沒有。」

「你今天帶來的資料裡，有卡爾・艾默生為華盛頓州西雅圖市的ＴＢＴ投資公司工作的紀錄嗎？」

「抗議，」委拉斯凱茲說，「辯方問題違反機密情報流程法。」

「抗議有效。」哈登說。

「你今天帶來的資料裡，有記錄理查・彼特森為華盛頓州西雅圖市的ＴＢＴ投資公司工作的紀錄嗎？」

「一樣的抗議理由。」委拉斯凱茲說。

「抗議有效。」

「有人請你尋找這類文件紀錄嗎？」

「一樣的抗議理由。」

「抗議有效。」哈登瞪了斯隆一眼，警告他別再試了。

「你有二〇一七年十一月至二〇一八年一月期間，艾默生先生從維吉尼亞州蘭利市，飛往華盛頓州西雅圖市的機票預訂、飯店收據、晚餐帳單之類的請款證明嗎？」

「我不知道，沒人要求我搜找這些證明。」

「但艾默生先生於二〇一七年十一、十二月至二〇一八年一月，都還在CIA工作，不是嗎？」

「沒錯，資料顯示是如此。」

「你的資料裡沒有艾默生先生，以TBT投資公司首席營運長的身分，飛往西雅圖的紀錄嗎？」

「一樣的抗議理由。」委拉斯凱茲說。

「抗議有效。」哈登回應。

「那有沒有同一段期間內，卡爾·艾默生或一個叫作理查·彼特森的請款紀錄呢？你找過這些紀錄嗎？」

「沒人要求我找這類資料。」

「也沒人要求你找這類資料。」斯隆一副困惑不解的模樣。他轉身好似要走回辯護人桌，但詹金斯知道他尚未詰問完畢。斯隆轉身走回到陪審團前面，還是一副困惑不解的模樣。「抱歉，池田先生，我再問幾個問題。你的資料裡，有沒有卡爾．艾默生終止ＣＩＡ工作的日期？」

「有，二〇一八年一月二十五日。」

「他被開除了？」

池田看向委拉斯凱茲，後者猛地起身。「抗議，庭上。誤述證詞。」

哈登搖搖頭。「這個不算，他都還沒回答。需要複述問題嗎，池田先生？」

池田有些窘迫。「不用，」他說。他看向斯隆，「他終止了ＣＩＡ的工作。」

「開除。」斯隆說。

「他終止了ＣＩＡ的工作。」池田堅持。

「資料上並沒說卡爾．艾默生退休了，對吧？」

「沒。」

「辭職？」

「沒。」

「曠職？休假？」

「沒。」

「資料上是他終止了工作，對吧？被炒魷魚、開除、解雇。」

「資料上是『終止』。」

「卡爾．艾默生起碼從一九七〇年代開始，就進入ＣＩＡ工作了。你的資料上有說明他為何被開除嗎？」

「沒。」

斯隆頓了一下，彷彿在琢磨這個回答。詹金斯知道陪審團也同樣在琢磨這個回答。

委拉斯凱茲又花了五分鐘做第二次詰問，然後請池田離開。接下來直到休庭，彷彿閱兵式地開始一一詰問起訴人清單上的二十七位證人，沒有一位證人的證詞具有傷殺力，但休庭時，詹金斯感覺自己好像被砸碎的紙糊玩偶。

隔天一大早，晚睡的斯隆、詹金斯和傑克一起去了事務所，在玻璃大門內的地板上發現一個沒有標記收件人和地址的信封。信封外也沒有郵票或郵戳，顯然是某人親自送來的。

斯隆打開信封，抽出一張紙。他搖搖頭，拿高信紙。

「是卡爾·艾默生最後一個登記的住址。」

「他們一直握有這個地址，」傑克說，「他在哪兒？」

「聖塔芭芭拉市。」斯隆說，「查一下他是否還住在這裡。如果是，寄傳票給他，傳召他出庭。」

「他遠在千里之外，我們沒辦法逼他出庭。」傑克說。

「我知道，」斯隆說，「但我最起碼要申請傳票傳喚艾默生當證人，畢竟我太常提起他的名字，若沒有，陪審團會疑惑的。我做結辯陳述時，一定要把這團狗屎塞進起訴人的口袋裡。我要有憑有據地說明我們以傳票傳喚了艾默生，但他沒有出庭，而起訴人原本可以傳喚他出庭作證，卻選擇不傳喚。也許如此影射一番，足以在陪審團腦海裡投下合理的疑雲重重。」

63

第二天的開庭，瑪莉亞．委拉斯凱茲傳喚證人，ＦＢＩ探員克里斯托弗．多爾提。多爾提一身正式打扮，深藍色西裝，白襯衫，外加紅色領帶。這顏色搭配的，就差沒把美國國旗掛在背後了，宣誓意味明顯。委拉斯凱茲提了幾個問題，領著多爾提談到了他訪談查爾斯．詹金斯，在委拉斯凱茲的引導下交代了每段談話的細節。

委拉斯凱茲問：「你與詹金斯先生的談話開始之前，他有無要求一個ＣＩＡ代表在場？」

「沒，他沒有。」

「按照你的經驗，一個男人向你透露一個敏感的ＣＩＡ任務，卻不要求ＣＩＡ代表在場，會不會有些不尋常？」

「按照我的經驗，這的確不尋常。」

「能解釋一下，為何不尋常嗎？」

「ＦＢＩ負責的是美國境內的事務，ＣＩＡ則負責國外事宜。兩個機構無法得知，也不知道對方的工作內容，所以ＣＩＡ探員在接受ＦＢＩ訊問時，會要求一個ＣＩＡ代表在場，以確定自己並未透露機密情報。」

「詹金斯先生說完他的遭遇後，你如何回應？」

「我告訴他，我不相信他。我告訴他，他的故事太荒謬。」

「他的反應呢？」

多爾提聳聳肩。「他說：『相信我，我不會騙你，但我不能透露所有細節。你要自己去找CIA填補空白。』我問：『你為什麼不能告訴我？』他說：『因為我被告知，只要我向他人透露任何細節，會危及一項正在進行中的重要任務。』」

「你致電CIA，核實詹金斯先生所說的話嗎？」

「我無法核實任何他所說的話。CIA告訴我，他們沒有詹金斯先生被重新啟用的紀錄，也沒有他參與俄國境內或其他地方任務的紀錄。他們說，他們需要一點時間，深入查閱詹金斯先生要我查問的兩項任務。後來，他們告訴我這兩項任務多年前皆已終止，但兩個臥底最近都死於俄羅斯，死因離奇。」

委拉斯凱茲頓了一下，翻看筆記，但其實是想給陪審團時間消化吸收這句證詞。她達到目的了，數位陪審員朝辯護桌望來。她再問：「你接下來做了什麼？」

多爾提說：「FBI展開調查詹金斯先生的行為，發現CJ保全公司的支票戶頭收到一筆五萬美元的進帳，時間就在詹金斯先生第一趟俄羅斯之行返美後不久。」

「你查過這筆進帳的來源嗎？」委拉斯凱茲問。

「我們請一位法務會計追蹤這筆款項的來源。」

詹金斯和斯隆收到該份報告的複印本，且同意它為可採納證據。

「報告結論為何？」

「法務會計查實那筆進帳的源頭，是瑞士一家銀行的一個戶頭，但無法更進一步追蹤下去。」

委拉斯凱茲引導多爾提，談起詹金斯在FBI西雅圖市中心的辦公處內，與他的第二次面談。「你告訴詹金斯先生，你得知的關於他向俄羅斯洩露的兩項任務了嗎？」

「有。」

「他有任何反應嗎？反應如何？」

「他搖搖頭，說：『我究竟做了什麼？』」

委拉斯凱茲頓了一下，讓這句回應餘音繚繞片刻，才接著問：「你有回應他嗎？」

「我問他是否願意招供，並進行認罪協商。」

「他的回應呢？」

「他說：『事情不是你想的那樣。我洩密的原由，不是你想的那樣。』」

委拉斯凱茲做了一段罵人不帶髒字的評論後，向多爾提致謝，坐回椅子去。

斯隆起身，緩緩朝證人臺走去。「多爾提探員，你說你詢問詹金斯先生，是否願意招供他觸犯了刑法，對嗎？」

「對。」

「請你將那天詹金斯先生在你的辦公室招認並簽了名的口供，呈上法庭。」

多爾提清了清嗓子。「我沒有他署名的口供。」

「那有沒有簽名的口供呢？」

「沒有。」

「審訊一位招認的證人，正常程序不是會讓證人在口供上簽名並標注日期後，才讓證人離開你的辦公室嗎？」

「有很多不同的流程——」

「其中一個流程，不就是該位ＦＢＩ探員，也就是你，取得簽了名的口供後，才讓證人結束面談離開嗎？」

「是的。」

「你沒嘗試說服他招認，對吧？」

「沒。」詹金斯看著陪審團，其中兩個男子得意地笑了笑。

「你說，詹金斯先生告訴你：『事情不是你想的那樣。我洩密的原由，不是你想的那樣。』對吧？」

「他是這麼說的。」

「他有沒有告訴你，他是在卡爾．艾默生的授權和指示下，洩露那兩位臥底的姓名？」

「他說他並沒有洩露任何未經允許的機密情報，但我找不到任何相關證據證明那些情報是被允許的。」

斯隆翻閱那份打字的文件。「這上面你的確標注了，詹金斯先生說：『實情真相不止如此。要知道事情全貌，你要去找ＣＩＡ。』」

「是的。」

「你聲稱你打電話給ＣＩＡ，被告知ＣＩＡ沒有任何你所說的，詹金斯先生被重新啟用的紀錄，是嗎？」

「他們說他們沒有任何這件事的紀錄。」

「所以，你推測這個任務並不存在，是嗎？」

「但你剛才說了，ＦＢＩ負責國內的事務，ＣＩＡ負責國外的事宜，不是嗎？」

「應該是吧。」

「差不多吧。」

「你同不同意，這兩個機構並不知道對方在做什麼，同時也不會告訴對方他們正在進行的工作計畫？」

「是，我同意。」
「FBI和CIA的終極目標一致，但兩個機構有各自的責任要完成，又要如何達成期間不同的目標，不是這樣嗎？」
「我沒聽懂。」
「好，我再說清楚一點，」斯隆曾經接過FBI的案子，「你們FBI的座右銘其中一個，是不是『把混蛋送進牢房』？你聽過FBI探員這麼說，對吧？」
「是的，聽過。」
「不是黑，就是白，對吧？只要把混蛋送進牢房。」
「我贊同。」
「CIA情報員之間流傳的信念是什麼，你知道嗎？」
「不知道。」
「『你們必曉得真相，真相必叫你們屁滾尿流。』你聽過嗎？」
多爾提微微一笑，幾個陪審員也笑了出來。「沒，我沒聽過。」
「知道那是什麼意思嗎？」
「不知道。」
「世事不只是黑與白之分而已，沒那麼簡單，對吧？」
委拉斯凱茲站起來。「抗議，庭上，這是誘導推測。他說了，他不知道CIA的信念。」
「抗議無效。」哈登說。
「世事不只是黑與白之分而已，沒那麼簡單，對吧？多爾提探員？」
「對我來說，不是。」多爾提說。

64

多爾提之後，委拉斯凱茲傳喚了藍迪·特雷格，LSR&C的前財務長。她介紹了特雷格的來歷，又說明LSR&C拖欠CJ保全公司佣金將近三個月，直至二〇一七年年底。又說明詹金斯曾告知特雷格，他必須償還貸款，否則銀行將沒收抵押品。

委拉斯凱茲坐回座位時，斯隆起身。

「你是LSR&C的前財務長，負責所有公款的出入，對吧？」

「可以這麼說。」

斯隆沒心情跟他的含糊不清耗時間。「那是你的工作，不是嗎？」

「是，我的工作的一部分。」

「為什麼LSR&C不支付CJ保全公司帳款呢？」

「同樣的問題，我也問過米切爾·金石，而——」

「恕我直言，」斯隆打斷他的話頭，「但我想聽的是財務長告訴我，LSR&C為什麼不支付CJ保全公司帳款。」

「那幾個月，我們公司一直沒有進帳。」

「怎麼會這樣？」

「我不知道。」

「你的工作應該知道，不是嗎？」

「嗯，是，但……」

「但你沒採取行動弄清楚原由？」

「我試過。」

「你找首席營運長問過了。除此之外，你還做了什麼？」

「我試過查清公司盈利究竟出了什麼事？」

「LSR&C的盈利究竟怎麼了？」

「我查不出一個所以然。」

「你不知道。」

「對。」

斯隆引導特雷格介紹他自己的學歷背景和專業背景，特雷格的學經歷十分豐厚。接著問：「以你的高學歷，你也搞不清楚數百萬美元的去處？」

「是。」

「你知道你的首席營運長米切爾．金石，認為LSR&C是CIA的地下公司，是CIA用來向全世界的情報員匯出資金的管道嗎？」

委拉斯凱茲站起來。「抗議，庭上，違反機密情報流程法。」

哈登思考片刻，然後說：「抗議無效。」斯隆詢問的不是資料裡的內容，而是米切爾．金石已對外聲稱的事實，並且嘗試證實。哈登似乎也很好奇，幾位陪審員也是。但這麼做仍然有風險。斯隆可以讓金石證實此事，但控方會設法抹黑金石，為金石塗抹上騙子的色彩，斯隆手中又沒有LSR&C的文件資料作支撐，根本無法證實金石的證詞。

「我不知道此事，是在報紙上看到的。」

斯隆回到辯護人桌，拿起政府對LSR&C的指控。

「你和金石先生都會因為這個案子遭到起訴，對不對？」

「是。」

「你同意指證金石先生，以換取緩刑，對吧？」

「那是我的律師幫我爭取的。」

「別把責任都推到我們律師身上，」斯隆的話引來陪審團大笑，「你自己在協議上簽了名，不是嗎？」

「是的。」

斯隆亮出那份簽了名的協議。「你出賣米切爾．金石，以躲避牢獄之災，對吧？」

委拉斯凱茲站起來。「抗議，庭上。辯護人在向證人施壓。」

「現在是交叉詰問，」哈登說，「我允許。」

「我同意就我所知，以及不知道的事作證。」特雷格說。

「結果，你發現你不知情的事有很多，對不對？」

「我沒想到……」特雷格頓了一下，望向詹金斯，然後才說，「是吧。的確有很多事，我不知道。」

斯隆接下來的問題，將陪審團的注意力引到CIA上，暗示即便是LSR&C的財務長也被蒙在鼓裡，一頭霧水。「特雷格先生，你見過卡爾．艾默生嗎？」

「沒。」

「你起碼知道他是誰吧？」

「不知道。」

「你知道理查・彼特森嗎？」

「他是TBT投資公司的執行長。」

中獎。辯方終於有了證詞，不需要那份文書資料，也不需要金石的證詞了。

「TBT投資公司是誰的子公司？」

「LSR&C。」

「你們的公司，」斯隆說，「也就是你擔任財務長的那家公司，對吧？」

「對。」

「有人告訴你，理查・彼特森其實就是卡爾・艾默生嗎？」

「沒。」

「LSR&C、金石先生、你和其他高層主管遭到起訴後，你有試著聯絡金石先生嗎？」

「有，但我聯絡不上他。」

「你有開車去辦公室找他嗎？」

「是。」

「何時？」

「隔天。」

「你是指收到起訴書的隔天嗎？」

「是的。」

「你去了辦公室，有找到他嗎？」

特雷格的神情有些異樣。「沒有。」

「你在收到起訴書的隔天，開車去LSR&C位於哥倫比亞中心的辦公室，你發現了什麼？」

「什麼也沒發現，一切都不見了。」
「一切？小隔間和電腦？」
「對。」
「不見了。那地毯呢？也不見了？」
「只剩下水泥地板。」
「距離你最後一次離開公司不到十二個小時，整個公司就被拆得乾乾淨淨的？」
「是。」
「所有公司的檔案資料呢？你有找到它們嗎？」
「書面資料完全不見了，伺服器也不見了。」
「誰拿走了？」
「我不知道。」
「那些投資資金呢？也不見了？」
「我登錄不了公司的伺服器，所以……」
「數百萬美元憑空消失，整座公司也是。一切好似魔術一樣砰的一聲，不見了，對吧？」
「是吧。」
斯隆坐下，委拉斯凱茲又問了幾個問題，將注意力拉回到控方，才請特雷格離開。
將近五點時，哈登請陪審團退出。這一次，控方終於未表示任何異議了。
「明天控方將傳喚哪些人？」哈登問。
「我們尚未決定，法官。」委拉斯凱茲說。
「無論你們傳喚誰，今晚都要讓辯方知道。」哈登敲下小木槌，「休庭。」

65

隔天上午，詹金斯坐進他的位子，瑪莉亞・委拉斯凱茲給了辯方一個驚喜，而且是一個會引起麻煩的大驚喜。委拉斯凱茲前晚並沒有打電話，通知斯隆她將傳喚哪些證人。哈登在法官席坐下後，指示控方傳喚證人，委拉斯凱茲起身說：「庭上，控方休息。」

斯隆沒有任何反應，但詹金斯知道他的律師必定腦筋急轉中。法官最不希望看到律師未做準備，尤其是斯隆這種等級的律師。若是斯隆發出怨言，直指控方再次封堵辯方的知情權，只會引來推卸責任之嫌，法官是聽不進去的。委拉斯凱茲大可以在前晚將控方的決定，通知斯隆和法庭，但毫無疑問地，她必定準備好了一套說詞解釋為何沒事先通知。

真正的問題是：控方為何暫停傳喚證人，尤其是他們的證據清單上起碼尚有十二個姓名？有可能是控方認為，之前的證人已足夠證明它的論證；也可能是控方打算把球拋給辯方，企圖殺斯隆一個措手不及，拆毀斯隆在開庭陳詞所說的，挑起控方的擔子，自證詹金斯的清白。

即便哈登真的吃了一驚，他仍然沒有顯露出來。

他轉向斯隆。「傳喚你的第一位證人，斯隆先生。」

這樣的結果其實也不錯，只是詹金斯知道斯隆的證人並不在法院裡。

斯隆起身說：「庭上，可否容許我一分鐘？」

「一分鐘。」哈登說。

斯隆看向旁聽席，打手勢要傑克上前。斯隆在圍欄前低聲交代：「去外面打電話給凱洛琳，告訴她盡快把哥倫比亞中心的房屋仲介帶來法院，還有愛迪生．貝克曼。」

「叫她也打電話給克勞迪雅．貝克，」詹金斯說，「叫凱洛琳告訴克勞迪雅，我需要她的幫忙。她會來的，她開車過來大約要一個多小時，但她會來的。」

「那這段空檔，你們打算怎麼辦？」傑克問。

「拖延。」

「斯隆先生，」哈登說，「傳喚你的第一位證人。」

斯隆直起身子，傑克則快步走出法庭，一邊敲擊手機上的數字鍵。對面的委拉斯凱茲和她的隨從律師，一副坐等斯隆開炮的模樣，但斯隆沒有。

「好的，庭上。辯方傳喚愛麗克絲．詹金斯。」

愛麗克絲打從第一天就到場了，後來只要有機會也一定會來。斯隆找了保姆看顧ＣＪ和莉茲，接下來的一個小時，斯隆引導愛麗克絲緩緩地，條理清晰地說明了她與查理結婚生子的過程。愛麗克絲簡略地說明ＣＪ保全公司的創建，夫妻倆與財務長藍迪．特雷格的關係，以及ＣＪ保全公司與LSR&C的關係。她見證她從未聽過ＴＢＴ投資公司，直到在法庭上才聽說了這家公司。

後來傑克回轉，向斯隆點點頭，斯隆走到圍欄前，傑克交給他一張紙。

房屋仲介和貝克已在走廊上，等待傳喚。貝克曼還在趕來的路上。

斯隆向愛麗克絲致謝，請她退席。委拉斯凱茲沒有提出任何問題。

斯隆傳喚了哥倫比亞中心的房屋仲介，仲介證實了藍迪．特雷格的證詞，LSR&C的辦公室在證券交易委員會調查的新聞爆發後的一天，被拆除得乾乾淨淨。

「整個公司消失得無影無蹤，」仲介說，「所有東西都不見了，包括地毯。我拍了照，見證這個奇觀。」

陪審團對仲介的機伶敏感十分滿意，以及斯隆在電腦螢幕上播放的照片。

委拉斯凱茲又一次謝絕了交叉詰問。

仲介之後，斯隆傳喚了克勞迪雅．貝克，介紹她是CJ保全公司所在大樓的接待員。然後他說：「在妳任職期間，有FBI到訪CJ保全公司嗎？」

「有的，」她說，「一個叫作克里斯托弗．多爾提的探員，進入過敝公司。」

斯隆更進一步要貝克提供，多爾提到訪當日的日期。

「多爾提探員有說明他到訪的原因嗎？」

「他說，他知道查爾斯．詹金斯為CIA工作。他說，他想要CJ保全的檔案資料，以確認詹金斯先生和CIA的關係。」

斯隆致謝後，回到座位坐下。

委拉斯凱茲立即起身。詹金斯看著委拉斯凱茲快步衝向證人席，不禁懷疑他們可能低估了她的準備。不過，他知道斯隆已布下陷阱，並希望她能踩進去。「貝克小姐，你負責為CJ保全公司轉接電話，包括詹金斯先生的來電嗎？」

「是的。」

「在妳任職期間，有接到一個叫作卡爾．艾默生的男子來電找詹金斯先生嗎？」

「我想不起來。是有可能，但……」

「妳想不起來這個名字。那理查．彼特森呢？」

「也想不起來。」

「詹金斯先生跟妳說過，他要去俄羅斯嗎？」

「沒有。」

「他跟妳提過，他為ＣＩＡ工作嗎？」

「沒。」

「他跟妳提過，他曾在ＣＩＡ工作嗎？」

「沒，我是看了報紙才知道的。」

「妳說ＦＢＩ探員多爾提到訪ＣＪ保全公司，並說：『我們知道詹金斯先生為ＣＩＡ工作。』對吧？」

「是。」

「妳並沒記錄下當時的對話，是吧？」

委拉斯凱茲踏進陷阱了，犯了開庭以來的第一個錯誤。她問了一個她不知道答案的問題。

「其實有，我記錄下來了。」

委拉斯凱茲一愣，貝克逕自說了下去：「當天我就打電話告知詹金斯先生，那位ＦＢＩ探員說了什麼，詹金斯先生要我記錄下ＦＢＩ探員說的話，並注記日期，簽上名。他要我把紀錄寄給我自己和他的律師。」

委拉斯凱茲意識到她把自己逼進了死巷子。她沒有退路，只能提出下一個問題。如果她不提問，斯隆會。「妳照做了？」

「我帶了那封郵件，」她從包包裡抽出信封，「信沒被拆開過。」

委拉斯凱茲回到座位坐下，斯隆起身。宣讀郵戳日期後，斯隆請貝克拆信，讀出她的紀錄，然後斯隆說：「妳曾經接到過詹金斯先生手機轉來的來電嗎？」

「沒有，除非他把手機來電轉進辦公室。」

斯隆致謝，請她退席。

午休時分，正好允許斯隆放鬆，好好喘口氣，並且和愛迪生・貝克曼一起跑了一遍作證流程。他傳喚了這位法事精神醫生，介紹了醫生的來歷背景後，他開始說明每一項測驗和測驗的目的。「詹金斯先生完成了這些測驗後，妳得到了什麼樣的結論？」

「我總結詹金斯先生說的是實話，我也告訴你要相信他。我也總結詹金斯先生對他的國家絕對忠誠。」

斯隆坐下後，委拉斯凱茲來到證人席前。

「貝克曼女士，妳詢問過詹金斯先生，一九七八年為何離開ＣＩＡ嗎？」

「沒有。」

「他沒告訴妳，他甚至沒知會他的處長，便自行離開ＣＩＡ？」

「沒。我測驗的焦點是當下。」

「他沒告訴妳，他離開ＣＩＡ是因為他十分不滿？」

「我們沒討論過這件事。」

「他沒告訴妳，他大失所望？」

「我們沒討論過他一九七八年離職的原因。」

「但妳總結，他對他的國家絕對忠誠，是吧？」

「是。」

委拉斯凱茲的口氣充滿了懷疑。「但妳的總結，並沒考慮到他離職的原因，也沒考慮到他是在沒有告知任何人他為何離職，又去了哪裡？」

「他只是離開了ＣＩＡ，他並沒有背叛他的國家。」

「那時候他是沒有。」委拉斯凱茲說。

斯隆猛地站起來。「抗議。」

「抗議有效。」哈登沒等斯隆表述抗議原由，立即回應，並不滿地瞪了委拉斯凱茲一眼。

「妳也進行了測驗，並總結詹金斯先生說的都是實話，是吧？」

「對的。」

「詹金斯先生有沒有告訴妳，他接受的情報員訓練中，包括如何通過訊問？」

「沒。」

「妳不知道他接受過訓練，能夠騙取訊問人的信任，使訊問人相信他的話，而事實上，他在撒謊？」

「我不知道他是否接受過這樣的訓練，但我不是訊問人，我是法事精神醫生，我能辨別他是否在撒謊。」

委拉斯凱茲聞言一笑，並且刻意讓陪審員看見她的笑容。「要我們相信他眼下的故事，我們就必須相信他受過訓練，很清楚撒謊的技巧，不是嗎？」

「我沒聽懂。」

「我們該不該相信他成功騙過俄國安全局的探員，使那些探員相信他說的都是實話？我們該不該相信這些話？」

「我們應該吧。」貝克曼說。

「所以，我們可以推測詹金斯先生十分擅長說謊，對吧？」

「抗議，庭上，狡辯。」斯隆說。

「抗議有效。」

委拉斯凱茲達成目的了，回座位坐下。

斯隆上前簡短做了第二次詰問後，因為已接近下班時間，哈登宣布休庭。委拉斯凱茲等到陪審員都離去後，才說：「庭上，我們要提出一個動議，因為辯方傳喚了卡爾．艾默生出庭作證，我們要求清空法庭，進行動議。」

「所以你們找到他了。」哈登說。

「我們找到他了。」委拉斯凱茲說。

「有人從我的事務所的門縫，塞了一個空白信封進來，信封內是一張寫著住址的紙。我是昨天早上發現那個信封的。」斯隆說。

哈登清空了法庭，看向委拉斯凱茲。「陳述妳的動議，委拉斯凱茲女士。」

「庭上，根據第九巡回法庭的決議，LSR&C的檔案資料根據機密情報流程法的規定，被列為機密文件，控方反對辯方傳票傳喚艾默生先生。艾默生先生不能出庭作證，在那份涉及國家安全，並經過上訴裁決為機密的文書資料裡，他是內容的一部分。也不能以該份文書資料來指控他。因此，控方要求撤銷艾默生先生的傳票。」

「斯隆先生？」

「艾默生先生的證詞，不會涉及機密文件裡的內容。我們絕不會侵犯那份文件，但這不表示我們不能詰問艾默生先生，關於他和TBT投資公司的關係，以及TBT投資公司與LSR&C的關係。這部分對於我們的抗辯十分重要，憲法也保障了被告人有權辯護自己。」

哈登翻閱控方的動議提案，然後翻回第一頁，放下。「我贊同，斯隆先生。機密情報流程法保護的是那份文件，但並未禁止你詰問艾默生先生關於他和那兩家公司的關係。憲法保障被告人有權辯護自己，同時我不會允許你危害國家安全，我認為你有權詰問艾默生先生，我也認為陪審團有權聆聽他的證詞。我在這裡命令，控方傳喚艾默生先生於明天早上九點出庭作證，作為辯方的證人。」

「庭上。」委拉斯凱茲開炮了。

哈登打斷她。「別，委拉斯凱茲女士，別跟我推託，別跟我說政府沒有權利要求艾默生先生出庭。我願意把那個出現在斯隆先生事務所門內的信封，看成一個奇蹟，而不是別的原因，比如控方打從一開始就在刻意誤導庭審方向。我對控方的不信任已經有所保留，但這份保留到此為止。傳喚艾默生先生明早出庭作證，否則就是控方藐視法庭。」

「我不確定他會不會幫我們一個大忙。」詹金斯說，他和斯隆走出了法庭，「艾默生可以承認他曾為ＣＩＡ效力，甚至坦白LSR&C是為了提供資金給情報員和任務而成立，但他會否認曾經來找過我，這不就坐實控方的論證，說我的辯詞只不過是我在米切爾．金石和LSR&C遭到起訴後，編造出來的省事藉口，好為自己脫罪。」

「如果艾默生來了，陪審團會期望我傳換他上證人臺。」斯隆說，「我的想法是，以最短的時間結束他的作證，我只要證實他為ＴＢＴ投資公司工作，以及他飛到西雅圖的日期與你聲稱與他見面的日期相近。如果他說謊，我就向法官提出反駁，要法官允許我用資料內容來指控他扯謊，法官可以進行清場，但陪審員要留下。不過我沒把握法官會同意。」兩人商討到深夜，街上變得空蕩且清靜。詹金斯跟著斯隆走進他的辦公室，等著斯隆查看電子信箱。

斯隆查看了電子信件，悲吟一聲，又暗罵一聲，才說：「我們也許不用操心詰問艾默生的事了。」

66

隔天早上，哈登法官的職員進入法庭，告知哈登想在辦公室與律師會談。斯隆看著詹金斯點點頭，兩人都心知肚明這場會談的原由。

詹金斯和斯隆跟著委拉斯凱茲，以及其他官方律師，走下狹窄的走廊來到法官室。書記官坐在角落裡，她的機器設備之前。坐在辦公桌後方的哈登法官站了起來，他的法官袍和西裝外套就掛在衣架上。辦公桌的一側，放著那四箱LSR&C的文書資料。

哈登拿起一份文件閱讀，等律師都進來後，他開始了流程，首先要求律師聲稱他們正在法官室中，好讓書記官做紀錄，然後才說：「斯隆先生，我猜你還沒看到潘斯法官的命令吧？這是我今天一大早收到的命令。」

潘斯是第九巡回法庭的法官，推翻哈登裁決的命令就是他寫的，從此將LSR&C的文件資料列為「不得為證據」。斯隆沒收到命令，但他看了控方的上訴，阻止斯隆傳喚卡爾・艾默生。

「我讀了上訴陳詞，但沒看過那位法官的命令。」

哈登將公文遞給斯隆。「顯然潘斯法官昨晚工作到很晚。」他看著委拉斯凱茲說，但委拉斯凱茲面不改色，「潘斯法官命令，無論何種情況下，辯方詰問艾默生先生的問題，都不能牽扯受到機密情報流程法保護，被列為機密文件中的內容。他也列出其他一些限制，明列出辯護人不能詰問艾默生先生的問題。我不要求你現在就做決定，是否傳喚艾默生先生。但如果你堅持傳喚他，這些限制立即生效。」

斯隆和詹金斯快速翻閱兩頁的命令，瀏覽被限制的問題清單。這份清單一出來，等於是拒絕讓斯隆詰問艾默生。艾默生知道斯隆不能指控他，必定會扯大謊。另一方面，假使艾默生應召前來了，辯護人卻不傳喚他，陪審團必定一頭霧水。這會毀了詹金斯的抗辯。

「我們稍後再告訴您決定，法官。」斯隆拿出他最大的信心回應。

委拉斯凱茲現在自信滿滿，有點不可一世地說：「控方要求現在就給出一個決定。我們要告訴艾默生先生，他是否能離開，以免占用他的時間，又或者我們要協助他準備接受詰問。」

哈登搓揉下巴，好似被打了一拳，出乎意料地痛。「律師，」他對委拉斯凱茲說，「妳可以告訴艾默生先生，如果辯方決定今天、明天、後天或大後天傳喚他，我期望他都要到場。我說的夠清楚了嗎？」

「是，庭上。」委拉斯凱茲說。

「庭上，」斯隆說，腦筋飛快運轉，「假使辯方決定不傳喚艾默生先生，我要求您命令控方不能對外透露艾默生先生曾經應召前來，也不能透露辯方決定不傳喚他之事。否則對辯方極為不利，因為辯方不能對外解釋，我們被禁止以LSR&C文書資料來指控他說謊，如果他說謊的話。」

「我通過這項動議，」哈登立刻又補上一句，「這裡到此為止，律師。」

哈登跑完開庭事項後，陪審團回來了，坐進座位中。斯隆傳喚米切爾．金石，LSR&C的首席營運長。金石早上從聯邦拘留中心押解過來，他的妻子送來了西裝、領帶以及合適的鞋子，讓他能體面地出庭。

詹金斯覺得金石在證人席上，一派輕鬆自在，也許是因為那份法庭傳票不旦促使他出庭，同時也讓他擁有了作證的自由。他告訴法庭，LSR&C的存在就是為了成為ＣＩＡ的地下公司，LSR&C接受ＣＩＡ的資金，為情報員提供身分掩護，包括提供情報員「合法」的工作職位。他證實卡爾·艾默生一開始是LSR&C的主管，但ＣＩＡ維吉尼亞蘭利總部很快就決定，他若擔任子公司ＴＢＴ投資公司的主管會更利於行事，能將ＣＩＡ的資金與投資人的分開。金石說ＣＩＡ的款項是透過ＴＢＴ投資公司轉帳給情報員，以及支付各項任務所需的費用。他也證實他是在艾默生於二〇一七年十一月來到辦公室，才第一次見到艾默生本人。這個資訊可以讓斯隆在結辯時，表述艾默生來到西雅圖的時間，與詹金斯聲稱艾默生到卡馬諾島找他的時間吻合。

金石回答斯隆的問題時，沒有一絲遲疑，且十分鎮靜和自信。但詹金斯和斯隆皆知，他簽署了認罪協議，十分容易被委拉斯凱茲抹黑，而委拉斯凱茲也絲毫不浪費時間，拿著認罪協商掐住了他的喉嚨。

「金石先生，」委拉斯凱茲說，「你不是招認你觸犯了偽證罪、詐欺罪和非法逃漏稅，是吧？」

「是，」他說，「我認了罪。」

「你招認你曾在宣誓後，說謊上百次，對嗎？」

「沒錯。」

「你招認，你的公司是ＣＩＡ的地下公司的說詞是謊言，是嗎？」

「是。」金石說。

「你也招認詐取LSR&C投資人的資金，對吧？」

「是。」金石說。

「你招認你一手策畫了龐氏騙局，對吧？」

「是。」

「你因為詐欺被捕後，並沒有打電話給ＣＩＡ請求他們保釋你出獄，對吧？」

「我以為他們會保釋我出獄。」

「你沒打電話給ＣＩＡ，請求某人保你出獄，對吧？」委拉斯凱茲重複問題，這次的語氣更加強硬。

「沒，我沒有。」

「你簽署的認罪協議裡，沒提到你為ＣＩＡ工作，也沒提到LSR&C是ＣＩＡ的地下公司，對吧？」

「是。」金石坦承。

委拉斯凱茲志得意滿地坐下了。斯隆看向詹金斯，兩人皆清楚此時若幫金石平反，只會弄巧成拙，使得辯方更形狼狽，只好請他退席了。

午休時分，辯方坐在餐廳的餐桌上，瞪著自己的餐食。

「事情比我預想得更糟糕。」斯隆說。

「不是你的錯，」詹金斯說，「沒有那份文書資料做實證，金石的確看起來就是一個騙子，但我們必須傳喚他。艾默生呢？」

兩人仔細討論了潘斯法官的裁決，都同意傳喚艾默生出庭作證太過冒險。「他會把你切成碎片，」斯隆說，「而唯一能證明他說謊的文件，就躺在哈登的法官室裡。再加上潘斯法官的禁令，那些文書資料就像在月球那麼遠，遙不可及。」

「讓我上臺作證。」詹金斯說。他知道這麼做十分冒險，但他和愛麗克絲已就此事討論過。他絕不會坐以待斃，不戰而退。在被定罪、被叫成騙子之前，他起碼要爭取一個機會看著陪審員的眼睛自證清白。

斯隆轉頭看著他。「沒有那份文書資料——」

「我知道後果，也知道風險有多高，大衛。我願意承擔。傳喚我上證人臺，讓我親自跟陪審團講話。假使官方要罵我是騙子，就讓他們當著我的面罵。」

「也許會弄巧成拙，」斯隆說，「陪審團會認為你是在背水一戰——」

「一個被判死刑的男人的背水一戰，」詹金斯說，「我知道。也許我就是吧，但我寧願被吊死，慢慢掙扎而死。」

67

法庭內，斯隆起身依照詹金斯的請求，傳喚詹金斯上證人臺。詹金斯看見委拉斯凱茲吃驚地看著斯隆，一副斯隆瘋了的模樣，但她當然也立刻翻閱筆記，她早已料到這個可能性，並做了準備。

詹金斯朝證人臺走去，焦慮之情由然而生，但他按捺住右手的顫抖，舉起右手宣誓。斯隆和詹金斯達成共議，眼前最重要的目標是，立刻扭轉「間諜」這個詞的負面含義，讓陪審員認清美國政府利用間諜來保護國家安全的事實，而這也是辯方在預審和開庭陳詞中的聲明。

「你是間諜嗎？」斯隆問。

詹金斯對陪審團說：「是。」

「你為哪個國家進行間諜工作？」

「美利堅合眾國。」

「你為哪個單位工作？」

「美國中央情報局。」

「你曾經向俄國安全局的探員或任何人，洩露未經許可的情報嗎？」

「沒有。我獲取的情報全部都是經過上層許可授權的。」

「你做過任何違反ＣＩＡ命令的行為舉動嗎？」

「沒有。」

「你在ＣＩＡ時的任務執行官是誰？」

「卡爾・艾默生。」

「你遵從艾默生先生的命令和指示？」

「是的。」

斯隆詹金斯一問一答，梳理過了詹金斯在越南的服役、他被ＣＩＡ招攬，以及他在墨西哥市從事情報工作的資歷。詹金斯的回答最多不超過二十個字，以免控方抓住漏洞，見縫插針，大肆渲染。「能告訴法庭你當初離開ＣＩＡ的原由嗎？」

「我仍然不能具體說明。我離開是因為我覺得政府對我不誠實，在派我執行某項任務之前，並未忠實交代任務的目的，進而造成無謂的死亡，所以我決定離開。」

「你殺了人？」

「沒有，但我提供了情報。」

「你離開ＣＩＡ之時，生氣不滿嗎？」

「不是，我當時只感到沮喪難過。」

「為什麼？」

「我以為我終於找到一項職業，是我擅長且熱愛的，但我不想成為造成他人災難的一部分。」

「你離開ＣＩＡ之時，有告訴任何人你要離開嗎？」

「沒。」

「為什麼沒有？」

「現在回想起來，我希望我當時有；我希望當時二十多歲的我，能做出不同的選擇。現在我老了，經歷多了，看事情的角度跟年輕時不一樣了，但我改變不了過去。我當時只想逃開，越遠越好。」

「你回到紐澤西，小時候的家嗎？」

「沒。我想從頭開始，所以我去了華盛頓州的卡馬諾島。」

「你在躲避政府嗎？」

「很難，尤其是在四百公畝的地契上有你的姓名，又每年都繳納所得稅的情況之下。」

斯隆詰問詹金斯為何成立CJ保全公司。

「我想給我的兒子一個機會，讓他成為他想成為的人。他很聰明，現在在幫忙照顧他的母親。」

幾位陪審員，微微一笑。

詹金斯向陪審團提起藍迪·特雷格的提議。

「當時你想過這個機會過於巧合嗎？特雷格怎麼就剛好有個工作正合你口味？」

「當時沒有。」

「現在呢？」

「現在我有些懷疑。」

「你之前懷疑過LSR&C是CIA的地下公司，為他們的探員以及全世界的任務服務，就像米切爾·金石的證詞那般？」

「沒有。」

「你知道卡爾·艾默生是TBT投資公司的負責人，就如米切爾·金石的證詞那般？」

「不知道。我離開墨西哥市後，再也沒見過或聽過卡爾·艾默生這個名字。他去年十一月，在愛麗克絲送兒子上學後，突然出現在我的農場。」

詹金斯說明了他和艾默生的會面細節，以及艾默生請求他做的事。

「你當時想過艾默生先生出現在你的農場，過於巧合嗎？」

「當時沒有，但現在我懷疑了。」

詹金斯回答了關於ＣＪ保全公司的財務困難的問題，並提及私人的抵押品，以及公司的創業貸款。

「這是你接受艾默生提議的工作的原因嗎？」

「這當然是其中一個原因，」詹金斯說，「但還有其他因素。」

「什麼樣的其他因素？」

「卡爾．艾默生說有幾個情報員有危險。他說如果這項任務沒有成功，他們很可能會死亡。」

「你的身分掩護是什麼？」

「越是接近事實，身分掩護就越萬無一失。我是前ＣＩＡ情報員，對ＣＩＡ失望透頂，又握有機密情報想要賣給俄國安全局。卡爾．艾默生告訴我，我一定進得去俄國，然後安排誘餌，一切自然水到渠成，再來會有其他情報員接手。」

「如果需要的話，你如何與艾默生先生聯絡？」

「他給了我上面有一支電話號碼的名片。」

斯隆在電腦螢幕上亮出那張名片，詹金斯確認那就是卡爾．艾默生給他的名片。

「艾默生說過假使任務出了差池，他會如何處理後續事宜嗎？」

「他告訴我，假使出了差池，ＣＩＡ會否認一切。」

「你認為他們會承認重新啟用你嗎？」

「會，但不是公開，只是閉門承認。」

「所以你才主動找上FBI，向多爾提探員陳情？」

「是的，我請他深入調查事件的來龍去脈。我以為CIA會承認我被重新啟用，並且會就多爾提提出的疑問做深入調查。」

斯隆和詹金斯交代了事件的來龍去脈，該結束詰問了。

「你曾經將任何未經許可授權的情報，提供給俄國安全局，或其他任何人嗎？」

「沒有。我並非有數十年資歷的情報員，不可能掌握任何未經授權許可的情報。」他們在前晚討論過這個問題，一致認同這是十分強悍的證詞。

「你曾經違反CIA的命令行事嗎？」

「沒有。」

最後的兩個問題是設計來加深陪審團的印象：詹金斯是個奉公守法的好公民。

「你對美利堅合眾國忠誠嗎？」

「我一直是，我熱愛我的國家。」

斯隆轉身走回座位，坐下，任由詹金斯的回答在陪審團腦海中繚繞。

委拉斯凱茲起身，走向證人臺。「好精采的故事，詹金斯先生，與金石先生的故事完全吻合，不是嗎？」

「我說的，都是事實。」

「你知道，不是嗎，金石先生也聲稱他為中央情報局工作？」

「我知道。我不確定我是何時確認此事，但我就是知道。」

「斯隆先生問了你關於巧合的事，這點，我也想問問你。事情真是巧，不是嗎，與你失聯四十多年的卡爾．艾默生，突然出現在你的農場，而他出現的時間又剛好吻合你公司發生財務困難的時間，不是嗎？」

詹金斯必須小心應答了。如果回答是，他就必須在沒有那份文件的支撐下，證實艾默生或其他什麼人設計操弄拖欠ＣＪ保全公司的帳款，進一步逼使詹金斯狗急跳牆。不過他決定從側面反擊，咬死金石的證詞：金石曾在去年十一月於LSR&C和艾默生會面。「當時我並沒這麼想，因為我沒想到這兩件事有關聯。不過現在，我知道艾默生先生曾為LSR&C工作，所以，不，我不認為這是巧合。」

「你是一個受過精良訓練的ＣＩＡ情報員，你失聯了數十年的前主管突然來找你，毫無預警地，又邀請你出一項任務，你都不覺得奇怪，沒察覺到異樣？」

「當時，我沒懷疑過他的動機。但我的確問過他，他為何來到我的農場。我發誓，我問了。」

「詹金斯先生，你和ＦＢＩ探員面談時，並沒有要求一位ＣＩＡ代表在場，是不是？」

「是。」

「你告訴多爾提探員，你向一位俄國安全局探員洩露了情報。」

「我告訴多爾提探員，我沒有洩露任何未經許可授權的情報。」

「你洩露姓名的那兩位情報員，是在墨西哥市成為ＣＩＡ的臥底，而你當年就在墨西哥市分處工作，以上所說正確嗎？」

「當時我並不知道他們兩個的事。」

「但多爾提探員告訴你，那兩位臥底皆已身亡時，你的反應是，我引述他的話『我究竟做了什麼？』是吧？」

「是，我可能說了那句話。我當時只覺得不可思議。卡爾．艾默生告訴我，那兩位臥底的任務早已結束多年，且受到保護，身家安全。」

「多爾提探員也告訴你，ＣＩＡ沒有你被重新啟用的紀錄。他沒告訴你嗎？」

「他告訴我了。」

委拉斯凱茲持續發動攻勢，在這四十五分鐘的攻防之戰，詹金斯盡全力周旋，見招拆招。然而，在堅定沉穩的表象下，詹金斯感覺到T恤貼上了他的背部。

「詹金斯先生，你之所以沒有將完整的故事告訴多爾提探員，是因為你跟他面談時，你壓根就不知道完整的故事；你是一邊說一邊編造故事的，是不是？」

「不是，這不是事實。」

「你知道吧，詹金斯先生，ＣＩＡ並未證實你的故事，因此你可能真的在從事間諜活動？」

「是，我知道。」

「你有一個患有妊娠併發症的妻子，還有一個九歲兒子，但你卻要求陪審團相信，你沒告訴多爾提探員故事的全貌，是因為情報員的忠誠，但這麼做並不能支撐你的抗辯，且會讓你看起來像是從事間諜活動？這是你想要陪審團相信的事嗎？」

「我沒告訴他完整的事件經過，是因為我擔心我說了，會暴露情報員的身分和他們的任務，會害死那些情報員。」

「所以即使是現在……你要我們相信的是，你仍然沒告訴我們故事的全貌——這就是你的證詞？」

「我不能告訴妳事件的全貌，」詹金斯說，「抱歉，但我不能。」

委拉斯凱茲看向陪審團。「ＣＩＡ也不能，是吧？」

「我不知道他們能不能，」詹金斯說，「我只知道他們不會。」

委拉斯凱茲結束了她的交叉詰問，時間剛過下午三點，斯隆又簡短做了第二次詰問後，詹金斯回到座位上，只感到心身俱疲。

詹金斯坐下後，哈登說：「斯隆先生，請傳喚下一個證人。」

斯隆起身。在中場休息時，他和詹金斯討論過，如果斯隆覺得詹金斯的證詞足夠強硬，他們就終止傳喚證人。

「庭上，」斯隆說，「辯方休息。」

哈登微微吃了一驚。他轉向委拉斯凱茲，後者正與協理律師低聲商討，然後才站起來。

「控方也休息。」

斯隆會在明天早上進行結辯。他們全都等著哈登一如平常地致謝，提供忠告，然後遣退陪審團，但只見他往前一坐。

「陪審團女士先生們，辯方終止了詰問，控方也是，但我認為陪審團應該再聽聽一位證人的證詞，因此我傳喚卡爾．艾默生出庭作證。我傳喚他，是因為我要紀錄裡有他的證詞作為證據，」哈登繼續，「我不希望任何一方覺得有義務傳喚他，他們也沒有義務傳喚他，但我認為陪審團需要聽聽艾默生先生針對某些問題的答案。」

「萬萬沒想到。」斯隆輕呼。

68

委拉斯凱茲砰地站起來。「庭上，控方反對。」

「反對無效。」

「庭上，控方打算傳喚艾默生先生作為反駁證人。」

「不行，委拉斯凱茲女士，控方清楚地表明終止詰問，我認為陪審團應該聽聽這位證人的證詞。」

「庭上，我們要求將控方的異議寫進紀錄中，並且休庭，好讓我們能將此事提交第九巡回法庭裁決。」

哈登法官往前一坐。「請書記官做紀錄，我在此駁回控方的動議。還有別的事嗎？」

「沒了，庭上。」委拉斯凱茲說。

哈登看著他的法警。「請去走廊，通知艾默生先生入庭。」

由此看來，哈登早已下定決心要在今日休庭前傳喚艾默生。他要掐滅委拉斯凱茲再找第九巡回法庭上訴的機會。

詹金斯看著斯隆靠過來，將聲音壓低。「我當律師這麼多年，從未見過這種事。但到目前為止，我還滿樂意看熱鬧的。」

艾默生進來了，穿著藍色雙排釦西裝的他，打從一踏進來，就是陪審員的注目焦點。顯然陪審員對這個經常被提到的人，充滿好奇。儘管艾默生已快八十歲了，卻看起來年輕許多，滿頭銀髮，整個人熠熠生輝，一看就是經常在太陽下從事戶外活動的人。他的姿態和眼神散發著不屑和不耐，似乎想趕快完事，拍屁股走人。

他站上證人臺，宣了誓保證實話實說，然後解開外套鈕釦坐下，蹺起腿。他看向陪審團，又看向詹金斯這一側，當第一個問題從法官嘴裡發出時，他顯然十分困惑不解。

「請報上你的姓名，讓書記官做紀錄。」哈登說。

艾默生看看委拉斯凱茲，再看看法官。「抱歉？」

「報上姓名，讓書記官做紀錄。」哈登說。

「卡爾・愛德華・艾默生。」

「你現在有工作嗎？」

艾默生放下蹺腳，坐直起來。「沒，我退休了。」

「你從哪個工作單位退休下來的？」

「中央情報局。」

「你是從中央情報局退休下來的，或是被終止工作？」

「我想為政府效力了四十五年，足夠了，所以退休。」

「艾默生先生，」哈登說著，拿出ＣＩＡ文員呈上的文件，「我手裡的人事資料表顯示你是被終止工作。你是在告訴我，這些資料是錯誤的嗎？」

艾默生一副不屑的樣子。「別人是這樣看的吧。我自己並不認為我被終止工作，就算是，那也是在我決定退休之後的事了。」

「人事資料上也指出，你因處理ＴＢＴ投資公司和LSR&C事宜不當，決策錯誤，而遭到譴責。你的意思是，你不知道這件事？」

「我知道這件事。」

「所以你是被終止工作的？」

「是吧。」艾默生說，嘴角上仍然掛著淡淡的譏笑。

「那麼，你為何被申斥？」

艾默生又看了委拉斯凱茲一眼，才回答：「在這兩家公司進行個人投資。」

「你拿自己的錢做投資？」

詹金斯靠向斯隆。「我猜對了，」他低語，「艾默生就是那個奸細。他收到安全局給的酬金，再利用TBT幫他洗錢。」

「是的，」艾默生說，「這件事我做錯了，後來事情演變得很糟。」

「有證詞顯示，你之前在墨西哥市擔任CIA處長。這是真的嗎？」

「是的。」

「你當年是被告人查爾斯．詹金斯的上司。」

「時間很短，我當時是帶他的資深特務。查爾斯是個優秀的情報員，但他突然離開了CIA，當時他十分憤怒。我不能對外談論那項造成查爾斯辭職的任務，但他很生氣，對CIA和美國政府，還包括我都是。」

「這是他親口告訴你的嗎？」

艾默生口誤了，連忙補救。「不是。我後來都沒有他的消息，他就是離開了。」

哈登法官頓了一下，詹金斯看向陪審團，有幾位顯然察覺到艾默生的前後矛盾。假使詹金斯是突然離職，沒有知會艾默生，艾默生又是如何得知詹金斯是拂袖而去？

「有證詞指出你是TBT投資公司的主管，是嗎？」

「漂亮，」斯隆壓低聲音說，「他拿著證詞，而非那份文件資料做詰問。」

「是的。」

詹金斯以為艾默生必定會說謊，但哈登的決議來得太突然，控方來不及告訴艾默生LSR&C的文件資料已被列為機密。

「你是不是有一張TBT名片，上面有你的電話號碼？」

「是的，我有上面有電話號碼的名片。」

「有證詞指出，TBT是一個叫作LSR&C的公司的子公司。這正確嗎？」

「正確。」

「有證詞指出，TBT投資公司是CIA匯款給國外情報員和任務費用的管道。是嗎？」

「是，沒錯。」

詹金斯靠向斯隆。「現在有人幫我們證實金石不是騙子了。」

「有證詞指出，你身為TBT投資公司的主管時，是以化名理查·彼特森對外自稱。是嗎？」

「是的。」

詹金斯打量著陪審員的反應，他們一副興味盎然的樣子。

「二〇一七年十一月，你是不是來到卡馬諾島與被告人查爾斯·威廉·詹金斯見面？」

這是個關鍵問題，艾默生要說謊也就是這個時候了。

「沒有，」艾默生說，「沒這回事。」

果然，詹金斯沒料錯，艾默生會坦承LSR&C是CIA的地下公司，但否認詹金斯被重新啟用。單單是這點，就足以被委拉斯凱茲用來大肆抨擊，詹金斯是在米切爾·金石出事後編造故事，以作為辯詞。然而，不同的是，艾默生剛才已親口證實金石說的都是實話。

「你最後一次見詹金斯先生，是什麼時候的事了？」

「最後一次？」艾默生看著詹金斯，臉上仍是那一抹不屑的笑容，「數十年前了，在墨西哥市。」

「從那以後，就沒再見過他了？」

「沒。」

「你可以退席了。」哈登說。

艾默生仍然掛著不屑的笑容，起身，扣好釦子，走下來。

哈登轉向陪審團。「剛才是法庭提供的證詞。女士先生們，讓我再為你們報告一下現況。辯方已完成傳喚證人的程序，我也拉了一位證人進來讓你們聽你們該聽的證詞。現在控方，若有意願請傳喚你們的反駁證人。律師，你們的意願強嗎？」

詹金斯知道控方被逼入角落裡了。在詹金斯和米切爾．金石皆已接受過交叉詰問的情況下，法官的問題明白顯示，卡爾．艾默生與ＣＩＡ有關聯，並且通過ＴＢＴ投資公司也與LSR&C有關聯。詹金斯推測政府律師團不可能不戰而退，必定會詰問艾默生。

委拉斯凱茲起身。「是的，庭上，控方重新傳喚卡爾．艾默生。」

艾默生硬生生地轉身，回到證人臺上。

「艾默生先生，」委拉斯凱茲說，「我要把你的注意力拉到，一位叫作克里斯托弗．多爾提的ＦＢＩ探員身上。你是否曾經和多爾提探員談過話，時間大約在二〇一八年一月？」

「我不記得確實的日期，但，是的，我和多爾提探員曾經通過電話。」

「請告訴陪審團此次通話的主要內容。」

「多爾提探員打電話來，說查爾斯．詹金斯找他談過。我說：『誰？』我很詫異，居然會聽到這個名字。多爾提探員又說，詹金斯先生說他為我工作，所以我應該知道詹金斯先生代表ＣＩＡ在俄國的工作詳情。」

「你如何回答多爾提探員？」

「我問他，是不是在玩整人遊戲。我告訴他，我超過四十年沒見過查爾斯．詹金斯這個人了。」

「你沒告訴多爾提探員，關於詹金斯先生在你的指派下，在俄國進行的任何任務吧？」

「沒有這一類的任務。」

「你沒有授權詹金斯先生，將潛伏在俄國的ＣＩＡ臥底身分洩密給俄國探員？」

「我沒授權，沒。」

委拉斯凱茲道謝後，坐下。

斯隆起身。「艾默生先生，ＴＢＴ投資是不是專為你成立，好拉開你與LSR&C的關聯？」

「抗議。」委拉斯凱茲說。

「抗議無效。」

「是，是這樣。」

「你ＴＢＴ投資公司名片上的電話號碼是幾號？」

「我不記得了。」

斯隆報上一組電話號碼。「是這個嗎？」

「我不記得了。」

「你是否在LSR&C倒閉的幾天內，被ＣＩＡ終止工作？」斯隆問。

「我離開ＣＩＡ與LSR&C的倒閉無關。」

「好，如果我錯了請糾正，但LSR&C倒閉，不是也會牽連ＴＢＴ投資跟著倒閉？」

「我認為ＴＢＴ投資早已不存在了。」

「理查．彼特森也是？」

「我沒聽懂？」

「有沒有任何銀行戶頭裡的錢，是由ＴＢＴ投資——也就你——操控，在你被終止工作的期間，這些錢行蹤不明？」

「這個我不知道。」

「你不是那家公司的首席營運長嗎？」

「只是掛名而已。」

「你被終止工作時，你和你的ＣＩＡ上司是否達成協議，你不會遭到起訴？」

「沒有，沒這回事。」

「ＴＢＴ投資有沒有收到LSR&C轉來的數百萬美元，表面上是用來資助全世界的情報員？」

「抗議。」

「抗議有效。」

「艾默生先生，身為ＴＢＴ投資的首席營運長，你會不會用理查．彼特森的化名，負責匯款給情報員？」

「抗議，違反機密情報流程法。」

「抗議有效。」

詹金斯知道斯隆並不在乎，哈登法官也是。斯隆只是想把問題呈現在陪審團之前，將

CIA、LSR&C和卡爾．艾默生之間的關係串連起來。至於這麼做夠不夠，只能等著瞧了。但斯隆又繼續了，詹金斯吃了一驚。

「你剛才說，自從詹金斯離開墨西哥市後，你再也沒見過他，是嗎？」

「正確。」

「也許你能解釋一下，詹金斯先生是如何拿到一張印有TBT投資公司電話號碼的名片？」

斯隆拿出文件交給書記，再由書記遞給艾默生。電腦螢幕上，展示了那張只有電話號碼的名片。詹金斯納悶斯隆究竟有什麼意圖，陪審員也是興致盎然的模樣。

「我怎麼知道，」艾默生說，「也許是他進了辦公室拿的，以利他編造出可以在法庭上喊冤的辯詞。」

「也許吧，」斯隆說，「但……根據控方的理論，詹金斯先生的故事是在LSR&C被查封後才杜撰出來的，並且有證詞指出LSR&C在倒閉後的幾個小時內，辦公室被拆除得只剩下水泥地板。」

詹金斯微微一笑，暗罵一聲：「王八蛋。」三個陪審員往後一坐，點點頭。

「抗議，請求移除紀錄。」委拉斯凱茲說，「那是斯隆先生自己的陳述，並非提問。」

「抗議有效。」

「我的問題是，艾默生先生，公司的辦公室在電視新聞曝光後的幾個小時內，被拆除得乾乾淨淨，一張紙屑都沒留下，詹金斯先生又要如何進到辦公室，拿走一張名片？」

「我怎麼會知道。」艾默生說。

他們下午離開法庭時，神清氣爽，一改其他天的沉重鬱悶。斯隆和傑克回到斯隆的辦公室，好讓斯隆準備結辯。之後詹金斯回到三樹點陪伴愛麗克絲，一家人一起吃晚餐。兩個大人都已精疲力盡，但又覺得這頓晚餐十分重要。他們雖然沒說出口，但都心知肚明這也許是一家人共進的最後晚餐。

詹金斯為ＣＪ念完了幾章《哈利波特》，走出他的房間，發現愛麗克絲在露臺上，坐在搖椅裡餵莉茲。

「今晚讀了幾章？」愛麗克絲問。

「三章。」詹金斯在旁邊的椅子上，坐下來。

「你會慣壞他的。」

「前兩章是為他讀的，最後一章是為我自己。」

他們靜靜坐著，搖椅隨著前擺後盪吱吱響。詹金斯說：「妳認為我要不要接受認罪協商？蹲一兩年的牢房並不可怕，對吧？」

「這不是一兩年的事，查理，而是一輩子都要生活在別人認為你是叛國賊的眼光之下。」

「我不再在乎別人是怎麼看我的了，我擔心妳和孩子。我擔心他們在沒有父親的陪伴下長大，我會錯過這一切的。」

「事情還沒有定論，不要亂說。」愛麗克絲說。

「我要妳答應我，如果我被判決有罪，妳不要等我。」

「查理，住口。」

「妳太年輕，而孩子需要一個父親。」

「他們有父親了。」她伸出空著的那隻手，握住他的。她的碰觸安撫了他，雖然只有一點。

「無論結果如何，我們一起承擔，」她說，「我們是可以接受認罪協商，但我們選擇奮戰到底，查理，不只是為你，也為了CJ和莉茲，更為了所有在外面血戰的情報員，他們也可能在某一天發現自己被拋棄。」

「從來沒有情報員贏過。」

「那你就當第一個。」

「艾默生會逍遙法外，對不對？他背叛了情報員，背叛了國家。他要為那些女人，也許更多人的死負責，他會逍遙法外，像個國王享盡榮華富貴。」

「天網恢恢，查理。我們所有人都要為自己的行為負責，承受報應。」

「我希望能看到他遭受報應。」

「也許會喔。」

「不會，」詹金斯說著搖搖頭，「他知道太多CIA的祕辛，可能還握有文件資料當證據。CIA當然不希望這些祕辛曝光，令自己難堪。對他們來說，犧牲金石和我會比較簡單。」

69

瑪莉亞·委拉斯凱茲的結辯，完全呼應她的開庭陳詞。詹金斯這個男人，遭遇財務絕境，出賣國家，收受俄羅斯酬金，以支付公司的帳款和貸款。

「他出賣了他的榮譽、誓言和機密文件。」委拉斯凱茲說。

斯隆告訴詹金斯，結辯最重要的是要和開庭陳詞相呼應，並守住他的承諾。斯隆承諾過，他會證明詹金斯無罪。沒有任何文件資料做證據，這個承諾實在難以實現，但哈登法官傳喚卡爾·艾默生出庭作證，這給了他們一個喘息的機會。艾默生承認CIA和TBT投資公司的關係，以及TBT與LSR&C的關聯。艾默生當眾說謊，欺騙大家他在墨西哥市後，再也沒見過或跟詹金斯說過話，但斯隆設法以那張印有電話號碼的名片，駁斥了他的謊言。撇開其他不談，這給了斯隆反駁的基石。

斯隆從家裡帶了一塊黑板和粉筆到法庭，放到陪審團面前。黑板是蒂娜以前用來教導傑克用的。數位陪審員往前一坐，好奇心大起。哈登法官也是一副興致勃勃的樣子。

「庭審的第一天，我告訴你們辯方會承擔起證明詹金斯先生無罪的擔子。我告訴你們絕不會有簽了名的認罪口供，儘管控方希望詹金斯先生認罪招供。沒有，我們沒有簽署認罪協議。我告訴你們，我們會證明CIA和LSR&C有關聯。這點，我們證實了。我告訴你們，查爾斯·詹金斯握有一個電話號碼，可以追蹤到TBT投資公司。這點，我們也證明了。我們也證明卡爾·艾默生於二〇一七年十一月，來過西雅圖，以及艾默生先生是在這段時間之後，才遭到CIA終止雇佣關係。如果二〇一七年十一月，查爾斯．詹金斯沒見過卡爾．艾默生，他如何知道艾默生先生在西雅圖？查爾斯．詹金斯又是如何拿到一張印有TBT投資公司電話號碼的名片？除非是在LSR&C倒閉，辦公室被拆除之前，卡爾．艾默生給他的。」

詹金斯認為這兩個問題都十分合情合理，他看到幾位陪審員飛快地記筆記。

「現在，事實來了，」斯隆說，「這個案子的原貌來了。在二〇一八年冬天，CIA關掉在西雅圖成立的兩家地下公司，而查爾斯．詹金斯被拋棄在冷風中，自生自滅。官方起訴他兩項間諜罪、一項陰謀罪和兩項出賣美國情報給俄羅斯的罪行。按照法規，證實的擔子要由控方擔起，但他們什麼也沒證明。

「我現在列出控方證實不了的議題。跟我一起在你們的筆記本上做紀錄，這樣才不容易忘記。」斯隆拿起胖胖的粉筆，一邊在黑板上寫字，一邊劃掉本子上的筆記。陪審員也跟著在筆記本上做紀錄。

1. 他們沒有否決，CIA和LSR&C之間的關聯。
2. 他們沒有否決，卡爾．艾默生曾為LSR&C的子公司TBT投資公司工作。
3. 他們沒有否決，卡爾．艾默生有一個西雅圖電話號碼，這個電話號碼為TBT投資公司所有；他們也沒有否決查爾斯．詹金斯擁有那個電話號碼。
4. 他們沒有否決，西雅圖FBI探員克里斯托弗．多爾提，對CJ保全前臺接待員所說的，他知道查爾斯．詹金斯為CIA工作。
5. 他們沒有拿出任何一張文件資料，證實他們對查爾斯．詹金斯的指控。

清單繼續下去。等斯隆寫完時，他說：「這些全部是事實，而控方沒有否絕它們。除非控方能做出解釋，否則這些事實全部都是真相。假使這些事實是真實的，那麼我們就證明了查爾斯·詹金斯是清白的。」

斯隆指著委拉斯凱茲。「我向控方發出挑戰，請你們針對這些事實做出回應。現在，控方還有一次機會來證實他們的指控，但我們沒有了。你們必須現在就接受，我們告訴你們的事實。這是我們跟你們說話的最後一個機會了，但控方還有一次機會，我也給了他們一連串的問題要他們回答。如果他們連一題也回答不了，那麼你們的責任就是判定這個男人無罪。」

斯隆放下粉筆，擦掉手上的粉筆灰。「現在的法庭多了許多電子科技設備，有了這些專家提供的證詞、電腦圖表和昂貴的照片，有時候反而使我們陷入盲點，看不見最根本的原則。你們的終極責任就是發現真相。有時候，真相其實一點都不複雜，它不需要精緻的圖表或電腦科技。」斯隆看著黑板，「有時候，真相十分簡單，而且顯而易見。有時候，真相就在我們面前。有時候，真相藏在黑與白之間。」

委拉斯凱茲並沒有咬餌。她的第二次結辯花了四十分鐘，大肆抨擊，炮火猛攻，企圖煽動陪審員的情緒。她拳擊陪審團臺，提高音量，但斯隆寫在黑板上的議題，她一句也沒提。

「有一點，我和斯隆先生不謀而合，」她說，「這個案子的真相十分簡單。我在開庭陳詞中已表述過，現在我再重申一遍。這個男人出賣了榮耀、正直和知識。這是一樁你出錢，我賣情報的簡單買賣。他握有情報，他飛去了俄羅斯，回國後不久，戶頭就有五萬美元的進帳。辯護律師和我都認同一條基本原則：真相有時候是顯而易見的。而這個案例的真相就是：查爾斯·詹金斯有罪。」這個回應，強而有力。

現在能做的，就只有等待了。

70

斯隆告訴詹金斯，他期待陪審團能討論個四到五天，越長越好。在刑事審判中，陪審團的辯論越是耗時，就表示至少有一個陪審員無法排除心中合理的疑慮，無法對裁決達成共識。哈登要控辯雙方待在法院內等待結果，以免陪審員有疑問需要諮詢。他提供一個當天閒置的法庭裡的一個陪審團房間，讓辯方等待。

臨近五點時，愛麗克絲和傑克清理了桌上吃了一半的三明治和包裝紙，扔進垃圾桶裡。

「法警待會會來通知我們，天黑了可以離去了，」斯隆說，「好現象。」

幾分鐘後，詹金斯聽到門外有腳步聲響起，有人敲了一下門。

斯隆看了看手錶。「可以回家了。」他穿上外套，傑克走去開門。

法警站在走廊中。「有判決了。」

詹金斯的心沉了下去。大衛・斯隆也同樣震驚。陪審團的討論沒超過五個小時。四個人收拾東西，一聲不吭。

他們一踏上走廊，只見人潮紛紛湧向哈登法官的法庭，辯方來到法庭門前，瞬間成為記者、電視新聞採訪小隊等人群的焦點。記者吼著問題，詹金斯沒理會他們。他整個人愣愣的，兩腿不聽使喚，右手又開始顫抖。

愛麗克絲握住他的手。

一行人走進法庭，法庭職員清出一條路好讓辯方通過。

「大衛？」有人喊了一聲，聲音熟悉，詹金斯轉頭一看，是凱洛琳。

「她是專家證人。」斯隆對一位法院執行官說，後者放行了凱洛琳過來。她走到愛麗克絲身旁，挽著她的手臂。

委拉斯凱茲和團隊已在律師桌後就位，一副等著慶祝勝訴的樣子。

控辯雙方各就各位，哈登法官快步進來坐下，交代法警帶領陪審團進入法庭。

九女三男走了進來，看也不看詹金斯，又是一個不祥的兆頭。

陪審員坐定，哈登對他們說：「你們針對本案起訴的五項罪行，有裁決了嗎？」

四號陪審員站起來，這個女陪審員育有二子，經營自家小店。「有的，庭上。」

詹金斯胸口一緊。

「請法警將判決書交給書記官。」哈登說。

法警照辦了。書記官將判決書遞給哈登。哈登一頁頁翻看，神情沒有任何變化。詹金斯感覺自己的呼吸在胸腔中震動。整個法庭陷入一片死寂。他開始胡思亂想，以後沒有生日派對和節慶日了；不能為ＣＪ念小說了，也沒機會餵莉茲，抱著愛麗克絲睡覺了。

哈登將判決書交還給書記官。「被告人請起立，面向陪審團。」

詹金斯在斯隆的協助下，站了起來。他兩手撐在桌上，穩住自己。心跳劇烈，耳朵轟鳴。他轉頭看著旁聽席第一排的愛麗克絲，她給他一個微笑，但他看得出來愛麗克絲強忍住了淚水，凱洛琳也是。

陪審團組長接過判決書。

「陪審團組長請宣讀判決。」哈登說。

「第一項指控，」女人開始了，「陪審團裁決被告查爾斯．威廉．詹金斯，無罪。」

斯隆抬手搭在詹金斯背上。詹金斯深吸一口氣，以免自己喘不過氣來，一口又一口。他看向斯隆，以確定自己沒聽錯。斯隆點點頭，微微一笑。後方的旁聽席也似乎傳來吐氣聲。

「第二項指控，」組長說，她的口氣更堅定了，「陪審團裁決，查爾斯·威廉·詹金斯，無罪。」這次，組長瞥了詹金斯一眼，其他陪審員也是，有些還對他微笑，幾個女人眼泛淚花。

詹金斯愣愣地被斯隆抱住。剩下的三項指控，一樣是「無罪」。

旁聽席歡聲響動。哈登敲下木槌要求肅靜，然後向陪審團致謝，請他們退席。委拉斯凱茲和團隊全都愣住了。

「詹金斯先生。」哈登法官說。

詹金斯轉過去面向哈登，哈登沒對他微笑，但眼裡閃閃發亮。

「我們休庭。閣下，你可以離開了。」

尾聲

詹金斯的生活在判決後，一天天，一個星期一個星期，一個月一個月地慢慢回到正軌。有一段時間，電視訪談邀約絡繹不絕。他並不想接受邀約，但愛麗克絲慫恿他去，因為她認為很重要。愛麗克絲說，他是首位被陪審團宣判無罪的間諜案被告人，其他情報員需要聽聽事件的來龍去脈，以汲取教訓，步步為營，否則一步踏錯，兵敗如山倒，甚至落得被政府拋棄的下場。

並且，他們需要收入。

訪談中，詹金斯告訴記者，他會繼續愛他的國家，儘管它並不完美，但仍然認為這是全世界最宜居的好地方。

幾位陪審員也參加了訪談，他們的觀點十分重要。他們在言談中透露，陪審員大部分對政府的信心不再像以往那麼地堅定不移，對政客和官員的疑心也越來越大。其中一位說：「見微知著，有煙必定有火，而這次的庭審冒出了很多的煙。」

大衛・斯隆也沒辦法形容得比他好。

獲判無罪的興奮褪去後，保釋條款的限制也失去了效用，詹金斯帶著家人回到卡馬諾島的農場。史丹渥小鎮親切友好地歡迎他們回家。ＣＪ的球技在家教一對一的訓練之下突飛猛進。在學校，在球賽的場外，有位家長時不時地過來向詹金斯道賀，說他們一直在為他打氣。詹金斯道謝，但內心並不相信他的話。他知道人性就是這樣，雪中送炭的少，錦上添花的多。他一被捕，大家跟著大肆撻伐；被判無罪了，才又事後諸葛，表示早就知道他是被冤枉的。然而這也只是一部分人而已。其他人會永遠將他看成躲過一劫的叛國賊。

詹金斯才不在意別人怎麼想。他知道真相是什麼，而真相讓他自由。

他現在手上有一本稿費六位數的出書合約，剩下的時間都在照顧小女兒，而愛麗克絲則在傑克的教室裡教課。他最終還是會找一份全職工作，或動手寫書，但目前他很開心繼續為斯隆提供保全服務，同時當個家庭主夫。

莉茲六個月大時，他們一家人開車到三樹點，去慶祝傑克通過了華盛頓州律師考試。沒人道破這場聚會還有另一個目的：慶祝這場判決。

愛麗克絲趁著莉茲睡覺，在廚房做墨西哥捲餅。詹金斯抓到機會和ＣＪ從後門溜了出去，拿著魚竿和工具箱沿著海邊漫步。

ＣＪ已是一個耐心十足，技巧嫻熟的釣客了，釣上過三條超大魚和各種銀魚。其他釣客都知道他的姓名，即使他們是因為他是間諜嫌疑犯的兒子而認識他，他們也沒說出來。對釣客來說，他們關注的是每次拋線能不能釣到大魚。

詹金斯遞給ＣＪ一支魚竿，小男孩持竿拋線。詹金斯準備拋竿，注意到他的右手不再發抖，而且是從判決那天之後就不再抖了。他拋竿，開始捲線。

十五分鐘後，詹金斯的手機響起，來電顯示是不明電話。詹金斯本不打算理它，可能又是訪談邀約，或某個作家探問他願不願意述說自己的故事。他現在還沒興趣訴說那段往事。

「哈囉？」他接起電話說。

「詹金斯先生。」

詹金斯認得那個口音。「維克托。」

「你好難找。」

「我會篩選來電。」詹金斯走開，不想讓ＣＪ聽到他的講話。小男孩瞥了他一眼，仍然有些害怕爹地被人抓走。詹金斯對他微微一笑，又豎起拇指一比，男孩才轉回去專注在釣餌上。

「我一直關注你庭審的新聞，不過似乎在俄羅斯這裡，真相永遠不可能水落石出。很高興你無罪釋放了。」

「謝謝。」詹金斯說。

「所以你看，我說得沒錯吧，你的國家和我的，差別不大。」

詹金斯微微一笑。「你的新工作如何，喜歡嗎？」

「這份工作並不適合我。太官僚了，其中有人必定是為政府工作的。」維克托大笑。

「那你打算做什麼？」

「我現在是私家偵探，」費德羅夫說，「目前有一個客戶。我想你應該會想知道一下，我接到的第一個案子。」

「為什麼？」詹金斯問。

「因為我相信你認識我正在調查的這個人。」

「是誰呢？」

「他是你在墨西哥市的處長，近期在華盛頓特區工作。你的庭審幫我找到了他。」

詹金斯喉嚨一梗。

「詹金斯先生，雖然我是開玩笑的，但俄羅斯不是美國。在俄羅斯，我們的記憶都很好，一件事會記很久，而且正義必得伸張，不是走馬路，就是走水路，但總會還你一個公道。」

「什麼意思，維克托？」

「關注你們的新聞，我相信很快就會有報導了。」

詹金斯想起他跟愛麗克絲說的，他希望卡爾．艾默生會在此時此刻就受到報應，而不是死後審判。

「你有紙筆嗎？」費德羅夫問。

「為什麼要紙筆？」詹金斯問。

「我要給你一些數字。」

「等等。」詹金斯說。他走去工具箱，找到一截短鉛筆和餌料袋背面的紙。

「好，你說。」

他以為是十個數字的電話號碼，但比十個還多。

「這是什麼？」詹金斯問，「不是電話號碼。」

「是一家瑞士銀行的戶頭。我用你的名字開的戶頭。」

「我的名字？你為什麼用我的名字開戶頭？」

「因為你是我的客戶。」

「我？」

「好吧，所以我有兩個客戶——你和我，我認為你跟我一樣都值得擁有這筆款項。我們六四分，因為事情從頭到尾都是我在做的。」維克托又大笑開來。

「維克托，如果這是卡爾．艾默生竊盜的公款，我不能拿。」

「是，詹金斯先生，我知道你不會拿，你是一個忠貞正直的人。但這筆錢不是被盜的公款，是俄羅斯支付的款項。」

「艾默生就是那個漏洞。」

「漏洞？我只知道水管的那種漏洞。」

「我們現在說的，究竟有多少錢？」詹金斯很好奇，想多了解一些。

「夠多了，」維克托說，「足夠償還我們兩個的政府欠我們的。不要？」

「我不能拿這些錢。」詹金斯說。那是血錢，是付給艾默生的，是那三位姊妹付出生命的代價換來的錢。

「錢就在戶頭裡，詹金斯先生，你想怎麼處理它，是你的事。我得走了，我怕我要失約了，我們重逢不了了。」

「別這樣說，」詹金斯說，「我們都知道世事多變，有時候只是一秒鐘的事，就物是人非了，不是你我想像得到的。」

維克托大笑。「那我們等著瞧。*Boo-deem zdarovov.*（祝你身體健康。）」

ＣＪ大喊：「爹地，爹地！好像有魚上鉤了。」

詹金斯掛斷電話，將手機塞回外套口袋裡。ＣＪ的釣線固定在一個地點，沒有移動。「我看看，」他接過魚竿，腦海裡仍然是費德羅夫的話，「應該只是被卡住了，ＣＪ。」

「真的嗎？」男孩大失所望。

詹金斯壓低竿尖，用力一揚，扯鬆了魚餌。他將魚竿遞回給兒子。「把線捲回來，再拋線。」

「我們回去好了，」ＣＪ說，「今天釣不到了。」

詹金斯一隻手按在男孩頭頂上。「你這輩子會遇到很多卡住的時候，ＣＪ，但不能因為卡住了就放棄嘗試。你一直試一直試，最後一定釣到大魚。」

「你真的這麼想嗎？」

「查理，查理？」

愛麗克絲在露臺上大喊。其他人都回到屋內去了。

「你快來看新聞，太不可思議了。大衛錄下來了。」

從落地玻璃窗望進去，客人都已聚集在起居室裡，全都背對著他，看著閃亮的平板電視螢幕。

詹金斯就要放下魚竿走上去看新聞，卻又覺得自己知道得夠多了。他想起了維克托·費德羅夫，想起了卡爾·艾默生，又想到了正義、天理經常以超出常人想像的方式彰顯。他現在只想看著兒子用力將魚餌拋得遠遠的，再帶著釣客的信念捲線，儘管成功的機率看似很渺茫，這次的拋餌必定與上次不同。

「彈開鎖釦，再拋一次線吧。」他對ＣＪ說。

〈全書完〉

致謝

數年前，我拜讀了克莉絲汀．漢娜的小說《夜鶯》。小說情節、大量的文獻記載和細節都令我讚嘆不已，所以我寫了信給作者——我們的經紀人是同一個人。我問她：「這麼精采的故事是哪裡找來的？」克莉絲汀回應：「有時候天上會掉下好故事，又剛好掉在你大腿上，我們只要把它寫出來就行了。」

我同意。《尋找代號八》不是真實故事，是虛構小說。不過，我的確接到一通電話，電話那頭的人說他有故事想告訴我。他的故事激發我寫出這本小說。我很慶幸和他見面喝咖啡，也很感激他給予我的幫助。

這本小說的創作期間，我在西雅圖一個活動上認識另一個男子。他說，一九七〇年代他在蘇聯的大都會飯店工作。當時，那還不是一家飯店。我們聊了起來，他也協助了這本小說的創作。而現在，他也有了另一番事業。

再來，我要感謝 John Black，我們是在教寫作課時認識的。John 以前是國際石油公司的律師，一九九一至二〇〇八年為俄國莫斯科和南薩哈林斯克的石油公司服務。在越南衝突期間，接受美國軍方的訓練，學會俄語。John 讀了書稿，並協助校正書中的俄文。感謝 Rodger Davis，蘇聯時期他工作生活於俄國，利用人脈協助我寫書中的情節。Rodger 談論許多俄國和俄國的文化。他還介紹我幾本書：Robert K. Massie 的《彼得一世》、Charles Clover 的《黑風白雪》、Thane Gustafson 的《命運之輪》。Rodger 自己也是個才華洋溢的作家和慷慨大方的同事。感謝Tim Tigner，小說家和我的好友。Tim在蘇聯工作了幾年，以小說的形式書寫過那個國家，包括《脅迫》和《間諜之謊》。Tim還介紹了比爾．布勞德的書，《紅色通緝令》這本書，我讀得津津有味。

我也要謝謝Jon Coon，他是受過精良訓練的頭盔潛水員和爆破專家，在國際從事商業打撈、考古打撈和科學研究，負責潛水安全和專案指導。他寫了三本小說，和數不清的專題報導。三十多年來，他的照片出現在教課書和雜誌上。他是潛水教練專業協會的課程指導師和前地區經理、洞穴潛水員和醫療緊急訓練的講師。我欠上述這些人太多人情了。若有任何錯誤，都是我的錯，與他們無關。

除了上面提到的書籍，我還讀了許多小說和非小說，包括亞莫爾．托歐斯的《莫斯科紳士》、Milton Bearden and James Risen的《主要敵人：中情局和蘇聯情報局最後攤牌的內幕》、A. R. Zander的《莫斯科市》、Andreas Kollender的《忠貞正直的間諜》、Daniel Silva的《背叛者》、約翰．勒卡雷的《冷戰諜魂》、馬丁．克魯茲．史密斯的《高爾基公園》、Joseph Kanon的《伊斯坦堡逃亡》。(注)

我也去了俄國，在那裡待了三個星期。一位早年逃出蘇聯的俄國歌劇演唱家，她曾在我的婚禮上演唱。她在一九九八年打算回到家鄉，並願意協助安排我們的俄羅斯之旅。我和妻子、當時十八個月的兒子，妻弟、妻弟媳、我的雙親，和妻子的雙親，成行了。出發之前，我和妻弟決定理個平頭，因為我們聽說俄國環境落後，洗頭會很麻煩，但事實證明，這些都是道聽塗說。總之，我理了平頭，妻弟臨陣脫逃。我們也說好了戴深藍色貝雷帽，給腦袋瓜保暖。你們

注 編按：以上書籍若尚未在臺灣出版，書名皆為暫譯，作家也保留原文名稱。

腦海裡是不是有畫面了啊？

抵達謝列梅捷沃國際機場時，海關檢驗了我的護照，嚴厲地回答：「Nyet.」我被帶到一個房間搜身。後來，我們終於住進莫斯科的羅西亞飯店，一對夫妻一間房，全在同一個樓層，每個房間都有一面牆上掛了一大面鏡子，鏡子後面的房間應該是空的。我們開玩笑說我們被監視了，而且每個早上，我都全身光裸地在鏡子前來回走動。第一天下午，我們說好小睡一下，早上六點集合吃晚餐。但沒人下樓集合。八個大人，全都說想起床但起不來，坐起來時，覺得頭昏眼花。大家是隔天早上才集合的。

我們去了紅場和克里姆林宮。我們從聖瓦西里大教堂，朝列寧陵墓走去時。妻弟走上來說：「我們被跟蹤了。」他指著一個穿白靴的女人，說：「我們去哪裡，她就跟到哪裡。」這個女人一直跟著我們來到甘姆百貨公司和其他景點。我們去了大型兒童玩具店，兒童世界，去了盧比揚卡廣場，欣賞蘇聯情報局的總部。那女人都跟著，直到我們回到羅西亞飯店。

我想起來，我們去十二門徒教堂時，遇到一群小學生。他們對著我們微笑，一副認識我們的樣子。其中一個小男孩，鼓起勇氣走過來對我說：「你是軍人。」我說我不是。但他不相信，他的同學信心大增地走上前，不斷重複：「你是軍人。」

假使這還不夠，兩個晚上後，妻弟想拿一塊紅場的石頭回家，說服我半夜出去抽古巴雪茄。我們站在《恐怖的伊凡》電影中提到的處決了許多人的平臺附近。只見磚塊裡有一塊鬆脫的小石頭，妻弟說：「我要怎麼拿？」

我說：「假裝雪茄掉了，撿雪茄的時候順便撿起石頭。」

妻弟掉了雪茄，這時，一輛車橫穿過廣場車頭燈朝我們射來，在前面三公尺處停下車。妻弟緊張地問：「怎麼辦？」

我說：「閉嘴。踩住雪茄。」

他踩了，我們盡可能沒事地走回旅館。

後來搜查資料時，才知道過去所有外國訪客都會被安排住進羅西亞飯店。該家飯店後來被人買下，重新整修時，發現竊聽器、攝影機，牆內還裝有瓦斯管線。現在飯店已被拆毀，改成公園。普汀此舉大受民眾讚揚。我還知道紅場四處都有麥克風，收音靈敏的麥克風即使低語也收得到。這點，我相信。

俄國政府對我和我家人感興趣嗎？應該不是。我們都是間諜活動的門外漢。但上面的監視行動全都是密探行為，對吧？從此，我對俄國充滿了想像力。我們都覺得這一趟莫斯科、聖彼得堡和扎戈爾斯克之旅，是這輩子最有趣的旅行。俄國十分美麗，十分富有，也十分貧窮。人們普遍低頭行走，彷彿不願被注意到，但十分願意助人，熱心帶我們去我們想去的地方。我們沒參加旅行團，否則只能去新式的食品店和制式化的餐廳。會說英語的人很少。在聖彼得堡，我們住在一間五代同堂的公寓，他們把公寓讓給我們，是因為我們一星期的租金，比屋主一年所得多得多。我望著浮冰漂流在涅瓦河上，想起了拿破崙。

一個朋友說我應該回俄國寫這本小說。這不可能，但我翻出相簿，讀了很多書，在回憶中走進那些餐廳和去過的地點。

俄國是我和我父親最後一次的長途旅行。他於二〇〇八年父親節當天，死於黑素瘤。我永遠記得他在聖彼得堡的廣場上親吻母親，母親蹺起一隻腿，就像偶像電影裡的明星一樣嬌俏可愛。我把那張照片掛在牆壁上。

這本查爾斯．詹金斯小說的完成，一定要謝謝我法學院的室友兼好友，查爾斯．詹金斯。查茲，我們都是這樣叫他的，他是個活傳奇。一百九十二公分，一百〇三公斤，肌肉結實，我們會在重量訓練室外崇拜地看著他健身。查茲個性溫和，安靜且有趣，無論順境逆境都有自己的一套看法，是一個好人好父親，也是我最好的好朋友。很久以前我就跟他說過，他這個人比人生還豐富，總有一天我要用他的名字和外貌寫一本書。現在我做到了，希望我成功捕捉到了他的精髓。

謝謝Meg Ruley、Rebecca Scherer，以及Jane Rotrosen經紀公司的團隊，我了不起的經紀人。能與他們共事真是恩賜，他們是我永遠的支持者、顧問。因為有他們，每一次的紐約之行總是精采絕倫。謝謝Thomas & Mercer。這是我在該出版社的第十本書，有了他們的編輯和建議，總是一本比一本好。他們向全世界推銷我和我的小說，也讓我有幸結交亞馬遜出版分布在英國、愛爾蘭、法國、德國、義大利和西班牙的團隊。他們全是一群熱愛文字，十分有才華的人。感謝他們的努力，為我和我的小說努力不懈。

感謝Sarah Shaw，作家聯繫人。她總是笑容滿面，謝謝妳照亮我每一天的生活。

感謝圖書製作總監Sean Baker，圖書製作經理Laura Barrett，藝術主任Oisin O'Malley。我喜愛我每一本小說的封面和書名。感謝大力推銷我和我的小說的Dennelle Catlett, Amazon Publishing PR。Dennelle照顧我的每一趟旅行，總讓我有坐頭等艙的尊榮。感謝市場行銷小組Gabrielle Guarnero、Laura Costantino、Kyla Pigoni，是他們在網路與現實中為我和拿著書的你創建溝通平臺。感謝社長Mikyla Bruder，副社長Galen Maynard，和亞馬遜出版副總Jeff Belle，他們全都是好人。

感謝Thomas & Mercer的編輯主任Gracie Doyle。她跟著這本小說從概念到完書，提供各式想法好讓它更完善。她也督促我盡可能讓小說完善，我很幸運有她做我的軍師。我們後來成了好朋友，經常一起旅行。

感謝 Charlotte Herscher，技術編輯。包括這本在內的十本小說，都是由她辛苦地審核，並告訴我哪些地方不符合事實。我悶悶不樂了一個小時，然後明白她是對的，只好摸摸鼻子好好修改。感謝 Scott Calamar，排印編輯。當你發現自己的一個弱點，很好，因為你可以請求協助。他幫助我變得更聰明，我很感激。感謝 Tami Taylor，他負責管理我的網站，為我編寫書訊，設計我一些外語書的封面。謝謝 Pam Binder 和西北太平洋作家協會的支持。謝謝 Seattle7Writers 非營利團體協助和支持書籍創作。

謝謝所有精力充沛的讀者，謝謝你們找到我的小說，謝謝來自全世界的支持。謝謝你們寫書評、寫電子信件告訴我，你們喜歡我的小說。也許是老生常談了，但有了你們的支持，我才有動力完成一本值得你們花時間翻讀的小說。

謝謝我的老婆，克莉絲蒂娜，以及我的兩個孩子喬和凱瑟琳。喬多年前離開上大學了，他離家的那天真是難過的一天。今年，凱瑟琳也要離開上大學了。凱瑟琳是我們的寶貝女兒。她是我的鬼靈精，臉書上的人都知道。她總是讓我開懷大笑，只要一看到她，我就開心。我常在想，送她去上大學，會是我這個做父親的最難適應的事。結果有一天，她的第一志願大學寄來錄取通知書，而大學就在家附近。她一得知被錄取了，立刻跟我說：「爹地，現在我不用離家了。」但她遲早要離家的，為了她好，而且她才華洋溢，成就非凡。我有機會看著她在體育場上奔馳，一起吃晚餐，親眼看著她快樂長大，我想像這些美好的歲月是神為她和我們全家早已準備好的。我喜歡經典電影，比如《彼得潘》。該歡笑了，凱瑟琳，該飛了。愛妳。

讚美上帝，感謝上帝，謝謝祢在我生命中賜下的所有特別的人。

中英名詞對照表

165 República del Salvador　薩爾瓦多共和國大道一六五號

A

Addison Beckman　愛迪生・貝克曼

AIJ—put the asshole in jail　把混蛋送進牢房裡

Albert Rosellini　亞爾伯・羅斯里尼

Alex　愛麗克絲

Alexei Sukurov　阿列克謝・蘇庫洛夫

Anapa　阿那帕

Antiquities and Treasures (Antigüedades y tesoros)　古董寶藏

Arbenin　阿爾賓尼

B

Belyy Dom　貝利楝姆

Bogdan　波格丹

Bolshoi Theatre　莫斯科大劇院

burner phone　拋棄式預付手機

Bursa　布爾薩市

C

Café Pushkin　普希金咖啡館

Camano　卡馬諾島

Carl Emerson　卡爾・艾默生

Carolyn　凱洛琳

case officer　任務執行官

Charles Jenkins 查爾斯・詹金斯

Charlie 查理

Chekovsky, Nikolay Mikhail 柴可夫斯基，尼可拉・米哈尹爾

Christopher Daugherty 克里斯托弗・多爾提

CIPA, Classified Information Procedures Act 機密情報流程法

CJ Security CJ保全公司

Claire Russo 克萊兒・盧索

Claudia Baker 克勞迪雅・貝克

commercial van 商用貨車

Conrad Levy 康萊德・利維

Crimean Bridge 克里米亞大橋

D

David Sloane 大衛・斯隆

Demir Kaplan 戴米爾・卡普藍

E

El Profeta 厄爾・普羅費塔

Elizabeth Paulina Jenkins 伊莉莎白・寶琳娜・詹金斯

Elliott Bay 艾略特灣

Emir 艾米爾

Esma 伊絲瑪

F

Federov, Viktor Nikolayevich 費德羅夫，維克托・尼古拉耶維奇

field officer 情報員

Filevsky Bulvar 菲勒斯基布爾瓦爾

Freddie 佛萊迪

FSB 俄羅斯聯邦安全局

G

Gary Locke 蓋里・盧克

Lenin’s Mausoleum　列寧陵墓

Lizzie　莉茲

Lou and Arnold　盧和阿諾德

Lubyanka Square　盧比揚卡廣場

M

Maria Velasquez　瑪莉亞・委拉斯凱茲

Marx Prospekt　馬爾克斯大道

Masquerade　《化妝舞會》

Max　麥柯絲

Metropol Hotel　大都會酒店

Mitch　米屈

Mitchell Goldstone　米切爾・金石

Molly Diepenbrock　莫莉・迪彭布羅克

N

Nathaniel Ikeda　納撒尼爾・池田

O

Oaxaca　瓦哈卡

Olga Artamonova　奧兒佳・阿塔莫若娃

P

Paphos　帕福斯

Paulina Ponomayova　寶琳娜・鮑若瑪友娃

Peter Vanderlay　彼特・范德萊

Piraeus　比雷埃夫斯港

Popov　波波夫

Port Angeles　安吉利斯港

Presnya　布里茲涅河堤

Puget Sound　普吉特海岸

Pyrgi　皮爾基市

R

radar shadowing　雷達覆蓋術

Radiator Whiskey
散熱器威士忌餐廳

Radisson Royal Hotel　麗笙酒店

Randy Traeger　藍迪．特雷格

Red Square　紅場

Renata　蕾娜塔

Richard Peterson　理查．彼特森

Ruger 22　魯格22

Rumeli Kavaği　魯米里卡瓦吉

S

sawed-off shotgun　短管霰彈槍

Seattle's Pioneer Square
西雅圖先鋒廣場

Simon Alekseyov
賽門．阿列塞約夫

SoDo district　蘇杜區

St. Basil's Cathedral
聖瓦西里大教堂

Stanwood　史丹渥

Stewart Street　史都華街

Stolichnaya　蘇托力伏特加

T

Taksim　塔克西姆廣場

Tara　塔拉

TBT Investments　TBT投資公司

Teatral'nyy Prospekt
泰佐尼尹大道

Teatralnaya Square
泰佐那亞廣場

Three Tree Point　三樹點

Timur Matveyev
提姆爾．馬特維耶夫

Tina　蒂娜

Tverskoy Boulevard
特維爾斯柯尹大道

國家圖書館出版品預行編目資料

尋找代號八 / 羅伯・杜格尼（Robert Dugoni）著；清揚譯. -- 初版. -- 臺北市：奇幻基地, 城邦文化事業股份有限公司出版：英屬蓋曼群島商家庭傳媒股份有限公司城邦分公司發行, 民110.01
面； 公分
譯自：The eighth sister
ISBN 978-986-99766-2-6（平裝）

874.57 109018271

尋找代號八

原著書名／The Eighth Sister
作　　者／羅伯・杜格尼（Robert Dugoni）
譯　　者／清揚
企畫選書人／李曉芳
責任編輯／何寧

版權行政暨數位業務專員／陳玉鈴
資深版權專員／許儀盈
行銷企畫／陳姿億
行銷業務經理／李振東
副總編輯／王雪莉
發 行 人／何飛鵬
法律顧問／元禾法律事務所　王子文律師
出　　版／奇幻基地出版
城邦文化事業股份有限公司
台北市 104 民生東路二段 141 號 8 樓
電話：(02)25007008 傳真：(02)25027676
發　　行／英屬蓋曼群島商家庭傳媒股份有限公司城邦分公司
台北市中山區民生東路二段 141 號11 樓
書虫客服服務專線：(02) 2500-7718 / (02) 2500-7719
24小時傳真服務：(02) 2500-1990 / (02) 2500-1991
服務時間：週一至週五上午9:30～12:00，下午13:30～17:00
郵撥帳號：19863813 戶名：書虫股份有限公司
讀者服務信箱E-mail: service@readingclub.com.tw
歡迎光臨城邦讀書花園 網址：www.cite.com.tw
香港發行所／城邦（香港）出版集團有限公司
香港灣仔駱克道 193 號東超商業中心 1 樓
電話：(852) 2508-6231　　傳真：(852) 2578-9337
E-mail : hkcite@biznetvigator.com
馬新發行所／城邦（馬新）出版集團　Cite(M)Sdn. Bhd
41, Jalan Radin Anum, Bandar Baru Sri Petaling,
57000 Kuala Lumpur, Malaysia.
Tel: (603) 90578822 Fax:(603) 90576622 E-mail:cite@cite.com.my

封面設計／高偉哲
排　　版／極翔企業有限公司
印　　刷／高典印刷有限公司

■ 2021 年（民 110）1月 5 日初版一刷　　Printed in Taiwan

售價／420元

城邦讀書花園
www.cite.com.tw

ISBN 978-986-99766-2-6

廣　告　回　函
北區郵政管理登記證
台北廣字第000791號
郵資已付，免貼郵票

104台北市民生東路二段141號11樓

英屬蓋曼群島商家庭傳媒股份有限公司城邦分公司 收

請沿虛線對摺，謝謝

奇幻基地

每個人都有一本奇幻文學的啓蒙書

奇幻基地官網：http://www.ffoundation.com.tw

奇幻基地粉絲團：http://www.facebook.com/ffoundation

書號：1HB123　　書名：尋找代號八

請於此處用膠水黏貼

奇幻基地

讀者回函卡

謝謝您購買我們出版的書籍！請費心填寫此回函卡，我們將不定期寄上城邦集團最新的出版訊息。

姓名：________________ 性別：□男 □女

生日：西元________年________月________日

地址：________________

聯絡電話：________________傳真：________________

E-mail ：________________

學歷：□1.小學 □2.國中 □3.高中 □4.大專 □5.研究所以上

職業：□1.學生 □2.軍公教 □3.服務 □4.金融 □5.製造 □6.資訊

□7.傳播 □8.自由業 □9.農漁牧 □10.家管 □11.退休

□12.其他________________

您從何種方式得知本書消息？

□1.書店 □2.網路 □3.報紙 □4.雜誌 □5.廣播 □6.電視

□7.親友推薦 □8.其他________________

您通常以何種方式購書？

□1.書店 □2.網路 □3.傳真訂購 □4.郵局劃撥 □5.其他

您購買本書的原因是（單選）

□1.封面吸引人 □2.內容豐富 □3.價格合理

您喜歡以下哪一種類型的書籍？（可複選）

□1.科幻 □2.魔法奇幻 □3.恐怖 □4.偵探推理

□5.實用類型工具書籍

為提供訂購、行銷、客戶管理或其他合於營業登記項目或章程所定業務之目的，英屬蓋曼群島商家庭傳媒（股）公司城邦分公司，於本集團之營運期間及地區內，將以電郵、傳真、電話、簡訊、郵寄或其他公告方式利用您提供之資料（資料類別：C001、C002、C003、C011等）。利用對象除本集團外，亦可能包括相關服務的協力機構。如您有依個資法第三條或其他需服務之處，得致電本公司客服中心電話 (02)25007718請求協助。相關資料如為非必要項目，不提供亦不影響您的權益。

1. C001辨識個人者：如消費者之姓名、地址、電話、電子郵件等資訊。
2. C002辨識財務者：如信用卡或轉帳帳戶資訊。
3. C003政府資料中之辨識者：如身分證字號或護照號碼（外國人）。
4. C011個人描述：如性別、國籍、出生年月日。

對我們的建議：________________

請於此處用膠水黏貼